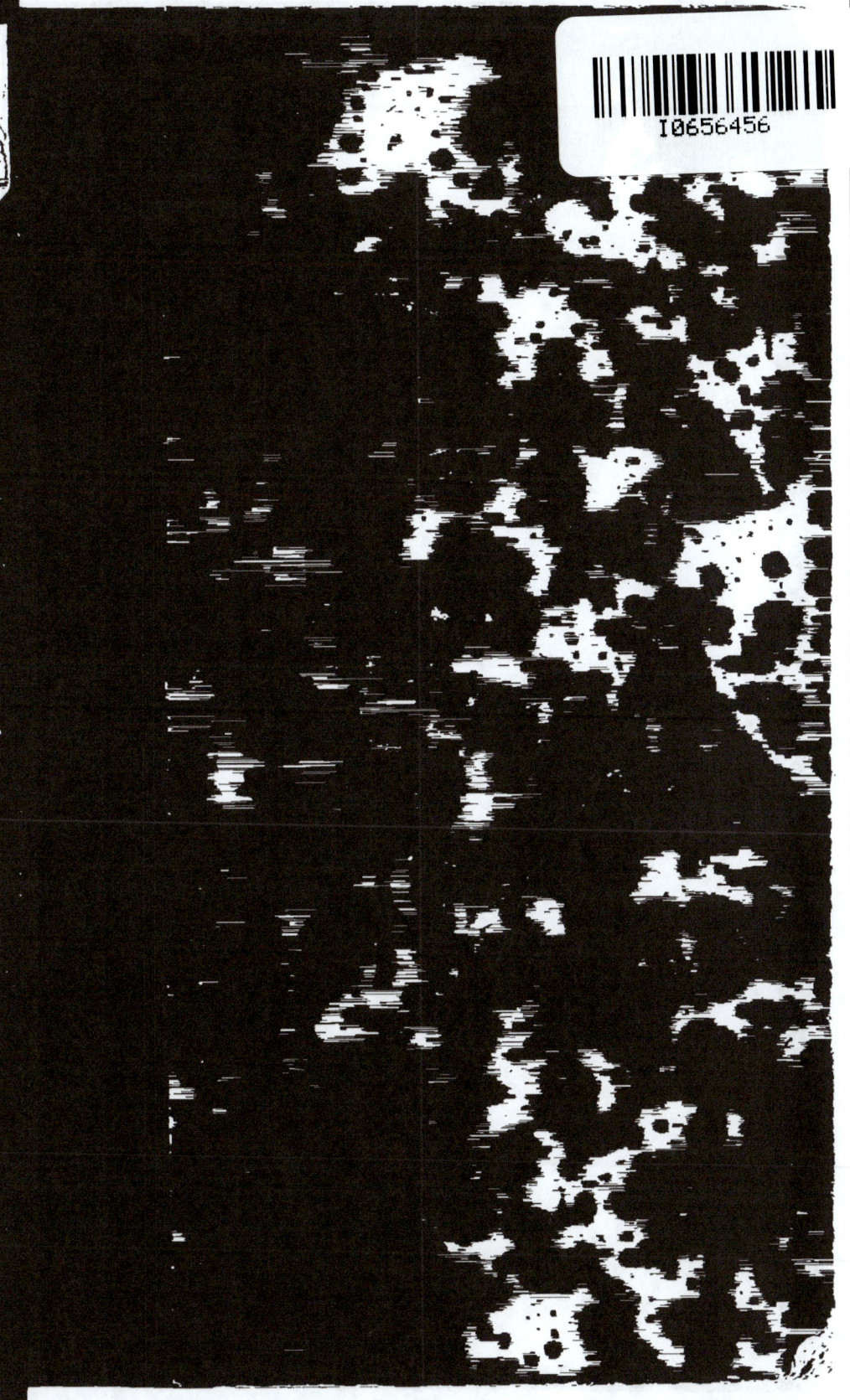

I0656456

16846

MÉMOIRES
SECRETS
POUR SERVIR A L'HISTOIRE
DE LA
RÉPUBLIQUE DES LETTRES
EN FRANCE,
DEPUIS MDCCLXII JUSQU'A NOS JOURS ;
OU
JOURNAL
D'UN OBSERVATEUR,

CONTENANT les *Analyses des Pieces de Théatre qui ont paru durant cet intervalle ; les Relations des Assemblées Littéraires ; les notices des Livres nouveaux , clandestins , prohibés ; les Pieces fugitives , rares ou manuscrites , en prose ou en vers; les Vaudevilles sur la Cour ; les Anecdotes & Bons Mots ; les Eloges des Savants , des Artistes , des Hommes de Lettres morts , &c. &c. &c.*

TOME DIX-HUITIEME.

. . . . *huc propius me ,*
vos ordine adite.
Hor. L. II, Sat. 3 , ℣. 81 & 82.

A LONDRES,
CHEZ JOHN ADAMSON.

M. DCC. LXXXIV.

AVERTISSEMENT

DU LIBRAIRE.

MALGRÉ *la nouvelle édition que la nécessité nous a forcés de faire il y a un an , nous continuerons à tenir notre engagement envers ceux qui ont l'ancienne , en leur procurant successivement les additions que nous avons commencé d'y joindre. Nous ne pouvons finir encore aujourd'hui ce travail , & nous nous sommes arrêtés au premier janvier 1769. Ils doivent être sûrs qu'il n'y a rien d'omis ; ils y liront même des articles améliorés ou nouveaux , que nous avons recouvrés depuis l'édition de 1781.*

Nous avons réuni aussi à cette année la suite des Lettres sur le Sallon , que nous pourrons imprimer séparément pour les artistes , amateurs ou autres , qui n'ont désiré se pourvoir que de cette collection particuliere

& infiniment moins dispendieuse. Comme la lettre que nos Editeurs nous ont adressée pour servir de préface à l'année 1780 , nous est arrivée trop tard pour être mise à la tête ; qu'elle se trouve de la sorte , pour ainsi dire noyée dans la foule des notices , nous la replaçons ici , vu son importance. Elle fera peut-être revenir de leur erreur ceux qui ont attribué la suite des Mémoires Secrets du premier instituteur à des écrivains , ou à des sociétés de Paris , qui n'y ont aucune part. Il est bien difficile de trouver deux amateurs comme Bachaumont , & deux sociétés comme celle de madame Doublet. Il a fallu , pour remplir le projet , embrasser une sphere plus étendue , & ce n'est en effet , comme l'annoncent les Editeurs , l'ouvrage de personne , & celui de tout le monde.

MÉMOIRES

SECRETS

POUR SERVIR A L'HISTOIRE DE LA
RÉPUBLIQUE DES LETTRES EN
FRANCE, DEPUIS MDCCLXII
JUSQU'A NOS JOURS.

ANNÉE M. DCC. LXXXI.

26 *Août* 1781. ON voit avec plaisir dans le
billet d'enterrement de la femme d'un bienfaiteur
de l'humanité, persécuté à outrance par la jalousie & l'envie, que son mérite a percé à la cour,
& lui a procuré de hautes protections ; c'est le
sieur Dumont de Valdajou, dont les chirurgiens
furieux contre lui ont plusieurs fois annoncé la
mort, parce qu'ils la desiroient, ainsi qu'on l'a
pu voir précédemment.

Ce sieur Dumont est chirurgien renoueur des
camps & armées du roi, chirurgien ordinaire
de la reine, premier chirurgien renoueur de
Monsieur, & démonstrateur en la ville de Paris.

26 *Août* 1781. M. JOUSSE, conseiller honoraire au châtelet d'Orléans , vient de mourir âgé de 78 ans. Son nom restera célebre au barreau , & dans le temple de la justice par ses ouvrages sur la jurisprudence. Depuis plus de trente ans il jouissoit de sa réputation. Jamais auteur n'a été plus cité de son vivant, & sur-tout dans les matieres criminelles. Digne émule & contemporain de Pothier, aussi simple dans ses mœurs, aussi integre, aussi éclairé magistrat , il sera long-temps, comme lui , l'honneur de sa patrie.

26 *Août*. A la seconde représentation de *Caliste*, le sieur *Florence*, qui y joue un rôle , tardoit à venir ; le sieur Larive semainier, envoie le faire avertir & exciter sa paresse ; celui-ci n'en tient compte , répond impertinemment au messager, & à son arrivée gourmande le sieur Larive, & lui met le poing sous le nez ; ce qui occasione une rixe entr'eux sur la scene même : ils étoient habillés , ils tirent leur sabre de théatre, & se battent dans l'enfoncement : les spectateurs crurent que c'étoit un jeu de leur rôle , & ne se presserent de les séparer que lorsque l'on vit que c'étoit sérieux. Ils se donnerent rendez - vous le lendemain aux Champs Elysées , & le sieur Larive ayant désarmé trois fois son adversaire, on les sépara : ils furent traduits devant M. le Noir , qui les fit s'embrasser , & cependant envoya le sieur Florence au Fort-l'Evêque , pour son insubordination & son manque d'égards au public. Il y est resté dix jours , & en est sorti avant-hier ; punition qu'on trouve trop légere.

27 *Août*. Avant - hier l'académie françoise a tenu sa séance publique. Le prix de prose , dont le sujet étoit l'*Eloge de Montauzier*, a été dé-

cerné à M. Garat. M. de la Harpe a lu le difcours de cet orateur, qui a reçu peu d'applaudiffements, & en général a paru d'une philofophie monotone & froide comme le héros. L'auteur ne s'eft point préfenté quand on l'a appellé pour lui donner la médaille. On a dit qu'il s'étoit trouvé mal, & avoit été obligé de fortir. On a fu depuis que la vraie raifon étoit qu'attribuant le peu d'effet que produifoit fon difcours fur les auditeurs à la mauvaife maniere de lire de M. de la Harpe, il n'avoit pu y tenir.

M. de la Cretelle a eu un *acceffit* pour le même fujet : deux citoyens enthoufiaftes des lettres, ont prié l'académie de trouver bon qu'ils lui adreffaffent chacun 600 livres, afin d'en former un fecond prix ; en forte que cet autre candidat a été auffi bien partagé que le premier. M. de la Harpe a également lu des fragments du difcours de M. de la Cretelle, que l'on a jugé plus oratoire, plus rempli de mouvement, & que fur l'échantillon beaucoup de gens ont préféré, quoique plus inégal & plus incorrect.

Cet auteur en remerciant M. de la Harpe du foin qu'il avoit pris de faire fentir au public les beautés de fon ouvrage, de les faire valoir par fon élocution, lui a avoué que M. Garat n'étoit pas fi fatisfait, & qu'on avoit obfervé qu'il n'avoit pas réellement fi bien débité le difcours de ce dernier : l'académicien a répondu qu'il avoit lu comme il avoit fenti.

M. Ducis, le directeur, a annoncé qu'un éloge de Montauzier par M. le Roi, ancien commiffaire de la marine, avoit auffi mérité les éloges de la compagnie, & une mention honorable.

Le prix de poéfie, remis l'an paffé, n'a point

été décerné davantage cette année. On a parlé de trois pieces où l'on avoit remarqué de beaux morceaux, dont on a fait part à l'assemblée, & qui ont été applaudis. L'auteur de la premiere seul s'est fait connoître, c'est M. Carbon de Flins. Le sujet cependant étoit bien propre à inspirer les poëtes, c'étoit *la servitude abolie dans les domaines du roi*. Le défaut de succès des concurrents a déterminé l'académie à annoncer que le sujet, le genre du poëme, la mesure des vers, pour l'année prochaine, seroient au choix des auteurs.

M. Ducis a déclaré que l'académie, sans proposer pour la troisieme fois le sujet des années précédentes, n'entendoit cependant pas l'exclure, & desireroit même le voir traité avec plus de succès que dans les autres concours.

Il a ensuite parlé, à l'occasion de la servitude abolie dans les domaines du roi, d'un monument qu'un auditeur des comptes, M. de Chavigny, avoit imaginé pour célébrer cet événement du regne de Louis XVI : il a présenté à l'académie le plan d'un pont de communication entre l'isle de Saint-Louis & la cité, où seroit le trophée proposé.

Enfin M. d'Alembert, qui depuis long-temps s'est voué aux plaisirs du public dans ces assemblées, a terminé la séance par une notice très-courte sur le cardinal Dubois, à inférer au rang de ses éloges des divers académiciens. L'anecdote la plus directe & la plus importante dont il a fait part à l'assemblée, c'est la discussion qu'avoit excité le *Monseigneur*, que le premier ministre exigeoit contre l'usage de l'académie, de ne faire aucune distinction de rang ni de titre , ni de perſonne. Il l'emporta ; & Fontenelle , alors directeur , donna au cardinal Dubois le Monſeigneur deſiré. Du reſte , cette notice s'eſt trouvée moins un éloge qu'une ſatire très - forte de ce miniſtre. Elle juſtifie ce corps célebre du reproche de fadeur & d'adulation ; mais beaucoup de gens ont été révoltés du perſiflage de M. d'Alembert ſur ſon ancien confrere , du tòn indécent qu'il y a mis , & ſur-tout de ſon affectation à le lire dans une aſſemblée publique , pour mieux expoſer ſon héros à la dériſion générale.

27 *Août* 1781. La cour des aides a enrégiſtré l'édit , mais s'eſt réſervé la faculté de repréſenter au roi les inconvénients qu'il entraîne ; en ſorte que , quoique l'on perçoive , on croit que cette opération fera grand tort à M. de Fleury. Elle découvre ſon peu de connoiſſances en cette matiere : indépendamment des mémoires préſentés à ce ſujet par les diverſes corporations , les fermiers - généraux viennent de lui donner une leçon très - déſagréable : ils ont défendu à tous les débitants de tabac d'augmenter cette denrée. Le miniſtre des finances leur a témoigné ſa ſurpriſe de cette réſolution ; ils lui ont répondu que , ſoumis à la loi , ils prenoient ſur eux de garantir à S. M. l'augmentation devant réſulter de l'impôt ; mais qu'ils ne pouvoient exiger un droit qui diminueroit la conſommation , occaſioneroit plus de contrebande , & leur feroit un tort infiniment plus conſidérable.

28 *Août* 1781. L'académie royale d'architecture , en ſa ſéance d'hier , a décerné le premier prix d'architecture au ſieur Louis Combes , éleve de M. Miquet ; & le ſecond au ſieur Jean-Baptiſte-Philibert Moette , éleve de M. Billandel.

A 5

28 *Août*. A l'affemblée de l'académie royale de peinture & de fculpture, du vingt-quatre de ce mois, le fieur David de Paris, ancien penfionnaire du roi à Rome, ayant fait apporter plufieurs de fes ouvrages, pour recevoir de l'académie des avis & des inftructions, la compagnie, fatisfaite des tableaux qu'il lui a préfentés, a procédé fur le champ à fon agrément, & les fuffrages fe font tous réunis en fa faveur.

En conféquence, quoiqu'on n'ait pu en faire mention fur le catalogue, les ouvrages de ce peintre doivent être offerts au fallon.

28 *Août*. Un particulier de Bordeaux, arrivé ici, rapporte qu'il a été adreffé au parlement de cette ville des lettres-patentes, qui le prorogent jufqu'au 10 novembre ; elles ont été enrégiftrées. Il a encore été adreffé des lettres de cachet à chacun des confeillers pour entrer, & aux préfidents pour tenir note de ceux qui entreront ou n'entreront pas, & l'envoyer tous les huit jours au garde-des-fceaux. Malgré cela, plufieurs font les malades & n'entrent pas, & rien ne fe juge. M. le préfident de Pichard, qui préfide en l'abfence de M. le Berthon, eut derniérement un bureau chez lui ; perfonne n'y voulut pailer, parce que M. Dupaty y étoit. Le fentiment du public fur cette affaire tient beaucoup au tort qu'elle lui fait ; & ce qu'il fouffre particuliérement ne peut lui faire approuver une caufe qui ne l'intéreffe pas. Les ennemis de M. Dupaty s'en prévalent pour le rendre odieux, comme étant la pomme de difcorde. Heureufement pour lui, M. le comte de Vergennes, fecretaire d'état, ayant le département de la province, a plus de nerf que M. le garde-des-fceaux ;

il n'aime pas les parlements , & veut que l'autorité du roi foit refpectée dans fes cours, & qu'on
lui obéiffe. Tout cela doit être bien douloureux
pour un magiftrat vertueux , entraîné fi loin hors
de fes mefures , & obligé d'aller contre fes propres
principes.

29 Août. On n'a pas manqué de chanfonner
M. de Fleury à l'occafion de l'édit d'août 1781 ,
& il a fait s'évertuer nos bons faifeurs ; car ce
vaudeville n'eft pas fans fel : il eft en neuf couplets , & dans le ftyle un peu poiffard , ce qui
rend la plaifanterie moins âcre & plus gaie ;
cependant la chûte en pourroit être meilleure ,
& il ne fe foutient pas jufqu'au bout fur le même
ton d'aifance & de légéreté. Le voici :

Chanfon fur l'Edit d'août 1781. Sur l'air :
  Voulez-vous que de Fanchette , &c.

  L'as-tu donc lu , ma commere,
  L'as-tu lu c' fameux édit ,
  Enregiftré fans myftere
  Par nos per' les circoncis ?
    Com' il nous favonne !
    Com' il nous rançonne ;
      Si c'eft du Fleuri ,
      Ça n'eft pas joli.

  Queuq' j'irons faire aux guinguettes
    Si le fel eft renchéri !
  Adieu l' fin de nos goguettes ;
    Car c'eft lui qui en fait tout l' prix.
      Com' il , &c.

                              A 6

I' veut de la bell' maniére
Nous faire avaler l'goujon ;
Mais fi la fauce eft fi chere ,
Que ferons–nous du poiffon ?
    Com' il , &c.

I' nous baille une falourde
Pour nous voler un fagot (1) ;
I' nous prend pour des balourdes
S' te vilàin p'tit efcargot.
    Com' il , &c.

Comment avec l'am' fi juive
A–t–'is épargné l' jambon ?
C'eft qu'il eft très–bon convive.
Et n'eft d' nulle religion.
    Com' il , &c.

V' la c' que c'eft q' d'avoir d' l'alliance
Dans la cour du parlement ,
On s' permet avec confiance
D'être un mauvais garnement.
    Com' il , &c.

Puis not' excellent monarque,
Pour nous fauver d' plus grands maux,
L'envoie par la noir' barque ,
Aboyer après les fceaux.
    Com' il , &c.

———————————————————

(1) Chacun croit les droits fur le bois diminués ;
dans le fait ils font augmentés.

Mais fi la bonté fuprême
Chaffoit encor fon *Hamlin* ,
J' dirions dans not' joi' extrême ,
Dieu nous gard' des Aigrefins !
Com' il , &c.

19 *Août* 1781. C'eft au fort de Kehl , comme
on l'a annoncé dans le temps , qu'en effet on
travaille avec activité à la nouvelle édition des
œuvres de M. de Voltaire ; il y a dix-fept prelles
qui gémiffent fans relâche. Cependant , comme
on vient de perdre un des principaux chefs ouvriers à la tête de l'ouvrage , on craint qu'il n'en
réfulte un retard.

Le fieur de Beaumarchais fait auffi procéder à
de petites impreffions particulieres , capables de
fournir au courant , ou de lui concilier fon protecteur. C'eft ainfi que , s'imaginant faire fa
cour à M. de Maurepas , il a recueilli toutes
les pieces critiques contre l'adminiftration de
M. Necker , & en a ordonné la réimpreffion en
ce lieu.

30 *Août* 1781. Extrait d'une lettre de St. Jean-
d'Angely , le 18 août 1781. " Pour le bien &
,, la confervation des troupes de S. M. on s'eft
,, déterminé depuis la guerre à évacuer les gar-
,, nifons de la Rochelle , de Rochefort , & à
,, former dans la faifon dangereufe un camp de
,, falubrité dans les environs de cette ville.
,, M. le marquis de Voyer , qui commande dans
,, la province , cherche pendant ce temps à par-
,, venir au defféchement des marais peftiférés
,, qui entourent Rochefort , & dont l'air cor-
,, rompu pénetre jufqu'à la Rochelle & les lieux

» intermédiaires. Le comte de Broglio , fort
» actif , homme à projets , & voulant se mêler
» de tout, secondoit ce chef. Après avoir passé
» un jour à faire manœuvrer les troupes du
» camp , tous deux se font embarqués dans un
» canot pour suivre le cours des rivieres de
» Boutonne & de Charente jusqu'à Rochefort ;
» ils ont passé onze heures dans cette naviga-
» tion pendant une chaleur excessive ; ils ont
» fait les observations les plus importantes: c'est
» là où monsieur le comte de Broglio a pris
» le germe de la mort. Le lendemain de son
» arrivée à Rochefort , il est tombé malade ;
» on a essayé de lui persuader de partir sans
» délai ; mais emporté par son ardeur , il a
» voulu continuer son travail : il est tombé
» dans l'affaissement , & on l'a conduit trop
» tard dans notre abbaye , où il est mort la
» nuit du 16 au 17 , en présence de M. le
» comte Joseph , son fils aîné , & de la comtesse
» de Broglio.

» Le 18 on a fait ses funérailles avec toute
» la pompe possible. Monsieur le marquis de Voyer
» avoit ordonné le cortege, & M. le comte de
» la Tour-du-Pin , maréchal de camp employé , a
» fait le deuil.

» M. le comte de Broglio étoit peu aimé de
» ses voisins , qu'il plaidoit presque tous avec
» un grand acharnement : son caractere n'étoit
» pas liant , il étoit même dur , & c'étoit un
» des trois chefs renommés pour cette qualité
» dans les troupes , avec le marquis de Poyanne
» & monsieur de Lugeac : mais on estimoit ses
» talents ; & comme il périt en quelque sorte
» victime du bien public , il a été regretté dans

„ la province du grand nombre des habitants, in-
„ différents à fes querelles. „

30 *Août* 1781. Extrait d'une lettre de Nancy,
du 20 août. " Suivant le relevé de la géné-
„ ralité de Lorraine, on y a compté en 1780,
„ naiffances 34,509, morts 25,810, mariages
„ 6,708. „

30 *Août*. Extrait d'une lettre d'Amiens, du
25 août. " Je vous adreffe les vers fuivants de
„ M. Gence, l'un de nos compatriotes, peu
„ merveilleux en eux-mêmes, mais bons à con-
„ ferver comme renfermant le précieux mot de
„ l'empereur, en voyant notre fameux canal :

Laurent, ton illuftre mémoire
Vient d'acquérir une nouvelle gloire :
En vifitant ce canal fouterrain,
Qui, creufé par ton art, va recevoir la Somme,
Et vers l'Efcaut lui frayer un chemin :
Admirant ce qu'ofoit tenter l'efprit humain,
Un empereur s'enorgueillit d'être homme.

31 *Août* 1781. Extrait d'une lettre de Bourges,
du 25 août. " L'adminiftration de cette pro-
„ vince, la premiere de toutes, vu le temps
„ de fon inftitution, fe diftingue par la fageffe
„ de fes opérations. On voit dans fes procès-
„ verbaux de 1778 & 1779, les tentatives qu'elle
„ a faites pour diriger fa marche vers les objets
„ les plus utiles pour connoître les befoins les
„ plus preffants, & les diverfes reffources de la
„ province. Dans celui de 1780, la marche
„ eft plus affurée, les vues font plus étendues ;
„ toujours avec la plus grande attention pour

,, éviter les dépenfes fuperflues. Elle a fur-tout
,, fenti le befoin d'ouvrir des canaux, que les
,, rivieres d'Euve, du Cher, de l'Inde & de la
,, Creufe rendent très-faciles, & qui font abfo-
,, lument néceffaires pour rétablir, pour multi-
,, plier les manufactures dans une province où
,, abondent les richeffes territoriales, où il y a
,, de l'induftrie, où il ne manque que des débou-
,, chés. L'objet eft très-bien vu : l'effentiel eft
,, maintenant de mettre de l'activité dans les
,, opérations. La lenteur fait fouvent avorter les
,, meilleurs deffeins ; elle leur nuit toujours in-
,, finiment, quand elle ne feroit que refroidir
,, les efprits, & multiplier les dépenfes. L'activité
,, feule donne du reffort, étend les connoiffances,
,, découvre les moyens, facilite les opérations, &
,, affure le fuccès. ,,

31 *Août* 1781. La faculté de théologie de Paris
vient de publier enfin fa cenfure de l'*hiftoire philofophique des établiffements du commerce des Européens dans les deux Indes*. Elle en a extrait 84
propofitions erronées ; & l'ouvrage contient 114
pages.

31 *Août*. Le fujet du prix d'éloquence latine,
fondé par Jean-Baptifte Coignard, en faveur des
maître-ès-arts, & remporté le 7 du mois par
M. le Fevre, étoit piquant ; il s'agiffoit d'établir
que *l'époque de la vraie littérature d'une nation
étoit, non celle qui produifoit le plus grand nombre d'écrivains & de livres ; mais celle ou paroif-
foient les ouvrages les plus durables, & par conféquent du plus grand mérite.*

1 *Septembre* 1781. On commence à revenir fur
l'orgue de Saint Sulpice, trop amérement critiqué

à ce jour célebre, triomphe pour les arts, vraie fête pour les amateurs, mais humiliant pour le facteur, dont la réputation essuya un échec passager. On prétendit que la forme nouvelle donnée à cet instrument faisoit tort à la méchanique intérieure. Cette forme sans doute eût gêné tout facteur qui n'eût conçu que la routine de son art : mais il n'est pas de difficultés invincibles pour un artiste de génie ; & tel est M. Cliquet dans son genre. Il a combiné, étendu sa méchanique & multiplié ses mouvements en raison de la diversité des jeux qu'il avoit à placer, & de l'espace immense qu'il avoit à peupler de tuyaux, & à soumettre à un seul point sous la main de l'organiste. Aussi admire-t-on aujourd'hui la distribution intérieure de cette belle méchanique : elle est si bien entendue & si bien ordonnée, que tous les effets s'operent sans gêne, sans confusion, & qu'il est possible, en cas du plus léger dérangement, de remédier à tout sans embarras, au moment même, & sans nuire à aucune des parties de ce grand tout. Cette nouvelle distribution a fourni occasion à l'artiste de prouver qu'il est aussi habile facteur méchanicien, que bon facteur harmoniste.

1 *Septembre* 1781. M. Parisot, dont on avoit mal-à-propos annoncé la mort, doit prouver ces jours-ci son existence à la comédie italienne, où l'on jouera *Richard*, parodie de sa façon de *Richard III*, tragédie de M. Durosoy, jouée il y a peu de temps, & déja si vigoureusement sifflée.

2 *Septembre* 1781. Il paroît une estampe, où M. Damade, dont le nom est devenu si célebre

depuis fon malheureux combat contre les freres
Queyffat , & fon triomphe fur eux au barreau ,
eft repréfenté entre Me. Target & Me. Elie de
Beaumont , fes défenfeurs. La vertu les préfente
à la juftice fur fon trône : la premiere tient une
efquiffe en forme de bouclier , où eft peint la
rixe de ces athletes , ou plutôt l'affaffinat des
freres Queyffat. Il eft fâcheux que cette eftampe
n'ait pas paru plutôt , dans le temps où tout
Paris s'entretenoit de cette affaire , y prenoit
part , & étoit enthoufiafmé du courage héroïque
de M. Damade.

3 *Septembre* 1781. M. Cailhava d'Eftandoux ,
à qui l'on attribuoit généralement le *Fou raifon-*
nable , a cru devoir défavouer cette piece dont
il a fait l'éloge. Le fieur Patrat , ci-devant comédien à la fuite de la cour , le véritable auteur ,
vient enfin de fe faire connoître par une lettre
de remerciement à M. Cailhava , inférée au *Jour-*
nal de Paris d'hier. Dans cette lettre très-
modefte , il apprend au public qu'il eft auteur
de quelques proverbes compofés & repréfentés
à Trianon ; d'une petite comédie - proverbe ,
mêlée de vaudevilles , qui a été reçue de la
maniere la plus agréable ; d'un opéra comique
qui a eu le même fort ; enfin d'une comédie
en vers & en deux actes , mêlée d'ariettes : il
confeffe que l'accueil flatteur & réitéré des comédiens commençoit à lui infpirer un peu d'amour-
propre , lorfque la froideur avec laquelle le
public a reçu fes *Deux morts* , & le jugement
rigoureux des papiers publics ont fait tomber
le voile de l'illufion , & lui ont rendu fa timidité
naturelle.

Il a fait le *Fou raifonnable* ; il l'a donné au

fieur Volange , en exigeant le plus grand fecret. Cette bagatelle a eu un fuccès auquel il ne s'attendoit pas ; il a vu tous les fuffrages fe réunir en faveur de cette comédie ; il a joui du plaifir pur de l'anonyme , & ne s'eft fait con- noître que lorfque fon fuccès a été complet , par l'obftination du public à la croire d'un de nos meilleurs comiques actuels.

3 *Septembre* 1781. Dans la *Parodie de Ri- chard III* , jouée hier aux Italiens , M. Parifot n'a pas fuivi la marche ordinaire de ce genre , qui confifte à traveftir en perfonnages groffiers & fouvent bouffons , les héros qu'on veut ridicu- lifer. Il a laiffé à ceux de la piece originale leurs noms, leurs qualités , & a , fans effort , tourné en burlefque tout ce qui eft préfenté avec l'appa- reil de la grandeur. La plupart des couplets ont réuffi, fur-tout à caufe des airs heureux auxquels ils ont été adaptés ; il en eft auffi de piquants & de gais par eux-mêmes. On eût au refte fouhaité que le parodifte eût appliqué fon talent à la critique d'un ouvrage plus connu ; car faute de fe fouvenir de la tragédie de M. Durofoy, on trouve des endroits inintelligibles, & dont l'obf- curité n'eft due qu'à celui-ci , un des hommes les plus habiles dans le galimatias double.

4 *Septembre* 1781. Le fieur Radix de Sainte- Foix , en attendant qu'il répande dans le public un mémoire direct juftificatif de fa conduite , ayant été forcé de fe démettre de fa charge de furintendant des finances de M. le comte d'Artois, a compofé & fait imprimer : *Mémoire à mon- feigneur le comte d'Artois, fur l'adminiftration de fes finances.* Dans ce mémoire , fort fec &

fort ennuyeux, on trouve cependant quelques faits curieux.

1°. Les apanages des princes du fang royal ne font plus comme autrefois de véritables démembrement de l'état, & l'ufage actuel eft de les fixer à 200,000 livres de rentes en domaines, quittes de toutes efpece d'entretien & de charges, reverfibles à la couronne à l'extinction de la ligne mafculine des princes apanagés.

2°. Les domaines dont l'apanage du comte d'Artois fut compofé au mois de novembre 1773, à l'époque de fon mariage, confiftoient dans les provinces de l'Angoumois, du Limoufin & de l'Auvergne. Les charges de ces deux dernieres provinces en abforbent le produit : au mois de juin 1776, monfeigneur obtint l'échange du Limoufin contre le duché de Berry & le comté de Ponthieu ; & depuis, en 1778, celui du Poitou contre l'Auvergne.

3°. Le fieur de Sainte-Foix prétend que l'augmentation faite dans les revenus de ces provinces, par fes foins & fon intelligence en cinq ans, fe monte à plus de 300,000 livres de rentes.

4°. Mais les améliorations faites, depuis la prife de poffeffion de monfeigneur, ne comptant point en cette matiere, il eft bien éloigné de penfer que ce prince ait encore reçu le complétement de fes 200,000 livres de rentes en domaines, exemptes de toutes charges.

5°. Indépendamment de cet apanage, le fieur de Sainte-Foix a prétendu avoir fait des fpéculations utiles pour monfeigneur par différentes acquifitions hors de l'apanage, telles que l'échange des forêts de St. Dizier, Waffy & Ste. Mene-

houd en Champagne , du marquifat de Maifons & feigneurie de Carrieres , des terreins de
la Pépiniere au fauxbourg Saint Honoré , formant
le fief d'Artois , du Colifée & des greves du Mont-
Saint-Michel

6°. Dès la fin de 1776 , monfeigneur eut le defir
d'avoir une habitation & une capitainerie ; pour
éviter une éreĉtion nouvelle , capable de géner les
propriétés territoriales , on fit en fa faveur un démembrement confidérable de celle de St. Germain-
en-Laye , fous le fimple titre de Canton ; & S. M. voulut bien y joindre le don du château-neuf de Saint-
Germain , & de 600,000 livres par an , pendant
dix années , pour aider à la reconftruĉtion.

7°. Outre l'apanage , il y a des fonds affignés fur
le tréfor royal pour les dépenfes de la mafon de monfeigneur. Ils font de 2,202,925 livres 19 fous 4
deniers.

8°. Et ces dépenfes font de 720, 791 livres 7 fous
1 denier de plus que cette fomme.

9°. Enfin , par le réfumé général de la fituation
des affaires de M. le comte d'Artois au 8 août 1781 ,
la dette a dépaffé fon avoir , fuivant l'aveu même
du Sr. de Sainte-Foix , de 2,246,238 livres 16 fous
8 deniers.

4 *Septembre* 1781. A la fuite des propofitions condamnées par la faculté , les fages
maîtres obfervent dans leur cenfure du livre de
l'abbé Raynal , qu'outre les quatre vingt-quatre
propofitions extraites , il en eft beaucoup d'autres
repréhenfibles également ; mais qu'ils n'ont pas
jugé à propos de les cenfurer toutes en détail ,
pour épargner aux fideles un plus long expofé
de chofes qui font horreur. Ce qu'ils mettent

fous les yeux , ajoutent-ils , fuffit pour faire connoître tout le venin de l'ouvrage condamné , un
des plus déteftables qui puiffent jamais paroître contre la religion & l'état.

5 *Septembre* 1781. On conferve comme une piece
curieufe dans fon genre , & digne d'être tranfmife
à la poftérité , un *Programme d'exercice littéraire*
imprimé , fait par monfieur Pallion , maître de
penfion à Ivry-fur-Seine. Cet exercice a eu lieu
le 24 août , & l'invitation commençoit par ces
deux vers.

Venez tous , gens de bien , entendre des enfants ,
Qui vous font dévoués autant qu'intéreffants.

Du refte , il annonçoit que ces enfants démon-
treroient toutes les figures de chaque lettre de
l'alphabet , en converfant par fignes , qu'ils dé-
finiroient le fyllogifme , l'enthymême & la philofophie , avec arguments latins & françois ;
qu'ils déclameroient en trois cents cinqante-
huit vers le tragique du maffacre des nôtres à la
Saint Barthelemi ; qu'ils raconteroient des fables
comiques fur la fage morale , l'avantage de la
fcience , de l'efprit , du travail , de la piété , de
l'honnêteté ; les fuites funeftes de la mauvaife
éducation , du goût dépravé , de la groffiéreté,
de l'ignorance , du fafte & de la frivolité. Suit
une note du galimatias le plus complet. Il eft
inconcevable qu'à deux lieues de Paris , on
laiffe exifter en chaire un pareil inftituteur , digne
de Charenton.

5 *Septembre* 1781. M. Radix de Sainte-Foix termine fon mémoire par affurer que , fans les dépenfes
extraordinaires de M. le comte d'Artois , il au-

roit la fatisfaction de préfenter à monfeigneur un excédant d'actif de près de neuf millions.

Il convient que quelques magiftrats lui ont dit, en voyant cet état d'accroiffement de maifon, & l'impoffibilité prefque reconnue d'y fatisfaire, qu'il auroit dû fe démettre de fa charge : " & » fon tort en effet , dit - il, eft de n'avoir rien » trouvé d'impoffible pour tout ce qu'a defiré » fon maître. Il s'eft plutôt regardé comme » l'exécuteur de fes volontés , que comme un » contradicteur des goûts , qui ne lui ont paru » qu'éphémeres , & dont il étoit bien fûr que ,, l'élévation de fon ame & la maturité de fes ,, réflexions le dégageroient. ,,

On rapporte à cette occafion le propos de M. Radix de Sainte-Foix à fon maître , lorfque celui-ci , indigné d'apprendre les déprédations dont on l'accufoit , lui dit : " Vous me voliez ,, donc auffi ? —— *Monfeigneur , les menus plai-* ,, *firs de votre alteffe royale n'en ont jamais fouf-* ,, *fert.* , ,, lui répliqua-t-il.

Du refte , M. de Sainte-Foix termine fon mémoire par un *réfumé* , où récapitulant les dix-neuf accufations calomnieufes , fuivant lui, du mémoire de le Bel , il renvoie aux articles du préfent mémoire qui les détruifent , ou fait des réponfes particulieres & fommaires aux imputations , dont la difcuffion n'a pu entrer dans le détail de fon adminiftration : il faut avouer qu'il fe juftifie très-mal , & auroit mieux fait de ne point prématurer le mémoire direct qu'il annonce fur cet objet.

5 *Septembre* 1781. M. le premier préfident de Bordeaux tient un grand état à Meaux, lieu de fon exil. On fait que le parlement de cette

ville a fait un arrêté pour demander au roi le
retour de ce chef; le retrait des lettres-patentes
concernant M. Dupaty, trop humiliantes, trop
injurieuses pour la compagnie; enfin la liberté d'aller à leurs terres vaquer à leurs affaires, & de jouir
des vacances.

Du reste, on ne fait rien : les avocats & procureurs qui ne font point retenus en ville par lettre
de cachet, vont bientôt partir & quitter la ville.

6 Septembre 1781. Extrait d'une lettre de Grenoble, du 31 août. " M. le Franc de Pompignan,
,, archevêque & comte de Vienne, pourfuivant
,, toujours avec un zele infatigable les apôtres
,, de l'incrédulité, ou les ennemis de l'église,
,, vient de publier encore un *mandement por-*
,, *tant défenses de lire dans fon diocefe les œu-*
,, *vres de Jean-Jacques Rouffeau, & l'hiftoire po-*
,, *litique & philofophique des établiffements & du*
,, *commerce des Européens dans les deux Indes, par*
,, *le fieur Raynal.*

,, Dans cet écrit paftoral, très-bien fait dans
,, fon genre, on diftingue ce parallele des deux
,, coryphées de la philofophie moderne. Voltaire
,, plus fécond, du moins quant à la multitude
,, de fes ouvrages, né poëte, ce que l'autre
,, n'étoit pas; efprit brillant, écrivain plus poli,
,, & en général plus foutenu dans fon ftyle;
,, Jean - Jacques, génie plus fort & plus ner-
,, veux, plus éloquent, quoiqu'avec de fréquentes
,, inégalités; plus propre à manier le raifon-
,, nement. Tout confidéré, & fans décider quel
,, étoit celui qui, par l'abus & la fupériorité de
,, fes talents, pouvoit faire le plus de mal, il eft
,, certain dans le fait, que les écrits de Voltaire
,, ont eu plus de lecteurs; ils devoient en
avoir

,, avoir davantage : l'inapplication & la légéreté
,, s'en accommodoient mieux ; ils ouvroient un
,, champ plus vafte à la licence de tout penfer
,, & de tout faire. C'eft l'attrait de cette licence
,, qui multiplie les incrédules : aufli Voltaire
,, a-t-il confervé jufques à la fin de fes jours,
,, la dictature dans la république des mécréants.
,, On y admiroit le citoyen de Geneve : il n'a
,, pu y obtenir que la feconde place. Dans les
,, combats qu'il a livrés à la religion, il a fou-
,, tenu ce caractere de fingularité, répandu fur
,, toutes les actions de fa vie. Franc & ingénu,
,, il a dédaigné les fubterfuges, familiers aux
,, écrivains impies ; il n'a pas prétendu, comme
,, la plupart d'entr'eux, & notamment Voltaire,
,, qu'à l'ombre d'une ironie qui n'en eft que
,, plus infultante, ou d'une allégorie qui ne
,, trompe perfonne, il auroit droit de fe plaindre
,, qu'on lui attribuât calomnieufement le deffein
,, d'attaquer le chriftianifme : il a dit nette-
,, ment & fans détour qu'il n'y croyoit pas.....

,, Il a retenu beaucoup plus de vérités que
,, les athées & les déiftes anciens ou modernes ;
,, mais il ne les a retenues que pour les affoiblir
,, & les défigurer. Il terraffe le matérialifme ; le
,, déifme retouché de fa main, n'en a pas plus
,, de confiftance.

,, Sa morale eft moins dépravée que celle des
,, autres incrédules ; il la colore quelquefois du
,, vernis de l'aufere vertu ; mais ce ftoïcifme
,, aboutit enfin au relâchement le plus fcan-
,, daleux.

,, Il témoigne une profonde vnération pour
,, la perfonne de Jefus-Chrift... Nous pouvons
,, & nous devons croire que cette vénération

Tome XVIII. B

„ n'étoit pas feinte ; il ne déguifoit pas fes
„ fentiments. . . . . „

6 *Septembre* 1781. En 1762 , le fieur Moreau ,
hiftoriographe de France , fut nommé commiffaire du roi , pour traiter avec M. de Sainte-
Palaye de toute la partie hiftorique de fa bibliotheque , & de tous fes manufcrits fans exception.
Le tout fut tranfporté , non à la bibliotheque
du roi , comme l'a avancé M. de Chamfort
dans fon difcours de réception à l'académie ;
mais dans le cabinet d'hiftoire & de monuments,
inftitué par ledit fieur Moreau , & confié à fes
foins ; centre & fiege des travaux attachés à fon
titre.

Le roi , pour cette acquifition , avoit affuré à
M. de Sainte-Palaye & à fon frere , une rente via-
gere de 4,000 livres.

Au nombre des manufcrits de M. de Sainte-
Palaye , remis après fa mort au Sr. Moreau avec fes
livres, eft le fameux Dictionnaire des antiquités françoifes , en 40 volumes in-folio, dans lefquels ce favant & laborieux compilateur embraffoit à la fois ,
géographie , chronologie , mœurs, ufages , légif-
lation , &c.

On y trouve auffi tous les matériaux du
Gloffaire François , commencé par le défunt , &
continué par M. Monchet , fous les ordres de
M. de Brequigny.

Comme dans la bibliotheque de M. de Sainte-
Palaye , il s'eft trouvé deux copies du *Recueil*
d'antiquités , qui contient . rangés par ordre alpha-
bétique , & tous les extraits des lectures que
M. de Sainte-Palaye avoit faites pendant fa vie,
& toutes les notes par lefquelles il avoit voulu fe
rappeller les connoiffances qu'il y avoit puifées.

Il en a été fait un échange avec M. le marquis de Paulmy, qui a livré des chartres & des recueils beaucoup plus analogues aux recherches historiques du sieur Moreau, & de ses collaborateurs.

On apprend tous ces détails dans une lettre de M. Moreau, datée de la ville d'Auray, le 26 août, adressée à M. de Chamfort, où il le redresse sur ses erreurs très-volontaires & très-extraordinaires au milieu d'une académie, dont plusieurs membres, acteurs & participants de ces échanges, auroient pu mieux instruire leur nouveau confrere. Cela prouve de plus en plus, combien en tout la vérité est sujette à s'altérer & difficile à éclaircir.

7 *Septembre* 1781. Madame la duchesse de Polignac s'étant établie dans la maison de M. le Rez-de-Chaumont à Passy, pour y faire ses couches, toute la cour s'est rendue à la Muette, afin que la réine pût avoir la facilité d'aller voir cette favorite. Il y a trente-deux dames de nommées du voyage & vingt-six seigneurs, sans compter ce qu'on appelle les *polissons*, c'est-à-dire, les courtisans non désignés, qui peuvent venir rendre leurs devoirs à S. M.

M. le comte de Maurepas a profité de cette circonstance pour venir se délasser à Paris de ses grandes occupations, ainsi que d'autres ministres. Hier M. le duc d'Aumont leur a donné à dîner à la *Redoute Chinoise* de la foire ; ensuite ils se sont rendus aux *Variétés amusantes*, où ils ont vu *Jérôme Pointu* & le *Fou raisonnable*. Lorsque M. le comte d'Estaing, un des seigneurs invités de cette partie, s'est montré, on l'a applaudi particuliérement, & l'on a crié : *vive*

d'Eſtaing! Toute cette brillante ſociété eſt rentrée de nouveau à la redoute , & c'étoit une foule
dont il n'y a pas d'exemple. Chacun s'empreſſoit
d'admirer l'air aimable, gai & ſerein du premier
miniſtre, ainſi que le tendre intérêt de madame
de Maurepas , qui accompagne ſon mari par-
tout : union ſi rare & ſi aimable à la cour.
M. Amelot , M. de Ségur , M. de Caſtries ,
M. d'Oſſun , preſque tout le conſeil ſe diſtin-
guoit dans le grouppe , où étoient auſſi de très-
jolies femmes. Ce jour ſera mémorable dans les
faſtes de la redoute & de la foire. Chacun s'empreſſoit & ſe demandoit ſi M. de Fleury n'y étoit
pas auſſi, pour le voir & le connoître ; mais il n'a
pas paru.

7 *Septembre* 1781. Mr. Parent , avant ſon
jugement , a fait paroître un long *mémoire pour
le ſieur Parent, préſident à la cour des monnoies :
contre les mariés Rogé , ci - devant faïanciers-
poëliers à Lyon ; & le ſieur Oſterwald , négociant à Lyon* ; où l'on remarque ſur-tout l'hiſtorique de la vie & mœurs de la dame Rogé.

Suivant ce mémoire , Marie Pierry eſt née à
Lyon de l'extraction la plus baſſe. Dans ſon
enfance la miſere l'avoit réduite à aller vendre
par les rues de petites pâtiſſeries : à treize ans
elle ſe mit fille de boutique chez une marchande
de modes : avec une figure intéreſſante , elle
circula quelque temps dans la ville parmi les jeunes libertins dont elle abonde. En 1749 elle épouſa
Pierre Rogé , faïancier-poëlier , ne poſſédant
aucun fonds , dont tout le bien étoit dans ſon
travail & ſon induſtrie.

En 1770 , un procès fournit à la femme Rogé
occaſion de venir à Paris , où elle connut le

sieur Parent. Cette femme artificieuse & vraiment extraordinaire, devenue la maîtresse de ce premier commis de M. Bertin, s'évertua, conçut de grands projets de fortune ; mais son plus grand étoit fondé sur l'aveuglement & la bonhommie de son amant, qui, sentant l'indécence de faire certaines acquisitions en son nom, se servoit des offres qu'elle lui fit d'être son *prête-nom*. Elle acheta ainsi à Lyon des terreins appartenants aux jésuites, contenant 200,000 pieds, avec des bâtiments précieux, appellés *terreins de Saint-Joseph* : elle acheta encore d'autres effets, dont un hôtel considérable à Paris.

On étoit alors à la recherche de prétendus prête-noms des jésuites ; on soupçonna cette femme. L'intendant de Lyon fut chargé de prendre des renseignements : le prévôt des marchands & les échevins qu'il consulta, lui répondirent qu'il étoit en effet étonnant que des gens de la lie du peuple, à peine connus, si ce n'est par un petit trafic de ferraille & de faïance, fussent en état de faire de pareilles acquisitions.

Cette notice fut lue au parlement, les chambres assemblées ; & le 15 février 1777, la femme Rogé fut arrêtée par ordre du roi, & conduite à la Bastille. Le sieur Parent s'étant remué, ayant appris & prouvé aux ministres & au lieutenant-général de police qu'il avoit fait tous les fonds, elle fut élargie environ six semaines après.

A la fin du mémoire peu justificatif du sieur Parent, & qui annonce seulement son étrange duperie d'une femme fausse & artificieuse, est une consultation délibérée à Lyon le 3 juillet dernier, par Me. Prost de Royer, suivant laquelle il y auroit assez d'inductions, de preuves &

B 3

de titres pour découvrir les friponneries de la femme Rogé , & la condamner à des restitutions.

Cependant , suivant le jugement intervenu mardi dernier , le sieur Parent est puni par l'admonition ; la femme Rogé est élargie avec un plus amplement informé de trois mois seulement.

8 *Septembre* 1781. On a parlé plusieurs fois de la Dlle. Bertin , si célebre depuis qu'elle a l'honneur d'être marchande de modes de la reine. Elle avoit pour premiere fille de boutique Mlle. Picot , ouvriere extrêmement adroite , intelligente , & sur-tout très-intrigante. Celle-ci s'est prévalue de son talent pour s'établir , & a bientôt enlevé la plupart des pratiques de son ancienne bourgeoise. La Dlle. Bertin furieuse, l'ayant un jour rencontrée à Versailles dans la galerie , l'a injuriée & lui a craché au visage. Procès en conséquence à la prévôté de l'hôtel ; *Factum* de part & d'autre , dont le plus plaisant est celui de la Dlle. Bertin , de la façon de Me. Coqueley de Chaussepierre , dit-on : enfin , est intervenu un jugement le lundi 3 septembre, qui fait défenses à la Dlle. Bertin de récidiver, la condamne à 10 livres d'aumône envers le roi, & à tous les dépens. On trouve que , vu le lieu où l'insulte a été commise , le délit n'est pas assez puni.

9 *Septembre* 1781. Depuis que, malgré les soins du sieur d'Auvergne à réunir dans les concerts donnés aux Tuileries les divers genres de musique, françoise, allemande, italienne, afin de satisfaire les trois sectes qui partagent aujourd'hui l'empire lyrique , ils ont été encore plus abandonnés, s'il est possible , qu'en 1763 : nous

avons annoncé qu'on avoit essayé de ramener le public par de petits actes exécutés au théatre des Menus. Il n'a pas été beaucoup plus empressé de s'y rendre, soit à raison de l'éloignement, soit à raison de la mauvaise exécution, soit parce que ces actes étoient déja usés jusqu'à la corde. Enfin, on a pris le parti de remettre *Echo & Narcisse*. Cette pastorale tragique ayant eu peu de succès la premiere fois, il étoit à craindre que la désertion n'augmentât le vendredi 31 août, où la premiere représentation de la reprise a eu lieu. Heureusement le pronostic du chevalier Gluck, l'auteur de la musique, s'est vérifié : il disoit, lors de la naissance de cet ouvrage : *il ne peut y avoir de trop grand théatre pour Iphigénie en Aulide, ni de trop petit pour Echo & Narcisse*. En effet, celui-ci a eu le succès le plus décidé. Le sieur Lais qui, ayant voulu se soustraire à l'ordre qu'il avoit reçu, se disposoit à partir pour le pays étranger, a été arrêté & mis au Fort-l'Evêque. Retiré de cette prison pour faire le rôle de *Cynire*, chanté autrefois par le sieur le Gros, il y a brillé de la façon la plus distinguée. Non-seulement sa voix a paru infiniment propre au vaisseau dans lequel il chantoit, mais il en a résulté l'opposition la plus heureuse avec celle de *Narcisse*, & d'ailleurs on l'a jugé acteur : on lui a trouvé du goût, de l'ame & sur-tout du zele ; ce qui a fait oublier sa faute.

L'*Hymne à l'Amour*, qui termine cet acte, a été redemandé & répété, ce qui jusques-là étoit sans exemple à l'opéra. Il est des gens séveres qui regardent cette complaisance comme funeste & comme dégradant la majesté de ce théatre,

B 4

comme affimilant les acteurs aux hiftrions des théatres forains.

9 *Septembre* 1781. Les propriétaires des maifons du Palais-Royal, jugeant depuis que M. le duc de Chartres a commencé d'abattre les arbres de fon jardin, qu'il étoit temps de publier leurs défenfes, ont répandu un mémoire où ils réclament contre l'entreprife de fon alteffe. Les gens d'affaires du prince, pendant fon abfence, n'ont pas cru devoir refter en défaut, & ont répondu aux propriétaires. Le public s'empreffe d'avoir ces factums, dans une querelle où il prend tant de part.

9 *Septembre*. M. de Villepatour, officier-général d'artillerie très-renommé, vient de mourir prefque fubitement d'une goutte remontée.

9 *Septembre*. On a applaudi hier au concert fpirituel plufieurs artiftes & morceaux nouveaux; 1°. une fymphonie de M. Froment, dont l'andanté a particul'érement réuffi : 2°. un motet de M. Mereaux : 3°. M. Imbault qui a mis beaucoup de netteté & d'exécution dans fon concerto de violon : 4°. M. Michel, qui a joué de la clarinette avec une fûreté, avec une facilité, qui ont excité les tranfports le plus vifs : 5°. Enfin un oratorio de *Jephté*, morceau nouveau dont les paroles font de M. Moline, & la mufique de M. Voget : le poëme a paru avoir les ton du genre, & par fa coupe prêter au muficien, & celui-ci annoncer un talent diftingué & digne des plus grands encouragements.

10 *Septembre* 1781. MM. les curés de Paris ayant députés vers M. l'évêque de Senez pour lui demander la permiffion de faire imprimer fon difcours, il paroît & fe vend au profit des pauvres

de la paroiffe de St. André-des-Arts. Cette otaifon
funebre foutient à la lecture la réputation que
lui avoit procuré le débit. On y trouve quelques
notes hiftoriques, rendant ce morceau oratoire encore plus précieux.

L'évêque de Senez rappellant le nombre de
difciples du curé de St. André, que l'églife de
France compte aujourd'hui parmi fes pontifes,
dit qu'il pouvoit être nommé comme autrefois
Salvien, le *maitre des évêques*, & il infere une
lifte & les noms de quatorze évêques qui ont été
de la communauté de M. Léger.

L'abbé de Beauvais en étoit lui-même ; mais
il ne fut élevé à l'épifcopat que lorfque ce véné-
rable pafteur étoit réduit dans un état d'affaif-
fement qui le laiffa pendant quatre ans étendu
fur le lit du trépas. Cependant à cette nouvelle,
l'ame étonnée du curé fe réveilla comme d'un
fommeil profond : il lui avoit tenu lieu de pere,
il s'agite, il gémit de ne pouvoir exprimer le
fentiment qu'il éprouve. « Ah ! s'écrie-t-il en
» foupirant, ah, que j'aurois de chofes à lui dire ! »
mais fa langue fe refufe à les exprimer. Ce morceau eft un des plus touchants du difcours.

10 *Septembre* 1781. Extrait d'une lettre de
la Rochelle, du 4 feptembre. « Nous fommes
» d'autant plus fâchés ici de là mort du comte
» de Broglio, qu'il avoit propofé & fait agréer
» le deffléchement des marais peftiférés de la
» Boutonne & des environs de Rochefort, à
» M M. les marquis de Ségur & de Caftries, &
» que l'activité, l'opiniâtreté, le crédit de cet
» officier-général, nous étoient néceffaires pour
» la réuffite du projet. Il a laiffé beaucoup de
» mémoires & d'obfervations fur une infinité de

B 5

,, matieres intéreſſantes pour l'état & pour le
,, public ; car aucune ne lui étoit étrangere.

,, Deſtiné d'abord aux négociations , il s'étoit
,, livré à l'étude des intérêts des cours qui va-
,, rient ſi ſouvent , & il avoit continué de les
,, ſuivre dans leurs variations. Peut - être regar-
,, doit-il cette étude comme une dépendance de
,, celle qui l'occupoit principalement ; car il
,, n'eſt aucune connoiſſance qui lui ait paru
,, étrangere à la ſcience militaire : il en poſſédoit
,, parfaitement la théorie ; il s'étoit rendu propre
,, l'expérience de tous les temps , à laquelle il
,, avoit beaucoup ajouté par la ſcience & par ſes
,, ſavantes combinaiſons ; il s'étoit ſur - tout
,, attaché à la partie économique , exigeant des
,, détails ſi étendus. Auſſi la confiance que les
,, troupes avoient en lui dans les marches &
,, pour la ſubſiſtance, égaloit celle qu'il méritoit
,, comme général dans la défenſe d'une place ,
,, ou en préſence de l'ennemi. Il avoit une con-
,, noiſſance très - vaſte de ce qui concernoit les
,, forges en particulier , & les arts en général ;
,, & ſon zele pour le bien public dirigeoit tou-
,, jours ſes vues.

,, Enfin , pour mieux connoître le comte de
,, Broglio & ce qu'il valoit , on peut s'en rap-
,, porter à ce qu'en dit le comte de St. Ger-
,, main , dont le témoignage ne peut être ſuſ-
,, pect dans ſes *mémoires*, (ſect. 4. pages 99 &
,, ſuiv. édit. in-8°. de 1779.) ,,

10 *Septembre*. Tandis qu'on preſſe avec la
plus grande activité la ſalle en bois qu'on conſtruit proviſoirement pour l'opéra , qu'on y travaille au grand ſcandale des fideles, même les
fêtes de Vierge , jours auxquels vaquent les

fpectacles profanes , les architectes s'évertuent à donner des plans d'une falle à demeure , & qui puiffe fervir de monument d'architecture digne de cette capitale. Un M. Huet, entr'autres, publie le plan d'une à conftruire fur le terrein de l'hôtel de Longueville ; il y a joint une place pour Louis XVI devant la cour du Louvre , une fontaine publique derriere la falle , & aux deux côtés une rue de *Gluck* & une rue de *Piccini.*

11 *Septembre* 1781. La cenfure traduite contre le livre de l'abbé Raynal commence ainfi : « Nous ,, avons cru devoir faire connoître dans la forme ,, ordinaire le venin dont cet ouvrage eft infecté : ,, puiffent nos travaux être couronnés par le ,, fucès ! puiffent - ils raffermir la foi chance- ,, lante ! puiffent les forts y trouver de nouveaux ,, motifs de perfévérer ! On verra par les propo- ,, fitions extraites , que cet auteur foule aux ,, pieds ce qu'il y a de plus facré ; que les blaf- ,, phêmes , la plus honteufe corruption , les for- ,, faits les plus atroces , ne font plus des crimes ,, pour lui. Il n'en connoît d'autres que de ,, *profeffer la religion chrétienne , de chérir ,* ,, *honorer & refpecter les rois.* Quelle impu- ,, dence ! elle devroit fuffire pour empêcher les ,, ravages que pourroit faire la doctrine de ,, l'auteur. Non , il n'y a qu'un impie qui ,, puiffe fans indignation entendre appeller cent ,, fois la religion chrétienne , *la plus méprifable* ,, *de toutes les fuperftitions.* Il n'y a qu'un ,, homme entiérement corrompu qui puiffe ,, entendre , fans frémir , avancer des propo- ,, fitions abominables qui détraifent les mœurs ,, & renverfent les loix , enfeigner que *l'adul-*

B 6

,, tere n'est point un crime , si les loix ne le
,, défendent point ; que le *libertinage doit être*
,, *non - feulement toléré* , *mais érigé en culte*
,, *public*. Il n'y a qu'un homme dépouillé des
,, fentiments de la nature qui puiffe applaudir
,, à un écrivain qui veut anéantir l'amour filial,
,, infpirer aux enfants une haine violente contre
,, l'autorité paternelle , qui fouleve les peuples
,, & les invite ouvertement à maffacrer les
,, rois. . . . ,,

Tel eft le réfumé des propofitions extraites
de cet ouvrage, difent les docteurs dans l'excès
de leur rage fanatique , un des plus déteftables
qui puiffent *paroître contre la religion & contre*
l'état. Elles font renfermées dans quatre articles.:

1°. de l'*Homme* & *de la Loi naturelle* ; 2°. de
la Religion révélée ; 3°. *de la Morale* ; 4°. *du*
Gouvernement.

11 *Septembre* 1781. On a dit dans le temps que
les divers miniftres des finances , peu amis des
arts , qui avoient gouverné celles de la France
fur la fin du regne de Louis XV , avoient
étendu leur barbarie jufques fur les fonds deftinés aux prix des diverfes académies. Celle des
belles-lettres s'étoit trouvée par fa réduction
des rentes , dans la néceffité de ne diftribuer
que de deux en deux ans le prix annuel fondé
par feu le comte de Caylus , confiftant dans
une médaille d'or de la valeur de 500 livres.
M. Necker n'avoit pas même eu le foin de
réparer cette injure ; il paroît que M. de Fleury
s'en eft chargé.

M. Amelot , par une lettre du 1 feptembre ,
a annoncé à cette compagnie que fa majefté
roulant lui donner une nouvelle marque de la

protection dont elle l'honore , a rétabli ce prix dans fon intégrité primitive , & a fourni le moyen de le diftribuer tous les ans , fuivant l'intention du fondateur.

11 *Septembre.* On parle depuis long - temps d'un certain *Dialogue* imprimé , *entre M. Turgot & M. Necker* , très - méchant. Il faut qu'il le foit beaucoup , puifqu'en effet il refte toujours très-rare , de façon qu'on n'en connoît encore que le titre.

11 *Septembre.* M. Gluck étant hors de combat par une attaque d'apoplexie , dont les fuites funeftes ne peuvent qu'augmenter à fon âge , M. Sacchini eft venu à Paris dans l'efpoir de s'y faire rechercher. Arrivé vers le temps où l'empereur étoit à Verfailles , il a demandé à affifter aux fêtes de Trianon , & fur-tout à l'opéra d'*Iphigénie* , du muficien Allemand. Il a été introduit avec diftinction , & la reine & le comte de Falckenftein l'ont voulu avoir auprès d'eux durant l'opéra , le queftionner & favoir fa façon de penfer fur l'ouvrage. Le dernier , avant que le fpectacle commençât , lui a demandé s'il n'avoit jamais vu d'opéra françois? Il a répondu que non : « eh bien ! vous en allez voir un , » lui a répliqué le comte. Les fpectateurs , ennemis du chevalier Gluck , en ont conclu que l'empereur faifoit peu de cas de fa mufique , puifqu'il l'affimiloit à la nôtre : d'autres plus judicieux n'ont pas donné une interprétation fi forcée à fon propos , & l'ont pris tout naturellement. Quoi qu'il en foit , la reine a imaginé de fixer en France le fieur Sacchini ; elle a chargé M. Amelot de lui en faire la propofition. Ce miniftre , pour le déterminer davan-

tage , l'a pris du côté de la gloire , & lui a
déclaré que la sienne ne seroit pas complete ,
s'il n'obtenoit les suffrages des Parisiens. L'Italien, un peu piqué de ce propos , lui a reparti
qu'il croyoit être déja assez connu , même dans
cette capitale. On s'est rapproché cependant.
M. Sacchini a fait ses propositions, & le secretaire d'état en doit rendre compte à la reine.

M. Sacchini a un grand avantage sur son confrere Piccini , c'est qu'il est déja au fait de la
prosodie de notre langue , & que le dernier n'en
savoit pas un mot à son arrivée ici.

12 *Septembre* 1781. Des lettres - patentes données à Versailles le 30 mars dernier, registrées
en parlement le 28 août seulement , portant
réglement pour le college Mazarin , font une
nouvelle preuve de la protection du roi pour les
lettres. Il y a quatre articles principaux:

1°. Les éleves de ce college seront augmentés
successivement en nombre , à mesure que les
revenus pourront le permettre.

2°. Il y aura déformais quatre places pour la
province de Lorraine & l'isle de Corse.

3°. Les éleves seront entretenus à l'avenir aux
frais du college. Ils seront soignés & médica-
mentés en cas de maladie , & il leur sera fourni
des meubles & autres objets nécessaires à leur
usage , & conformément à un état annexé aux-
dites lettres.

4°. A compter du 1 janvier 1781 , le grand-
maître du college jouira de 2,000 livres d'ho-
noraires , le procureur & le bibliethécaire de
1,800 liv. chacun, le sous-principal de 80 livres,
le sous-bibliothécaire de 700 livres , le chapelain
de 400 livres , les sous-maîtres de 600 livres

chacun , enfin à l'agent du college 40 livres ;
à chacun des garçons de la bibliotheque 300 liv. ,
& 200 livres à chacun des domeſtiques des
éleves.

13 *Septembre* 1781. Tandis qu'on dégrade le
docteur Meſmer , que ſes confreres jaloux ré-
pandent des pamphlets où ils le peignent comme
un charlatan , un impoſteur , un impudent , un
homme lubrique , qui , ſous les apparences d'un
bienfaiteur de l'humanité , ne cherche qu'à
aſſouvir ſa paillardiſe ; il reçoit d'ailleurs les
inſcriptions , les vers les plus honorables. Voici
ceux ſervant d'épigraphe latine à un mémoire
publié à l'occaſion d'une cure extraordinaire
qu'il vient d'opérer ſur une jeune demoiſelle de
Beauvais.

MESMERO LIBERATORI.

Ob ſanitatem incredibili modo reſtitutam ,
Hos verſus poſuit grati animi puella ;
Quæ linguâ , pedibus & oculis diu capta ,
Nullam ab arte ſpem aut viam ſanitatis expeċlat.
Infans cæca , trahens greſſum , tibi , Meſmere , poſco.
Verba , pedes , oculos ; ambulo , cerno loquor.

13 *Septembre. Mémoire à conſulter pour les
propriétaires des maiſons ſituées autour du jardin
du Palais-Royal , oppoſants & demandeurs.*

On y expoſe d'abord au conſeil quelques faits
pour le mettre en état de décider ſi la loi n'offre
pas à ces propriétaires des moyens de ſe mettre à
l'abri d'une atteinte ſi ruineuſe pour eux.

Ces faits ſont que le Palais-Royal eſt l'ouvrage

du cardinal de Richelieu. Le roi *Louis XIII*
voulut bien en accepter la donation en date du
6 juin 1626, « fous la condition que ledit hôtel
» demeureroit à jamais inaliénable de la cou-
» ronne, fans même pouvoir être donné à
» aucun prince, feigneur ou autre perfonne pour
» y loger fa vie durant ou à temps ; l'intention
» dudit feigneur cardinal étoit qu'il ne ferve
» que pour logement de S. M. quand elle l'au-
» roit agréable, de fes fuccefleurs rois de
» France, ou de l'héritier de la couronne feu-
» lement, & non autre ; ne s'étant porté à bâtir
» cette maifon avec tant de dépenfe, que dans
» le deffein qu'elle ne ferviroit qu'à la premiere,
» ou au moins à la feconde perfonne du
» royaume, en faveur même duquel S. M. ou
» fes fuccefleurs ne pourroient jamais difpofer
» que de l'ufage & habitation feulement. » Après
quelques autres détails relatifs à cette donation
ou fes circonftances & fuites, ils paffent aux faits
récents.

Le bruit fe répand qu'en conféquence d'une
donation faite par le duc d'Orléans à fon fils le
30 décembre 1780, qui porte expreffément qu'il
confervera pour l'agrément du public la jouiffance
des cours & du jardin. M. le duc de Chartres étoit
dans l'intention d'ajouter un nouveau corps de
bâtiment à ce palais pour l'habitation des princes
fes enfants, & qu'à cette occafion il entendoit
ouvrir trois rues dans tout le tour du jardin, &
aliéner dans toute fa longueur de ces trois rues
nouvelles une portion du même jardin, deftinée
à être bâtie par les acquéreurs.

Les propriétaires ont eu recours à la juftice

& à la bonté du prince ; toutes leurs démarches ont été infructueuses.

Le 17 juin, M. le duc de Chartres a obtenu des lettres - patentes pour l'exécution de son plan ; les propriétaires y ont formé opposition. Le 23 juillet ils reçurent la signification d'un arrêt par défaut. Le 30 du même, son altesse leur fit déclarer qu'elle se désistoit des lettres-patentes.

L'espoir que leur donnoit cet acte s'évanouit bientôt par la destruction de la grande allée du Palais-Royal : ils apprirent que M. le duc de Chartres n'entendoit plus aliéner & devoit faire à ses frais tous les bâtiments énoncés dans son exposé, & qu'on recevoit déjà des soumissions.

Les propriétaires demandent en conséquence si, depuis le désistement du duc de Chartres, tout recours à la justice leur est interdit ; & au cas qu'il leur soit ouvert une voie d'opposition, à quel tribunal ils doivent la former ? Sont - ils fondés à demander d'être maintenus dans leurs jours, vues & entrées, avec défense à M. le duc de Chartres de faire aucunes constructions qui puissent y nuire ? Enfin, ne le sont-ils pas aussi à demander & obtenir des défenses provisoires jusqu'au jugement du fonds ?

La consultation, signée *Babille*, *Collet* & *Treilhard*, en date du 29 août, étant absolument favorable, les propriétaires ont formé leurs demandes par requête du 30 août 1781, & il y a eu le 31 arrêt d'appointement à mettre sur la demande provisoire au rapport de M. Pasquier, doyen.

14 *Septembre* 1781. M. le duc de Chartres étant absent, & ne pouvant être revenu que le

17 de ce mois , on a répondu à la hâte au *Précis
sur le provisoire* , pour M. le duc de Chartres ;
défendeur , contre *quelques propriétaires des maisons* situées sur le jardin du Palais - Royal , demandeurs.

Dans cet écrit on argue de mauvaise foi le
mémoire des adversaires ; on rétablit les qualités
des parties , les objets du procès , les faits , les
actes , les loix , la possession , les intérêts même ,
& l'on prouve que tout se réunit en faveur du
prince , si cruellement investi de procédures inat-
tendues pendant son absence & celle de son
conseil.

14 *Septembre*. M. Genet , chef du bureau des
interpretes à Versailles , y est mort le onze d'une
fievre putride. Ce zélé serviteur du roi joignoit
à une activité rare toutes les connoissances nécessaires pour remplir avec la plus grande distinction les devoirs de sa place. Il emporte
l'estime & les regrets universels : il est auteur
d'une foule d'ouvrages plus instructifs qu'agréables à lire. Il avoit le style incorrect , lourd &
sans aucune chaleur. *L'Etat Politique actuel d'Angleterre* , espece de journal périodique qui paroît
durant la derniere guerre , presque en entier de
sa composition , sera sur-tout très - utile pour en
écrire l'histoire.

15 *Septembre* 1781. Suivant le *Précis* du duc
de Chartres : 1°. les maisons autour du Palais-
Royal sont au nombre de 72 , les demandeurs
au nombre de 30 au plus ; ainsi ce n'est au plus
que la moitié des propriétaires qui plaident.

2°. Ils font remonter la date & l'origine de
leurs fenêtres , au temps où Louis XIV habitoit
lui-même le Palais-Royal ; & en 1658 ; c'est-à-

dire quinze ans après , il n'exiſtoit encore autour
du jardin que 17 pavillons , bâtis par le Barbier ,
ſur le modele preſcrit par le cardinal de Richelieu ,
*ſans jours ni ouvertures ſur le parc & clôture de
ſon éminence* , ſuivant l'obligation impoſée à le
Barbier , en 1636.

3º. Ils fixent à 1692 la poſſeſſion du Palais-
Royal par les princes de la maiſon d'Orléans.
C'eſt en cette année qu'il fut réuni à leur apanage par un édit ; mais ſon alteſſe royale ,
Monſieur , frere du roi , en avoit alors la jouiſſance , & l'occupoit depuis 1661 ; en ſorte que
les maiſons actuelles ont été bâties depuis la
jouiſſance de ces princes. Les premieres per-
miſſions d'avoir des ouvertures aux murailles
élevées par le cardinal , furent données par ſon
alteſſe royale , *Monſieur* , au marquis de
Nouant , ſon chancelier , puis au cardinal
Dubois , &c. mais à titre gratuit & précaire
ſans ſervitude.

4º. Louis XIII , dans ſon acceptation du
Palais - Royal , n'a point agréé cette intention du
cardinal , que le roi ſeul ou l'héritier préſomptif
de la couronne puiſſe l'occuper ; il a ratifié toutes
les autres clauſes , excepté celle-là.

5º. M. le duc d'Orléans lui - même a déclaré
de vive voix aux députés des propriétaires , qu'il
n'avoit jamais défendu au duc de Chartres de
rien innover dans le Palais-Royal , & qu'il en
donneroit l'aſſurance par écrit , ſi le prince ſon
fils en avoit beſoin.

6º. Les eſcaliers & ſaillies des maiſons ſont
ſur le ſol même du Palais - Royal , entre leurs
maiſons & le grillage qui fut mis en 1732. En
1741 & 1742 , feu M. le duc d'Orléans , pour

interrompre cette propriété qui peut s'acquérir par la prescription, exigea d'eux la reconnoissance formelle que ces jouissances étoient précaires & amovibles : il n'exigea point la même chose pour leurs fenêtres ou vues droites, parce que la prescription n'y peut rien, & qu'il faut à cet égard un titre formel & très-précis.

7°. Enfin, l'objet du prince est de faire du Palais-Royal un monument superbe, un lieu de promenade commode, même dans tous les temps de l'année ; un rendez-vous général des nationaux & des étrangers, avec tous les agréments possibles. Ainsi, loin de chercher à nuire aux propriétaires, il travaille à l'amélioration de leurs terreins, & ils calomnient mal-à-propos ses intentions.

15 *Septembre* 1781. On voit ici circuler l'arrêté du parlement de Bordeaux, en date du 27 août, relativement aux lettres-patentes du 14 dudit, portant prorogation des séances. Cet arrêté, quoique manuscrit, est recherché & se multiplie par l'empressement des curieux. Il s'agit de remontrances à faire par ce parlement, dont les articles sont au nombre de six. Le premier roule sur les lettres-patentes du 23 décembre 1780, imprimant sur la tête des magistrats qui composent la compagnie une tache flétrissante, & sur l'inutilité de leurs plaintes restées sans réponse ; ce qui leur a ôté toute faculté d'agir & de juger.

Dans le second, les magistrats réclament contre les lettres closes ou de cachet, si multipliées de plus en plus.

La lettre de cachet décernée contre le premier président est l'objet troisieme.

Dans le quatrieme , ils fe plaignent de ce qu'on a arrêté leurs procédures contre les libelles répandus à l'occafion de la querelle de M. Dupaty: libelles dont M. l'avocat-général Du Faur de la Jarte a donné l'exemple dans fon difcours.

Ils fe plaignent dans le cinquieme des lettres-patentes de prorogation , en ce qu'elles portent l'empreinte d'une punition , n'y ayant dans ce temps de vacances à Bordeaux ni avocats , ni procureurs , ni plaideurs , parce que tous font forcés d'aller vaquer à leur récolte. ◆

Enfin, le fixieme eft une forte de récapitulation du refte , & une péroraifon touchante pour émouvoir le cœur paternel du monarque.

En général, cet arrêté eft foible de raifonnement , & ne roule que fur des lieux communs, auxquels il eft aifé de répondre de la part du miniftere : les magiftrats ne fe difculpent en rien du principal reproche d'être reftés un an fans adminiftrer la juftice.

16 *Septembre* 1781. Voici l'arrêté du parlement de Bordeaux , &c. Ce jour 27 août , la cour , toutes les chambres affemblées , en délibérant fur les lettres-patentes, portant prorogation des féances en date du 14 de ce mois, ainfi que fur tous les motifs qui y ont donné lieu.

Confidérant que les fonctions des magiftrats font incompatibles avec le déshonneur & l'avilif-fement : que les voies multipliées d'autorité & de rigueur employées contr'eux , leur enlevent la confiance des peuples ; qu'au milieu des épreuves les plus dures, des rigueurs inconnues jufqu'à nos jours , dont ils font accablés , tout leur impofe la néceffité de recourir à la bonté & à la juftice du feigneur roi,

A arrêté qu'il fera fait audit feigneur roi de très-humbles & de très-refpectueufes remontrances , à l'effet de lui repréfenter :

1°. Que parmi les coups multipliés & éclatants qui n'ont ceffé de s'appefantir fur fon parlement , rien ne l'a autant confterné que les inculpations contenues dans les lettres - patentes du 23 décembre 1780 , qui impriment fur la tête des magiftrats qui le compofent, une tache flétriffante. Qu'ayant porté leurs plaintes aux pieds du trône, le filence dudit feigneur roi a jeté dans le fond de leurs ames tant d'abattement & d'amertume , qu'ils n'ont pas même pu trouver dans le fentiment intime de leurs confciences un principe de force & de courage pour remplir leurs fonctions avec leur zele ordinaire.

2°. Que fon parlement , pénétré du plus profond refpect pour ledit feigneur roi , & pour tout ce qui porte le caractere de fes volontés , ne craint point de compromettre fon refpect & fon obéiffance , en réclamant contre les lettres clofes furprifes à fa religion , & fi fort multipliées de nos jours ; en proteftant contre leur irrégularité , ne les voyant & ne pouvant les voir que comme attentatoires à la liberté des citoyens , pernicieufes dans leur exécution , réprouvées par les ordonnances dont les magiftrats font les garants & les dépofitaires , & qu'ils ont fait le ferment de garder & de maintenir.

3°. Que ce n'eft pas fans fondement que les lettres clofes ont jeté des alarmes & excité les réclamations de tous les corps de magiftrature : que fon parlement reconnoît un de leurs dangereux effets , dans le coup de rigueur qui vient de frapper fon chef : qu'il ne ceffera de repréfenter

audit feigneur roi fes regrets , fes plaintes ,
la confternation du peuple fur l'éloignement de
ce magiftrat : qu'il ne ceffera de fupplier ledit
feigneur roi de rendre au vœu de la province
le citoyen généreux, juge éclairé , qui , plein
d'amour & de refpect pour fon roi , de zele
conftant à remplir fes fonctions , a toujours'fervi
d'exemple au peuple & de modele au magiftrat.

4°. Que fon parlement , juftement alarmé des
ordres exprès du roi , qui fufpendent une procédure contre les auteurs de certains libelles , ne
peut s'empêcher de réclamer contre cette fuf-
penfion qui entraîneroit avec elle l'impunité d'un
attentat fi offenfant pour la magiftrature, & qui
n'a d'exemple que l'injure publique que fe permit
l'avocat - général contre les magiftrats , dans
le moment même où , féants fur le tribunal,
ils repréfentoient la majefté royale : que ces
différents outrages, que fon parlement ne peut
oublier , exigent une vindicte publique , pour
laquelle il fera fans ceffe entendre fes juftes réclamations.

5°. Que les lettres - patentes portant prorogation ont affecté vivement fon parlement. Ce
n'eft pas que le courage des magiftrats exempts
de reproches , ne foit inébranlable à la vue de
tous les coups qui ne tombent que fur eux per-
fonnellement. Mais leur infenfibilité feroit criminelle pour les conféquences qui en réfultent. Ces
lettres - patentes paroiffent être aux yeux des
peuples une fuite du mécontentement dudit
feigneur roi contre fon parlement : elles portent l'empreinte d'une punition , fur - tout en
voyant l'inutilité de cette prorogation , dans un
temps où les citoyens de tous états étant forcés

d'abandonner la ville & la pourſuite de leurs procès, pour donner tous leurs ſoins à la perception de leurs récoltes, les juges n'auroient aucunes fonctions à remplir par l'abſence des avocats, des procureurs & des parties.

6°. Qu'il importe audit ſeigneur roi, à la nation entiere de conſerver ſans tache des corps qui, méritant la confiance des peuples par leur ſoin infatigable à veiller à leur repos & à leur bonheur ; par l'exemple qu'ils leur donnent de la fidélité, de l'amour & du reſpect pour leurs rois, deviennent par là les remparts de l'autorité ſouveraine, & le lieu de l'obéiſſance de tous les ordres de l'état. Que ſon parlement eſpere de la juſtice & de la bonté dudit ſeigneur roi, qu'il écoutera ſes plaintes & ſes réclamations ; qu'il vengera l'honneur de ſes magiſtrats, reconnoîtra la pureté de leurs ſentiments, & ranimera leur courage, leur zele & leur activité.

17 Septembre 1781. MM. Grignet & Lavau, négociants & armateurs de Bordeaux, ſont arrivés dimanche ici comme députés du commerce de cette ville. Leur miſſion eſt de défendre la propriété de 42 navires qu'on veut leur enlever pour le compte du roi, de force & ſans qu'ils aient acquieſcé volontairement aux propoſitions faites.

Dès hier ces députés ont vu M. le marquis de Caſtries, qui leur a d'abord déclaré que leur miſſion étoit inutile. Il eſt cependant entré en pourparler ; il s'eſt défendu de tout eſprit de deſpotiſme, en déclarant fort qu'il reſpectoit les propriétés, & a permis à ces meſſieurs de lui adreſſer un mémoire où ils réſumaſſent leur converſation ; ce qu'ils ont fait.

On ne pouvoit choiſir deux négociateurs plus honnêtes,

honnêtes plus conciliants & plus capables d'éclairer la religion furprife du miniftre.

17 *Septembre* 1781. Un artifte ayant retracé
avec le burin quatre fcenes de l'opéra comique de
MM. *Augufte de Piis & Barré*, intitulé l'*Au-
tomne*, ceux-ci ont cru devoir lui témoigner
leur reconnoiffance, & ont profité de l'occafion
pour tomber fur le correfpondant du courier de
l'Europe, qui les avoit critiqués durement. C'eft
M. de Piis feul qui a mis les ftances fous fon nom
avec ce titre :

STANCES *à l'auteur des quatre eftampes tirées
des Vendangeurs, & au courier de l'Europe.*

> J'ai deux remercîments à faire ;
> Eh ! vîte, mufe, acquittons-nous,
> Mais fur-tout, tirons d'une pierre,
> Comme on dit volontiers, deux coups.

> Salut au graveur anonyme,
> Dont le burin officieux
> M'offre la ronde pantomime
> Des vendangeurs facétieux.

> Salut au courier de l'Europe,
> Qui le long d'un épais feuillet,
> Numéro du treize juillet,
> Nous fangle, en fougueux mifanthrope.

> A faire un tableau d'été,
> Mufe, on fait que tu te goberges,
> Sans doute qu'ils ont apprêté,
> L'un fon burin, l'autre fes verges

Il s'agit donc de prévenir
Le graveur : que ma joie eft franche,
Quand, pour paffer chez l'avenir,
Il veut me prêter une planche.

Mais , dis au courier que je ris
De fes diatribes cruelles ,
En réfléchiffant que Paris
N'y croit pas plus qu'à fes nouvelles.

Ces meffieurs annoncent par occafion qu'ils ont compofé les *Amours d'Eté*, opéra comique nouveau , reçu à la comédie le 27 août , & qui doit fe jouer inceffamment.

17 *Septembre* 1781. M. l'abbé de Saxe , qui n'a pas quinze ans , a foutenu le 4 de ce mois au féminaire de faint Magloire, avec le plus grand éclat , un exercice littéraire , où il a étonné toute l'affemblée. Il explique avec une égale facilité *Horace* , *Anacréon* , *Cicéron* , *Salufte* & *Gellert* ; c'eft-à-dire , qu'il fait déja le grec , le latin & l'allemand.

Ce jeune feigneur eft fils de M. le comte de Luface , & par conféquent coufin-germain du roi. Au refte, le don des langues eft particulier à la famille , & l'on fait combien feue madame la dauphine étoit inftruite.

17 *Septembre*. Le premier de ce mois l'académie royale de peinture & de fculpture , dans fon affemblée , a accordé le premier prix de peinture au fieur *Jean - Baptifte Vignali* , de Monaco, & le fecond au fieur *Victor-Maximilien Potain,*

de Versailles. On sait que le sujet étoit le *Supplice des Machabées.*

Le premier de sculpture , qui étoit *David entrant dans la tente de Saül endormi* , a été décerné au sieur *Jacques-Philippe le Sueur* de Paris , & l'autre au sieur *Antoine Chaudet* , de la même ville.

18 *Septembre* 1781. Entre les diverses pieces que la mort de l'impératrice-reine à fait éclore dans les colleges , il faut distinguer un poëme latin de M. *Luce* , boursier du college de Louis le Grand , âgé de quinze ans seulement , mais éleve de M. *Selis* son professeur , & avantageusement connu dans la république des lettres , qui pourroit bien l'avoir aidé : quoi qu'il en soit , dans ce poëme , dont le plan est sage & ingénieux , la poésie chaude & pleine d'images , la latinité pure & correcte, il se trouve un portrait du roi de Prusse très-flatteur, quoique très-vrai. Monsieur d'Alembert , ancien éleve lui-même de l'université de Paris , à la priere du jeune homme , a adressé un exemplaire de l'ouvrage à ce monarque. Sa majesté prussienne , pour récompenser le talent du jeune poëte , & l'encourager dans ses études , lui a fait remettre une gratification par le philosophe.

18 *Septembre*. M. Bertin , le ministre , vient de faire placer dans l'église de St. André-des-Arts un monument à M. l'abbé Batteux.

Sur un cippe s'éleve un vase funéraire dans le genre antique , & orné des figures symboliques de la Religion, l'Eloquence , la Douceur, l'Histoire & la Philosophie ; au-dessus est la couronne de l'Immortalité ; plusieurs autres attributs allégoriques enrichissent cet ouvrage de sculpture.

Voici l'infcription compofée par M. Bertin lui-même, à ce qu'on affure :

Carolo Batteux
Honorario Ecclef. Rem. Canonico,
Uni è XL Viris Academ. Gallicæ.
Regiæ Infcri. & humanior. Litt. Accademi. Socie.
Amicus , amico.
M. P.
Vixerat. ann. LXVII.
Obiit. ann. Dni. MDCCXXX.
Menfe Jul. Die XIV.

Ce miniftre avoit déja donné la même marque d'affection à M. Bourgelat à l'école vétérinaire, établiffement fondé par M. Bertin, & qu'il a toujours favorifé avec la plus grande complaifance. Il fe propofe d'honorer pareillement le célebre *Souflot*. Peut-être feroit-il mieux de ne pas tant prodiguer l'admiration ce tribut de l'amitié deviendroit trop général.

18 *Septembre* 1781. M. le comte de Thélis a la fatisfaction bien rare pour les inftituteurs des nouveaux établiffements, de voir le fien fructifier & s'étendre de fon vivant. Plufieurs perfonnes fe propofent d'établir des *écoles nationales militaires*, à l'inftar de celle de Paris, & lui ont écrit pour lui demander des inftructions. Comme on ne peut fe promettre de réuffir qu'avec des chefs vertueux & intelligents, il a imaginé d'en former une pépiniere dans fon école-mere, pour en fournir aux provinces.

18 *Septembre*. L'auteur du précis d'un projet

d'*Etabliſſement du Cadaſtre dans le Royaume*, en donne la plus haute idée dans ſon avertiſſement. Il aſſure qu'il a fait l'eſſai de ſon plan dans l'élection d'Angoulême, & ajoute : « pour juger
» de la révolution heureuſe que le cadaſtre a
» produite dans cette partie du royaume, il
» faudroit voir le tableau de ce qu'elle étoit avant
» 1737. Son agriculture, ſa population & ſon
» commerce lui ont donné une exiſtence nouvelle.
» Ses privileges abuſifs ſont ſupprimés ; les impo-
» ſitions qui ne ſe payoient qu'en 12 & 15 ans,
» rentrent en quinze mois dans les coffres du roi ;
» & l'on n'y connoît plus ni procès, ni empri-
» ſonnements relatifs aux tailles. »

19 *Septembre* 1781. Extrait d'une lettre de Strasbourg, du 15 ſeptembre..... Cette ville fut rendue aux armes de Louis XIV le 20 ſeptembre 1681 ; nos chefs ont imaginé de célébrer l'année centenaire de cet événement par une fête publique : il eſt queſtion ſur-tout de marier 20 filles de chacune des tribus ou corporations, entre leſquelles eſt partagé le peuple. M. Gérard, notre préteur, a écrit à monſieur Rochon de Chabannes, avantageuſement connu au théatre par des ſuccès multipliés ſans aucune chûte, ni même faux pas, pour le prier de compoſer une piece à ce ſujet. Ce poëte fécond, quoiqu'il n'ait pas eu trois ſemaines pour l'exécution, vient d'envoyer à ſon ami une comédie en un acte, très-bien adaptée à la circonſtance : quand elle aura été jouée, je vous rendrai compte de l'effet qu'elle aura produit.

19 *Septembre* 1781. Le bureau de légiſlation dramatique eſt abſolument diſperſé ; & qui le

C 3

croiroit? C'est son auteur lui-même qui le premier a donné l'exemple de la défection. C'est le
sieur Caron de Beaumarchais que les poëtes dramatiques, après avoir eu la bassesse de se ranger sous
ses drapeaux, ont la lâcheté d'imiter, en se sou-
mettant aux réglements, & en s'asservissant aux
comédiens. Ce Beaumarchais, toujours avide de
faire du bruit, n'importe comment, voyant que
son projet de dominer impérieusement ses confreres
ne réussissoit pas, & par la fermeté de quelques-
uns, & par la contrariété des gentilshommes de
la chambre, a imaginé d'aller trouver les histrions,
de s'en rapprocher, & de les flagorner pour obtenir
d'eux de faire jouer la suite de son *Barbier de Sé-*
ville; ce qu'il a gagné après avoir essuyé quelques
rebuffades de l'aréopage comique. Sa piece doit
être représentée incessamment. MM. *Ducis* & de
la Harpe l'ont suivi, & ont fait la lecture de leurs
tragédies. La face du sieur de Beaumarchais a pour
titre: *Le Mariage de Figaro.*

20 *Septembre* 1781. M. d'Alembert est retombé
dans l'état vaporeux où il étoit il y a quelques
années, lorsqu'il entreprit son voyage d'Italie. Il
craint la mort & tous les maux qui affligent notre
triste humanité. Ses confreres de l'académie des
sciences remarquent, lorsqu'on lit quelques mémoires sur ces matieres, l'intérêt singulier qu'il
y prend, & le retour secret qu'il fait sur lui-
même. Ce qui augmente le fâcheux de sa situation,
c'est qu'il ne peut plus se distraire par des occupations sérieuses & soutenues, sur-tout à l'égard
des hautes sciences, de la géométrie transcendante
à laquelle il étoit appellé plus véritablement
qu'aux belles-lettres, où il ne sera jamais qu'un
auteur ordinaire.

La vieilleſſe du roi de Pruſſe eſt encore un
objet affligeant pour lui. Son amour-propre eſt
flatté de pouvoir ſe glorifier de temps en temps
de ſa correſpondance avec le monarque , d'en
lire quelque lettre ; & il s'eſt en vain efforcé de
ſe tourner vers l'impératrice des Ruſſies , inexo-
rable à jamais. Cette ſouveraine , piquée de la
façon injurieuſe dont M. l'abbé *Chappe* a parlé
dans ſon voyage de Sibérie de l'intérieur & du
gouvernement de ſes états , a trouve cette ingratitude d'autant plus grande , que le ſavant auteur
avoit été accueilli par S. M. impériale avec beaucoup de diſtinction. L'uſage eſt , lorſqu'un membre
de l'académie des ſciences veut faire imprimer
quelque choſe avoué d'elle , de remettre l'ouvrage à des commiſſaires qui y donnent leur
approbation. Le voyaye de l'abbé Chappe en
portoit une , & entre les noms des approbateurs,
étoit celui de monſieur d'Alembert. L'impératrice des Ruſſies l'a lu avec peine , & s'en ſou-
vient. Ce qui prouve l'intérêt vif que cette princeſſe y mettoit , c'eſt qu'elle n'a pas dédaigné ,
à ce qu'on aſſure, de prendre la plume elle-même ,
& de répondre aux aſſertions calomnieuſes de
l'abbé Chappe. On ajoute que Voltaire, malgré
tous ſes efforts, n'a pu détruire les préventions de
l'impératrice.

L'état de M. d'Alembert , s'il ſavoit ſe faire
une raiſon & ſe ſoumettre à la fatalité , eſt
cependant heureux. Il a 12,000 livres de rentes,
dont il emploie 4,000 livres en bienfaits. Il jouit
d'une conſidération aſſez étendue; il remplit ſon
goût pour la domination dans l'académie françoiſe ; il a une cour nombreuſe & aſſidue. Mal-
heureuſemeut , c'eſt le philoſophe qui a le moins

C 4

de philofophie. On le voit quelquefois feul courant dans les Tuileries , & cherchant à fe fuir
lui-même; quoiqu'à portée de voir la fociété la
plus brillante, elle lui déplaît. Le fexe n'a jamais
eu un grand attrait pour lui , & ce n'eft pas
durant fa vieilleffe qu'il y trouvera ce charme
doux, touchant, confolant les hommes tendres,
qui ont fu fe faire d'une amante une amie qui
leur dérobe les horreurs du tombeau.

21 *Septembre* 1781. M le marquis de Poyanne
menaçant ruine depuis long-temps , *Monfieur*
avoit donné la furvivance des carabiniers à monfieur le comte de Chabrillant , un de fes capi-
taines des gardes-du-corps. Le moment de
l'infpection & de la revue apprcchant , monfieur
de Poyanne , déja piqué de fe voir nommer un
fucceffeur , & apprenant qu'il fe difpofoit à
remplir fes fonctions, n'a pas voulu les lui laiffer
faire , & , malgré toutes les repréfentations
de fa famille & de la faculté , a voulu abfolument fe rendre à Vendôme , où font les carabiniers: il a effectivement fait fa revue , n'a
pu en terminer le travail, il eft mort comme il
s'en occupoit.

Un père Chartreux , autrefois capitaine de
carabiniers , étoit forti de fa retraite pour con-
vertir cet officier-général , qui depuis peu de
temps avoit été en perfonne à fa paroiffe y
remplir les devoirs de la religion d'ufage en
pareil cas ; ainfi nulle inquiétude fur fon falut.

Du refte M. de Poyanne eft peu regretté; c'étoit
un chef fans humanité, dur & haut ; qualités
peu propres au commandement.

21 *Septembre*. L'*Incognita perfequitata* , mife
en chant par le feigneur Anfoffi , a paru à Rome

en 1773. On en dit la mufique délicieufe. On a
imaginé d'exécuter cet opéra bouffon fur le théatre des Menus , & on doit le jouer aujourd'hui.
c'eft M. Durofoy qui s'eft chargé de réformer le
poëme très-défectueux , & de l'arranger ; & un
M. de Rochefort , compofiteur François , qui
en a coufu la mufique. On ne croit pas ces deux
auteurs , chacun dans fon genre , pourvus d'affez
de goût pour faire un triage & des futures auffi
difficiles. L'ouvrage eft en trois actes très-étoffés
dans le poëme italien.

22 *Septembre* 1781. Il paroît par l'avertiffement
imprimé en tête du poëme , que monfieur Durofoy s'eft permis de changer le plan de l'intrigue ;
il prévient qu'il n'a d'autre but que de rendre
fervice aux amateurs des arts , en leur donnant
occafion d'entendre une mufique , fuivant lui ,
étincelante de beautés fublimes. Il efpere que fon
talent pour la fcene ne fera pas jugé d'après cet
ouvrage , dans lequel il avoue n'avoir d'autre
mérite que celui d'avoir *créé.* Le public conviendra
facilement avec lui des défauts du poëte italien ,
& il fait en effet à quoi s'en tenir fur le compte
de monfieur Durofoy , il n'avoit pas befoin de
cet effai ; mais il ne peut lui accorder le titre de
créateur , foit comme traducteur , foit comme
parodifte. Tout cela eft du galimatias très-
digne de lui , & auquel on l'a bientôt reconnu,
malgré le voile de l'anonyme dont le couvroit fa
modeftie.

Du refte , on fait depuis long-temps ce que
l'on doit penfer de l'action , de la marche , du
dialogue , de la diction , & au total de l'intérêt des opéra bouffons. Celui-ci , au défaut des
autres , en joint un particulier : c'eft que l'intrigue

C 5

ne répond point au titre. L'inconnue reste toujours inconnue , tant pour les perfonnages que pour le public : les prétendues perfécutions qu'elle effuie , confiftent à avoir pour adorateurs , le pere , les deux fils & le valet de la maifon ; ce qui , aux yeux de bien des femmes , feroit un tourment fort tolérable. Il eft fuperflu de nous égarer dans le labyrinthe de cet imbroglio. Il fuffira d'obferver que le fujet reffemble à la *Bonne Fille* , à *Silvain* , à *Pamela* , & même un peu au *Seigneur Bienfaifant* , par l'apparition de deux enfants dont l'afpect contribue à réconcilier le pere avec fon fils & fa bru. C'eft fur ce mince canevas , d'ailleurs rempli de défauts , que l'art des traducteurs les plus diftingués par leurs talents , n'auroit pu fauver , que monfieur Anfoffi , doué , comme tous les virtuofes qui excellent dans les bouffons , du rare mérite de faire de bonne mufique fur des paroles ridicules , a établi fes broderies. Il a fallu en facrifier plufieurs pour ajufter à notre théatre cette production bizarre , pour en lier les airs par un récitatif fupportable , & pour coudre à l'action, qu'il s'agiffoit auffi de rendre plus rapide , un ballet qui fuppléât au vuide & au manque d'intérêt.

La mufique a été fort goûtée en général ; il y a des ariettes de la plus grande expreffion ; mais quelquefois de la monotonie , & peu d'intention de la part du compofiteur.

23 *Septembre* 1781. Il paroît *Réponfe à un Précis diftribué par monfieur le duc de Chartres*. Tandis que ce prince pourfuit l'exécution de fon projet par un nouvel abattis d'arbres du côté de l'allée d'Argenfon , les propriétaires continuent

à barbouiller du papier, & à faire des actes de procédures.

Cette réponse ne contient que des notes ou réponses très-féduisantes, mises en marge du précis. Elle ne mérite aucune analyse; mais afin de faire mieux connoître combien ces partis opposés font peu d'accord, même fur les faits les plus fimples, fuivant le *Précis* de M. le duc de Chartres, les maifons au pourtour du Palais-Royal font au nombre de 72 ; & fuivant la réponse, il n'y en a que 52.

23 *feptembre* 1781. M. *Goffec* a encore repliqué au pere *Vito*, & a fait une efpece de traité de mufique à cette occafion. Un anonyme lui a adreffé les vers fuivants.

> Oui, Goffec, tu viens de confondre
> L'étranger dont l'orgueil défioit les François;
> Inftruit par fa défaite, ofera-t-il répondre ?
> Que fon filence rende hommage à ton fuccès !
> Mais eft-ce affez d'avoir de l'harmonie
> Dévoilé favamment les myfteres divers,
> Et long-temps de la fymphonie
> Epuifé les tréfors, pour orner nos concerts?
> Non, non, prêtre de Polymnie,
> Pourfuis, remplis de ton génie
> Le temple à fon art confacré!
> Peints la terreur, le choc des armes,
> Les malheurs d'un peuple éploré,
> La vengeance des dieux, le défefpoir, les larmes
> Des bergers, des amans, des héros & des rois.

Cette déesse , par nos voix ;

Excite , échauffe ton courage ;

Qui pourroit–elle inspirer davantage

Que l'interprete de ses loix !

Il est question , sans doute ici , de l'opéra de *Thesée* , dont M. Gossec a refait la musique , & qui doit être joué cet hiver. On prépare ainsi le public à l'admirer par cet éloge prématuré.

23 *Septembre* 1781. M. Sacchini exigeoit le même traitement que M. *Piccini*, c'est-à-dire, d'abord 2,000 écus de fixe , & la même rétribution pour chacun des ouvrages qu'il composeroit. On n'a pas voulu lui accorder cette faveur, sous pré-texte qu'il n'étoit accouru à Paris que parce qu'il faisoit mal ses affaires en Angleterre , qu'il ne devoit pas être si exigeant dans une pareille situa-tion , & que d'ailleurs aucun de ses ouvrages lyriques n'ayant encore été exécuté ici , on ne pouvoit estimer quelle sensation ils y causeroient. On croit que monsieur Sacchini sera obligé de s'en retourner ainsi qu'il est venu, d'autant que le bruit se renouvelle de la prochaine arrivée du chevalier Gluck , se ranimant pour venir jouir d'un nouveau triomphe sur le théatre élevé par M. le Noir.

23 *Septembre*. Extrait d'une lettre de Stras-bourg, du 18 septembre..... Tous ceux qui ont eu déja communication de la piece de monsieur Rochon , en sont très-contents. Ce n'est pas un de ces lieux communs , vagues , comme sont la plupart des sujets de commande. Celui-ci est adapté à la circonstance, au local , aux mœurs des habitants, & du reste est une jolie comédie ,

pleine de naturel , de décence & de gaieté douce ;
qui pourroit fe jouer fur tout autre théatre
avec beaucoup de fuccès. J'en aime fur-tout la
moralité fondée fur une ancienne antipathie
qui fubfifte encore ici parmi le peuple entre les
familles françoifes & allemandes , ce qui les
empêche de fe marier enfemble. Le poëte cherche
à déraciner un vieux préjugé , & , s'il eft moyen
de l'extirper , c'eft en le rendant ainfi ridicule
au théatre dans une fête confacrée à ce même
peuple. C'eft la femaine prochaine que la repréfentation de la comédie de M. Rochon doit avoir
lieu.

24 *Septembre* 1781. MM. Augufte de Piis
& Barré ayant entrepris de traiter les quatre
faifons , les ont terminées par l'*Eté*. Les répétitions font à leur fin , & la premiere repréfentation doit avoir lieu demain. Comme les paroles
font déja imprimées , voici l'efquiffe du fujet.
Les *Moiffonneurs* étoient un obftacle en ce que ,
dans cet opéra comique , les travaux de la faifon
étoient déja repréfentés. Il a donc fallu créer
des fituations nouvelles , & s'occuper totalement
des occupations relatives à l'agriculture. Les
auteurs ont en conféquence tranfporté le lieu
de la fcene fur une riviere où fe paffe prefque
toute l'action ; ce qui offre des tableaux d'un
genre neuf , agréable & fouvent galant. L'intrigue
roule fur une joûte que l'on donne pour la fête
du feigneur du village , & fur les difficultés
qu'éprouve le fils d'un meûnier de joindre fa
maîtreffe , qui demeure à la rive oppofée de
celle où fe trouve fon moulin. Il fe fert à cet
effet du bateau de fon pere ; & quand cette
reffource lui manque , il traverfe la riviere à

la nage. Enfin , après avoir remporté le prix de la joûte , voulant s'introduire en secret chez celle qu'il aime , il l'engage à le monter dans un seau , qui de sa fenêtre donne presque au milieu de la riviere. Comme elle s'efforce de tirer un poids aussi lourd , son pere accourt pour l'aider , & monte , au lieu d'eau , l'amoureux de sa fille ; événement qui détermine le mariage. Les paysans arrivent alors, avec les bateaux de la joûte , garnis de lanternes de différentes couleurs , & emmenent en triomphe , au clair de la lune , les nouveaux époux.

25 *Septembre*. Extrait d'une lettre de Partenay , le 10 septembre... Il y a dans cette province de Poitou une association de prêtres de différents grades & de différents dioceses , qui s'assemblent chaque année le 17 août ou environ , à l'effet de prier en commun pour les confreres décédés. Cet établissement , formé depuis plus d'un siecle , sous l'approbation des évêques de Poitiers , vient d'être confirmé par le prélat actuel. Benoît XIV avoit donné une bulle d'indulgence fort étendue , pour les ecclésiastiques qui en sont membres. L'association est composée de 68 décuries , chacune de 8 à 10 prêtres , qui sont obligés de faire un service par décurie , & de dire une messe pour chaque confrere défunt. Quoiqu'on n'y admette point de laïques dans l'assemblée générale tenue le 21 août, M. Mousser , en sa qualité de procureur - général , proposa de faire un service pour tous les militaires qui sont morts dans la guerre présente , & pour tous ceux qui perdront la vie , tant qu'elle durera. Cet avis patriotique fut accueilli avec le plus vif intérêt , & un applaudissement uni-

verfel. Le premier fervice fe fera dans le mois d'octobre prochain ; ainfi voilà plus de fix cents meffes par an pour les officiers , foldats & mate-lots qui , aux dépens de leur vie , auront foutenu l'honneur du pavillon.

M. l'archiprêtre de cette ville n'avoit pas peu contribué à enflammer fes confreres par un dif-cours, où il avoit rappellé l'exemple de Judas Machabée , faifant offrir dans le temple de Jéru-falem des facrifices pour les généreux guerriers morts en défendant la patrie & la religion de leurs peres ; car ce qui redoubla le zele des vo-tants , c'eft la réflexion qu'on faifoit la guerre à des hérétiques.

Voilà les pafteurs du fecond ordre qui , non content de contribuer par les décimes , & le don gratuit aux armements , y contribuent encore de leurs prieres : comment répondront à cet exemple ceux du premier.

25 *Septembre* 1781. Le commencement de la piece des *Amours d'été* , exécutée hier aux Ita-liens , promettoit beaucoup ; mais la fuite n'y a pas répondu. De fréquents défauts de fens commun lui feroient grand tort , fi l'on jugeoit féverement une femblable bagatelle , où l'on defi-reroit d'ailleurs plus de gaieté , fur-tout dans le dénouement.

25 *Septembre*. Les députés des armateurs de Bordeaux ont parfaitement réuffi dans leur mif-fion ; le miniftre a goûté la juftice de leurs repréfentations ; on s'eft rapproché , & les con-ditions nouvelles paroiffent devoir être fatisfai-fantes pour les parties léfées.

26 *Septembre*. M. le Noir , fentant que la rapidité avec laquelle on exécute la nouvelle

falle provifoire d'opéra, pourroit caufer des foupçons fur fa folidité, a cru devoir raffurer le public par une lettre où il donne quelques détails
fur cette conftruction.

1°. Le théatre a moins de longueur que le
dernier ; mais il a 10 pieds de large de plùs, ce
qui prêtera au fervice par fa hauteur & fa pro-
fondeur. Il eft fufceptible de recevoir les machines
& décorations de l'ancien opéra.

2°. Sous une voûte folide, pratiquée fous l'orcheftre, eft un réfervoir vafte où M. Morat a établi deux pompes, dont les tuyaux feront au befoin un fervice général, prompt & affuré

3°. Les deux corridors, à droite & à gauche,
affureront la fortie du parterre par fix iffues.

4°. Toutes les portes s'ouvriront en dehors ;
celles des loges à chaque étage par deux cor-
dons placés au centre, dont l'un à droite & l'autre
à gauche, & d'un feul coup par le moyen d'un
reffort.

5°. Les efcaliers, au nombre de fept, pour dé-
gagement, defcendront de fond.

6°. On difpofe un ventilateur pour renouveller
l'air.

16 *Septembre* 1781. Les comédiens françois
donnent aujourd'hui la premiere repréfentation
d'une comédie nouvelle en un acte & en profe,
intitulée le *Quiproquo*. On n'en dit point l'auteur.
Il court un murmure fourd que le fieur Molé
en eft le pere.

27 *Septembre*. M. le Noir, pour encore mieux
raffurer le public, invite les artiftes, amateurs,
curieux & perfonnes de tout âge, de tout fexe
& de tout rang, à venir vifiter fon édifice, qu'on
verra librement aux heures des repas des ouvriers.

Il continue à dire que, quoique la ville lui ait
donné un mois de répit, la falle fera prête au 5
d'octobre.

27 *Septembre.* La caiffe d'efcompte, fe regardant comme ayant pris une affez forte confiftance pour ne pas craindre de révolution, a
voulu célébrer fon inftitution par une médaille
ordonnée à M. Duvivier, graveur général des
monnoies de France & des médailles du roi.
Cet artifte en a frappé une de 25 lignes, où
l'on voit d'un côté une femme tenant des billets
& un coffre plein d'argent; de l'autre, une femme
reconnoiffante des richeffes que Mercure, fym-
bole des inventeurs, répand fur elle avec abondance. On voit que cette allégorie peu ingénieufe eft digne des Plutus, auxquels elle eft
deftinée.

Les actionnaires, par une délibération unanime,
ont décerné cette médaille aux inventeurs & ad-
miniftrateuis de leur établiffement.

27 *Septembre.* Un tableau de M. *Aubri*,
expofé cette année au fallon, fait qu'on s'entretient de cet artifte, dont on regrette la mort.
Il étoit né à Verfailles. Ayant copié dans fa
jeuneffe beaucoup de portraits à la furinten-
dance, il embraffa ce genre comme par occafion, s'y perfectionna, & fut reçu en 1774 à
l'académie. Voulant donner plus d'effor à fon
génie, qu'il fentoit ne devoir pas être borné à
ce talent ftérile, il fe livra au genre auquel
M. Greuze a donné fon nom. Il imagina des
fcenes pathétiques & morales, prifes dans la
vie domeftique. Le *Mariage interrompu* lui fit
beaucoup d'honneur en 1777; enfin, il étoit
entré dans la carriere de l'hiftoire, & étoit

allé en Italie fous les aufpices du comte d'Angi-
viller. On prétend qu'il emportoit dans fon cœur
un trait qui l'a conduit au cerceuil ; malgré le
chagrin, poifon deftructeur de tous les talents ,
il n'en perfectionna pas moins les fiens : ce qu'on
voit dans une œuvre pofthume de fa façon :
les Adieux de Coriolan à fa femme , juftement
admirés cet année , où l'on trouve une couleur
vraie , une compofition fage , un effet net , &
fur-tout un excellent goût de l'antique. On ne
peut que regretter un pareil artifte , dont ce tableau étoit le debut dans l'hiftoire , & mort à
36 ans dans fa ville natale.

28 *Septembre.* Indépendamment de la premiere
mife dehors qu'exige la conftruction de la falle
provifoire d'opéra , elle entraîne , dans l'emplacement où elle eft , des dépenfes acceffoires qui
ne font pas petites , comme d'acheter des maifons circonvoifines pour les foyers , magafins ,
& autres logements des acteurs & actrices ;
comme de prolonger la rue de Bondy , & de
l'ouvrir à la barriere du Temple ; comme de
réparer une portion des boulevards , & de paver
à neuf tout le terre-plein aux environs de ce
fpectacle , d'y établir des bornes ; comme d'illuminer tous les boulevards par des réverberes ;
& , malgré tant de frais extraordinaires , il eft
impoffible de prévenir beaucoup d'inconvénients
& d'incommodités pour les gens de pied , réful-
tant de ce local. On confirme de plus en plus
que des intérêts particuliers l'ont emporté fur l'intérêt général , fuivant un ufage trop commun
dans ce royaume.

28 *Septembre.* Suivant des lettres circulaires
des manufactures de draps , adreffées aux mar-

chands drapiers de Paris , en date du 1 feptembre , & un tableau comparatif de la valeur des matieres premieres qui fervoient à la fabrication des draps en 1774 , époque depuis laquelle ces étoffes font reftées au même prix ; & en 1781 , elles ont augmenté fucceffivement , les unes de 4, les autres de 5 , d'autres de 26 , de 30 , de 60 , de 69 pour cent, & quelques - unes de 100 pour 100. Les ingrédiens d'ailleurs , dont les hautes teintures font compofées , font auffi montés à un taux exhorbitant. En conféquence , les directeurs de ces manufactures déclarent ne pouvoir fe difpenfer d'augmenter de 40 fous par aunes les draps de couleurs ordinaires , & de 3 liv. ceux de haute teinture.

29 *Septembre.* Le *Quiproquo* , joué famedi , avoit reçu quelques applaudiffements dans le commencement, mais avoit paru à la fin fort long , fort ennuyeux , & d'un vuide exceffif. On en a cependant donné aujourd'hui une feconde repréfentation, qui , fuivant l'ufage infaillible , a eu le plus grand fuccès. On en a demandé l'auteur ; & le fieur Molé eft venu annoncer trèsmodeftement au public qu'on ne le connoiffoit pas ; ce qui a confirmé beaucoup de fpectateurs dans leur opinion , que le comédien qui s'eft chargé de la piece auprès de fes confreres, en eft le véritable pere.

29 *Septembre.* Le fieur de Baumarchais , malgré la baffeffe de fes démarches envers les comédiens , n'en a pas reçu généralement l'accueil qu'il en efpéroit. Le fieur Defeffart , enflé du fuccès de fa vengeance contre M. Freron & M. Salaun , & accoutumé à gourmander les auteurs , n'a pas mal molefté celui-ci. Le fieur

Molé l'a traité avec hauteur ; & le fieur Préville, à qui ce camarade reprochoit d'avoir eu trop de déférence pour le fieur de Beaumarchais, lui a répondu qu'il fe concilieroit toujours avec les auteurs fur leurs ouvrages qu'il trouveroit jouables , comme étant les véritables foutiens de la comédie ; mais qu'il n'accorderoit jamais fon amitié à celui-là , & le tiendroit toujours loin de lui. Ce qui a fur-tout révolté les comédiens , c'eft qu'ils n'ignorent pas les démarches du fieur de Beaumarchais pour former une troupe d'autres acteurs , & fe mettre à leur tête ; car il n'eft aucun moyen de gagner de l'argent & de faire parler de lui que ne tente cet intrigant cupide & prodigue , dépenfant l'argent encore plus facilement qu'il ne le gagne , mal à l'aife au milieu d'une grande fortune, & fe ruinant en procès & en chicanes.

29 Septembre 1781. M. *David* ne pouvant expofer au fallon un grand tableau de fa façon, repréfentant le comte de *Potocki* à cheval dans fon manege, l'a fait voir chez lui , & cet ouvrage n'a point démenti la haute opinion conçue de cet artifte. Il n'eft pas compofé fimplement en faifeur de portraits ; mais on y retrouve le génie du peintre d'hiftoire. Le feigneur Polonois a le chapeau à la main ; il femble faluer l'affemblée devant laquelle il paffe , & fon cheval , arrêté par un chien danois qui aboie , baiffe la tête comme pour voir ce que c'eft. Le courfier eft deffiné fupérieurement ; les habiles gens en équitation trouvent qu'on ne peut être mieux à cheval ; & ce qu'on voit du chien, que l'efpace du tableau n'a pas permis de retracer en entier, eft déja d'une grande vérité. Un morceau d'architecture, qui orne le fond du tableau,

contribüe à en détacher mieux le cheval. Sa
criniere eft magnifique ; fa tête, fon encolure ,
fon allure tout répond au fujet. On a remarqué
au fallon que nul de meſſieurs de l'académie qui
avoient eu des chevaux à peindre , n'avoit bien
rendu cet animal cette année. M. *David* ne mé-
ritera pas ce reproche ; il s'en eſt tiré à merveille ,
comme de tout le reſte.

3ɔ *Septembre.* On aſſure que meſſieurs du
parlement de Bordeaux ont déja gain de caufe
fur un point de leurs remontrances , & que les
lettres-patentes pour leur féparation , & nommé-
ment la chambre des vacations feulement, font
parties.

30 *Septembre.* Il faut rendre littéralement la
réponfe du fieur Molé au parterre. Il a dit : *Meſ-*
ſieurs , l'auteur eſt inconnu ; il lui eſt impoſſible
de profiter de vos bontés. Cette tournure de s'exprimer , très-originale & très-obfcure , donne beaucoup à penfer.

30 *Septembre.* Dans le *Mémoire pour Antoine*
le Bel , écuyer , priſonnier ès priſons de la con-
ciergerie , contre M. le procureur - général, le morceau le plus frappant pour le public , eſt le parallele de fa fortune, & de la maifon actuelle de
trois principaux accufateurs du fieur Pyron , avec
leur fortune originaire.

1°. Le fieur de Sainte-Foix eſt né avec un
capital de 6ɔ,ɔoɔ livres feulement , employé
aux affaires étrangeres ; il n'avoit que de modiques appointements , qui n'ont pu augmenter fa
foitune. Il a été depuis tréforier de la marine ;
mais , outre qu'il n'a occupé cette place que
peu de temps, fon faſte & fon luxe ont abforbé
plus que le produit de cette charge. Actuelle-

ment il a 80,000 livres de rentes viageres : son logement & son ameublement , soit à Neuilly , soit à Paris , forment un capital de deux millions; trente chevaux à Paris & dix à Neuilly , plusieurs voitures d'un très-grand prix , sa charge de 300,000 livres , la libération de son *debet* à la marine fort avancée , un état de maison énorme , sans compter ses maîtresses & ses dépenses sourdes qui ne peuvent se calculer.

2°. A l'époque du 25 octobre 1757 , le sieur *Nogaret* n'avoit d'autres ressources que 800 liv. de pension alimentaire. Le 25 octobre 1763 , il a épousé la fille d'un procureur , mort en 1773 sans laisser de biens. Depuis ce temps jusqu'en 1779 , il a cependant acquis la charge de trésorier du comte d'Artois 130,000 livres , une charge de secretaire du roi 110,000 livres , une maison de campagne , avec un jardin qu'il a orné de figures de marbre ; le tout , le mobilier compris , lui revenant à 300,000 livres. Son autre mobilier à Versailles , à Paris , à Compiegne , à Fontainebleau , est d'une très-grande valeur. Il a une collection de tableaux de bronze , & d'autres curiosités d'un grand prix. Son état de maison est très-dispendieux , nombreux domestiques , chevaux de prix , voitures élégantes , cocher de ville , cocher de campagne , & ainsi du reste à proportion.

3°. Le sieur Pyron , en 1773 , n'avoit pas de quoi payer le loyer d'une chambre garnie. A la fin de septembre 1776 il étoit déja bien meublé ; & depuis il a un appartement superbe en lui-même & pour les ornements ; il s'est monté en argenterie considérable ; il a donné à sa femme , qui ne lui a rien apporté , des diamants & un carroffe pour elle ; il a un cabriolet à fon usage avec des chevaux pour ce double fervice ; il a acquis une maifon de campagne à Clichi-la-Garenne 30,000 livres , dans laquelle il a dépenfé autant en plantations , ornements & ameublements , fans compter les dépenfes énormes d'un autre genre , trop communes dans ce fiecle de licence.

Quelle maifon de prince pourroit fuffire à des déprédations auffi vifibles & auffi monftrueufes ?

Tout cela fe voit dans ledit mémoire , fuivi d'une confultation du 23 juillet , dont le réfultat eft que le fieur le Bel doit être renvoyé en fimple état d'affigné pour être oui , comme c'eft arrivé.

1 *Octobre* 1781. M. *Monnot* , célebre fculpteur , n'ayant pu expofer au fallon deux figures de fa compofition , les montre chez lui au public: l'une repréfente Pfyché , & l'autre l'Amour ; il a choifi le moment où la nymphe vient voir le dieu. Ces morceaux de grandeur naturelle font deftinés à orner le lit du prince des Deux-Ponts.

Cupidon eft debout , penché fur un tronc d'arbre & appuyé fur fon arc , il dort. Il eft charmant , la malice perce jufques dans fon fommeil ; les chairs fermes & douillettes fe fentent malgré la dureté du marbre , & fa blancheur produit un merveilleux effet ; tous les accefloires , l'arc , les fleches , le carquois , quelques plantes lianes ferpentant autour du tronc d'arbre , font d'un fini précieux.

Pfyché , fur fon vifage de vierge , a cependant cette curiofité inquiete qui la caractérife en ce moment ; elle eft un peu courbée , & dans l'attitude de quelqu'un qui considere avec attention, elle a la main préparée & arrondie pour recevoir la lampe fatale d'où doit découler la liqueur qui réveillera le petit dieu ; elle est drapée de linge , mouillé de façon que l'on sent le nu dessous , & que l'on ne perd rien de la légéreté de sa taille ; les graces , la modestie , la douceur brillent sur sa figure ; & tous ses membres , d'une délicatesse extrême, sont de la forme la plus élégante.

Ces deux statues feront infiniment d'honneur à l'artiste chez l'étranger.

1 *Octobre* 1781. Dans un article du Journal de Paris , du 19 septembre , on prévient le public qu'une *Lettre au Roi par* M. *Necker* , qui court imprimée depuis quelque temps , en date du 19 mai , n'est pas de lui ; & assurément ce désaveu n'étoit pas nécessaire , à la lecture il est aisé de juger qu'elle ne pouvoit venir du ministre auquel on l'attribue ; il y a des endroits même qui , avec quelque réflexion , sont très-malins , très-satiriques , & sur-tout très-indécents. On attribue ce persiffiage au marquis de Villette.

2 *Octobre*. On parle d'une lettre abominable contre le duc de Chartres , où les ennemis de ce prince se permettent les injures , & vraisemblablement les calomnies les plus atroces ; on ne pourroit croire , si l'on n'en étoit témoin , à quel degré de fermentation se font élevés les esprits depuis cette malheureuse affaire du Palais-Royal , qui intéresse non-seulement tout Paris , non-seulement les diverses provinces du royaume , mais même les étrangers dont le jardin de son altesse étoit le rendez-vous.

3 *Octobre*

3 *Octobre.* La société royale de médecine, qui a déja fait un excellent travail sur l'abus des sépultures dans l'intérieur des villes, & sur-tout des églises, continue de s'en occuper, & elle a un bureau subsistant à cet effet, composé des docteurs *Poissonnier*, *Geoffroy*, *Lorry*, *Macquer*, *Desperrieres*, de *Horne*, *Michel* & *Vicq d'Azyr*. Il faut espérer qu'à force de constance & de lumieres, la philosophie dissipera entiérement en cette partie les préjugés de l'ignorance & du fanatisme. Depuis sa clôture du cimetiere des Innocents, on vient de faire encore un pas pour la suppression d'un usage aussi pernicieux. On proscrit les inhumations qui se faisoient dans la cité, c'est-à-dire, dans l'enceinte la plus peuplée & la plus resserrée de Paris. En conséquence on s'est décidé, pour former un cimetiere commun aux paroisses de ce quartier, d'acquérir un terrein à l'extrémité du fauxbourg St. Marcel.

4 *Octobre* 1781. On a parlé des honneurs rendus par les états de Liege au sieur Gretry, fameux musicien, à qui cette ville a donné naissance. Il est question de lui placer son buste sur son théatre. Il a été commandé à M. Pajou, qui a offert au sallon cet ouvrage en platre, mais qui doit être exécuté en marbre. Chacun l'a jugé de la plus grande vérité ; l'artiste a fait passer dans cette tête toute la chaleur du sujet, & ses yeux pétillent de feu. Le sieur Gretry y semble tourmenté de cette fievre brûlante dont il est atteint toutes les fois qu'il compose.

5 *Octobre.* Comme on l'avoit prévu, rien n'est prêt pour jouer à la nouvelle salle d'opéra. Les accessoires ne sont pas disposés, & les ave-

nues exigent encore un grand travail. On agite aujourd'hui d'abattre la porte Saint-Martin, ou au moins les deux petits pavillons qui l'accompagnent, & que n'a pas la porte St. Denis.

6 Octobre. Actuellement que le fallon eft fermé, il eft à préfumer que le cours des critiques va finir, & qu'on en peut clorre la lifte au nombre de onze.

1°. *Galimatias anti - critique des tableaux du fallon, ou la caufe des meilleurs peintres & fculpteurs, plaidée par un avocat.* L'auteur modefte & modérée connoît les difficultés de l'art, & fon indulgence le porte à louer même des chofes dont il ne devroit pas parler. Il remplit aulli trop fouvent fon titre & ne le comprend pas.

2°. *La muette qui parle au fallon.* Elle eft d'un amateur à qui l'on doit favoir gré de fon intention d'encourager les artiftes. Il eft extrêmement honnéte ; mais pas aflez favant pour être d'aucune utilité.

3°. *Pique - nique convenable à ceux qui fréquentent le fallon, préparé par un aveugle.* On y reconnoît un homme au fait des ufages d'académie, & des mauvaifes plaifanteries d'attelier, ftyle bas, expreffions triviales & méchancetés pures.

4°. *Le Miracle de nos jours* ne mérite pas qu'on en parle, ni même qu'on le life.

5°. *La Peintaromanie, ou Caffandre au fallon, comédie - parade en vaudevilles,* de M. de L., auteur des boulevards : il eft plus honnéte que les autres, aflez gai, & a rempli fon but s'il a prétendu amufer plus qu'inftruire.

6°. *Ranard au fallon.* Plus judicieux, moins

partial, moins frivole que les précédents, & non moins honnête que le Peintaromanie.

7°. *Réflexions joyeuses d'un garçon de bonne humeur.* L'auteur est M. R.... garçon peintre, qui n'a pu réussir même à la miniature, ancien éleve de l'académie, à laquelle il a été forcé de renoncer, & qui chante aujourd'hui ses professeurs. Ses réflexions, au reste, sont assez plaisantes, quoique pas autant que ses couplets sur le sallon de 1779.

8°. *La vérité critique des tableaux exposés au sallon du Louvre en* 1781. Persiflage grossier, ironie amere, plaisanteries froides & de mauvais goût ; tout y répond à la caricature qui est en tête, où l'auteur figurant la vérité, mais pas aussi nue qu'elle, tourne le dos au public pour composer, écrit de la main gauche, & est assis sur une chaise qui se rompt.

9°. *Rafle de sept,* ou *Réponse aux critiques du sallon.* Brochure où l'on s'efforce de venger messieurs de l'académie de celles publiées contr'eux au nombre de sept, au moment où l'auteur écrivoit. On peut juger au titre, de son génie. Il est plus rempli de zele que de talent pour écrire.

10°. *La Patte de velours,* pour servir de suite à la seconde édition *du Coup de patte.* Cet écrit est attribué à M. Marmontel, très-connu dans les arts & dans les lettres, poëte, comédien, peintre, sculpteur, architecte, maître maçon, artificier, hydrauliste, décorateur ; mais dont on ne dira pas : *Chysologue est tout & n'est rien* ; car il s'est distingué & a réussi dans presque tout ce qu'il a entrepris. Il est attaché spécialement à M. le duc d'Orléans ; il est direc-

teur de la troupe de madame de Monteffon , &
intendant de fes menus.

Sa critique manque fouvent de juftefle ; elle
eft partiale & outrée, & d'autant plus dangereufe,
que fes raifonnements fpécieux font préfentés avec
grace , & revêtus d'un ftyle facile & léger. Du
refte , il y a trop d'écarts & de digreffions étrangeres au fujet , mais amufantes. On apprend
dans cet écrit, qu'il n'a pu être reçu de l'académie , ce qui lui donne de l'humeur contre fes
membres.

11°. *Le Pourquoi* , ou *l'Ami des Artiftes*.
Cet écrit eft le plus fage & le plus judicieux , le
ftyle en eft noble. L'auteur commence par pafler
en revue les critiques , & les apprécier avec plus
de goût & de finefle que celui de *Rafle de fept*.
Il difcute enfuite lui-même , & le fait en homme
de l'art. Il s'avoue fculpteur. Sa brochure eft
femée d'anecdotes très inftruétives fur l'état aétuel
de l'académie , & fur quelques-uns de fes membres ; elle eft à conferver par cette raifon comme
hiftorique.

7 *Oétobre* 1781. M. l'abbé de Launay, avant-
hier matin, a eu l'honneur de préfenter à M. le
duc de Chartres un placet en vers, où il exhorte
fon alteffe d'abandonner fon plan de bâtiments
au pourtour du Palais - Royal , & de fuivre un
nouveau plan de décoration plus agréable au
public , & non moins digne de fa grandeur,
qui feroit fur-tout d'élever au milieu du jardin
un monument au cardinal de Richelieu, le dona-
taire de ce château , & de former du refte une
colonnade analogue à cette premiere idée. Le
prince l'a fait entrer à fon lever, l'a très - bien
accœilli, & lui a promis de faire examiner le

projet dans fon confeil ; ce qui , vis-à-vis du poëte , n'eft qu'un vrai perfiflage.

7 *Octobre* 1781. VERS *fur la deftruction des arbres du Palais-Royal.*

Le prince des Gagne-deniers ,
Abattant des arbres antiques ,
Nous réferve fous ces portiques ,
A travers de petits fentiers ,
L'air épuré de fes boutiques
Et l'ombrage de fes lauriers.

En confervant la chûte de cette épigramme , on l'a retournée d'une façon plus noble , plus vive & plus poétique.

Pourquoi de ces chênes altiers
Déplorer fi fort le ravage !
Le vainqueur d'Oueffant pour ombrage
Nous laiffe encore fes lauriers.

8 *Octobre.* Par des lettres - patentes , données à Verfailles au mois de mars dernier , & enré-giftrées en parlement le 31 juillet , S. M. approuve l'établiffement d'une *Maifon de fanté* en faveur des militaires & des eccléfiaftiques.

1º. Le roi autorife les religieux de la Charité d'acquérir une maifon & jardin fitués au petit Mont-rouge & terres adjacentes , à l'effet d'y former l'établiffement en queftion.

2º. S. M. ordonne qu'il fera inceffamment

fourni auxdits religieux la fomme de 250,000 liv. de capitaux en contrats de conftitution, produi- fant , à 4 pour cent , 10,000 livres de rentes, fans retenue , lefquelles commenceront à courir du 1 juillet 1780.

3°. Ces revenus doivent être appliqués tant à l'entretien & fubfiftance des religieux qui deffer- viront ladite maifon , que pour la fondation & entretien de douze lits , dont fix demeureront affectés aux traitements des perfonnes eccléfiaf- tiques malades , & fix autres à des militaires , excepté dans le cas où ils feroient attaqués de maladies incurables ou contagieufes.

Tel eft en fubftance ce réglement contenant en tout 10 articles.

8 Octobre. Vers *à meffieurs Augufte de Piis & Barré.*

Quoi ! vous criez qu'on vous dépouille
De vos droits fur défunt *Pannard* ,
Et fans pudeur vous chantez pouille
A nos amis, Laujon , Collé , Favart !
Bon Dieu ! quelle avarice extrême !
Pourquoi compter ce qu'on vous prend ?
Le dommage n'eft pas bien grand
Quand on eft riche par foi-même.
Pourfuivez hardiment, retracez-nous toujours ,
De vos bergers , les plaifirs , les amours ;
Et chacun à cette peinture
Ne connoiffant pour Apollon
Et pour confeil que la nature ,

Dira : quelle aimable impôſture !
Les plus jolis tableaux ne ſont point au ſallon ;
Ce n'étoit cependant choſe très-néceſſaire
De mettre votre muſe en frais ,
Pour nous fournir de l'an l'agréable carriere ;
Et vous n'auriez eu nuls regrets
D'abandonner ce ſoin à d'autres ;
Car on peut dire avec raiſon ,
Que des pieces comme les vôtres
Paroîtront toujours de ſaiſon.

8 *Octobre* 1781. Rien de plus ſingulier qu'une eſtampe allégorique recherchée des gens de lettres pour le ridicule rare de ſa compoſition , imaginée par un confrere , le ſieur Felix Nogaret , des académies d'Angers & de Marſeille , deſſinée par M. Durand , & gravée par M. Feſſard. Il eſt parvenu à engager le roi , la reine & toute la famille royale à ſouſcrire.

Cette eſtampe eſt ſi confuſe , qu'elle fourniroit matiere à un poëme épique entier. On l'a déja annoncée ; elle paroît aujourd'hui , & ne dément point le jugement qu'on en a porté.

8 *Octobre.* Ce qui doit ſur-tout affliger le ſieur Raynal dans le mandement de l'archevêque de Vienne , du 3 août , ce ſont ces phraſes : ... « Un prêtre , un ancien religieux (il a été » jéſuite) déployer l'étendard de l'impiété ; il » n'y a rien de plus odieux ni de plus vil ſur » la terre qu'un prêtre impie & affectant de le » paroître ; il ne peut inſpirer de la confiance , » parce qu'on le mépriſe. Son apoſtaſie le déſho- » nore. »

9 *Octobre*. Extrait d'une lettre de Toulouse, du 30 septembre..... Notre parlement bien loin d'adopter les principes modernes de nos économistes sur l'usure, & l'étrange législation de M. Turgot, vient de rendre en pareil cas un arrêt mémorable. Le 21 de ce mois, il a condamné le nommé Fournier, dit Rubisson, au carcan pendant trois marchés consécutifs, en 1,200 livres d'aumône envers le roi, & au bannissement pour deux ans du ressort de la cour, avec défenses de rompre son ban, sous plus fortes peines.

Cet honnête homme prêtoit à 60 pour cent : il falloit en outre un cadeau à sa femme, en forme d'épingles, en faveur de la négociation ; il exigeoit de plus, que l'emprunteur leur donnât un repas à raison de 3 livres par tête dans la meilleure auberge du lieu de sa résidence ; en sorte que celui qui avoit besoin d'une somme de 300 livres étoit obligé, pour satisfaire aux conditions prescrites, de consentir sa lettre de change du billet de 498 livres, selon le calcul original suivant.

Argent compté. . .	300 livres.	
Bénéfice.	180	} 498 livres.
Cadeau à sa femme. .	9	
Repas de 3 personnes. .	9	

Ce particulier étoit parvenu à jouir ainsi d'une fortune considérable, ce qui, avec le temps, n'est pas difficile à croire.

10 *Octobre*. C'est le sieur Antoine, architecte de S. M. qui a fourni le plan de la nouvelle

maiſon royale de ſanté , & doit en ſuivre les travaux.

Les religieux de la Charité auront la deſſerte, tant au ſpirituel qu'au temporel , de ladite maiſon.

Les députés du clergé de France aſſemblés en 1780 , frappés des avantages d'un pareil établiſ-ſement , ont accordé une ſomme de 100,000 liv. en deniers comptants pour le commencer, ce qui a déterminé le roi à ſuivre ces bons errements.

A l'égard des eccléſiaſtiques malades , ceux préſentés, en conſéquence de cette ſomme don-née par les agents généraux du clergé, ſeront reçus & admis par préférence.

Les militaires ſeront préſentés alternativement par le premier préſident & par le procureur-général du parlement.

10 *Octobre* 1781. Les ſpectacles forains con-tinuent à attirer le public , & à donner de temps en temps & alternativement des pieces qui font ſenſation. On va voir aujourd'hui l'*Ambigu co-mique* (chez Audinot) . l'*Amour ſuiſſe*. Comme on reproche à l'auteur d'avoir calqué ſa piece ſur le *Fou raiſonnable* , il répard un avis où il réclame contre l'imputation , puiſque la ſienne eſt l'aînée de beaucoup. Elle a été faite à Nancy en 1768. Elle étoit deſtinée pour une fête pré-parée au roi de Danemarck , lors de ſon paſſage dans cette ville. La fête n'eut point lieu , & l'auteur ayant retiré ſa piece , la transforma depuis en opéra bouffon. C'eſt dans cet état qu'elle a été lue, il y a près de trois ans , à la comédie italienne. La majeſté des idées, qui régnoit alors ſur la ſcene d'Arlequin , ne permit

D 5

pas d'y admettre des perfonnages agreftes : en forte que M. Dancourt, l'auteur, s'eft trouvé réduit à chercher un afyle à la foire, où il a lieu de fe féliciter de l'accueil qu'il a reçu.

11 *Octobre*. M. le Berthon, premier préfident du parlement de Guyenne, a eu ordre de changer de lieu d'exil ; il eft actuellement à Châlons en Champagne. On l'a trouvé trop près de la capitale & de Verfailles ; il recevoit beaucoup de monde, il avoit des relations fufpectes à la cour ; de là il remuoit encore à Bordeaux, intriguoit dans fon parlement & en dirigeoit les membres : telles font les caufes que donnent de cette tranflation fes adverfaires. Ses amis prétendent que c'eft lui qui l'a demandée, ce qui n'eft guere vraifemblable.

11 *Octobre*. On apprend qu'un négociant de la Rochelle, intéreffé fans doute avec quelque armateur de Bordeaux, ayant parlé trop indifcrétement fur l'expédition violente de M. de Caftries, a été arrêté & mis au château Trompette. On ajoute qu'un fieur Terraffon, armateur de la même ville, ayant dans l'affemblée des armateurs protefté contre la foibleffe de fes confreres, & réclamé avec une énergie trop forte les privileges de la propriété, a reçu une réprimande de la cour.

Tout cela prouve à quel degré de fermentation étoient les efprits depuis l'opération defpotique, fuggérée au miniftre par le fieur Marchais, chargé d'abord des ordres du miniftre, & que celui-ci a remplacé par M. Guillot, comme trop défagréable aux négociants. Il eft à efpérer qu'ils font calmés actuellement. M. de Caftries, revenu à fon aménité naturelle, a dit la femaine derniere , en riant , aux deux députés du commerce de Bordeaux : ah ça , actuellement que nous ne fommes plus ennemis , que tout eft arrangé , je puis vous donner à dîner ; & il a fait placer l'un d'eux à côté de lui , & l'a traité avec toute la confidération due à l'état utile du commerçant , quand il le remplit avec diftinction , comme fait M. *Grignet* , ainfi que fon confrere.

11 *Octobre* 1781. L'opéra eft retombé dans le défordre & l'anarchie où il étoit , & l'on ne fait fi l'on pourra le jouer demain. Certains fujets ont obtenu des congés , d'autres font partis fans en demander : il en eft qui font les malades ; il en eft qui invoquent la religion à leur fecours , & demandent à fortir d'un état de damnation : tous prétendent n'ètre pas affez payés , & la douleur des chefs produit & entretient cette fermentation dangereufe , qu'on ne pourroit calmer que par des punitions rigoureufes & exemplaires.

12 *Octobre*. Bien loin que la nouvelle falle d'opéra ait été prête au temps indiqué , des événements furvenus en rendent l'ouverture plus éloignée. Meffieurs de la chambre de la maçonnerie étant venu faire la vifite du bâtiment , & ayant dreffé leur procès-verbal de fon état , ont reconnu qu'il y avoit un défaut de folidité du côté de la rue de Bondy , dont le vieux mur confervé a été jugé infuffifant pour fupporter la furcharge d'une charpente auffi élevée. En conféquence , il s'agit de conftruire dans cette partie une galerie avancée qui donnera plus de foutien au mur , fournira dans la partie fupérieure une très-grande aifance pour le fervice

D 6.

du théâtre , & dont le deffous fervira d'abri pour la livrée , ou pour les maîtres qui attendent leurs voitures.

13 *Octobre*. Extrait d'une lettre de Stral-bourg , du 28 feptembre.... Voici les princi-paux détails avec lefquels on doit célébrer ici, la fête centenaire de la foumiffion de cette ville à la France.

Les magiftrats ont fait frapper 33 médailles d'or , de la valeur de 200 livres chacune , & 530 d'argent de la même forme & grandeur , de la valeur de 12 livres chacune. L'effigie de Louis XVI eft d'un côté , & fur le revers on lit : *Argentoratum felix votis facularibus* 1781. Cette infcription eft entourée d'une couronne de chêne , qui étoit la couronne civique des Romains.

On a ajouté à ces médailles 1,500 jetons d'argent , de la valeur d'un florin ou 40 fous de France , chacun avec une fleur de lis d'un côté , & de l'autre *Argentoratum felix*.

Les médailles d'or feront préfentées au roi , à la reine , à la famille royale & aux miniftres , par le préteur royal *Gerard* , qui partira mardi 2 octobre pour la cour.

M. le maréchal de Contades , commandant pour le roi dans la province ; le cardinal de Rohan , évêque de cette ville ; l'évêque de Tournay , en qualité de pontife officiant au *Te Deum* ; le marquis de la Salle , le premier préfident , l'intendant , le préteur royal & le profeffeur *Oberlin* , auteur de l'infcription , font fur la lifte de ceux qui doivent recevoir les médailles d'or , ainfi que M. Rochon , auteur de la comédie dont on a parlé.

Les médailles d'argent feront diftribuées aux
Statmeifters, premiers magiftrats tirés du corps
de la nobleffe ; aux *Ammeifters*, tirés des bourgeois les plus notables au nombre de quatre,
dont l'un veille à la police, &c. pendant trois
mois ; aux affeffeurs des chambres des 15, des 16
& des 21 ; aux 20 confeillers de ville, & aux
citoyens des 20 tribus, ainfi qu'aux amis diftingués de MM. du grand-fénat.

Vingt mariages, un pour chaque tribu, feront
dotés ; les époux auront droit de bourgeoifie,
prérogative confidérable à Strasbourg. Meffieurs
de l'hôtel-de-ville fe chargent des frais de noces :
les 10 catholiques fe célébreront dimanche 30
à la cathédrale, & les 10 luthériens au temple
neuf, où le *Te Deum* en allemand fera chanté
en mufique le matin ; & après vêpres en latin
à la cathédrale, au bruit de trois falves de toute
l'artillerie & moufqueterie des remparts. Du
refte, vin, victuaille & pain : les fpectacles
feront ouverts gratuitement chez les Allemands &
chez les François ; bal, illumination, repas, &c.

Demain à 11 heures, l'univerfité ouvre les
fêtes par fa harangue, qui fera précédée d'un
concert de mufique vocale & inftrumentale de la
meilleure compofition.

14 *Octobre* 1781. Par une nouvelle lettre en
date du 12 octobre, qu'a publiée l'architecte le
Noir fur la falle provifoire de l'opéra qu'il conftruit, il cherche à raffurer le public que la démarche de la chambre de la maçonnerie avoit
inquiété ; en convenant du fait & de l'opération
qu'il eft obligé de faire, d'après le rapport des
jurés, il l'indique feulement comme un confeil
& un furcroît de folidité, qu'ils ont exigé & qu'il

avoit prévu lui-même , avant son plan proposé au ministre.

Du reste , il se défend sur d'autres reproches relativement aux choses d'agrément, & il cherche à donner plus de confiance au beau sexe & aux hommes qui craindroient d'être incommodés , soit par la fraîcheur des plâtres , soit par l'odeur des peintures : il n'a point employé l'un dans tout l'intérieur de la salle , & rien en huile ; tout est en détrempe.

Enfin , il convient de la difficulté d'une telle entreprise , dont il n'avoit point envisagé tous les détails ; il supplie les gens de goût de vouloir bien l'éclairer sur les incorrections qui lui seroient échappées, & il tâchera d'y remédier.

15 *Octobre* 1781. MM. *Parmentier & Cadet,* toujours occupés de la panification des différentes substances farineuses & de l'utilité qu'on en pourroit tirer, firent il y a deux ans des expériences qui tendoient à reconnoître les avantages pour la marine & les colonies, d'un biscuit fait, soit avec la pomme de terre , soit avec la patate. Ils envoyerent aux isles de ce biscuit , auquel M. Parmentier joignit le procédé qu'il venoit de publier. M. Gerard , médecin au Cap-François, d'après cette instruction , répéta l'expérience sur la patate , & présenta au gouvernement & à la chambre d'agriculture de la colonie , le résultat qu'il venoit d'obtenir de la conversion de cette racine en biscuit , comme la ressource la plus précieuse pour les isles dans le temps de disette, & sur-tout dans les temps de guerre.

Il est question de constater de plus en plus cette expérience, & sans doute d'en perfectionner la manipulation. En conséquence , le jeudi 18 de ce mois , à 9 heures , on doit faire du bifcuit de pommes de terre , à l'école de la boulangerie , rue de la Grande-Truanderie , par ordre de M. le marquis de Caftries , en préfence du nouvel intendant de la Guadeloupe , & des membres du comité de l'école de boulangerie.

15 *Octobre* 1781. La nouvelle de la groffeffe de *Madame* fe foutient ; on cite à ce fujet une anecdote de la cour. On raconte que la reine , dans les commencements de ces bruits , ayant demandé à fon beau-frere avec intérêt , fi l'on pouvoit fe flatter qu'il y eût quelque fondement : beaucoup , Madame , répond *Monfieur* avec gaieté ; il n'y a pas de jour où cela ne puiffe être vrai. Ah ! reprend en riant S. M. , puifque vous répondez fi bien , je ne vous ferai plus de queftions.

16 *Octobre* 1781. On doit découvrir demain le nouvel auteur du chœur de Saint-Germain-l'Auxerois , exécuté en marbre & en bronze , fur les deffeins de M. *Bacarit* , architecte des écuries du roi & de l'hôpital royal des Quinze-vingts. C'eft auffi lui qui a conduit les travaux.

Le coffre de cet autel , orné de confoles , repréfente une defcente de croix , formant un bas-relief en bronze. Le tabernacle de marbre blanc offre le nom de JEHOVA , au milieu d'une gloire , l'un & l'autre dorés d'or moulu : il eft furmonté d'une colonne de marbre brocatelle d'Efpagne , & couvert d'une draperie de marbre vert , fous un focle d'or moulu , qui porte une boule dorée de même. Un ferpent entoure la boule & le pied de la croix , laquelle eft ornée d'un linceul de bronze , ainfi que de la couronne d'épine & de l'infcription , dorées d'or moulu. La colonne eft accompagnée de deux anges en bronze, de grandeur naturelle, dont l'un eft en adoration, & l'autre tient de la main droite les clous de la paffion, & montre de la gauche, la croix d'où le corps de Notre Seigneur a été defcendu pour être mis dans le tombeau.

17 *Octobre* 1781. Dans la comédie du *célibataire* de Dorat, acte premier, fcene feptieme, on lit ces deux vers :

Mais pourquoi revenir fur les maux de l'abfence?
La peine eft déja loin quand le bonheur commence.

M. Collet les revendique aujourd'hui, dans une lettre datée de Verfailles, le 9 octobre, adreffée aux auteurs du journal de Paris. Il raconte qu'il y a douze ans environ, M. Dorat les trouva dans un opéra de fa compofition, intitulée *Sapho*, & les retint par réminifcence. Du moins, c'eft la tournure qu'il donna. M. Collet, lorfqu'il lui fit des reproches de ce plagiat. Celui-ci prétend avoir une lettre d'excufe de M. Dorat à ce fujet, & des témoins de la propriété. Quoi qu'il en foit, il prie le public de n'être point furpris de voir reparoître ces deux vers lorfqu'on exécutera fon opéra, qu'on met actuellement en mufique.

17 *Octobre* 1781. Il paroît un nouvel arrêt du confeil du 25 août 1781, par lequel fa majefté, informée que malgré toutes les précautions qui ont été prifes pour arrêter les abus que font de leur commerce les imprimeurs & libraires d'Avignon, ils parviennent cependant à tromper la vigilance des infpecteurs de la librairie, prend de nouvelles mefures à cet égard.

17 *Octobre* 1781. Voici encore un quatrain que la licence a fait enfanter contre le duc de Chartres, ou plutôt c'eſt un ancien qu'on a retourné & adapté aux circonſtances.

> Immolant tout au coffre fort ,
> Se montrant ſans jamais ſe battre ,
> C'eſt être bâtard de Melford ,
> Et non deſcendant d'Henri-quatre ,

18 *Octobre* 1781. Rien de plus plaiſant qu'une petite feuille du libraire Pankouke , intitulée : *Moyen d'augmenter le bonheur d'une partie de la nation , ſans nuire à perſonne.* Voilà un grand titre bien propre à exciter la curioſité, & à faire travailler le génie pour réſoudre le problème de l'auteur. On s'élève aux plus hautes ſpécula-tions, on recherche ce que la métaphyſique a de plus délié , la morale de plus exquis & l'on ne peut le deviner. Cette annonce impoſante , pour être remplie , conſiſte en un changement de l'heure des ſpectacles, qu'il faudroit mettre tous , ſans excep-tion , à 8 heures du ſoir pendant neuf mois de l'an-née , & à 9 heures depuis le premier juin juſqu'au premier ſeptembre.

M. Pankouke de ce moyen ſimple , voit dé-couler des biens infinis pour la ſanté du corps & de l'ame , pour l'économie , pour les mœurs , pour les femmes , pour les magiſtrats, pour les gens de lettres , pour le commerce , pour les affaires.

Il eſtime qu'il ne s'eſt jamais trouvé de cir-conſtance plus favorable que cette époque où l'on voit trois nouvelles ſalles de grands ſpecta-

cles, prêtes à s'ouvrir en même-temps dans la capitale. Il prétend que , pour opérer cette révolution , il ne faut ni édit , ni ordonnance, ni
arrêt du conseil ; mais un simple ordre aux
comédiens.

On voit que ce projet ridicule , par l'emphase
que l'auteur y a mise , n'est qu'un réchauffé de
ce qui a été dit & écrit déja sur cette matiere ;
il est du reste plein de bon sens , & il seroit à
souhaiter qu'il fût adopté.

M. Pankouke renouvelle en passant les deux
questions agitées aussi depuis quelque temps , si
deux troupes de comédiens ne seroient pas plus
utiles qu'une seule , & s'il est mieux d'être debout ou assis dans le parterre. A l'occasion d'une
brochure de M. Rochon de Chabannes , où
celui-ci vouloit deux troupes & le parterre debout , ce libraire avoit déja lutté contre ce
poëte comique , mais trop inégalement pour que
celui-ci daignât lui répondre. Il en semble fâché &
le provoque de nouveau en reprenant de plus fort
ses assertions négatives.

18 *Octobre* 1781. Les comédiens italiens doivent
donner aujourd'hui la premiere représentation d'une
comédie nouvelle en un acte & en vers, mêlée
d'ariettes , intitulée : *Les deux Sylphes* ; les paroles sont de M. Imbert & la musique de M. *Dé-
saugiers*. Le nom de ces auteurs n'excitera pas un
concours bien nombreux.

19 *Octobre* 1781. Extrait d'une lettre du Cap-
François , en date du 5 août..... M. de Lilan-
cour , qui avoit déja gouverné deux fois par
interim la colonie, avoit été obligé de remettre
le commandement , par un ordre surpris de la
cour , à M. de *Renaud* : il lui a été rendu le 15

juillet dernier ; & M. de la Thebaudiere, procureur · général du roi au confeil fupérieur de
cette ville, l'a harangué à fa réception d'une
façon très-flatteufe. Son difcours, qui ne confifte pas en lieux communs comme les autres, a
fait la plus grande fenfation dans la colonie, &
eft remplie d'anecdotes curieufes & critiques,
mais d'une tournure très-adroite : en lui difant
tout ce qu'il ne fera pas, on blâme ce qui a
été fait. « Vous n'ajouterez point, lui dit-on,
» aux dépenfes extraordinaires que néceffitent
» les circonftances actuelles, celles de conf-
» tructions étrangeres à la défenfe de la colo-
» nie, & à réferver pour des temps de paix. . . .
» Vous n'aggraverez point, par des corvées &
» des travaux forcés ou mal - entendus, les
» maux inféparables de la guerre & les calami-
» tés attachées à l'intempérie des faifons qui
» défolent malheureufement la colonie depuis
» quelques années. . . . L'habitant des villes fe
» flatte que le produit de fes maifons ne fera
» point abforbé par des projets ruineux. . . . La
» ville du Cap attend de votre fageffe que vous
» confidérerez qu'elle n'a pas befoin de fecours
,, éloignés pour fuppléer à la pénurie de fes
,, eaux, qu'elle eft environnée de tous côtés de
,, fources abondantes qu'on peut y conduire
,, fans de très-grands frais, après en avoir
,, indemnifé les propriétaires. . . . Tous les co-
,, lons favent que vous n'aurez égard qu'au
,, mérite dans la diftribution des emplois & des
,, graces, & qu'à la vertu néceffiteufe dans la
,, conceffion des terres vagues, & non à ces
,, ambitieux qui ne les follicitent que pour en
,, faire un trafic honteux, contraire aux vues

„ du prince , à l'intérêt de la colonie , & réprouvé
„ par les loix. La correspondance de la métro-
„ pole avec la colonie ne fera point inter-
„ ceptée. .... Nos gazettes & nos papiers publics
„ feront irrévocablement supprimés , ou rendus
„ à leur premiere & véritable destination : on
„ n'y trouvera point , à la honte d'une sage po-
„ lice , aux risques d'allumer dans les sociétés
„ une guerre civile , l'éloge d'un gouvernement
„ sage & juste à côté de la satire la plus ridi-
„ cule & la plus méprisable ; ce ne fera point
„ sur-tout à des feuilles de cette espece , impri-
„ mées avec votre permission , que vous remet-
„ trez le soin trompeur de vos louanges équivo-
„ ques. .... Enfin , les magistrats favent que
„ loin de chercher à brifer le glaive des loix ,
„ vous ferez le premier à le foutenir dans leurs
„ mains..... Que vous ne ferez point une étude
„ de miner leur autorité fourdement , de gêner
„ leurs fuffrages..... Que vous ferez leur dé-
„ fenfeur auprès du prince ; que vous vous at-
„ tacherez fur-tout à détruire les imputations
„ calomnieufes , imaginées pour rendre leur
„ zele fufpect..... C'est l'expérience d'une con-
„ duite aussi fage de votre part , qui a déterminé
„ cette augufte compagnie à faire la démarche
„ de vous témoigner fes regrets de voir finir
„ votre administration. Aucun de vos prédé-
„ ceffeurs n'avoit eu l'avantage glorieux de
„ recevoir la députation d'une cour fouveraine,
„ gémiffant de voir paffer le gouvernement en
„ d'autres mains... Il fut peut - être un temps
„ où le frein des loix & de la confiance ont été
„ impuiffants : mais que de luftres il s'eft déja
„ écoulé depuis l'enfance de la colonie ; que

,, fes deftructeurs ingrats , enrichis prefque tous
,, de fes bienfaits , la méconnoiffent & la calom-
,, nioient peut-être pour l'opprimer plus fûre-
,, ment..... Car vous le favez par expérience : vous
,, l'avez gouvernée deux fois en chef ; avez-vous
,, trouve l'obéiffance en défaut ? .... Daignez faire
,, parvenir ces intéreffantes vérités jufqu'aux pieds
,, du trône.... Que l'ordonnance du premier fé-
,, vrier 1766, concernant le gouvernement civil de
,, cette colonie ; que celle du 18 mars fuivant ,
,, fur les enrégiftrements dans nos confeils , de-
,, viennent enfin la bafe unique , la regle inviola-
,, ble de votre adminiftration & de celle de vos
,, fucceffeurs. ,,

On voit encore un coup que ce difcours plus
étendu , dont on ne rapporte que les principaux
paragraphes , eft un réfumé hiftorique des grands
événements , des malheurs de la colonie , & une
peinture vive des vues des adminiftrations précédentes.

20 *Octobre* 1781. M. Olavides , cet intendant
d'Efpagne fi maltraité par l'inquifition , eft enfin
à Paris fous un nom étranger , il y a déja même
du temps ; mais comme il a changé de nom , fa retraite en cette capitale eft plus fecrete.

21 *Octobre* 1781. LE PEINTRE VÉRIDIQUE ,
ou *Diatribe contre le beau fexe.*

Objets fous qui tout rampe , & n'êtes que foibleffe ;
Aimables ennemis qui tuez par les yeux ;
Charlatans , qui vendez des poifons doucereux ;
Tyrans , dont le pouvoir nous plaît quand il nous bleffe ;

Habiles inftruments , mis en jeu par l'amour ;
Source de nos plaifirs , ainfi que de nos peines ;
Dangereufes Circés , féduifantes Sirenes ,
Qui corrompez les rois & régnez dans leur cour ;
Cruelles , dont jadis je chériffois les chaînes ;
Faux efpoir de nos cœurs , idoles de nos fens ;
Sexe vain & trompeur , qui captivez les grands ,
Le fage & l'infenfé , le valet & le maître ;
Ecueil contre lequel il eft doux de périr ;
Femmes... pour une fois que vous nous faites naître ,
Combien de fois , hélas ! nous faites-vous mourir !

On attribue cette plaifanterie piquante à un officier de dragons invalide.

22 Octobre 1781. Une nouvelle feuille périodique s'éleve fous le nom d'*Annonces, Affiches &
Avis divers du pays Chartrain*, in 4°. Elle commence du premier octobre, & fe diftribuera une fois
par femaine. Semblable aux autres du même genre,
elle a pour objet principal de raffembler & de réunir les *notes* qui , par leur nature, doivent acquérir
de la publicité, & qu'il eft important de connoître dans les provinces pour lefquelles ce journal eft
deftiné. Comme celle-là n'eft point maritime & eft
peu commerçante, elle fera fouvent littéraire ou
économifte.

22 Octobre. Ce qui contribue fur-tout à mettre
le défordre dans l'opéra, ce font les promeffes
flatteufes dont berce les fujets, le fieur Noverre,
qui, remercié ici, paffe à Londres, où il va établir
un fpectacle ; & par pique autant que pour fon
intérêt, il cherche à enlever les meilleurs
coryphées.

22 *Octobre* 1781. Il y a eu aujourd'hui une répétition fur le nouveau théatre d'un acte d'*Adele
de Ponthieu* , opéra remis en mufique par M. Piccini. Quoique la falle foit encore très-informe, ouverte de tous côtés, on a trouvé qu'elle étoit déja
fonore. Le coup-d'œil en a paru fort agréable , fa
forme demi - circulaire & plus évafée que celle
des autres , favorife merveilleufement la vue du
fpectacle de tous les côtés. Le théatre eft un peu
cour pour fa largeur. On fera comme ci-devant
debout dans le parterre. Vraifemblablement on ne
l'a pas jugé affez fpacieux pour y être affis , &
on a craint de perdre trop de terrein par cette
innovation.

22 *Octobre*. Aujourd'hui la ville a reçu un
premier courier à une heure trois quarts après
midi , annonçant les premieres douleurs de la
reine , & à deux heures & demi-quart, un fecond
a apporté l'heureufe nouvelle de la naiflance d'un
dauphin.

M. le prince de Condé, qui étoit à Paris , a
reçu fur le champ différents couriers, & n'aura pu
fe trouver à l'accouchement, fuivant le droit qu'ont
tous les princes du fang d'y affifter, & d'être
témoins oculaires de la naiflance de l'augufte
rejeton.

Sur le champ on a tiré le canon, le tocfin du
palais & celui de la ville ont fonné. A 6 heures
le prévôt des marchands , à la tête des officiers
municipaux , a fait une proceffion autour d'un feu
de bois, pendant laquelle autre falve d'artillerie.
L'ordonnance fur le champ a été rendue pour
une illumination générale pendant trois jours ;
& quoiqu'elle ne pût être connue dans le jour

même , la plupart des quartiers ont été illuminés volontairement & par zele.

23 *Octobre* 1781. Aujourd'hui & demain il y aura trois décharges d'artillerie à six heures du matin , à midi, à six heures du soir. Les tocsins de l'hôtel-de-ville & du palais continuent à sonner sans relâche. Il y aura illumination , orcheftre à la Greve, diftribution de vivres & de boiffon accoutumée : & demain même cérémonie.

La chambre des comptes dès ce matin a déja fait chanter un *Te Deum* particulier a la Ste. Chapelle.

Hier les comédiens françois , qui avoient affiché pour petite piece *le Procureur Arbitre* , ont donné l'*Ecole des Maris* , où fe trouvent quelques vers analogues à la grande nouvelle. Ces vers ont été entendus avec des tranfports réitérés ; on les a répétés , & ils ont été applaudis avec la même véhémence.

Le même jour, à la comédie italienne , après *les deux Sylphes* , la dame Billioni, qui joue un rôle de fée dans cette piece , a chanté un couplet analogue à la circonftance ; il eft de M. Imbert, & le voici :

Air de joconde.

Je fuis Fée & veux vous conter
    Une grande nouvelle ,
Un fils de roi vient d'enchanter
    Tout un peuple fidele.
Ce dauphin , que l'on va fêter ,
    Au trône doit prétendre :
Qu'il foit tardif pour y monter, . .
    Tardif pour en defcendre.

L'on a aussi joint à la *Matinée villageoise* trois couplets d'un M. Dry ; mais ils ont été trouvés bien inférieurs au premier, & ont paru très-plats aux connoisseurs.

L'opéra doit se signaler par une représentation gratuite, qui aura lieu le samedi vingt-sept, & fera l'ouverture de la salle ; c'est-à-dire, qu'on donnera entrée au peuple à la répétition générale, qui devoit toujours s'exécuter ce jour-là. C'est une économie bien entendue ; mais on est fâché pourtant de voir la salle souillée dans sa fraîcheur par toute cette canaille dégoûtante.

23 *Octobre* 1781. Extrait d'une lettre de Strasbourg, du 8 octobre... *La Tribu*, comédie en un acte, pour les réjouissances de Strasbourg, en l'honneur de la fête séculaire de la soumission de la ville à Louis XIV, par M. Rochon de Chabannes. Tel est le titre de la piece qui a été jouée ici avec le plus grand succès. On a été étonné que ce poëte, qui ne connoît point cette ville, qui n'y est jamais venu, ait eu l'art d'en particulariser si singuliérement le sujet ; de peindre nos mœurs & nos usages dans la plus grande vérité, dans le costume le plus exact. Quoique sa modestie l'ait empêché de venir jouir lui-même de son triomphe, d'assister aux répétitions, & de pénétrer les auteurs de leurs rôles, la piece a été parfaitement bien exécutée ; le sujet en est simple.

Il s'agit d'une madame Ridern, Allemande, aubergiste, chez qui se fait la noce des couples unis par la ville dans la tribu. Elle a une fille aimée d'un François, qui en éprouve du retour ; elle refuse de la marier par l'antipathie naturelle des deux nations, invétérée chez cette Stras

bourgeoife, antipathie dont la font revenir fucceffivement un officier François qui y eft logé, &
qui gagne fa confiance par fes graces & fon
aménité ; un pere Louvois centenaire qui lui
offre l'exemple de pareils mariages faits dans fa
famille, & toujours avec le meilleur fuccès ;
enfin une madame Rinchouin fa commere, vive,
gaie, étourdie, & madrée cependant, qui lui
fait de petits contes très-propres à la frapper &
à lui montrer le ridicule, l'injuftice & le danger
de fon averfion. Ce rôle eft amufant, celui du
pere Louvois eft refpectable; il finit majeftueu-
fement l'action par une cérémonie impofante &
religieufe, par la bénédiction que lui demande fa
nombreufe poftérité dont il eft entouré. Dans le
rôle de madame Ridern, qui détefte les François,
mais aime la France, l'auteur a eu l'art de glif-
fer plufieurs anecdotes relatives aux circonftances,
& d'autant plus flatteufes pour la reine, qu'elles
n'ont point l'air de l'adulation, & font l'effufion d'un cœur franc que fubjugue la force de
la vérité.

- Monfieur Rochon s'étoit contenté, dans des
obfervations envoyées aux comédiens, de faire
fentir la néceffité d'une pantomime continue
dans la multitude des perfonnages compofant la
triple génération du pere Louvois, fur qui roule
tout l'intérêt de cette bagatelle, & qui, faute
d'être bien exécutée, par la froideur ou la
diftraction des acteurs, auroit ôté à la repréfentation une partie du mérite de l'ouvrage; auffi
n'a-t-on rien à leur reprocher.

Il y a eu à la fin des couplets charmants,
pleins de fel & de gaieté, tels qu'il en faut en
pareille circonftance.

On a jugé à propos de faire imprimer la piece avant de la jouer, & elle n'a rien perdu à être connue dès la repréſentation.

24 *Octobre* 1781. *L'Année Littéraire* a repris cours depuis quelque temps ; mais le privilege en a été ôté au ſieur Freron, dont il ne porte plus le nom, & transféré à ſa belle-mere, ſans autre arrangement pour l'ancien propriétaire qui reſte ainſi à la merci de cette marâtre, à laquelle il a été ſeulement recommandé de lui donner les ſecours pécuniaires que ſa bienfaiſance, & le débit proportionné de cet ouvrage périodique pourront lui permettre.

C'eſt par un arrêt du conſeil qu'eſt opéré cet arrangement. On motive la tranſlation du pri-vilege ſur l'abus que le journaliſte en faiſoit : on qualifie ſes feuilles de ſatiriques, calomnieuſes contre les citoyens, même contre des perſonnes étrangeres à la littérature ; &, ce qu'il y a de plus fâcheux, c'eſt que l'arrêt eſt rendu du *propre mouvement du roi*, tournure dont on ſe ſert quand on veut couper court à toute oppoſition, à toute réclamation juridique. Cet arrêt a été ſignifié au ſieur Freron par un huiſſier du conſeil.

Il eſt enjoint en outre à la dame Freron de ne point ſe ſervir, pour collaborateurs de ſon fils, des ſieurs *Salaun* & *Clement*, hommes de lettres qui compoſoient la plupart des extraits des feuilles précédentes ; on veut encore qu'il y ait en général défenſes à tous les journaux qui ſe débitent en France de rien recevoir provenant de leur plume trop mordante.

On ne peut concevoir que le mot de *Ventriloque* ait provoqué une punition auſſi cruelle ; on ne doute pas que le parti philoſophique n'ait beaucoup

E 2

influé dans cette vengeance , & n'ait furpris la religion de M. le garde-des-fceaux , prévenu d'abord par le maréchal de Duras.

Les défenfes qu'on affure qu'a reçu auffi la dame Freron de ne rien laiffer inférer dans fon journal contre l'académie , ou contre aucun de fes membres , ne peuvent que fortifier cette conjecture. On doit donc efpérer que les miniftres mieux inftruits , tôt ou tard rendront leurs bonnes graces à M. Freron.

24 Octobre 1781. On parle beaucoup d'une brochure nouvelle, intitulée : *Le cri du Peuple.* On la dit extrêmement violente contre M. le comte de Maurepas & M. de Fleury , le miniftre des finances. On ne doute pas qu'elle ne parte d'une plume foudoyée par le parti de M. *Necker.*

25 Octobre 1781. Les fêtes continuent en réjouiffance de l'heureux accouchement de la reine & de la naiffance d'un dauphin. Toutes les cours font fucceffivement chanter le *Te Deum* , & il y en aura un folemnel vendredi , où le roi fe trouvera. Les fpectacles doivent avoir lieu *gratis* , fuivant l'ufage. Les comédiens françois ont commencé aujourd'hui. Ils ont donné *Adelaïde du Guefclin & la Partie de chaffe de Henri IV,* qu'ils n'avoient ofé remettre depuis la grande fenfation que caufa cette piece à la difgrace de M. Necker. Le fieur Dugazon y a coufu un petit bout de fcene analogue à la circonftance , qui a augmenté la gaieté des fpectateurs , & les a mieux difpofés au feftin que les hiftrions donnent enfuite aux chefs de la populace.

25 Octobre. Extrait d'une lettre de Hefdin , du 11 octobre. Il y a trois ou quatre mois qu'un incendie confidérable confuma une partie

d'un bourg appellé Fruges en Artois, à quatre lieues d'ici ; le vicaire du lieu , homme très - zélé, se chargea de quêter dans les environs pour ses malheureux paroissiens ; il trouva à St. Omer les secours les plus généreux chez MM. du régiment de Béarn. On reçut dimanche dernier à Fruges l'ordre de loger ce régiment à son passage : aussi-tôt ce pasteur l'annonce ; & de concert avec les gens de loi du lieu , on arrêta de lui témoigner la reconnoissance due à ses bienfaits ; en effet , hier à son arrivée on arbora un drapeau blanc au clocher ; les feux , les acclamations ne cesserent point ; chaque habitant , suivant ses moyens , régala ses hôtes de son mieux , & les gens de loi avec les principaux habitants , résolurent d'offrir à dîner à MM. les officiers , qui , ainsi que tout le régiment , quitterent cet endroit , pénétrés des témoignages de reconnoissances que leur prodiguerent ces bonnes gens.

26 Octobre 1781. Extrait d'un lettre de Rouen, le 24 octobre... Notre parlement continue à veiller à ce qu'il n'y ait plus de cimetieres dans cette capitale, & à les faire remplacer par cinq hors de la ville. C'est lui-même qui entre dans tous les détails nécessaires. Il taxe chaque paroisse , tant pour frais d'acquisition , que frais de clôture, suivant le nombre des morts qui sortent de chaque paroisse année commune , le tout aux frais des fabriques.

26 octobre. C'est madame la princesse de Lamballe qui , en qualité de surintendante de la maison de la reine , donna ordre , au moment des douleurs de sa majesté, d'avertir les princes & princesses de la maison royale , qui se rendirent

dans le grand cabinet de la reine, où S. M. étoit
fur fon lit de mifere. Le garde-des-fceaux de
France s'y étoit rendu auffi , & occupoit fa place
aux pieds du lit à genoux. Le roi & les princes
étoient en dedans du paravant qui entouroit le lit,
le furplus des courtifans en dehors.

La reine accouchée , on préfenta l'enfant à
M. le gard-des-fceaux pour en conftater le fexe,
& il fe releva. Un grand filence ayant cette fois
régné dans l'appartement , la reine craignoit de
n'avoir mis au monde qu'une fille ; mais quand
elle fut en état d'en recevoir la nouvelle , le roi
s'approcha , & lui dit : « Madame , vous avez
» comblé mes vœux & ceux de toute la France;
» vous êtes mere d'un dauphin. »

La reine defira voit ce précieux enfant, qui
lui fut apporté par la princeffe de Guémenée ,
gouvernante des enfants de France. Sa majefté en
le lui remettant lui dit; « Madame , je n'ai pas
» befoin de vous recommander ce dépôt , qui
» intéreffe tout le royaume ; il ne fauroit être en
» meilleures mains ; mais pour que vous puiffiez
» vaquer plus librement aux foins qu'il exige ,
» je compte partager avec vous l'éducation de
» ma fille. »

Les courtifans, toujours malins, toujours exacts
obfervateurs des paffions des princes , ont cru
remarquer fur le vifage de *Monfieur* , à la premiere infpection du fexe , un mouvement d'humeur & de chagrin; mais fon ame magnanime,
furmontant bientôt cette foibleffe , s'eft livrée
enfuite à toute la joie que lui ont infpiré fon attachement au roi & à la reine , & fon zele pour la
félicité de l'état.

Le roi , depuis ce temps , eft dans la plus

grande joie ; il ne s'occupe que du nouveau né ,
& répete vingt fois dans une heure , M. le
Dauphin ; en un mot, il jouit de son bonheur
avec toute la sensibilité du meilleur des peres.

17 Octobre 1781. Le roi est venu hier à Notre-
Dame, assister au *Te Deum* chanté en réjouissance
de l'heureux événement qui comble de joie tout
le royaume. Sa majesté a pris à la porte de la con-
férence ses carrosses de cérémonie : elle avoit dans
le sien, à sa gauche, *Monsieur*, sur le devant monsieur le comte d'Artois & M. le duc d'Orléans ;
& aux portieres M. le duc de Chartres & monsieur le prince de Condé. La distribution d'argent
a commencé depuis ce moment jusqu'à la cathédrale. La marche a eu lieu par le quai des Théa-
tins, ce qui l'a rendue plus longue , & a fourni
plus de moyens au peuple de voir & d'applaudir
son roi.

Le roi est entré sur les cinq heures à Notre-
Dame. Il étoit placé dans le chœur , au milieu,
sous un dais à la hauteur de celui de l'archevêque. Les princes de la maison royale , les
princes du sang & toute leur suite les entouroient. Aux pieds de l'archevêque étoit le garde-
des-sceaux à la tête du conseil ; à côté le parlement , la cour des aides & les chanoines ; du
côté opposé, la chambre des comptes & la ville.
Depuis environ 80 ans la cour des monnoies
n'assiste point à pareille cérémonie, à l'occasion
d'une dispute qu'elle eut avec un grand-maître
des cérémonies, dont elle n'eut pas la satisfaction qu'elle desiroit.

Dans le sanctuaire , à la droite de l'autel , les
évêques , du côté opposé les ministres étrangers , &c.

E 4

Le roi en fortant eft allé faire fa priere à la chapelle de la vierge. Il a été reconduit à la porte de l'églife par le chapitre , l'archevêque à côté de fa majefté à qui il donnoit la gauche feulement. Il avoit eu l'honneur de haranguer le roi à fon arrivée.

27 *Octobre* 1781. Voici encore un homme de lettres traduit devant les tribunaux, donné en fpectacle par fa femme. C'eft ce qu'on voit dans un *mémoire pour le fieur le Brun , fecretaire des commandements de feu monfieur le prince de Conti; contre Marie - Anne de Surcourt , fa femme, demandereffe en féparation de corps.* Ce procès , commencé depuis plus de fept ans , & que le mari avoit tâché d'affoupir de fon mieux , fe réveille plus fort que jamais , & devient l'entretien du public.

La dame de Surcourt dénonce à la juftice & à la fociété , fon mari comme le perfécuteur, le tyran & prefque le bourreau de fon époufe: celui-ci fe plaint qu'après quatorze ans paffés dans l'union & la paix, pour avoir exclu de chez lui un homme qui lui étoit fufpect , il fe voit tout-à-coup arraché de fon cabinet & du commerce des mufes , entraîné dans l'arène du barreau, tout à la fois dépouillé & diffamé par les perfonnes les plus cheres.

Le factum du fieur le Brun eft curieux par des détails très-amufants , où figurent plufieurs feigneurs de la cour & gens de lettres ; par des épîtres de la dame le Brun , citées en preuves de leur bonne intelligence, pleines de graces & d'efprit ; par des vers, des odes, des chanfons , ornements qu'on ne trouve guere dans de pareils écrits .

Quant au fonds, ce font les magiftrats qui prononceront. Le fieur le Brun paroît affez bien défendu par Me. Hardouin de la Reynnerie, fon avocat; malheureufement il a contre lui fa mere & fa fœur; & il eft cruel de trouver de pareils adverfaires. D'un autre côté, les témoins admi-niftrés par la femme, font d'une efpece affez vile; les fiens font des hommes de qualité, des femmes honnêtes, des auteurs, des hommes irréprochables.

Ce qu'on peut raifonnablement préfumer de tout cela, c'eft que la femme aimable & jolie étoit très-galante, & que le mari en revanche n'étoit pas fort exact au devoir conjugal; qu'il fe livroit fouvent à fon caractere violent, & qu'il n'eft guere poffible que ces deux êtres fe rapprochent & vivent enfemble.

27 *Octobre* 1781. Comme l'on ne connoiffoit point encore tout l'effet qui pouvoit réfulter dans la nouvelle falle de l'opéra, de la foule immenfe qu'elle devoit contenir aujourd'hui pour la pre-miere fois, monfieur le lieutenant-général de police a voulu apporter les plus grandes précau-tions pour ne point rifquer le plus légérement la vie de cette populace effrénée. Le jeudi 25, ce magiftrat vigilant a provoqué l'ordre d'une vifite générale par cinq architectes; il s'eft trouvé préfent lui-même à leur infpection, & il l'a fur-veillée dans fes divers détails.

28 *Octobre* 1781. Dans un chapitre qui a précédé la venue du roi à Notre-Dame, les cha-noines ont délibéré fur la meilleure maniere de témoigner leur alégreffe, & ont defiré faire quel-que chofe d'extraordinaire. M. l'abbé de Montjoye, grand-maître des cérémonies, qui aime l'appareil

E 5

& le spectacle, a proposé d'illuminer la façade de l'église & les tours, ce qui étoit sans exemple jusqu'à présent. Quelques membres s'y sont opposés, & parce que c'étoit une innovation, & parce que le feu en pouvoit résulter; enfin, parce que l'on ne manqueroit pas de prendre acte contre le chapitre de ce fait, & qu'il contracteroit ainsi une charge de ville dont il étoit exempt.

Ces raisons produisoient peu d'effet, lorsqu'un membre s'est levé & a pris l'objet du côté de la religion. Il a dit que dans un jour où le roi venoit rendre hommage au roi des rois, & présentoit à son peuple ce spectacle édifiant, c'étoit en affoiblir la grandeur que d'y mêler une pareille puérilité, des feux follets propres à amuser seulement des femmes & des enfants. L'orateur excitoit déja une forte sensation, & peut-être auroit entraîné tous les suffrages, si l'abbé de Champigny ne l'eût combattu. J'ai, messieurs, dit-il, été à Rome, dans cette capitale du monde chrétien, & j'ose vous assurer qu'il n'est point de jour de fête & de réjouissance où la basilique de saint Pierre ne soit illuminée, où son dôme ne soit décoré de feux & d'artifices.... Oserons-nous craindre de faire ce qui se pratique sous les yeux du saint pere, dans le centre de la catholicité ? Il n'y a pas eu moyen de résister à cet exemple, & l'illumination a été décidée. Elle n'a malheureusement pas répondu à l'effet qu'on en attendoit. Elle étoit pauvre, mesquine, & ne faisoit nul honneur au décorateur.

On avoit retardé la venue du roi, afin de donner à S. M. le plaisir de ce coup d'œil.

Entre toutes celles qui ont eu lieu, il paroît

que l'illumination des comédiens Italiens l'a emporté par ses recherches & sa singularité, offrant encore du nouveau en ce genre si fort épuisé.

28 *Octobre* 1781. La salle de l'opéra s'est ouverte hier dès neuf heures du matin, ce qui a donné la facilité de la faire remplir avec le plus grand ordre. Le spectacle a commencé avant deux heures. Il a régné un profond silence pendant l'ouverture ; mais au moment où la toile s'est levée, toute la salle a retenti d'un cri universel : *vive le roi , vive la reine , vive monseigneur le dauphin !* A cette violente explosion de la joie générale a succédé l'attention la plus soutenue, & telle que les auteurs desireroient qu'elle fût pour tous leurs ouvrages dans la nouveauté. La crainte de perdre un seul beau mouvement, faisoit modérer les témoignages de la satisfaction, ou plutôt cette populace étonnée de tout ce qu'elle voyoit & entendoit, en étoit comme suspendue dans ses facultés. Cependant, revenue à elle, elle a beaucoup applaudi certains morceaux, entr'autres ces deux vers de récitatif qui sont dans la bouche du comte de Ponthieu, au moment où Adele sa fille remet à Raimond, son chevalier, l'épée avec laquelle il doit combattre pour elle.

> C'est le glaive de la justice
> Remis aux mains de la valeur.

Le premier acte a été le plus applaudi, la richesse des habits suivant le costume de la chevalerie antique, la pompe du spectacle, l'appareil du combat, tout cela étoit bien propre à frapper la multitude & à produire un grand

E 6

effet. Quant à la musique, il est impossible de rien conclure de cette représentation : cependant en général elle a semblé très-foible.

Quant à la salle, elle plaît de plus en plus. Sa forme diffère beaucoup de l'ancienne ; elle est, dans la partie qui contient le public, absolument ronde : elle produit, par cela seul, deux avantages très-précieux, celui de mettre chacun à portée de voir parfaitement tout ce qui se passe sur le théâtre, & celui de faire mieux entendre, parce que tous les spectateurs sont mieux rassemblés.

Le théâtre est moins profond, ainsi qu'on l'a dit ; mais sa plus grande largeur facilitera infiniment le jeu des machines, & l'exécution plus précise des entrées & sorties. Un avantage nouveau & précieux pour l'humanité, c'est que le grand nombre de personnes employées aux représentations, seront dans une situation moins dangereuse : des planchers qui regnent dans les diverses parties qu'on appelle *coulisses*, les garantissent de tout ce qui peut tomber d'en haut : du reste, l'architecte a ménagé son terrein de maniere à profiter des petites portions. La salle, au total, doit contenir plus de monde que l'ancienne ; elle ne présente aucune richesse dans ses ornements ; elle ne peut plaire que par sa forme & ses proportions bien assorties.

La solidité en a été éprouvée hier de façon à rassurer les plus timides ; il y est entré plus de six mille personnes, & l'on en a compté jusqu'à vingt dans une loge.

Après le spectacle, il s'est fait sur le théâtre même une distribution de pain & de vin, & les poissardes avec les charbonniers ont formé des

danfes , & ont chanté des chanfons qu'on n'eft
pas accoutumé d'entendre en pareil lieu , mais
qu'autorife la licence du jour.

29 *Octobre* 1781. Dans le mémoire de M. le
Brun, entre les vers cités on trouve ceux - ci ,
compofés pas fa femme , & qui donneront une
idée de fes talents poétiques. Ils font tirés d'une
fête exécutée en 1768 , la veille de St. Denis ,
où elle avoit mis à contribution toutes les divini-
tés pour complimenter fon mari. D'abord paroif-
foient l'Amour & les Graces , puis Flore , puis
Diane , qui , chacun à fon tour, chantoient des
couplets analogues à leur caractere. Suivoit Apollon qui , préfentant au fieur le Brun fa lyre ,
lui difoit :

Tu captives tous les fuffrages ,

Tes talents font chéris des dieux ;

Puiffe ton nom dans tous les âges

S'immortalifer avec eux ;

D'Apollon reçois cette lyre

Pour chanter au facré valon ;

Dans tes mains même , on pourra dire :

C'eft toujours celle d'Apollon.

Son mari fe plaint que fa femme brife enfuite
dans fes mains cette même lyre , & par les chagrins qu'elle lui caufe , l'empêche de finir fon
Poëme de la Nature , commencé il y a plus de
15 ans , & dont quelques fragments , déja pu-
bliés , ont donné la plus grande idée.

Quoique cette annonce prife du mémoire foit
cenfée de Me. Hardouin , on eft fâché de l'y

trouver ; elle femble trop fuggérée par l'auteur , qui auroit du moins dû la rayer modeftement.

29 Octobre 1781. Les différentes cours ont été admifes hier à haranguer le roi. S. M. a répondu à chacune fuivant la formule ordinaire....

« Je fuis très-content du compliment de ma » cour. . . . . . Vous ne pourrez voir la reine ; » parce qu'elle eft au lit ; vous irez chez mon » fils , & vous l'appellerez monfeigneur. »

29 Octobre. Dans ces jours d'alégreffe générale, où l'accès du trône doit s'ouvrir à toutes les corporations , les ferruriers ont voulu fe diftinguer par un chef-d'œuvre d'induftrie dans un genre où l'on fait que S. M. n'a pas dédaigné de s'exercer dans fon loifir : connoiffant fon goût pour la méchanique , ils ont imaginé une ferrure à fecret , dont on affure que l'effai a depuis été fait avec le plus grand fuccès ; il eft tel que lorfqu'on veut l'ouvrir , on en voit fortir tout-à-coup un dauphin extrêmement bien fait , qui doit finguliérement flatter S. M.

30 Octobre 1781. Extrait d'une lettre de Strafbourg , du 15 octobre. . . . . C'eft au 30 feptembre qu'a été arrêtée la fête féculaire dont vous avez entendu parler , parce que ce jour eft l'époque même de la fignature de la capitulation.

Le famedi *29* , le magiftrat fe rendit dans le grand auditoire de l'univerfité luthérienne, où le panégyrique du roi fut prononcé en latin. La folemnité avoit commencé par l'exécution d'une cantate latine , en forme de poëme féculaire , imité de celui d'Horace.

Le portrait en pied du roi , dont , par un arrangement préalable , S. M. venoit de faire préfent à la ville , placé fous un dais , faifoit le principal ornement du lieu , & donnoît quelque chofe de plus impofant , de plus augufte à la fête.

Le foir il y a eu grand concert public , dans lequel on répéta le chant féculaire , exécuté le matin.

Les mariages ont eu lieu le 30. Le foir on exécuta un fpectacle allemand fur le fecond théatre de la ville ; tout le peuple y entra gratuitement. On fe doute que la fcene fut ouverte par une piece analogue aux circonftances , avec des ballets & une décoration brillante.

Ce n'eft que le lundi , premier octobre , qu'on joua au théatre françois la petite piece de monfieur *Rochon de Chabannes* ; mais cette repréfation manqua fon principal objet , n'étant pas gratuite. Elle fut honorée de la préfence de la princeffe Chriftine de Saxe , de celle de plufieurs princes & princeffes étrangeres , & de toutes les perfonnes de diftinction & notables de cette ville ; il eût été à defirer qu'on y eût pu introduire le peuple, pour laquelle elle eft principalement compofée , en raifon de la moralité qui tend à détruire l'antipathie ; on a prétendu qu'il n'entendoit pas le françois , ou du moins affez bien pour y comprendre rien.

30 *Octobre* 1781. L'opéra devant avoir lieu aujourd'hui , il eft décidé que les *Variétés amufantes* fe tranfporteront fur le champ à la foire du fauxbourg Saint-Germain.

31 *Octobre* 1781. Le jour de la naiffance de M. le dauphin , meffieurs de Boiffy , tréforiers de la compagnie de l'affiftance des prifonniers , reçurent une lettre d'un inconnu qui leur faifoit part de fon intention de confacrer 15,000 livres à la

délivrance des prisonniers pour dettes de mois de nourrice, dont il leur déféroit le choix. En effet, le lendemain 23, l'argent leur fut apporté, & ils procurerent la liberté à 194 personnes.

On ignore quel est ce citoyen bienfaisant; mais cette anecdote se réunit à une autre moins louable, & beaucoup plus singuliere. Le dimanche 21, la veille de l'accouchement de la reine, une espece de pélerin, grand, bien fait, vêtu de blanc, la tête couverte d'un voile, ayant les jambes entrelacées au lieu de bas, de rubans de la même couleur, & au lieu de souliers des sandales, après avoir été à sainte Genevieve, entra dans Notre-Dame pendant la messe, fut à la chapelle de la Vierge, où il alluma un grand cierge qu'il tira du fond d'une croix énorme qu'il portoit à la main. Ce spectacle attira l'attention des chanoines, dont quelques-uns, traitant la chose gravement, opinoient déja pour le faire arrêter comme un objet de scandale; car on se doute du brouhaha qu'avoit causé une pareille mascarade. Cependant l'avis plus convenable fut de lui envoyer le suisse pour lui demander qui il étoit, ce qu'il vouloit, &c. Il ne donna pour toute réponse qu'un passe-port de monsieur le lieutenant-général de police, qui disoit en subs-tance : *laissez passer le porteur du présent billet.* Il remit en même temps quelque argent à ce suisse, afin de le distribuer aux pauvres, & ajouta qu'il se transportoit de là au calvaire, où l'on veut qu'après avoir fini sa priere, il ait quitté son accoutrement bizarre, & soit monté dans un carrosse qui l'attendoit.

Bien des gens prétendent que ce pélerin est le même qui a donné les 15,000 livres.

31 Octobre 1781. Ce font tous les jours de nouveaux fpectacles édifiants ou amufants relativement au nouveau né. Lundi toutes les paroiffes ont été en proceffion à Notre-Dame pour remercier Dieu de l'événement. On y a fur-tout remarqué les invalides , fortis dès l'aube du jour de leur hôtel, ayant à leur tête leur état-major., & le baron d'Efpagnac leur gouverneur, venus à pied & s'en retournant de même.

Le curé de faint Nicolas s'eft auffi fignalé par un cortege de 500 pauvres de l'un & de l'autre fexe, auxquels, la cérémonie finie , il a donné un écu & un pain de quatre livres pour chacun.

C'eft ce pafteur humain & ingénieux dont on a vu dans nos feuilles une lettre très-plaifante à monfieur Elie de Beaumont , relativement à une charité, où celui-ci avoit mis plus d'oftentation que de bienfaifance.

31 Octobre 1781. Lundi dernier les comédiens italiens ont donné leur *gratis*. On a été fâché qu'ils aient choifi pour amufer le peuple des pieces qu'ils ont crues plus analogues à lui ; favoir : *les deux Avares* , *le Silvain* & *les Vendangeurs*: on auroit mieux aimé qu'ils euffent exécuté quelque fpectacle capable de le frapper par de belles décorations, par une grande pompe, par un coup-d'œil impofant , comme *Zémire & Azor.* En effet , fe retrouvant au milieu de lui même en quelque forte , parmi ces cottes rouges, ces gens à fabots , ces villageois , il a été peu frappé , & n'a éprouvé que de foibles fenfations.

Cependant meffieurs Augufte de Piis & Barré s'étoient mis en frais , & avoient compofé un

long *Dialogue* en couplets *entre un Charbonnier & une Poiffarde.* De tous ces couplets,
au nombre de vingt - deux , le plus adroit étoit
celui relatif au compliment de l'univerfité à Verfailles.

> Tu s'ras p' t' êt' bien en pein' Nicole ,
> Du latin que l'y a récité
> Le recteux d' l'univerfité ;
> Mais on m'a dit l' fecret de l'école ;
> Ça vouloit dir' , c' n'eft pas plus fin ,
> Viv' le roi , la reine & le dauphin.

Le refrein généralement répété a réveillé l'en-
gourdiffement de cette populace.

Le fieur Carlin , l'acteur le plus en poffeffion
de réjouir le peuple & le public par la nature
de fon rôle d'arlequin , n'a pu paroître en fcene
dans ces deux pieces où il n'avoit pas de place ;
& il a gémi depuis 41 ans qu'il eft au théatre ,
d'être ainfi muet pour la premiere fois aux
gratis.

Ce qui a déterminé les auteurs des couplets
à préférer de mettre en action pour interlocuteurs
un *Charbonnier* & une *Poiffarde* , c'eft que ces
deux corporations font cenfées les premieres de
la populace. En vertu de cette prérogative ,
aux trois fpectacles , les charbonniers ont conf-
tamment occupé le balcon du roi , & les poif-
fardes celui de la reine. On leur garde ces places. En conféquence ils ne fe preffent pas , &
n'arrivent qu'au moment où le fpectacle doit
commencer. Le jour de l'opéra , les charbonniers parodiant les grands feigneurs , les gens

conſtitués en dignité, ſont venus en charrette, & en deſcendant ont dit au charretier : *ce ſoir à cinq heures.*

1 *Novembre* 1781. La compagnie des eaux de Paris, ſe propoſant enfin de recueillir le fruit des frais énormes qu'elle a avancés pour la conſtruction du château d'eau qu'elle a fait élever à la grille de Chaillot, répand un nouveau *Proſpectus* pour exciter les amateurs à fournir des fonds & à ſouſcrire. Sa célérité devient d'autant plus intéreſſante pour ceux-ci, que la dépenſe ſera plus conſidérable s'ils laiſſent paſſer leur rang, pour l'arrangement des canaux particuliers.

Ce proſpectus, un peu charlatan, très-verbeux, très-emphatique, eſt attribué en partie au ſieur de Beaumarchais, l'un des entrepreneurs ; car il ſe trouve par-tout, & a cent pieds & cent mains pour aller à la fortune.

1 *Novembre.* Les partiſans de monſieur le Noir, & il faut convenir qu'ils ſont en grand nombre, ne ceſſent d'exalter ſon édifice depuis qu'il a été expoſé aux regards & au jugement du public avec tout l'appareil requis, lors de la premiere repréſentation d'*Adele*, avant - hier. Il y a, ſuivant eux, déployé toutes les reſſources de ſon art, pour le rendre commode, agréable, ſonore, & ſur-tout d'une ſolidité à toute épreuve. Les précautions contre le feu, les dégagements pour la ſortie, les communications des loges des acteurs au théatre, & en général toutes les diſpoſitions relatives à la ſûreté du public & au ſervice du ſpectacle, ſont très-bien entendues. La même intelligence regne dans la diſtribution des loges & de tout l'intérieur de

la falle , qui , outre que la décoration en eft
très-élégante , ne contient prefqu'aucune place
d'où l'on ne puiffe jouir à la fois , du coup-
d'œil de la fcene , & de celui de l'affemblée.
Enfin , un enthoufiafte a couronné tout ces éloges par le madrigal fuivant.

Pour les Renauds, pour les Rolands ,
 Créer des demeures pareilles ,
Trouver moyen , en auffi peu de temps ,
Que tout y plaife aux yeux comme aux oreilles ;
 Du pays des enchantements ,
 C'eft réalifer les merveilles.

1 *Novembre* 1781. L'opéra d'Adele avoit en
1772 été exécuté en trois actes : fon peu de fuccès obligea M. le marquis de Saint-Marc de l'étendre en cinq , en 1775. Cette feconde métamorphofe
n'ayant pas mieux réuffi , il l'a rétabli en trois ,
comme la mefure la plus analogue au génie des
compofiteurs italiens ; & , malgré tous ces efforts,
malgré la beauté du fujet , c'eft eucore un poëme
médiocre. En accordant même aux défenfeurs de
l'auteur , que le ftyle en foit correct , facile , élégant ; que les vers n'en foient jamais vuides de
fentiments ni de penfées , ils feront obligés de
ccnvenir de ce réfultat général.
 D'un autre côté , en accordant au Sr. Piccini
qu'il ait , en beaucoup d'endroits , rendu la mufique énergique & expreffive , telle que l'exigent
certaines fcenes où la paffion éclate & tonne ,
on regrette , fuivant fes apologiftes mêmes , ces
chants céleftes & brillants , ces airs fi délicieux
& fi flatteurs pour l'oreille , qui font le charme

des autres productions de l'auteur. En un mot, ils avouent qu'il a plus sacrifié à l'harmonie qu'à la musique.

Ils avouent que, malgré l'infériorité du talent de M. de la Borde, l'auteur de l'ancienne musique, on trouve bien supérieure chez celui-ci la scene du défi entre Alphonse & Raimond, qu'il a traitée supérieurement, & qui, dans M. Piccini, manque de la vigueur nécessaire : on aime encore mieux dans le premier la marche du troisieme acte, parce qu'elle n'a pas dans son rival la majesté qu'exige la circonstance.

Les ballets sont dessinés avec autant d'intelligence que de goût ; & tout le monde s'accorde à dire que le sieur Gardel l'aîné empêche de regretter M. Noverre, du moins en cette occasion.

2 *Novembre* 1781. Extrait d'une lettre de la Martinique, du 15 août. . . . Mr. le marquis de Bouillé ne s'en trouve pas mieux d'avoir cabalé pour que M. de Montdenoix passât à la Guadeloupe, & que le président Peynier revînt ici. Celui-ci n'a aucune des ressources de l'autre, & nous commençons à nous en appercevoir par la rareté des denrées & leur cherté, précurseurs de la disette qui ne tardera pas à se faire sentir ; ce qui nous fait soupirer après l'arrivée du convoi promis. M. de Montdenoix, outre qu'il étoit infiniment plus travailleur plus décidé, plus expéditif que ce vieillard qu'on nous a envoyé pour intendant, il avoit gagné la confiance des habitants au point d'avoir fouillé nos bourses pour le compte du roi dans des crises difficiles jusqu'à 500,000 livres. M. Peynier, n'obtiendroit pas un écu, & d'ailleurs son génie lent & sans invention ne s'accorde pas avec le caractere

bouillant & actif du général. Il n'eft pas à s'appercevoir de fon tort. Il rend juftice aux talents
de l'adminiftrateur précédent. Il eft fâcheux que
le déchaînement de la colonie, dont il l'a cru
l'inftigateur, lui ait fait prendre le parti violent
de demander le changement de M. de Montdenoix. Une lettre de cet ordonnateur à M. Puppé,
l'un de nos mécontents, où il s'explique peu favorablement fur le compte du général, a chevé
de tout gâter, & il s'eft livré à fon humeur;
voilà comme le monde eft gouverné.

Une anecdote fort finguliere, c'eft que monfieur Olivaro, qui commande en fecond à la
Guadeloupe, ayant rendu des honneurs militaires
à M. de Montdenoix à fon arrivée dans cette
colonie, on vouloit lui en faire un crime auprès de M. de Bouillé. Ses flatteurs ne manque-
,rent pas de lui peindre cette conduite de M. Olivaro comme déplacée & baffe. Soit politique,
foit efprit de juftice & de modération, il répondit que ce militaire avoit bien fait, qu'il fe fût
conduit de même en pareille circonftance; qu'on
ne fauroit trop faire refpecter du peuple les perfonnes chargées de la confiance du roi.

Nous apprenons avec douleur que M. de Montdenoix, très-mécontent de tous les paffe-droits
qu'il a effuyés, eft parti au commencement de
juillet pour la France.

2 *Novembre* 1781. L'opéra étant rétabli fur un
théatre convenable, & le peu de fuccès de *l'Inconnue perfécutée* fur celui des Menus, devant
rendre le comité de ce fpectacle peu jaloux de
conferver la piece fur fon répertoire, les comédiens italiens fe remuent pour avoir la liberté d'exécuter cette même piece.

2 *Novembre* 1781. Extrait d'une lettre de Rouen, du 27 octobre. ... Le mercredi 24 , on finiſſoit la *Veillée Villageoiſe* , & déja le public ſe diſpoſoit à ſortir , lorſque pluſieurs coups de fouet ſe firent entendre derriere le théatre , & retinrent la foule. Les acteurs en parurent étonnés , & voyant entrer ſur la ſcene un courier en bottes fortes , ils l'entourerent avec empreſſement. Il répondit par des couplets ſur l'air : *par la p' tit' poſte de Paris* , analogues à la nouvelle du jour , & dont le refrein étoit : *vive le dauphin , vive le dauphin !* Le public le répéta dans une ivreſſe de joie inconcevable. Le rôle de courier étoit fait par le ſieur *Patras* , auteur des couplets , & dont la piece du *Fou raiſonnable* a deja donné la meilleure idée. Il eſt venu dans cette ville pour faire exécuter cette comédie & d'autres de ſa façon.

2 *Novembre* 1781. On a exécuté hier au concert ſpirituel une cantatille ſur la naiſſance du dauphin. Le directeur deſirant , autant que ce ſpectacle le comportoit , concourir à célébrer cet heureux événement , avoit prié M. le marquis de St. Marc de faire quelque choſe. Cet auteur a compoſé une cantatille très - heureuſe, courte , vive , & prêtant beaucoup à l'harmonie. On s'attendoit que le ſieur Piccini , chargé de la mettre en muſique , y déploieroit tout ſon talent ; mais le ſujet eſt raté abſolument. Il n'a reçu aucun battement de main. On a trouvé que la partie du récitatif avoit trop peu d'expreſſion : le chant du chœur point aſſez de nobleſſe, & ne faiſoit pas ronfler dignement les noms de *Louis* & d'*Antoinette* , qui en formoient le refrein.

3 *Novembre* 1781. Les avantages qu'offre l'établissement formé par la compagnie des eaux de Paris, sont pour le particulier d'avoir à fort bon marché, dans tous les temps de l'année, & sans interruption, de l'eau de la Seine en telle quantité qu'on voudra ; de se procurer des bains chez soi sans frais & sans embarras, sur-tout d'avoir un secours toujours prêt pour arrêter un incendie naissant ; pour le public, de pouvoir arroser abondamment les rues pendant les sécheresses de l'été, & d'entraîner pendant l'hiver, dans les égouts, les glaces & les neiges à demi-fondues qui séjournent dans les rues, les rendent impraticables, & entretiennent souvent dans l'air un froid & une humidité nuisibles ; enfin, dans tous les temps de l'année Paris pourra être continuellement lavé & netroyé à peu de frais de cette boue qui le rend si incommode pour les gens de pied, & si mal-propre pour tous les habitants. On ne sentira plus cette horrible infection qui prend à la gorge, étouffe & suffoque dans les divers quartiers où les égouts, sans eaux qui les détergent, accumulent & retiennent des amas d'immondices, dont le moindre inconvénient est d'affecter très-désagréablement l'odorat.

Ce premier établissement, suivi d'un second placé à l'autre extrêmité de la ville, est assez élevé pour la dominer toute entiere, & fournir de l'eau par-tout. De ces deux châteaux d'eau, il résultera une masse de 50,000 muids, quantité suffisante pour fournir à tous les besoins des habitants.

L'abonnement est de 50 livres par année pour un muid d'eau par jour. On le recevra jusqu'au
premier

premier février 1782. La fourniture ne s'en fera
que tous les deux jours, suivant l'usage de Londres, afin que les entrepreneurs aient le temps
de vaquer aux réparations nécessaires.

3 *Novembre* 1781. Entre la multitude des
vers fades qu'a fait naître avec elle la naissance
de monseigneur le dauphin, il faut distinguer
ceux-ci de M. de la Chabeaussiere, l'auteur des
Maris corrigés.

Un jardinier, connu par son discernement,
Qui ne laissoit jamais un bon terrein en friche,
Avoit un jour enté, dans un jardin charmant,
Sur un laurier de France un beau rosier d'Autriche.
Son travail fut suivi du plus heureux succès ;
L'arbuste tout joyeux de sa métamorphose,
Fit d'abord galamment les honneurs à la rose ;
Mais le propriétaire eut peu de temps après
La rose Autrichienne & le laurier François.

3 *Novembre*. C'est un M. Compan qui est
auteur de la traduction de l'*Inconnue persécutée*,
que desirent jouer les comédiens italiens : il
prétend que M. Durosoy a tellement estropié le
poëme italien, que la musique s'en est ressentie,
& qu'il en a résulté des contre-sens frappants,
qui l'ont rendue méconnoissable à ceux qui en
faisoient le plus de cas, & l'avoient si fort
admirée dans le pays. Ce qu'il y a de sûr,
c'est que l'ouvrage de M. Compan a été exécuté
à Versailles le 8 juin de cette année devant la
reine, & a singuliérement plu à S. M. & à
ceux qui l'ont entendu. M. Compan reproche

'encore aux directeurs de l'opéra d'avoir choisi un musicien aussi foible que le sieur de Rochefort pour arranger la musique d'Anfossy, l'un des plus grands maîtres modernes, & en faire les futures ; ce qui n'a pu produire qu'une discordance barbare.

3 *Novembre*. Au concert du jour de la Toussaint, où la nouveauté de M. *Piccini* avoit attiré une affluence considérable de spectateurs, une autre de M. *Giroust* n'a pas mieux réussi ; c'étoit un *Oratorio*, intitulé : *les Fureurs de Saül*. Dans celle-ci, contre l'ordinaire, c'est encore le musicien qui a manqué au poëte : on a jugé que M. Moline, auteur des paroles, méritoit des éloges pour s'être appliqué à bien saisir le ton de ce genre de poésie depuis le grand Rousseau, trop négligé par les modernes ; mais que le compositeur n'avoit pas mis dans son chant toute l'énergie, dans sa partie instrumentale toute l'harmonie bruyante que le sujet exigeoit.

4 *Novembre*. Entre les divers *Te Deum* chantés depuis la naissance du dauphin, il faut distinguer celui que madame *Mélard*, bouquetiere de S. M. & de la famille royale, doit faire chanter demain en l'église royale & paroissiale de Saint Germain-l'Auxerois : il doit être précédé d'une messe solemnelle en musique.

4 *Novembre*. On voit à Paris quelques exemplaires d'une brochure ayant pour titre : *Au Peuple des Pays-Bas*. La proscription qui en a été faite par les états de Hollande, qui ont arrêté le 20 octobre de publier un placard contre l'impression de ce libelle séditieux, & promis 14,000 florins à celui qui en découvriroit l'auteur, ne peut qu'exciter la curiosité des lec-

teurs, quand cet ouvrage n'auroit rien de fail-
lant en lui-même. Il eft peu connu encore ici :
on le dit dirigé contre le prince en particulier, & le ftathoudérat en général ; on dit que
c'eft une philippique furieufe, deftinée à foule-
ver la canaille contre l'autorité établie. Quoi
qu'il en foit, on affure qu'on y trouve des
notions affez exactes & détaillées fur la nature
du gouvernement de la république.

5 Novembre 1781. C'eft hier que toutes les
communautés d'arts & métiers ont été à Verfailles pour témoigner leur joie de l'heureux
événement qui caufe celle de toute la France.
Les corporations, comme les fix corps, les poif-
fardes & autres qui ont la permiffion de paroître
devant le roi même & de le haranguer, devoient
faire une répétition d'abord chez M. le lieutenant-général de police, enfuite chez le miniftre
de Paris, & devoient auffi voir avant M. le
comte de Maurepas ; mais ce miniftre étant
très-mal de la goutte, n'a pu les admettre.

5 Novembre. Les comédiens italiens donnent
jeudi 8 la premiere repréfentation de *Lucette*
& *Lucas*, piece nouvelle en un acte, dont la
mufique eft d'une perfonne de quinze ans.

6 Novembre. Les dames de la halle, c'eft
ainfi qu'on les qualifie dans les cérémonies de
repréfentation, ont eu l'honneur de compli-
ter hier le roi fur la naiffance de M. le dauphin.
C'eft M. le duc de Coffé qui, comme gouverneur de Paris, les a introduites chez le roi ;
les deux battants fe font ouverts ; S. M. s'eft
préfentée à la porte de fon appartement ; &
l'une d'elles, ayant fon compliment écrit fur
fon éventail l'a lu, & fuppléé ainfi adroite-

F 2

ment à son défaut de mémoire. Il est sans contredit le meilleur qu'on ait encore fait , & il seroit difficile d'en composer un autre aussi bon dans sa brieve simplicité. Il mérite d'être rapporté.

S I R E ,

« Si le ciel devoit un fils à un roi, qui re- » garde son peuple comme sa famille , nos prie- » res & nos vœux le demandoient depuis long- » temps ; ils sont enfin exaucés. Nous voilà sûrs » que nos enfants seront aussi heureux que nous ; » car cet enfant doit vous ressembler. Vous lui » apprendrez, Sire, à être bon & juste comme » vous. Nous nous chargerons d'apprendre aux » nôtres comme il faut aimer & respecter son » roi. »

Ces poissardes , les représentantes du peuple, étoient habillées en noir. Elles ont été traitées par le roi , qui, suivant l'étiquette, leur a fait servir à dîner.

Le compliment fini , S. M. n'a pu s'empêcher de rire d'une telle cérémonie , & celle qui haranguoit, sans se décontenancer, a rit aussi avec une grande franchise.

6 Novembre 1781. Depuis l'établissement fini de la machine à feu des freres Perrier, elle devient un objet de curiosité; on ne cesse de l'aller voir & de s'en entretenir. C'est Voltaire qui le premier, il y a plus de cinquante ans , a reproché aux François de négliger une imitation dont ils recevoient l'exemple à Londres. Après lui, d'autres voyageurs , en visitant cette capitale de nos rivaux, ont été surpris d'y en trouver onze

de cette efpece montées. Enfin, une compagnie
s'eft évertuée ; & ce qui auroit dû être le fruit
d'un patriotifme actif & clairvoyant , eft devenu
l'effort d'une cupidité intrépide.

Cette compagnie ayant trouvé dans les fieurs
Perrier freres autant de lumieres & d'habileté
pour les machines , que de qualités defirables
dans une affociation , a pris affez de confiance
en eux pour fe conftituer en des avances de près
de deux millions , afin d'acquérir les terreins ,
les matériaux , les atteliers & inftruments néceffaires à la formation des deux établiffements ,
fur-tout à l'achat & à l'importation de tous les
tuyaux & cylindres qu'elle a été forcée de tirer
d'Angleterre.

Le plus fingulier & le plus douloureux pour
elle , ç'a été de fe voir obligée à traiter avec un
Anglois , établi à Birmingham , à cent vingt
milles de Londres , & qui venoit d'obtenir , au
mois d'avril 1778 , le privilege exclufif de conftruire des machines à feu dans toute la France.
Elle lui a été fubftituée par un arrêt du confeil ,
revêtu de lettres - pàtentes enrégiftrées au parlement.

Enfin , depuis quatre ans elle a perdu tous les
intérêts d'un capital auffi énorme.

Aujourd'hui que cette compagnie a dévoré
toutes les difficultés , éprouvé tous les dégoûts ,
bravé tous les obftacles ; qu'elle a affuré fes
fuccès par une patience à toute épreuve , & par
les fuperbes travaux des freres Perrier , il s'agit
de favoir fi elle trouvera affez de foufcripteurs
pour fe remplir de fes avances , & fe mettre en
état d'en faire de nouvelles à l'endroit où elle
compte établir fon fecond château d'eau.

6 Novembre 1781. On n'a appris que depuis peu la perte de M. le Prince, peintre de réputation, parce qu'il eſt décédé à la campagne. Elle eſt arrivée le 30 ſeptembre dernier, dans la quarante-huitieme année de ſon âge. Agréé de l'académie en 1764, il avoit été reçu l'année ſuivante, & fait conſeiller en 1772. Il étoit en langueur depuis long-temps : toutefois luttant contre la mort qui le pourſuivoit, contre la noire mélancolie, plus cruelle que la mort, l'amour de ſon talent avoit ranimé ſes forces pour teminer un tableau qu'il avoit commencé, & qui, ſans avoir été annoncé ſur le livret, a été expoſé les derniers jours du ſallon. Il repréſentoit des freres quêteurs diſtribuant des *Agnus Dei* à la porte d'un cabaret : il ſe faiſoit, de ſon lit, porter au chevalet, travailloit quelques moments & ſe recouchoit. On voit par l'idée du ſujet, qu'il cherchoit à égayer ſon imagination, & que la peur du diable ne le tourmentoit pas.

6 Novembre 1781. Le délire patriotique pour la naiſſance d'un dauphin loin de ſe ralentir, ne fait que s'accroître par la fermentation générale. Les femmes le manifeſtent juſques dans la frivolité de leurs modes. Elles portoient, il y a quelque temps, au lieu de diamants aux oreilles ou dans les cheveux, des médaillons au cou : enſuite elles y ont ſubſtitué des *Jeannettes*, c'eſt-à-dire, des croix d'or, comme en ont les femmes de la campagne, bientôt enrichies de diamants ſuperbes. Aujourd'hui c'eſt un dauphin qui a pris la place de ce ſigne de notre religion.

Enfin, les broderies à la mode pour les ſouliers, font un nœud à quatre rofettes, furmonté d'une couronne, dont le centre eft occupé par un dauphin : au deffus eft écrit en lettres d'or : *Vive le Roi !* au milieu, *Vive la Reine !* & au deffous, *Vive monfeigneur le Dauphin !*

6 Novembre. Extrait d'une lettre de Rouen, du 1 novembre..... Avant - hier meffieurs les maire, échevins & vingt-quatre du confeil de cette ville, fe font affemblés pour délibérer fur le meilleur moyen de témoigner la joie de notre capitale de l'événement qui vient de combler les vœux de la France ; ils ont arrêté à l'unanimité de le célébrer plus particuliérement par des actes de bienfaifance. Ils ont en conféquence autorifé meffieurs du bureau de la ville à verfer dans le fein des familles indigentes de Rouen, & notamment dans celles des matelots morts au fervice du roi depuis le commencement de la guerre, telles fommes qu'ils croiront proportionnées & relatives aux facultés de la ville.

7 Novembre. Les dames de la halle, plus heureufes que les cours fouveraines, ont eu fa liberté de voir la reine, & de lui réciter leur compliment : il eft moins excellent que celui adreffé au roi ; mais a pourtant quelque chofe de caractériftique, & ne reffemble en rien aux lieux communs de cette efpece. Le voici :

MADAME,

« Toute la France a déja témoigné à votre majefté fa joie fi vive & fi vraie de la naiffance de monfeigneur le dauphin. Nous avons fait éclater nos tranfports avec tout l'amour que nous avons pour vous : il nous eft per-

F 4

» mis aujourd'hui de porter aux pieds de votre
» majefté les expreffions de nos cœurs ; ce
» droit-là nous eft plus cher que la vie. Il y a
» fi long-temps , Madame , que nous vous
» aimons , fans ofer vous le dire , que nous
» avons befoin de tout notre refpect pour ne
» pas abufer de la permiffion de vous l'expri-
» mer. »

Celui à monfeigneur le dauphin , le moindre
de tous par la difficulté de dire quelque chofe
à un enfant qui n'a encore ni langue , ni oreilles ,
ni yeux , étoit conçu ainfi :

MONSEIGNEUR,

« Nos cœurs vous attendoient depuis long-
» temps ; ils étoient à vous avant votre naiffance.
» Vous ne pouvez entendre encore les vœux que
» nous faifons autour de votre berceau ; on vous
» les expliquera quelque jour ; ils fe réduifent
» tous à voir en vous l'image de ceux de qui
» vous tenez la vie. »

7 Novembre 1781. Voici quelques traits recueillis fur M. le Prince , dont le nom & les
ouvrages pafferont certainement à la poftérité.

Il étoit né à Metz , & frere de madame le
Prince de Beaumont , connue par des ouvrages
pour l'éducation des enfants. Son pere n'étant
point en état de lui faire faire à Paris les études
néceffaires pour fe perfectionner dans le talent
de la peinture , dont ce jeune homme avoit déja
l'attrait , celui-ci fe fit préfenter chez le maréchal duc de Belle-Ifle , gouverneur de la province , lui plut par la pétulance & la franchife
de fon âge & de fon caractere , par fa phyfio-

nomie intéreffante & fpirituelle , & en obtint une
penfion qui le mit en état de fe foutenir dans la
capitale , centre des beaux arts. Il devint éleve
de Boucher ; fes deffins , qu'il gravoit lui-même
à la pointe , lui firent dès ce temps-là une réputation dans le genre du payfage ; en forte qu'il
ne voulut plus être à charge à fon bienfaiteur.
Il fe maria peu après avec une femme plus âgée
que lui ; mais l'humeur économe & revêche de
celle-ci lui déplaifant, il lui rendit fon bien, &
choifit le parti d'aller en Ruffie , où il étoit appellé.

M. le Prince s'embarqua, & fut pris par un
corfaire Anglois ; il étoit à la veille de perdre
tout, lorfqu'il tira de fa malle un violon dont il
jouoit ; & , faifant contre mauvaife fortune bon
cœur , par fon harmonie charma ces barbares ,
qui ne lui enleverent rien , & danferent au fon de
cet inftrument.

Arrivé enfin à Saint-Pétersbourg, il y peignit ,
pour le palais impérial , plufieurs plafonds dans
la maniere de fon maître. Bientôt après, frappé
du coftume pittorefque du peuple Ruffe, il fe
livra tout entier à ce genre. Son premier effai
fut une vue de Pétersbourg , très - bien gravée
depuis peu par M. le Bas. Non content de deffiner
les objets fur nature , il fit encore exécuter en petit
les modeles des maifons , chars , traînaux , uftenfiles & habillements de tous les pays fujets &
voifins de la domination Ruffe.

M. le Prince féjourna environ cinq ans dans
ce pays ; il y fut admis dans la familiarité des
plus grands feigneurs , entr'autres du comte
Poniatowski , aujourd'hui roi de Pologne. Mais,
attaqué d'une maladie grave , il repartit au moment de la révolution qui mit la couronne fur la

tête de *Catherine II* , & revint dans fa patrie
où il fe diftingua par le nouveau genre qu'il
s'étoit formé. On en a parlé dans le temps. Il fe
livra depuis au coftume françois. Sa touche gagna
de la légéreté , fa couleur de la folidité , de l'harmonie , de la tranfparence ; fa compofition de
la grace , de la fageffe : on voit aujourd'hui fes
tableaux fe foutenir dans les cabinets entre les *Te-
niers* & les *Wouvermens.*

8 *Novembre* 1781. MM. de l'églife de Paris,
fuivant le privilege qu'ils en ont , ont été dimanche dernier en députation pour complimenter le
roi & la famille royale. Elle étoit compofée de
douze chanoines , le doyen compris , tous en
longue foutane. L'ufage eft que M. l'archevêque
de Paris s'y joigne ; mais , malgré fa préfence ,
c'eft toujours le doyen qui porte la parole ; cette
fois M. de Beaumont n'a pas jugé à propos d'en
être.

Ils ont été auffi chez M. le dauphin , &
madame de *Marfan* les a invités d'approcher du
berceau , & de contempler de plus près cet augufte
enfant , dont on a déja pris toutes les dimen-
fions. Il pefe 13 livres , & a vingt-deux pouces
de long. Sa nourrice fe nomme madame Poitrine ; c'eft une payfanne qui s'eft évertuée d'elle-
même , qui eft venu à Paris avec fon mari ; &
fe fentant les qualités requifes , s'eft tellement
démenée & fait connoître , qu'elle a été acceptée.
Elle a continuellement auprès d'elle une gar-
dienne du ventre qui ne la quitte point , même
lorfqu'elle va à la garderobe , & rend compte à
la faculté de l'état de la fanté de la nourrice ,
afin que , s'il lui furvenoit quelque dérangement ,
elle pût être remplacée fur le champ par une

(131)

autre de celles toujours en réserve pour ces cas éventuels. Cette payfanne, malgré fon affurance, a cependant l'air encore affez embarraffée de fe voir en pareil lieu, & du rôle qu'elle y joue. Elle venoit de quitter fes habits de village, & de fe vêtir fuivant le coftume de fa place.

Tels font les détails dans lefquels madame de Marfan a bien voulu entrer avec meffieurs de l'églife de Paris, comme très-précieux, concernant une tête auffi chere.

Ces députés ont auffi été chez tous les miniftres, & ont dîné chez M. le grand-aumônier, qui les avoit fait inviter avec le plus grand cérémonial.

9 *Novembre*. Extrait d'une lettre de Rouen, du 2 novembre.... L'arrêt du parlement de Rouen, en faveur des exécuteurs de la haute-juftice, de plufieurs villes de la Normandie, n'eft pas une plaifanterie ; il a été rendu le fept juillet dernier, & imprimé fous le titre d'*Arrêt notable du parlement de Rouen*. En voici le fujet :

Le 19 mars, leurs enfants étoient au fpectacle, au parterre, fort tranquilles ; leur préfence déplut à plufieurs perfonnes, au point qu'ils furent infultés, battus, & même mis dehors par un des grenadiers de la garde.

Oubliant ces injures particulieres, mais voulant déformais les prévenir, ils préfenterent feulement requête pour demander à jouir paifiblement de la liberté de fréquenter les lieux publics ; ils prouverent qu'aucune loi, aucun jugement ne leur avoit interdit cette faculté. Ils réfuterent l'affertion erronée, que des hommes pourvus de l'office des expofants, font eux & leurs familles, gens infames ; tandis que, pour y être

F 6

reçu ; il faut être reconnu & avéré bon catholique romain , & citoyen de mœurs irréprochables , ce qui impliqueroit contradiction.

Le 30 mars , le procureur-général fit un réquisitoire en leur faveur, où il dit , entr'autres choses remarquables , que la profession des exposants ne peut offenser que celui dont l'ame naturellement portée au vice , à l'oisiveté qui en est la mere , se révolte à l'idée seule des peines & des supplices dont la crainte le contient ; que tout homme honnête les laisse sans les inquiéter par-tout où ils ne troublent point l'ordre public ; que d'ailleurs , ils sont sous une protection plus particuliere des loix , en étant les suppôts nécessaires. Que d'après les faits qu'il a rapportés , & les pieces justificatives qu'il a visitées , la cour ne peut qu'appercevoir la confédération punissable que des têtes mal organisées imaginent pour altérer, intercepter la liberté & l'état des exposants : en conséquence le ministere public concluoit , 1°. à ce que , conformément à l'arrêt du 7 novembre 1681 , publié le 20 février 1683 , défenses soient itérativement faites à toutes personnes de traiter les exposants , leurs familles , ou ceux employés à leur service , de *bourreaux*. 2°. Que de pareilles défenses soient faites de gêner la liberté des exposants dans les lieux publics , tels que les églises , les promenades , les spectacles , &c. 3°. Que l'arrêt soit lu , publié & affiché tant dans cette ville , Caen, Coutances , que dans tous les bailliages & hautes-justices du ressort de la cour.

L'arrêt rendu en la grand'chambre , conforme à leurs conclusions , prononce contre les contrevenants une amende de 100 livres.

9 *Novembre* 1781. La piece de *Lucette* & *Lucas*, exécutée hier aux Italiens, est une baga-telle, qui, malgré sa foiblesse, a été goûtée, parce qu'elle est pleine d'ingénuité & sans prétention. La musique a sans doute contribué beaucoup à la faire valoir. L'auteur prétendu de celle-ci est la fille de M. *Dezaides*, & l'on a grand lieu de soupçonner que le pere l'a beaucoup retouchée. Quoi qu'il en soit, elle n'a pas eu absolument besoin de l'indulgence à laquelle tous les specta-teurs étoient disposés en faveur de son sexe & de sa jeunesse. Plusieurs morceaux ont été juste-ment applaudis. Le principal mérite du chant est d'avoir la simplicité convenable aux person-nages : à quelque monotonie près, il est difficile de s'annoncer plus avantageusement que cette jeune virtuose.

L'auteur des paroles est M. *Forgeat*, fils d'un procureur du grand-conseil, à qui l'on attribue aujourd'ui la piece des *Deux oncles*. Il pré-tend l'avoir composée à 21 ans, l'avoir oubliée pendant trois, & mise au jour sans amour-propre.

9 *Novembre* 1781. Les comédiens italiens don-nent aujourd'hui une comédie nouvelle, intitulée : l'*Amant trop prévenu de lui-même* ; elle est en deux actes & en vers. On l'attribue à un ancien acteur qu'on croyoit mort.

10 *Novembre* 1781. Le fond de l'*Amant trop prévenu de lui-même*, est tiré d'un conte de Mar-montel. Il s'agit d'un superbe militaire qui ose mettre sa maîtresse à l'épreuve singuliere de se montrer à ses yeux avec un œil & une jambe de moins, qu'il suppose avoir perdus à la guerre. Celle-ci a peine à résister contre une pareille atta-

que ; cependant , bientôt instruite d'ailleurs que ce n'est qu'un jeu , elle se venge en feignant à son tour d'avoir changé , & d'écouter les vœux d'un jeune cavalier aimable autant que bien fait. Ce sujet ainsi présenté semble assez plaisant & prêter au comique ; mais il est traité d'une maniere si aride , si froide & si maussade , qu'il n'y a pas le plus petit mot pour rire , & qu'il ennuie mortellement.

L'auteur pour y jeter quelque gaieté , y a introduit un rôle de docteur , qui fait le petit-maître , l'agréable , & singe assez bien nos jeunes médecins à la mode. Malheureusement la scene est à Londres , c'est-à-dire , dans un pays où le peuple est en général très-grave , & où les médecins le sont encore plus ; d'où il résulte un contre-sens dans les mœurs nationales , qui rend ce caractere ridicule & déplacé aux yeux des gens au fait.

La piece a été écoutée avec une tranquillité rare. On ne peut l'attribuer qu'à l'indulgence du parterre pour l'auteur, applaudi autrefois comme acteur. En effet , on prétend que la piece est du sieur *Rochard* , retiré depuis long-temps, & qui doit être au moins septuagénaire. On ne sait qui lui a procuré cette manie singuliere dont il semble avoir été tourmenté pour la premiere fois dans sa vieillesse.

M. Rochard étoit assez bien né ; il avoit été substitut du procureur-général des requêtes de l'hôtel ; & entraîné par sa passion pour le théatre , avoit quitté cet état honnête pour celui de comédien , dans lequel il s'étoit distingué par un goût exquis & une grande propreté de chant.

10 *Novembre* 1781. La faculté de médecine a fait

chanter ces jours-ci un *Te Deum* à l'exemple des corps augustes dont elle reçoit l'exemple. Son décret à cette occasion rendu en latin, sous le décanat du docteur Philips, est un des plus agréables morceaux qu'on puisse lire. Il est écrit avec des graces & une latinité pure qui embellissent l'éloquence aimable de l'auteur, les idées riantes, naturelles ; les images vives & brillantes, les tournures poétiques & pittoresques dont il est rempli. Dans sa briéveté, c'est un petit chef-d'œuvre.

11 *Novembre* 1781. M. Dufour de Villeneuve, conseiller d'état, vient de mourir. C'étoit, avec M. d'Argouges, la meilleure tête du conseil. Il s'étoit également distingué dans toutes les places inférieures qu'il a occupées. On le regrette encore au châtelet, où il a été lieutenant civil avec la plus grande distinction. Son nom seroit passé sans tache à la postérité, s'il n'avoit eu la foiblesse de céder aux impulsions du chancelier, & d'abandonner son corps, qui, malgré cette défection, l'auroit conservé à la rentrée, s'il ne s'étoit pressé de se punir lui-même, en donnant une démission prématurée.

11 *Novembre* 1781. Ce qui rendoit le Palais-Royal plus agréable que les autres promenades, c'est la foule de beautés nouvellement écloses qui venoient l'embellir chaque année, & s'offrir aux desirs des amateurs, jusqu'à ce que, pourvues, elles disparussent pour faire place à d'autres. Des meres même honnêtes se servoient de ce lieu pour y montrer leurs filles, lorsqu'elles avoient quelques charmes capables de leur procurer un hymen avantageux. C'est ainsi qu'y avoit paru une demoiselle de Marignan, demoi-

felle bien née , mais peu riche & qu'on auroit voulu pourvoir d'un époux convenable. Le fieur Charlot , le fils du premier commis , jeune militaire , eftropié & décoré de la croix de Saint Louis, lui avoit porté fes hommages , & avoit été accepté. Ce perfide , s'étant infinué auprès de la jeune perfonne , lui avoit fait un enfant, toujours en avancement d'hoirie , & avoit éludé de donner à cet avant-goût prématuré du mariage, la forme convenable; en forte que Mlle. Marignan avoit été obligée d'accoucher clandeftinement. Depuis , la mere a fommé inutilement le fieur Charlot de tenir fa parole ; enfin a été obligée d'en venir aux voies de rigueur , & d'affigner le traître. Celui-ci , pour fe tirer de ce mauvais pas , a déclaré au lieutenant civil qu'il étoit prêt à payer la part qu'il pouvoit avoir à l'enfant ; mais qu'il n'étoit pas le feul , & qu'il prouveroit que M. l'évêque d'Angers en avoit fait une oreille. Ce prélat très-galant s'étoit en effet mis fur les rangs , mais avec toute la réferve due à fa robe , & n'avoit encore rien obtenu. Cependant, inftruit par la mere du projet du fieur Charlot, & redoutant une pareille accufation en juftice , qui alloit faire le plus grand éclat, il a préféré de prendre le tout fur lui, d'avoir foin de l'enfant, de la mere & de la grand'mere , & fans doute enfin , n'aura-ce pas été infruᶜtueufement.

11 *Novembre* 1781. Les comédiens françois fortent enfin encore une fois de leur léthargie, & annoncent pour demain la premiere repréfentation d'un drame en cinq aᶜtes , intitulé : la *Difcipline militaire du Nord*. C'eft la traduᶜtion d'une piece allemande du fieur *Moeller*, direᶜteur de la comédie de fon alteffe royale le Margrave

de Brandebourg Sehwedt. Les traducteurs font le sieur Moline, & le sieur Friedel professeur en survivance pour l'allemand, des pages de la grande écurie du roi.

11 *Novembre* 1781. M. le Prince, malgré les tableaux qu'il peignoit, n'avoit jamais perdu l'habitude de faire des dessins lavés à l'encre de la Chine & au bistre. Il y consacroit ses soirées d'hiver. Le talent qu'il avoit cultivé dans sa jeunesse de les graver à la pointe, lui suggéra l'idée de chercher le secret de les rendre sur le cuivre de la même maniere que sur le papier ; c'est-à-dire, avec le pinceau. Il y parvint ; & en 1769, il en montra des essais à l'académie, qui en fut pleinement satisfaite. La manutention en est si facile & si prompte, que, dans ce temps, M. *Vieu*, pour se convaincre de la vérité, le pria de graver un de ses dessins : trois jours après M. le Prince lui en rapporta l'épreuve, que M. Vieu lui-même prit pour l'original. Cette découverte fut comme toutes le principe de chagrins vifs pour l'auteur, & lui excita beaucoup d'envieux. Il en a laissé le secret à sa niece.

12 *Novembre* 1781. M. Foulquier, le nouvel intendant de la Guadeloupe, a été si content de l'expérience du 18 octobre, concernant la confection du biscuit de mer avec la pomme de terre, qu'il se propose de la faire réitérer aux isles sur la patate. Cette plante liane est infiniment plus propre que l'autre à cette métamorphose. Elle est plus farineuse, moins aqueuse, & sur-tout elle contient un principe sucré ; qualités excellentes en pareil cas. M. *Dubadier*, grand-voyer de la Guadeloupe, qui accompagne

M. Foulquier, doit le seconder, & il est déja très-connu pour ses talents en ce genre.

On a appris, à cette occasion, que M. le marquis de Bouillé, gouverneur de la Martinique, conjointement avec M. de Montdenoix, l'intendant, avoit approuvé les essais d'un officier des volontaires étrangers, qui avoit tenté la panification de la patate sous leurs yeux.

Le pain fait avec cette substance s'est conservé, à ce qu'on assure, pendant un mois entier, sans avoir aucunement souffert, quoiqu'exposé à toutes les intempéries ; il a fini par se dessécher, sans rien perdre pour cela de sa saveur agréable.

Quant au biscuit, après huit mois de mer, il s'est trouvé parfaitement sain, & on le juge exempt des inconvénients qu'éprouve le biscuit de froment.

12 *Novembre* 1781. La pièce qu'on a donnée hier est d'une belle simplicité, qualité caractéristique des dramatiques allemands. Un brave officier, pour avoir tiré l'épée contre son colonel, lequel est en même temps son beau-frère, est condamné à la mort par ses propres amis, tant la loi est précise & sévère. En vain ceux-ci, sa femme & son colonel même, tentent de lui obtenir sa grace. L'exécution est arrêtée, l'appareil s'en fait sur le théâtre ; elle va être consommée. Mais, dans le moment arrive un frère du roi, qui prend sur lui d'obtenir d'abord du général la suspension du supplice, & du monarque un pardon absolu.

Pour suppléer à la pauvreté du sujet, l'auteur a été obligé d'y coudre plusieurs épisodes, qui, sans nourrir davantage l'action, ne servent qu'à en ralentir la marche, à la refroidir conséquemment, & à diminuer l'intérêt de plusieurs belles situations. D'ailleurs, il en résulte des répétitions fatigantes & ennuyeuses. Il faudroit resserrer ce drame en trois actes, en supprimer des détails minutieux sur la police intérieure des camps, & alors il y auroit plus de chaleur, & le pathétique ne manqueroit pas son effet ; il faudroit changer aussi le dénouement trop postiche. Quant au style, il exigeroit plus de nerf & de pittoresque.

Au reste, cette morale vient très à propos, dans un temps où la discipline militaire est si relâchée en France, & auroit grand besoin d'exemples séveres. Cette circonstance ne peut que la faire approuver par le gouvernement. Reste à savoir si le public sera d'accord. La nouveauté du spectacle est un grand point, & peut contribuer beaucoup à son succès, avec de nombreux & longs élaguements.

12 *Novembre* 1781. M. le comte de Maurepas, malade depuis quelque temps, va mieux. Vendredi il étoit si mal que sa majesté ayant voulu en savoir des nouvelles avant d'aller à la chasse, & les apprenant très-mauvaises, contremanda ses équipages, & s'abstint de ce plaisir. Ce trait du cœur excellent de S. M. avoit été précédé d'un autre moins connu & aussi digne de l'être.

On a parlé quelquefois d'un sieur Grault, l'un de ses valets-de-chambre de garderobe, que S. M. aime beaucoup. Quoiqu'il ne soit pas de quartier, il est dans l'usage de paroître de temps en temps pour conserver la bienveillance de son maître. Le roi, ayant été long-temps sans l'appercevoir, s'en informe, & demande pourquoi il ne le voit pas ? On lui apprend qu'il a été gravement malade depuis deux mois , qu'il a failli de mourir ; mais qu'il est hors d'affaire. S. M. charge quelqu'un de sa chambre d'aller le visiter & de lui en rendre compte. On ne doute pas que S. M. ne lui donne une gratification sur sa cassette pour le dédommager des frais de sa maladie.

13 *Novembre* 1781. Extrait d'une lettre de Versailles , dix heures du soir , le 12 novembre..... M. le comte de Maurepas a eu plusieurs évacuations dans la journée qui lui ont fait beaucoup de bien ; la tête est absolument dégagée ; il a très - peu de fievre ; il a eu des moments de gaieté , & a mangé même une espece de crême de riz.

Le roi l'est venu voir à 6 heures , & a voulu que madame la comtesse de Maurepas restât en tiers assise. Il s'est en allé après un quart d'heure , crainte de trop fatiguer le malade.

Le duc de Choiseul , qui étoit ici & intriguoit de toutes ses forces , a un pied de nez , ainsi que beaucoup d'autres. Cependant il y a encore de l'agitation , & l'on doit tout craindre à un pareil âge , après une attaque aussi violente ; la goutte est toujours vague , & n'est pas encore fixée aux parties extérieures.

13 *Novembre*. Quelqu'un indigné du déluge de madrigaux fades , occasionés par la naissance de M. le dauphin , a enfanté à cette occasion l'*impromptu* suivant. Il apostrophe le nouveau né.

Prince , dont dépendront un jour nos destinées ,

Long-temps dauphin & long-temps roi ,

Puisse-tu vivre autant d'années

Qu'on a fait & fera de mauvais vers pour toi !

13 *Novembre* 1781. M. l'archevêque de Paris n'est pas bien : il avoit depuis long-temps les jambes enflées ; l'enflure a gagné les cuisses & même le bas-ventre : on l'a ramené de Conflans à Paris : d'ailleurs , la tête commence à se perdre.

14 *Novembre* 1781. Le *Cri du peuple* est encore fort rare ; ceux qui ont lu ce pamphlet , attribuent son défaut de circulation à l'extrême hardiesse de l'auteur , osant fronder sans ménagement toute l'administration de M. de Maurepas, depuis sa premiere entrée au ministere jusqu'à nos jours. L'ouvrage est distribué par chapitres. On y reprend successivement les principales époques du regne ancien & du regne actuel , auxquelles a coopéré le comte, & on lui fait de grands reproches.

M. de Fleuri n'est pas épargné , & l'écrivain satirique étend ses réflexions malignes jusques sur toute la famille de ce ministre. Il réserve toutes ses louanges pour MM. de Malesherbes, Turgot & Necker. Ce dernier est sur-tout son héros & l'objet particulier du pamphlet. Telle est l'idée vague qu'on en donne. Du reste, cet écrit , où perce trop l'esprit de parti , passe pour avoir de la vigueur & du patriotisme.

14 *Novembre.* Trois médecins ont été appellés pour M. l'archevêque, son médecin ordinaire, le docteur *Cochu* ; le docteur *Bouvart* , son médecin extraordinaire ; & le docteur *Bacquier,* fort renommé pour le traitement de l'hydropisie : ce dernier ne regardant pas sans doute les accidents apparents comme les symptômes de cette maladie , a été d'avis de lui donner des délayants , & de le faire boire beaucoup ; le

fecond., abfolument oppofé à fon confrere , veut qu'on refufe toute boiffon au prélat; & le premier, nageant entre deux eaux, fuivant la réflexion des plaifants , ne fait quel parti prendre , dit qu'il y a du pour & du contre, qu'il y a beaucoup de chofes à dire ; ce qui jette monfeigneur, fa famille , fes amis & ceux qui s'intéreffent à lui dans une affreufe perplexité.

Cependant trois concurrents font déja fur les rangs pour le remplacer , du moins lui fervir de coadjuteur.

M. de Roquelaure , évêque de Senlis, dont on parle depuis long-temps , & fort aimé du roi.

M. l'archevêque de Touloufe, qui , auteur de la fortune de l'abbé de Vermont, en eft prôné à fon tour auprès de la reine , & eft favorifé par S. M.

Enfin , M. l'archevêque d'Aix , dont M. le comte de Maurepas connoît les talents, & l'efprit doux & pacifique.

14 Novembre 1781. Les favants gémiffent du malheur que vient d'éprouver dom Louis Arguedas, lieutenant de vaiffeau , Efpagnol & aftronome. Chargé d'aller obferver à Saint-Domingue l'éclipfe du 23 avril dernier , il étoit parti de Cadix du 28 février : & , quoique muni d'un paffe-port de la cour de Londres pour fa fûreté , attendu l'utilité générale de fa miffion en faveur de tout les peuples policés , il a été vifité , vexé & arrêté par plufieurs corfaires. L'un d'eux a entr'autres pillé jufqu'aux inftruments & uftenfiles néceffaires à fes travaux : en forte qu'il eft à craindre qu'il n'ait pu arriver à temps , ou

que le défaut des chofes néceſſaires n'ait rendu les obſervations inutiles ou peu exactes.

15 *Novembre* 1781. Extrait d'une lettre de Rochefort, du 4 novembre..... C'eſt le 7 octobre que, d'après les ordres de M. le marquis de Ségur, l'on a fait l'épreuve du fort en bois, conſtruit par les méthodes & ſous la direction de M. le marquis de Montalembert.

L'objet de cette épreuve étoit de s'aſſurer de la ſolidité, de la conſtruction dudit fort, contre la commotion & l'explosion de ſon propre feu. Le motif en étoit l'idée qu'avoient pris ou donné pluſieurs gens du métier, qu'une batterie de canons de 36, établie au premier étage ſur un plancher, ayant ſous elle une batterie du même calibre, & ſurmontée enfin d'une terraſſe ſur laquelle eſt aſſiſe une batterie de pieces de 12, ne pouvoit former un édifice aſſez ſolide pour réſiſter à l'effort du feu conſidérable que fourniſſoit ſa défenſe.

Pour apprécier cette opinion, on a fait d'abord un feu à volonté, & tel qu'il s'exécute pendant un combat, de la totalité des bouches à feu, au nombre de 68 pieces, dont 57 de 36, & 11 de 12. Ce feu a duré une demi-heure, pendant laquelle leſdites pieces, ſervies chacune par trois hommes ſeulement, ont tiré à raiſon d'un coup par cinq minutes.

On a fait faire enſuite, 1°. une ſalve de la totalité des batteries du raiz-de-chauſſée, de 16 pieces de 36, ſervies & tirées enſemble.

2°. Une ſemblable de la batterie du premier étage de 41 pieces, auſſi de 36.

3°. Une idem de la batterie élevée en terraffe au-deffus du fort, & armée de 11 pieces de 12.

4°. Enfin, une décharge générale des 68 pieces fervies & tirées enfemble.

Les commiffaires nommés étoient pour le département de la guerre, M. le marquis de Voyer, lieutenan-général, commandant en fecond dans la province; M. le marquis de Montalembert, maréchal de camp; M. Dajot maréchal de camp, directeur du génie; M. Divoleye, colonel, directeur d'artillerie & pour le département de la marine; M. de la Touche-Tréville, commandant de Rochefort, remplacé pour caufe de maladie, par M. d'Auberton, capitaine de vaiffeau; M. de Beaugard, idem; & M. le chevalier de la Clocheterie, lieutenant de vaiffeau.

Tous ces commiffaires n'ont trouvé dans l'examen qu'ils ont fait dudit fort, après cette épreuve, aucune dégradation d'aucun genre.

Il s'étoit rendu à l'ifle d'Aix une grande quantité de militaires de différents corps & de tous les grades, qui ont rendu ce fpectacle encore plus brillant, & ont applaudi l'invention.

16 *Novembre* 1781. Pafcal, eft un des hommes que l'école des philofophes modernes regrette le plus de ne pouvoir compter au rang de fes coryphées, & à ce défaut ils cherchent à le couvrir de ridicule, à en atténuer le mérite en le faifant paffer pour un efprit foible, tombé prefque en démence à force de fanatifme & de fuperftition. On ne peut du moins fe diffimuler que ce n'ait été le but de M. de Condorcet dans le commentaire, & les acceffoires qu'il à joints aux œuvres de ce grand homme, entreprife
déja

déja commencée par Voltaire. On en a parlé amplement. Deux philofophes fe joignent à ceux-ci, & avec non moins d'adreffe, femblent continuer la même conjuration. M. l'abbé Boffut, dans un *difcours fur la vie & les ouvrages de Pafcal*, & monfieur d'Alembert dans les vers très-finguliers qu'il a placés au bas de fon portrait, & qui par-là même méritent d'être confervés. Les voici:

Il joignit l'éloquence aux talents d'Uranie;

Mais bientôt à Dieu même immolant fon génie;

Il vengea de la foi l'augufte obfcurité.

O toi religion, dont la févérité

Enleva ce grand homme à la philofophie,

Permets du moins qu'il en foit regretté !

16 *Novembre* 1781. Il a fallu une négociation pour déterminer les *harangeres* ou dames de la halle à aller à Verfailles remplir leur miffion d'ufage. Elles avoient été attrapées la derniere fois au dîner qu'on leur avoit donné; & de mauvais plaifants avoient gliffé dans des tourtes ou pâtés des chofes peu comeftibles, ou des chofes mal-honnêtes. On les a raffurées à cet égard, & en effet on les a traitées magnifiquement. Elles étoient au nombre de 120. On affure que les princes de la maifon royale ont voulu les voir à table, & fe font beaucoup amufés de leur joie bruyante.

Le roi s'eft en effet fait porter la ferrure myftérieufe; à l'inftigation de quelques courtifans prévenus, il a effayé d'en découvrir lui-même le reffort. On y conduifit adroitement,

S. M. & elle fut fi contente de cette galanterie, qu'elle donna 30 louis de fa poche au corps des ferruriers.

On parle encore des ramoneurs, qui avoient porté pour chef-d'œuvre de leur art, ou marque caractériftique de leurs occupations, une cheminée fort jolie & affez vafte, pour que l'un d'eux y foit entré, & ait chanté une chanfon analogue aux circonftances, & très-gaie.

C'eft madame la princeffe de Guémené qui, comme gouvernante des enfants de France, eft chargée de diftribuer l'argent à toutes les corporations.

17 *Novembre* 1781. M. Pierre Chriftian, baron de Wimpffen, & du St. Empire, commandeur de l'ordre royal & militaire de St. Louis, maréchal des camps & armées du roi, infpecteur général des troupes, & directeur de la nobleffe de la baffe Alface, vient de mourir. C'étoit le parent, l'ami, & le bras droit de feu M. le comte de Saint-Germain; & il en eft fort queftion dans les mémoires & lettres de ce miniftre.

18 *Novembre* 1781. Les conférences fur le commerce, établies depuis l'année dernière par les vues patriotiques & bienfaifantes des magiftrats du commerce, inftituteurs de ces conférences, ont recommencé le 8 de ce mois.

Meffieurs les députés du commerce de Paris & autres villes, MM. les gardes des fix corps des marchands, ainfi qu'un grand nombre de citoyens les plus diftingués dans l'ordre du commerce, étoient préfents à cette féance.

M. Billard, le premier juge-conful, l'a ouverte par un difcours fur l'utilité & la néceffité de cet établiffement.

Le fieur Gorneau, agréé aux confuls, & qui eft chargé des conférences, a prononcé un autre difcours, où il a ramené différents traits hiftoriques glorieux au commerce. Celui de Guftave, roi de Suede, ordonnant à Stockholm l'érection d'un monument public à la mémoire d'un fameux négociant ; celui des Fuggers brûlant pour plufieurs millions de reconnoiffances de Charles-Quint ; enfin, des négociants de Saint-Malo, à leur retour du Pérou en 1710, offrant à *Louis XIV*, dans fa détreffe, 30 millions de préfent.

Ce difcours, d'environ trois quarts d'heure de lecture, a donné lieu de juger de l'élocution facile & agréable que l'orateur joint à fon intelligence profonde de la matiere.

18 *Novembre* 1781. On a parlé déja du décret de la faculté de médecine, rendu par l'organe du doyen Philips, le 5 novembre, pour faire chanter un *Te Deum* le 10 du même mois, dans fa chapelle, en action de graces à Dieu de la naiffance du dauphin. Une phrafe, gliffée mal-adroitement dans cet élégant difcours, a occafioné beaucoup de rumeur ; on l'a trouvée repréhenfible, & la faculté non - feulement ne veut point donner de copies de ce décret que recherchent les amateurs de la belle latinité, mais a fait arracher le plus qu'elle a pu tous les placards imprimés qui en exiftoient. Voici cette phrafe relative à la naiffance du premier enfant du roi ; de madame royale..... *Primum miraculum Puellam dedit (Cœlum) in cujus ortu, tam ardenter, quam diu expectato, geftire eo opportunius fuit, quod naturæ tarditas*

jam calumniis laceſſita ; injiciebat quamdam diffidentiam furtivo lapſu animis irrepentem.

18 *Novembre* 1781. M. Saurin , de l'académie françoiſe , ſecretaire ordinaire de M. le duc d'Orléans , vient de mourir. Cet écrivain eſtimable , qui a eu au théatre des ſuccès ſoutenus & mérités , a péri d'une façon cruelle. Il craignoit la pierre; il s'étoit fait ſonder , & la ſonde s'étoit caſſée dans la veſſié. Eprouvant des douleurs inexprimables , il demande un calmant , & , par un quiproquo d'apothicaire, on lui apporte une potion émétiſée qui lui fait faire les plus violents efforts, & augmente ſes ſouffrances au point qu'il paſſe dans une convulſion.

M. Couvers Déformeaux , avocat , vient de mourir auſſi. Il étoit célebre dans ſon ordre par les perſécutions du chancelier , & par un long ſéjour à la baſtille durant la révolution de la magiſtrature , comme accuſé d'avoir écrit quelques pamphlets du temps , ou au moins contribué aux diſtributions de ces écrits furtifs.

18 *Novembre.* M. le duc de Nivernois n'eſt pas entré au conſeil , ſuivant le bruit général qui en couroit. Il ſe défend même d'en avoir eu l'idée. Il prétend que c'eſt un ridicule que lui donnent ſes ennemis. Il dit que c'en ſeroit un en effet d'être reſté éloigné des affaires juſqu'à l'âge qu'il a , & de vouloir y entrer , lorſque ſa foible ſanté lui ôte même ſouvent la faculté des occupations les plus légeres & les plus agréables, des travaux des muſes qui charment ſon ennui & diſſipent ſes vapeurs. C'eſt ainſi du moins que ſes partiſans le font parler dans le monde.

19 *Novembre* 1781. De Poligny en Franche-

Comté , le 10 novembre 1781... M. d'Astory ; enseigne des vaisseaux du roi, âgé de 21 ans, ayant fait remettre aux officiers municipaux de cette ville , sa patrie , à l'occasion de l'heureuse naissance du dauphin , une somme de 600 livres , pour être distribuée aux pauvres , ces officiers ont unanimement délibéré de rendre public cet acte de bienfaisance & de générosité , en faisant imprimer dans les affiches de Besançon la lettre suivante.

À Brest , 28 *octobre* 1781.

Très-cher papa , je vous avois prié de trouver bon que je vous fisse passer une partie des fonds provenants de ma part de la prise du convoi de Saint - Eustache , comme une foible preuve de ma reconnoissance de tous les sacrifices que vous avez faits pour moi ; vous vous êtes refusé à ma priere , & m'avez laissé la disposition entiere de cette somme. Votre générosité m'est d'avance un sûr garant de l'approbation que vous donnerez à l'usage auquel j'en destine une portion. L'événement heureux de la naissance , dont nous recevons aujourd'hui la nouvelle , m'inspire l'idée d'en faire partager la joie générale aux plus pauvres de nos compatriotes , en soulageant leur misere de mon superflu. Je vous prie donc , cher papa , de vouloir bien leur faire compter la somme de 600 livres , que vous remettrez à messieurs les officiers municipaux , qu'ils emploieront à payer les impôts des plus indigents , dont ils peuvent plus aisément connoître les besoins. Vous m'avez si souvent persuadé , en le pratiquant , que le plus grand bienfait étoit de faire des heureux , que je serois bien coupable de

G 3

l'oublier, lorfque la circonftance, due au hafard, me permet de vous imiter...

19 *Novembre* 1781. M. de Maurepas eft décidément très-mal ; il a été adminiftré ; il a la gangrene, & l'on n'en efpere plus rien.

Le fieur Barthès, médecin de Montpellier, venu ici pour obtenir des lettres de nobleffe à fon pere, s'étant impatronifé chez ce miniftre, avoit donné un moment l'efpoir de le tirer d'affaire. M. de Maurepas, dans le mieux qu'il a eu, a demandé au roi la grace que defiroit cet efculape ; il choifit le bon moment, a repris S. M. & en effet le miniftre femble n'être revenu à la vie que pour ce dernier bienfait.

19 *Novembre.* Extrait d'une lettre de Caftres en Languedoc, le 4 novembre... L'évêque de cette ville vient d'inftituer des prix un peu plus intéreffants que ceux de nos académies, ou même de nos rofieres. On comptoit dans ce diocefe 25 à 30 enfants & 40 à 50 femmes qui mouroient ordinairement tous les ans par la faute des matrônes, qui, fans autre miffion qu'une pratique vicieufe & meurtriere, s'ingerent dans l'art des accouchements. Touché de cette perte effroyable d'individus, le prélat a imaginé d'établir dans fa ville épifcopale des cours d'accouchement. Il a écrit une lettre circulaire à tous les curés & officiers municipaux de fon diocefe, pour les inviter à choifir entre les femmes de leurs diftricts refpectifs qui fe deftinent au métier de fage-femme, celles qui, par leurs mœurs & leurs difpofitions, paroîtront les plus propres à remplir fes vues. Il a offert de fournir à tous les frais de voyage, de retour & d'entretien pendant le temps que durera leur inftruction, & il a

établi trois prix en argent , qu'on diſtribuera à
la fin du cours à celles qui auront fait le plus de
progrès.

Le ſieur Icart , profeſſeur & démonſtrateur
royal en chirurgie , connu très-avantageuſement
par des opérations hardies & ſavantes, & par
pluſieurs ouvrages qui ont obtenu des prix à
l'académie royale de chirurgie de Paris , & qui
lui ont mérité depuis peu la place d'aſſocié de
cette compagnie , s'eſt prêté aux intentions du
prélat avec un déſintéreſſement très-louable , &
s'eſt chargé de l'inſtruction gratuite des ſages-
femmes.

Le cours a été ouvert le 14 octobre dernier,
par une ſéance publique , tenue dans une des
ſalles de l'hôtel-de-ville , avec un concours de
monde de tous les ordres de citoyen ; & le ſieur
Icart a lu un diſcours ſur l'utilité de l'établiſſement.

20 *Novembre* 1781. M. de la Blancherie , cet
infatigable agent de la correſpondance univerſelle
des ſciences & des arts , a ouvert jeudi dernier
ſon aſſemblée ordinaire des ſavants & des artiſtes ,
ſuſpendue pendant les vacances ; & pour preuve
qu'il n'eſt pas indigne de l'importante miſſion
qu'il s'eſt donnée , a expoſé , en échantillon de ſon
talent poétique , le quatrain ſuivant:

O monſeigneur ! que votre ſort eſt doux ,
Non d'être né pour gouverner la France ;
Mais de ne pas avoir la moindre connoiſſance
De tous les mauvais vers que nous forgeons pour vous !

Malheureuſement on l'accuſe de plagiat , & de
n'avoir fait que parodier d'anciens vers de Voltaire
en pareille circonſtance.

G 4

20 *Novembre* 1781. La rareté du décret de la faculté de médecine mérite qu'on le conserve en entier.

De Mandato

M. Jofephi Philips, facultatis medicæ Parifienfis Decani, & MM. doctorum regentium ejufdem facultatis, obfereniffimi Delphini Natalia.

Solium Ludovicus XVI confcenderat, conjux felix, tam amans quam amore dignus, fed nondum pater; & dum à fingulis civibus dulciffima appellatione meruit vocari pater patriæ, deerat tamen qui ipfum proprio nomine patrem falutaret. Flagrantibus votis, follicitâ prece, vim cœlo intullit Gallia. Dictum eft à divo Auguftino: *afcendunt defideria, defcendunt miracula*; primum miraculum, puellam dedit, in cujus ortu, tam ardenter, quam diu expectato, geftire eò opportunius fuit, quod naturæ tarditas jam calumniis laceffita, iniciebat quamdam diffidentiam furtivo lapfu animis irrepentem. Amor fecerat follicitudinem, quæ femper magnæ expectationis comes eft; & certè hanc excufabat. Ex ifto puellari proventu felix augurium ducere, & ævo fpes dulciores adhuc jaculari licuit: *Denuò afcendunt defideria, defcendunt miracula*; nonnec & lilia. Terris oftenfus eft Delphinus. Salve ô nobilis liliorum farcule! Vive diu, vive lætus & incolumis. Tibi dormienti adfpiret blanda quies, vigilanti adfpirent rifus venufti, lufus amabiles. Jacu, rifu matrem adorandam cognofce. Jam blandâ manu eburneum matris collum preme molliter. Jam rofeis labris cafta fige ofcula.

Tot blanditiæ , tot materno pectori voluptatis
fontes ; & quando tibi erit ætas firmior , disce
ex amore nostro , patrem , ex reverentiâ , regem
colere. Votum patriæ sacrum addimus : non mi-
nus amans , quam amabilis , ut primum amari te
senseris , redamare scias. Solio nasceris ; sed diù
ignora quam grande sit pondus , & sceptrum &
corona ; istas regendi populos , & præsertim
amandi artes combibe intimius , totis te proluens
fontibus ex quibus ortus es. Dum gratulabundo
cultu , cunas floribus conspergunt varii civium
ordines , cruore madens laurus non tenera offen-
dat lumina : arrideat tibi tanquam molle pulvinar
olea pacis , cujus prænuntium quasi Numen in te
amamus & veneramur.

Cum multa bona toti imperio afferat , cum
multa & allia spondeat serenissimi Delphini ortus ,
nefas foret unicum inexhaustumque bonorum
omnium fontem non agnoscere ; quapropter
hymnis & canticis exultantes quas Deo optimo
maximo solemnes preces jam fudimus , unâ cum
cæteris academiæ nostræ ordinibus peculiariter re-
novare decet , ut summo Numini pro faustissimo
eventu gratiæ incessabili voce agantur immor-
tales. Idcircò facultas medica Parisiensis , in scho-
larum suarum sacello , solemne sacrum celebrari
decrevit , à quo hymnus euchariisticus Te Deum
cantabitur die sabbatti 1câ. mensis novembris anno
suprâ 1781 , horâ ipsâ 10 matutina.

Datum Parisiis die lunæ 5à. ejusdem mensis
& anni.

Jacobus Philips Decanus.

20 *Novembre* 1781. M. le baron de Wimpffen, qui vient de mourir, est aussi fort regretté

de M. le marquis de Ségur , qui connoiſſoit ſon mérite militaire, ſa tête excellente , & en faiſoit autant de cas que le comte de St. Germain ; il le conſultoit ſouvent ; il étoit d'ailleurs du comité de la guerre.

21 *Novembre* 1781. Monſieur Beauvais, ſculpteur de la nouvelle égliſe de ſainte Geneviève , eſt mort le 31 octobre dernier à la fleur de l'âge ; il n'étoit point encore de l'académie , mais il travailloit à une figure de *Mars en repos* , qui vraiſemblablement lui en auroit ouvert les portes. Il lui falloit à peine 15 jours de relâche pour la finir.

Le bas-relief du portrait de Ste. Geneviève , où cette ſainte diſtribue du pain aux pauvres , eſt un morceau de ſa compoſition qui ſuffit pour caractériſer ſon talent : on y remarque inconteſtablement de la facilité , de la grace & une maniere large dans l'exécution.

Il auroit été de l'académie plutôt, ſi, frappé de frayeur à la vue de la diſgrace du meilleur de ſes amis, refuſé par cette compagnie , il n'avoit briſé le morceau auquel il travailloit ; l'exemple de ce candidat, plus heureux depuis , lui avoit fait reprendre courage.

Indépendamment de ce qu'on a en France de cet artiſte , n'étant qu'éleve à Rome , il avoit reçu ordre de l'impératrice des Ruſſies de lui faire une figure en marbre , repréſentant l'*Immortalité* : à Gênes , il a exécuté toutes les ſculptures du ſallon du marquis de Spinola.

En 1764 , M. Beauvais avoit remporté avec beaucoup d'éclat le premier prix de ſculpture ; il eut l'unanimité totale des voix , phénomene très-rare , & l'annonce des grandes eſpérances qu'il donnoit, & qu'un féjour de 17 ans à Rome devoit augmenter.

Il étoit modefte & timide à l'excès, deux qualités compagnes fouvent du plus grand mérite, mais qui ne contribuent pas à le faire fortir de l'obfcurité.

21 *Novembre* 1781. Mlle. Buret l'aînée, qu'on avoit déja entendue plufieurs fois au concert fpirituel, a débuté hier au théatre lyrique dans le rôle d'*Adelle*. Elle a peu d'acquit au théatre comme actrice ; mais on a applaudi vivement à la flexibilité de fa voix, à la fûreté de fon chant, & encore plus à la netteté & à l'agrément de fa prononciation, mérite infiniment rare à l'opéra, & cependant le plus effentiel de tous.

21 *Novembre*. Outre les deux mandements dont on a parlé contre la nouvelle édition des œuvres de Voltaire, il y avoit une *dénonciation au parlement*, anonyme, avec cette épigraphe : *Ulutate & Clamate*. Ces hurlements avoient été étouffés par les amis & défenfeurs de Voltaire ; & ce n'eft que depuis peu que ladite dénonciation fe répand davantage. Elle eft encore plus violente que les mandements. On en jugera par cette phrafe remarquable entre beaucoup d'autres : l'auteur y exhorte les magiftrats à déployer toute la rigueur des loix contre l'ouvrage....' « Dans un fiecle ridiculement philofophe, où » l'on ne connoît de vertu qu'une cruelle to- » lérance, la févérité feroit regardée comme » barbare : mais du moins eft-il permis de » la remettre fous vos yeux. Des auteurs im- » pies avoient compofé des vers impies contre » l'honneur de Dieu ; la cour les condamna » au dernier fupplice, comme criminels de

» lefe-majefté divine , & comme plus funefte
» à l'ordre focial que les empoifonneurs & les
» incendiaires..... Puiffe cet exemple vous con-
» vaincre qu'il eft des cas où les cours doivent
» déployer toute la rigueur de la puiffance que le
» prince leur a confiée..... »

Malgré toutes ces réclamations , il paroît que
l'édition du fieur de Beaumarchais fe continue.
On regarde comme avortée celle du fieur Clé-
ment, qui vouloit châtrer Voltaire, & le réduire
de 20 volumes , malgré un commentaire de fa
façon pour rendre l'ouvrage claffique, après l'avoir
purgé de toutes fes ordures.

Le fieur Paliffot avoit auffi brigué auprès du
public le rôle d'éditeur de Voltaire. Pour amorcer
les foufcripteurs , il promettoit autant de matiere
que le fieur de Beaumarchais , & en outre un
commentaire auffi , & le tout à moitié moins. Il
eft certain que celui-ci auroit été excellent pour
la derniere fonction ; il écrit bien & a beaucoup
de goût ; cependant fon entreprife femble auffi
échouée.

22 Novembre 1781. M. le comte de Maurepas
eft mort hier au foir fur les onze heures. Lorfqu'on en vint porter la nouvelle au roi, fa majefté fe couchoit. M. le duc d'Eftiffac, grand-maître
de fa garderobe, intime ami du défunt, ne put
s'empêcher de fe livrer à une exclamation vive,
dont il s'excufa auprès du roi , qui lui dit: fi
vous faites une grande perte, j'en fais une bien
plus grande.

Le roi devoit aller aujourd'hui à Brunoy, où
Monfieur avoit fait préparer une fête pour recevoir fon augufte frere. Sa majefté lui a fait dire
qu'elle n'iroit pas le voir ce jour-ci, elle n'a

point chaffé , & eft dans une douleur profonde.

S. M. a ce matin envoyé complimenter madame de Maurepas , qui lui a répondu qu'elle faifoit une perte irréparable , celle d'un mari avec qui elle avoit vécu cinquante-cinq ans fans s'être quittés d'un jour ; qu'il lui laifloit une fortune confidérable ; mais que rien ne pouvoit adoucir fa douleur que les bontés de fa majefté.

Comme monfieur le comte de Maurepas étoit logé au château d'où l'on expulfe les morts dès le premier inftant , madame de Maurepas avoit prévenu le roi , & avoit demandé un répir de fix heures , qui lui avoit été accordé ; en même temps ne pouvant fe diffimuler la fin prochaine de fon mari , elle avoit donné ordre qu'on tînt à l'Hermitage un appartement bien chaud , & un lit tout prét à être baffiné , & à recevoir le cadavre lorfqu'il arriveroit : en effet , il a été tranfporté dans fa robe-de-chambre & en chaife à porteurs ; & , tout ce cérémonial rempli , la comteffe eft partie vers les onze heures du matin aujourd'hui , pour fe rendre à Paris.

L'*Hermitage* eft un château de plaifance , bâti dans le parc de Verfaillles pour madame de Pompadour , & que Louis XVI a donné à vie au comte & à la comteffe de Maurepas.

Le corps doit être préfenté demain à Notre-Dame de Verfailles fa paroiffe , & transféré de là dans un corbillard à Saint Germain-l'Auxerois , où eft la fépulture des Pontchartrains.

Comme tout le monde ne regrette pas la perte de ce miniftre , dès aujourd'hui il a couru dans Verfailles & à Paris le diftique fuivant,

O France ! applaudis-toi , triomphe de ton fort ;
Un dauphin vient de naître , & Maurepas eft mort.

22 *Novembre* 1781. M. de la Harpe fe difpofe enfin à donner une tragédie nouvelle , fous
le titre de *Jeanne , reine de Naples*. Les comédiens en ont une très-haute idée. En conféquence
ils font beaucoup de dépenfe en fpectacle & en
habillements. On affure que la mante feule de
la reine coûte 1,500 livres.

L'auteur a été retardé dans fon triomphe par
quelques contrariétés qu'il a éprouvées à la police. Il a fallu qu'il retouchât certains endroits
fur les prêtres, capable de déplaire à M. l'archevêque, & d'autres fur l'autorité, qu'on a trouvés
trop forts.

La premiere repréfentation doit avoir lieu inceffamment, la *Difcipline militaire du Nord* réduite en quatre actes, n'ayant pas mieux pris, &
étant abfolument tombée.

23 *Novembre* 1781. Extrait d'une lettre de
Liege, du 4 novembre. . . . Il a paru ici une petite piece de vers, intitulée, *la Nymphe de Spa à
l'abbé Raynal*. Je ne puis vous en dire davantage:
ce monftre d'irréligion a été étouffé au berceau
par un mandement du prince évêque, qui a fait
l'honneur au poëte de lancer contre lui les foudres
temporelles & fpirituelles. Voici le commencement
de cette piece originale....

« Ce n'eft point fans la plus vive douleur
» que nous venons de voir s'élever du fein des
» brebis confiées à nos foins, un homme tur-
» bulent, affez audacieux pour ofer publier,
» par une témérité inouie, une piece de vers

» infultante pour tous les genres d'autorités. **Ne**
» pouvant ni tolérer , ni diffimuler une entre-
» prife auffi dangereufe , nous jugeons devoir
» rendre publique l'indignation que nous avons
» reffentie à la lecture de cette piece fcanda-
» leufe...... dont nous entendons punir l'auteur
» fuivant la rigueur des loix. »

Le refte eft une exhortation à fes peuples &
ouailles , de conferver le précieux tréfor de la
foi.... d'avoir du mépris & de l'horreur pour les
fophifmes & les attentats d'une philofophie in-
fenfée....

23 *Novembre* 1781. M. Thomas n'eft pas encore rétabli de la grande maladie qu'il a éprouvée il y a plus de 18 mois, & qui depuis ce temps
l'oblige de refter dans une inaction abfolue. Ses
facultés ont beaucoup de peine à revenir; cependant on l'a trouvé affez bien pour pouvoir entreprendre le voyage de nos provinces méridiona-
les, & y aller paffer l'hiver.

24 *Novembre* 1781. Les comédiens italiens ne
déceffent de jouer des pieces nouvelles. Ils en
annoncent encore une pour lundi , intitulée : *le*
Baifer , féerie en trois actes & en vers , mêlée
d'ariettes , mufique de M. Champein.

24 *Novembre*. Mlle. *Contat* , de la comédie
françoife , fe flattant qu'un grand prince avoit
des vues fur elle , enorgueillie de cette conquête , avoit quitté monfieur de Maupeou, qui
la combloit de bien. Cependant ne trouvant pas
que ce prince répondît aux vues de haute fortune auxquelles elle s'étoit portée , pour exciter
fa générofité , elle fe permit une petite rufe.
Elle fit fabriquer fur un papier timbré une

aſſignation pour payer une ſomme de 10,000 liv.
& la laiſſa, comme par oubli, ſur la cheminée. S. A. R. arrive, voit ce papier & veut le
lire ; la comédienne fait ſemblant de l'en empêcher, & de ne céder qu'à regret à la curioſité
de l'auguſte amant. Le prince lui dit qu'elle a
tort, qu'il ſe charge de la dette, & emporte
l'aſſignation.

Le lendemain il lui envoie un arrêt de ſur-
ſéanſe pour un an. On ne doute pas que cette
plaiſanterie ingénieuſe, & digne de punition de la
ſupercherie, n'ait été ſuivie de quelque cadeau
conſolateur ; mais qui n'a pu la dédommager
du regret de voir ſa cupidité démaſquée & fruſ-
trée. Elle a voulu retourner à M. de Maupeou,
qui lui a répondu qu'il étoit trop tard. Heureuſement ſa figure & ſon état lui feront trouver
bientôt quelqu'autre dupe.

Vraiſemblablement c'eſt ce qui empêchera le
prince de reconnoître l'enfant qu'elle vient d'a-
voir, & dont elle eſt en couche.

24 Novembre 1781. Dans la ſéance publique de
rentrée du bureau académique d'écriture, préſidé
par M. le Noir, lieutenant de police, & monſieur Moreau, procureur du roi au châtelet,
M. Bernard, écrivain du cabinet du feu roi
Staniſlas, créateur d'un genre de deſſin en traits
jetés, parfaitement conformes à leurs vues, pré-
ſenta à l'aſſemblée un ouvrage dont il avoit été
chargé par ſes confreres : c'étoit le portrait de
chacun des deux magiſtrats, ſous les auſpices
deſquels elle eſt née. Ils devoient être analogues
aux beaux ouvrages en écriture qui ornent la
ſalle ; & l'on admira ces deux chef-d'œuvres.

« On a vu quelquefois, dit M. Harger, le

» fecretaire, dans une petite digreffion qu'il fit
» à ce fujet, des portraits à la plume ; mais ces
» ouvrages étoient d'abord deffinés au crayon,
» & enfuite recouverts à la plume, avec le plus
» grand foin ; ici, excepté le profil, dont la
» reffemblance eft le moindre ouvrage, l'artifte
» exécute librement, & à main volante, tous
» les objets qu'il veut imiter. Ce qu'il y a de
» merveilleux dans ce travail, c'eft que l'auteur
» étant privé des moyens de réparer fes fautes,
» fes ouvrages annoncent un goût & une fûreté
» de main dont il n'y a point d'exemple. »

Un des fpeɛtateurs entre les mains duquel avoit
paffé le portrait de M. le Noir, écrivit au bas
avec un crayon l'impromptu fuivant :

Sans doute il eft aifé de rendre ce portrait,
Le pinceau, le crayon l'attrapent trait pour trait;
  La plume encor y peut atteindre ;
Oui, c'eft le Noir lui-même, on ne fauroit mieux feindre;
L'œil en eft enchanté... mais, pour charmer nos cœurs,
  Pour modele à fes fucceffeurs,
  C'eft fa bonté qu'il faudroit peindre !

25 *Novembre* 1781. La vivacité françoife ne
pouvant s'accorder avec la lenteur efpagnole, lui
a fait enfanter la plaifanterie fuivante fur le fiege
de Gibraltar.

ÉPÎTRE *à MM. du camp de St. Roch.*

  Meffieurs de Saint-Roch entre nous,
  Ceci paffe la raillerie;

En avez-vous là pour la vie,
Ou quelque jour finirez-vous !
Ne pouvez-vous à la vaillance
Joindre le talent d'abréger !
Votre éternelle patience
Ne se lasse point d'assiéger ;
Mais vous mettez à bout la nôtre ;
Soyez donc battants où battus,
Messieurs du camp & du blocus ;
Terminez de façon ou d'autre ,
Terminez , car on n'y tient plus.
Fréquentes sont vos canonnades ;
Mais , hélas ! qu'ont-elles produit !
Le tranquille Anglois dort au bruit
De vos nocturnes pétarades ,
Ou s'il répond de temps en temps
A votre prudente furie ,
C'est par égard , je le parie ,
Et pour dire : je vous entends.
Quatre ans ont dû vous rendre sages ;
Laissez donc là vos vieux ouvrages ;
Quittez vos vieux retranchements ;
Retirez-vous , vieux assiégeants ;
Un jour , ce mémorable siege
Sera fini par vos enfants ,
Si toutefois Dieu les protege.
Mes amis , vous le voyez bien ,
Vos bombes ne bombardent rien ;
Vos bélandres & vos corvettes ,
Et vos travaux & vos mineurs ,

N'épouvantent que les lecteurs
De vos redoutables gazettes.
Votre blocus ne bloque point,
Et, grace à votre heureuse adresse,
Ceux que vous affamez sans cesse
Ne périront que d'embonpoint.

25 *Novembre* 1781. Comme chef du conseil
des finances, M. le comte de Maurepas avoit
un porte-feuille ; il étoit obligé de signer tous
les arrêts du conseil en cette partie, sur - tout
depuis qu'il n'y avoit plus de contrôleur-général.
C'est à M. de Vergennes que S. M. a confié cette
fonction.

Du reste, M. de Maurepas n'en avoit aucune,
n'écrivoit, ni ne recevoit point des lettres, & se
contentoit de donner ses conseils au roi ou aux
ministres, suivant l'exigence des cas.

Il n'est conséquemment pas nécessaire que
S. M. désigne personne à cet égard, si elle veut
tout voir par elle - même, entendre chaque
secretaire d'état, & n'écouter que sa propre
sagesse. Mais on est habitué de voir une espece
de premier ministre, & le public en désigne plusieurs, M. de Vergennes, M. d'Ossun, M. de
Machault, M. le cardinal de Bernis. C'est ce
dernier sur lequel on s'arrête le plus aujourd'hui ;
on prétend que le roi lui écrivoit déja de sa propre main du vivant de M. de Maurepas, &
qu'un jour celui - ci ayant surpris sa majesté la
plume à la main, elle lui fit la plaisanterie de
cacher précipitamment son papier & d'exciter sa
jalousie ; qu'elle lui avoua ensuite ce qui en étoit,
& l'en plaisanta.

On ajoute que madame Adelaïde , qui ne laiſſe pas que d'avoir du crédit auprès de S. M., porte puiſſamment cette éminence.

26 *Novembre* 1781. Les progrès de la philoſophie ſe font ſenſiblement remarqués à l'occaſion de M. le dauphin , & la joie générale au lieu de ſe manifeſter ſimplement comme autrefois par des fêtes frivoles & inutilement diſpendieuſes , a éclaté preſque par-tout par de bonnes actions : on en a déja lu pluſieurs ; en voici d'autres :

A Rennes , le parlement a arrêté qu'il feroit pris ſur ſes fonds une ſomme de 6,000 livres , qu'on diſtribueroit aux bureaux des paroiſſes & aux ſœurs de charité , *pour ſubvenir aux beſoins les plus preſſants des pauvres , dont le nombre , porte l'arrêté , eſt effrayant dans cette ville.*

A Vienne en Dauphiné , M. l'archevêque , de même que les maire & échevins , a doté pluſieurs filles , & diſtribué d'abondantes aumônes.

Enfin , à Villeneuve-le Roi , élection de Sens, un particulier , au lieu d'illuminer ſa maiſon, a mieux aimé payer la taille des pauvres de ſa paroiſſe ; ce qui a donné lieu à l'impromptu ſuivant :

J'ai vu l'autre jour à ta porte
Cent malheureux comblés de tes bienfaits ;
Des lampions de cette ſorte ,
Ami , ne s'éteindront jamais.

26 *Novembre.* Extrait d'une lettre de Marſeille, du 10 novembre..... Mr. Malouët , commiſſaire du roi , envoyé ici pour la vente à la ville des terreins de l'arſenal , dont je vous ai déja entretenu à pluſieurs repriſes , a pris occa

fion de la ceffion faite par S. M. à l'académie
des fciences & belles - lettres de Marfeille , de
l'obfervatoire royale de la marine , pour donner
de l'éclat à cette cérémonie en la tournant en
une efpece de fête littéraire , afin que les journaux s'entretinffent de lui encore une fois. Il y
a eu des difcours qui ont été imprimés à la fuite
de ceux prononcés à ce fujet , précédés d'un
procès-verbal de la notification des ordres du roi
à l'académie. On ne fait fi ce commiffaire , occupé de beaucoup de plus grandes affaires , s'eft
donné la peine de compofer lui-même fon difcours ; mais on y a remarqué le morceau fuivant,
précieux à conferver : il apoftrophe les membres
de cette compagnie.

« Vous appartenez déformais à l'état autant
» qu'aux lettres & aux fciences. Vous êtes ap-
» pellés à concourir à la perfection de la navi-
» gation , à la gloire & à la fûreté du pavillon
» françois , illuftré de nos jours par des traits
» de la plus brillante valeur. Si nous étions en-
» core au temps où les favants même , où le
» célebre Caffini fubiffoit le joug des fuperfti-
» tions populaires , le premier ufage que vous
» feriez du don de S. M. feroit d'aller confulter
» le ciel fur la naiffance de l'enfant précieux ,
» dans lequel la France doit reconnoître un jour
» fon maître. Mais l'illuftre prélat (l'évêque de
» Marfeille) , dont la préfence honore cette
» affemblée , vous appelle aux pieds des autels
» pour y préfenter au maître de la nature les
» vœux d'un peuple fidele. . . . . »

27 Novembre 1781. La piece de M. de la
Harpe , qui devoit fe jouer demain , eft encore
reculée par un accident arrivé au Sr. Larive ; il

s'eſt bleſſé la main à une répétition d'aujourd'hui, en s'eſcrimant au combat qui ſe paſſe ſur la ſcene dans cette tragédie.

Pour ſuſpendre l'impatience du public, les comédiens annoncent une petite comédie nouvelle, en un acte & en vers, qu'ils eſperent jouer ſamedi. Elle a pour titre : *le Rendez - vous du Mari*.

27 *Novembre* 1781. On raconte que le ſieur de Beaumarchais, bouffon-né du comte de Maurepas, au commencement de la maladie de ce miniſtre, profita d'un mieux momentané, & voulut l'égayer par la lecture de ſa comédie du *Mariage de Figaro*. Le comte accepte, donne le jour & l'heure. L'auteur ayant fini, le malade exalte cet ouvrage, le trouve excellent; mais, reprend-il, comment ſe fait-il, Beaumarchais, qu'accablé d'affaires comme vous l'êtes, que vous immiſçant de tout, que chargé même de négociations graves, & vous étant élevé juſqu'à la politique, vous vous amuſiez encore à ces frivolités, que vous ayiez le temps d'y travailler ? *Monſieur*, répondit-il, *j'ai pris celui où vous étiez à la redoute*. Le comte, entendant la raillerie, lui replique, diable ! le calembour n'eſt pas mauvais. En effet, tandis que vous en aurez toujours de pareils à votre diſpoſition, vous ne ferez point mal de rire & de plaiſanter, & je vous garantis le ſuccès.

28 *Novembre* 1781. Les ſujets de féerie en général ſont froids. On ne peut guere s'intéreſſer pour des perſonnes au deſſus de la condition humaine. Des incidents qui ne naiſſent en rien du jeu des paſſions, mais ſont l'effet ſeulement d'un pouvoir ſuprême & irréſiſtible, n'occaſionent

point dans le cœur ce flux & reflux de mouvements qu'y produifent les aventures de nos fem-
blables. La piece de ce genre , exécutée avant-
hier aux Italiens , étoit moins propre qu'une autre à réuffir , puifque tout le nœud n'y confifte
que dans un *baifer* interdit à deux amants nouvellement mariés , le premier jour de leurs noces , & qu'ils fe donnent malgré toutes les défenfes de la fée qui les a élevés. La belle tombe
à l'inftant au pouvoir d'un enchanteur , d'un génie malfaifant , d'un Podagrambo , auffi bête
que celui d'Acajou , & qui fe laiffe ravir fa proie
par une rufe peu naturelle & très groffiere même.
Tel eft le fujet , telle en eft l'intrigue , tels en
font les pitoyables refforts. Dans de pareilles
pieces , on s'attend qu'au moins un grand jeu de
machines , une multiplicité de furprifes , un fpectacle pompeux , remplaceront le vuide de l'action,
& frapperont les yeux , fi le cœur n'eft ému. Ces
moyens du décorateur n'ont été même que foi-
blement employés ici ; en un mot, on eft fâché
que l'auteur , monfieur le chevalier de Florian ,
dont la piece des *deux Billets* avoit donné de
juftes efpérances , ne les rempliffe pas dans cette
nouveauté plus que dans les précédentes.

Quant à la mufique de M. Champein , elle a
été applaudie ; on y a trouvé un enfemble & une
vigueur auxquels on ne s'attendoit pas , & qui
le font juger digne de compofer dans le grand
genre , & pour le théatre de l'opéra.

29 *Novembre* 1781. Extrait d'une lettre de Soif-
fons , du 26 novembre.... M. le Pelletier , notre
intendant , vient d'honorer l'agriculture d'une
maniere nouvelle en France , & digne des Romains

ou des Chinois. Hier dimanche 25 , ayant préparé une fête pour la naiſſance du dauphin , il y a fait inviter les principaux laboureurs de ſa généralité. Après le *Te Deum* , auquel ils ont aſſiſté , au milieu de toute la nobleſſe , ils ont été placés avec les dames les plus diſtinguées de la ville & des environs , à une table où étoient l'évêque , l'intendant & les gens les plus décorés.

En commémoration de l'événement , & dans cette fermentation générale de patriotiſme , ces laboureurs ont demandé à ſe charger chacun d'un orphelin , auquel ils donneroient le ſurnom d'*Antoine*. Il eſt à remarquer que parmi les agriculteurs, il en eſt qui ont déja 12 , 13 & 14 enfants.

M. le Pelletier , voulant que la fête fût entiérement populaire , avoit fait conſtruire dans ſa cour une ſalle très - vaſte pour contenir le peuple , & des buffets garnis de pain & de viandes auſſi délicates que celles de l'intendance , qui ont été diſtribuées avec du vin en abondance à plus de 3,000 perſonnes.

Tout cela n'étonne point de la part de M. le Pelletier ; c'eſt lui qui , l'an paſſé , eſt allé chercher dans une chaumiere deux filles de condition réduites à la miſere , & qui a obtenu pour elles des ſecours de la bonté du roi.

C'eſt lui qui le premier a reſtauré à *Salency* la *fête de la Roſiere* ; c'eſt lui qui , depuis un an , a changé en maiſon de travail , l'horrible repaire des dépôts de mendicité ; c'eſt lui qui , depuis environ ſix ans , a établi dans la province des cours publics d'accouchements , qui y ont le plus grand ſuccès , & procurent déja des biens infinis.

Enfin ,

Enfin, il vient de fonder une école gratuite d'instruction pour les enfants des pauvres artisans.

20 *Novembre* 1781. M. Lavoisier a lu à l'académie des sciences, le jour de la séance publique pour la rentrée de la Saint Martin, un Mémoire sur la meilleure maniere d'éclairer une salle de spectacle. Ses moyens sont de se servir de réverberes. Il explique la disposition qu'il veut donner à ces réverberes pour éclairer les décorations, le fond du théatre, la scene & la salle. Ce dernier objet, le plus difficile de tous, seroit, suivant lui, rempli par des réverberes elliptiques, cachés dans la voûte, & qui serviroient en même temps de ventilateurs.

MM. Peyre & de Wailly, auteurs de la nouvelle salle de comédie françoise, prétendent avoir eu des idées semblables antérieurement, & les avoir communiquées depuis plusieurs années à M. le Roi, de l'académie des sciences, à M. Cadet de Vaux, & à diverses autres personnes. En conséquence, ils annoncent aux amateurs qu'ils en vont faire incessamment l'essai dans leur salle.

29 *Novembre* 1781. M. le baron de Tott, qui a résidé long-temps à Constantinople, depuis son retour a proposé au gouvernement la fabrication de certaines etoffes en laine à l'usage des Turcs, dont l'exportation seroit assez considérable pour occuper à leur fabrication tous les pauvres du royaume, & en extirper entiérement la mendicité. Ces étoffes grossieres fourniroient du travail pour toutes les classes d'ouvriers, de maniere à employer les vieillards, les infirmes, & jusqu'aux aveugles. Le projet a été adopté depuis plus d'un an : dix-huit souscripteurs, parmi les

personnages les plus illustres du royaume , sont à la tête de l'entreprise ; & malgré cela , elle éprouve des contradictions. M. Necker sur-tout y a mis beaucoup d'obstacles pendant le temps qu'il a été en place.

30 *Novembre* 1781. Aujourd'hui est mort monsieur Tronchin de Geneve , premier médecin de M. le duc d'Orléans, associé étranger de l'académie royale des sciences. Il étoit dans sa soixante-treizieme année. Il est le premier qui nous ait apporté l'inoculation ; & quoique la vogue dont il avoit joui pendant long-temps fut bien passée, il conservoit encore une grande réputation.

30 *Novembre*. Le mémoire de monsieur de la Lande *sur l'année solaire* , ne laisse pas que de faire du bruit dans le monde savant. Cet astronome la fixe , d'après l'examen des observations d'Hipparque , de Techo , de la Caille , de Mayer & de M. Dagelet, à 365°. 15 h. $48'$. $48''$. Il l'avoit précédé d'une note très-courte sur les deux cometes que ses confreres observent actuellement , ce qui le rend plus piquant à cause de l'à-propos. On sait que l'une de ces cometes , découverte à Bath au commencement de cette année , a un mouvement très-lent , & qu'il n'a pas encore été possible de juger si l'on ne doit pas la regarder comme une nouvelle planete.

30 *Novembre*. C'est M. de Caumartin , le prévôt des marchands , qui doit avoir la place de conseiller d'état , vacante par la mort de M. de Villeneuve. M. Taboureau a eu ses bureaux , & sur tout la place du comité des finances.

On assure que M. le Pelletier , l'intendant de Soissons, vient d'être désigné prévôt des marchands, pour succéder à M. de Caumartin. Jusqu'ici on

ne l'auroit pas cru capable de cette place importante , & qui exige beaucoup de gravité , d'ordre
& de circonspection ; mais les beaux établisse-
ments qu'il a faits dans sa généralité , ont fait
présumer que ce personnage frivole avoit acquis
plus de maturité , & le génie propre à une administration municipale. D'ailleurs , c'est une
maniere de le dédommager des frais considérables
que vient de lui coûter la fête qu'il a donnée, &
dont on a rendu compte.

1 *Décembre* 1781. La piece du *Rendez-vous du
Mari* , jouée aujourd'hui , est tirée d'un conte
de M. de Champfort. Quelques traits saillants
qui y brillent , parmi un bien plus grand nombre de lieux communs & usés, n'ont pu empêcher que sa marche lente n'occasionàt de l'ennui , & que plusieurs plaisanteries de mauvais
goût n'excitassent même des murmures. L'auteur , s'il veut qu'elle reste au théatre , sera obligé
d'y faire de grands changements , encore aura-t-il
peine à conserver la meilleure scene , en ce qu'elle
choque trop les bienséances théatrales. C'est un
homme qui veut séduire la femme de son ami ,
en lui prouvant qu'il est infidele.

Cette nouveauté est de M. André de Mur-
ville , débutant dans la carriere : il ne frappe
pas mal un vers ; mais il faut autre chose pour
réussir au théatre. Ce poëte a épousé une fille de
Mlle. Arnoux , & l'on se doute que cette actrice
célebre se mêlant de bel esprit , aura voulu
mettre du sien dans la piece : comme elle a le
genre de plaisanter très-ordurier , il étoit difficile
qu'elle ne se sentît pas du goût du terroir.

1 *Décembre.* La maniere d'éclairer la nouvelle
salle de comédie françoise de MM. Peyre & de

H 2

Wailly , femble en effet fe rapprocher beaucoup
des procédés de M. *Lavoifier*. L'expérience que
font les premiers , confifte à procurer la clarté
par une ouverture pratiquée au centre de la
voûte , à dérober à l'œil du fpectateur les maffes
de lumiere , & à la réunir dans un foyer commun,
de façon à produire le plus grand effet , & même
à éclairer la fcene en forçant la lumiere de ce
foyer. Un grand avantage de la nouvelle méthode , eft de remédier au reproche qu'on fait
depuis long-temps à nos fpectacles , d'en préfenter
les objets d'une maniere contraire à la nature ,
en les éclairant de bas en haut , lorfqu'ils devroient , dans l'ordre phyfique , l'être de haut
en bas.

    2 *Décembre* **1781**. Le jour où le roi eft venu
à Notre-Dame pour affifter au *Te Deum* en action
de grace de la naiffance du dauphin , les chanoines étoient dans leur coftume d'hiver , qui
commence à la touffaint , c'eft-à-dire , en foutane noire & en camail. Ce camail eft une efpece de domino noir. S. M. qui ne les avoit
pas encore vus dans cet accoutrement bizarre &
vraifemblablement ne le connoiffoit pas , en fut
furprife , & demanda fi l'on étoit en carnaval?
elle trouva qu'ils avoient ainfi l'air de loups-
garous. Les jeunes , plus fenfibles à ce reproche , au chapitre tenu à l'occafion du *Te Deum*
à chanter mardi dernier 27 , pour remercier Dieu
de la victoire du comte de Rochambeau , ont
agité s'il ne conviendroit pas , le jour où la reine
viendroit à l'églife de Paris , pour ne point
effrayer cette princeffe plus fufceptible encore,
de changer de décoration. Les vieux , attachés
toujours aux anciens ufages , ne vouloient pas

s'en départir. Heureusement il s'est trouvé une délibération du siecle précédent, autorisant de prendre l'habit d'été dans les grandes cérémonies, c'est-à-dire, la robe violette & l'aumusse. En conséquence, il a été résolu de s'y conformer ; ce qui a eu lieu mardi pour la premiere fois.

En outre, les chanoines petits-maîtres se plaignoient depuis long-temps de cet habillement, en ce que le camail étant une invention du besoin, & non un attribut de leur dignité, les chantres, les chapelains & tout le bas-chœur s'en servoient aussi ; ce qui les confondoit absolument avec ceux-ci durant tout l'hiver. Ils ont remonté à une vieille délibération de 1616, qui a été remise en vigueur ; & les dimanches & fêtes ils porteront encore l'habit d'été, c'est-à-dire, le violet & l'aumusse, interdits absolument à leurs gagistes.

2 *Décembre* 1781. Il se répand un *prospectus* annonçant un nouvel établissement, qui fait frémir M. de la Blancherie, cet agent général pour la correspondance des sciences & des arts, en ce que l'auteur semble devoir aller sur ses brisées, & bientôt l'écraser par une rivalité infiniment plus avantageuse.

Il s'agit d'un *musée*, autorisé par le gouvernement, sous la protection de MONSIEUR & de MADAME. Ce *musée*, particuliérement consacré à favoriser les progrès de plusieurs sciences relatives aux arts & au commerce, ne doit pas être confondu avec un autre établi il y a environ un an, sans consistance, sans protecteurs connus, & n'étant encore qu'une assemblée de gens de lettres, se réunissant entr'eux chaque jeudi pour y lire des pieces de vers & de prose, &

H 3

quelquefois auſſi cependant des morceaux ſcien-
tifiques , ſous la préſidence de M. *Court de
Gebelin.*

L'inventeur du nouveau muſée eſt M. Pilatre
de Roſier , premier profeſſeur de chymie de la
ſociété d'émulation de Reims, attaché au ſervice de *Madame*, inſpecteur des pharmacies de la
principauté de Limbourg. Ce dernier titre pourroit lui ôter la confiance, en ce que tout ce qui
a rapport avec le ſouverain de ce nom , doit être
violemment ſuſpecté de manœuvres ténébreuſes
& d'intrigues peu honnêtes, d'excroqueries mêmes,
ſuivant qu'on en peut juger par les divers procès
qu'on a déja ſuſcités à Paris au ſuſdit prince de
Limbourg.

Quoi qu'il en ſoit, le *muſée*, dont la ſouſ-
cription eſt de trois louis par an, s'ouvrira le
mardi 11 décembre.

2 *Décembre* 1781. M. l'archevêque ayant reçu
défenſe de travailler, de la part de la faculté,
a été obligé de remettre toutes les affaires à ſes
quatre grands-vicaires, l'abbé de *Beaumont d'Au-
tichamp*, ſon parent, & les ſieurs de l'*Ecluſe, Che-
vreuil* & *Aſſeline.*

3 *Décembre* 1781. Le muſée nouveau a deux
objets: le premier eſt d'offrir aux ſavants & aux
amateurs, des laboratoires dans leſquels ils pourront étayer leurs découvertes par des expériences.
Ceux qui cultivent les ſciences ne peuvent pas
tous être à portée de ſe procurer des objets diſpendieux, & cependant néceſſaires ; & ils y trouveront tous les inſtruments de leur art.

Le ſecond objet eſt d'enſeigner aux commerçants à faire uſage des machines, & de leur démontrer les applications pour la fabrication de

toutes les chofes néceffaires à la vie. En conféquence on y fera, 1°. un cours *phyfico-chimique*, fervant d'introduction aux arts & métiers, dans lequel on fera connoître l'hiftoire naturelle des fubftances qu'on y emploie : 2°. un cours *phyfico-mathématique* expérimental, dans lequel on s'appliquera fpécialement aux arts méchaniques; 3°. un cours fur la fabrication des étoffes, les teintures & les apprêts; 4°. un cours d'anatomie, dans lequel on démontrera fon utilité dans la fculpture & la peinture, auquel on joindra les connoiffances phyfiologiques néceffaires à un amateur; 5°. un cours de langue angloife; 6°. un cours de langue italienne.

3 *Décembre* 1781. Extrait d'une lettre de Marfeille, du 24 novembre.... C'eft par un arrêt du confeil, du 5 octobre dernier, que le roi a donné à l'académie des fciences & belles - lettres de cette ville, l'obfervatoire de la marine, ci-devant attaché à l'arfenal. M. Malouet a été chargé de lui remettre en conféquence les bâtiments, meubles & inftruments dépendants de l'obfervatoire. M. le marquis de Caftries adreffa cet ordre audit fieur commiffaire du roi le 20 octobre, avec une lettre obligeante, où il le chargeoit de témoigner à la compagnie fon eftime & fon empreffement à faire valoir auprès du roi le zele que fes membres témoignent pour l'accroiffement des fciences qu'ils cultivent, & particuliérement des connoiffances aftronomiques fi intéreffantes pour la marine.

M. Malouet a rempli cette commiffion le 19 octobre, & le 7 novembre elle a arrêté dans une féance extraordinaire, qu'en témoignage de fa reconnoiffance, elle célébreroit à l'avenir

H 4

l'époque féculaire du 10 décembre 1481, où Marfeille & la Provence furent réunies à la couronne, & qu'à cet effet elle fera chanter un *Te Deum* folemnel, ce qui aura lieu le 3 décembre prochain, après trois fiecles écoulés.

Quand le procès-verbal de cette féance & de la précédente, rendu public, me fera parvenu, je vous ferai un détail plus circonftancié des autres difpofitions de cet arrêté, très-honorable pour le miniftre, & fort fingulier à bien des égards.

4 *Décembre* 1781. Les amateurs de mufique inftrumentale & vocale fe difpofent à fe rendre en foule au concert fpirituel prochain de famedi huit, qui doit être très-brillant en virtuofes & en morceaux nouveaux.

On y doit entendre une demoifelle le Bœuf, cantatrice dans le goût italien, qui n'a pas encore paru, & dont on dit le plus grand bien.

M. Coufineau fur la harpe, M Salentin fur la flûte, M. Fodor fur le violon, exécuteront refpectivement des concerts de leur compofition.

M. Moline a compofé une ode qui a été mife en mufique par M. Mereaux; enfin, M. Rochefort y produira le fpectacle pompeux de l'*Apothéofe en vers & en mufique* de l'impératrice reine de Hongrie & de Boheme. Ce dernier morceau, qui rapproche ce fpectacle des anciennes cérémonies des Romains & des Grecs, eft fur-tout fait pour piquer la curiofité, & par fon intention, & par fon objet.

5 *Décembre* 1781. Enfin, le fieur Pankoucke, cet atlas de la librairie, dont les vaftes épaules fupportoient le poids des maffes les plus énormes, a trouvé le moyen d'obtenir du gou-

vernement une permiffion ouverte de faire une nouvelle édition de l'Encyclopédie en 40 volumes de difcours & fept volumes de planches, in-4°. ; & en 84 volumes de difcours & fept de planches, in-8°. au même prix de 672 livres l'exemplaire de chaque édition.

Cet ouvrage aura pour titre : *Encyclopédie Méthodique*, ou par ordre de matieres, précédée d'un vocabulaire univerfel, fervant de table pour tout l'ouvrage.

Les premiers éditeurs, meffieurs Diderot & d'Alembert n'y figureront plus que par leur portrait qui fera à la tête.

L'objet principal de la refonte de l'ouvrage eft, en corrigeant les fautes, les omiffions & les erreurs fans nombre qu'on lui reproche, de le perfectionner, en le rendant tout à la fois & un dictionnaire & un traité. Du refte, on dit qu'il y aura plus de 30,000 nouveaux articles.

Les frais de ce grand monument font un objet de dépenfe de près de deux millions, & l'on fent qu'il faut que le zele des foufcripteurs s'évertue pour venir au fecours du Sr. Pankoucke.

6 *Décembre* 1781. Extrait d'une lettre de Marfeille, du 19 novembre.... Notre académie, dans l'effufion de fa reconnoiffance envers le marquis de Caftries, a arrêté que le nom de Caftries feroit infcrit fur les regiftres à côté de celui de Villars ; que dans tous les difcours publics, il feroit nommé comme le bienfaiteur, ainfi que les fondateurs & protecteurs de l'académie ; que ce miniftre feroit prié d'agréer le titre d'académicien honoraire, & la demande que la compagnie lui fait de fon portrait.

H. 5

L'académie en outre ne pouvant oublier ce qu'elle doit à un ancien miniftre , qui , le premier , a bien voulu concourir à fon établiffement, & lui procurer un traitement annuel , a arrêté que M. Necker, ci-devant directeur général des finances , feroit infcrit dans la lifte comme académicien honoraire , & fon nom affocié à celui du miniftre bienfaifant , auquel elle doit fon établiffement actuel.

Que copie collationnée de la préfente délibération , fera envoyée à M. le marquis de Caftries , & une feconde expédition à M. Malouet, commiffaire du roi , par deux députés de la compagnie, chargés de lui renouveller fes remerciements.

'L'académie a de plus arrêté que le procès-verbal de cette féance & de la précédente , fera rendu public.

6 *Décembre* 1781. Il y a à Paris une petite cotterie littéraire , qui n'eft qu'une foible imitation de celle de madame la comteffe de Beauharnois, la premiere aujourd'hui , & de plufieurs autres ; mais comme elle eft précédée les mercredis d'un bon dîner , les freres ne manquent pas de s'y trouver. C'eft une madame Pannelier, femme d'un ancien receveur-général des demaines & bois, qui en eft la préfidente. Les coryphées principaux font MM. de la *Lande*, *Sauteseau*, le *Clerc de Montmercy*, *Guichard*, &c. Elle fe nomme Catherine, & les poëtes, fes commenfaux , ne manquent pas de célébrer leur divinité : M. Guichard s'étant trouvé abfent, ou ayant oublié la fête, a réparé cette omiffion par les vers fuivants.

Catherine en mon cœur eft plus qu'en ma mémoire ;
Mais faut-il , ne fuivant que l'ordinaire cours ,
Fêter à jour nommé ce qui plaît tous les jours

    Parmi vos enfants de la gloire ,

Je me gliffe , bâtard , en toute humilité.

Vous ne me verrez point jaloux de leur victoire ,

    Il me fuffit d'être adopté.

Ma place , près de vous , vaut l'immortalité.

7 *Décembre* 1781. Voici les noms & la tâche de chacun des coopérateurs de l'*Encyclopédie Méthodique.*

Meffieurs l'abbé *Boffut* & de *la Lande* , tous deux membres de l'académie des fciences , fe chargent des mathématiques ; le fecond prendra foin de la partie aftronomique principalement.

M. *Monge*, profeffeur de phyfique à Mezieres, & de l'académie royale des fciences , compofera le traité de phyfique.

La médecine fera mife en ordre par M. *Vicq d'Azyr* , docteur-régent & profeffeur de la faculté de médecine de Paris , de l'académie royale des fciences , & fecretaire perpétuel de la fociété royale de médecine ; le même traitera de l'anatomie , & de la phyfiologie fimple & comparée.

M. *Louis* , fecretaire perpétuel de l'académie royale de chirurgie, embraffera cette partie.

La chymie, par M. de *Morveau* , avocatgénéral au parlement de Bourgogne , membre de plufieurs académies ; la métallurgie, par M. Duhamel , infpecteur général des mines ; la

H 6

harmacie par M. *Maret* , fecretaire perpétuel de
p académie de Dijon.

L'agriculture proprement dite , ou la culture des
terres , par M. l'abbé *Teffier* , docteur-régent de
la faculté de médecine de Paris ; le jardinage ou
la culture des jardins & vergers , par M. *Thouin* ,
jardinier en chef du jardin du roi ; & la culture des bois & aménagement des forêts , par
M. *Fougeroux de Bondaroy* , membre de l'académie
royale des fciences.

MM. *Daubenton* , de l'académie royale des
fciences , lecteur & profeffeur d'hiftoire naturelle au college royal de France , garde & démonf-
trateur du cabinet du jardin du roi ; *Mauduit* ,
docteur-régent de la faculté de médecine de Paris , & membre de la fociété royale de médecine ;
Guenau de Montbeillard , académicien honoraire
de l'académie de Dijon , fe partageront entr'eux
l'hiftoire naturelle des animaux.

La botanique , par M. *le chevalier de la Marck* ,
de l'académie royale des fciences.

M. *Daubenton* fe charge de nouveau de l'hiftoire naturelle des minéraux.

M. *Defmareft* , de l'académie royale des fciences , & infpecteur des manufactures de la Champagne , embraffera la géographie phyfique , ou les
phénomenes généraux de l'hiftoire naturelle de la
terre.

MM. *Robert* , géographe du roi ; *Maffon de
Morvilliers* , avocat au parlement , & *Men-
telle* hiftoriographe du comte d'Artois penfionnaire du roi , profeffeur émérite d'hiftoire
& de géographie à l'école royale militaire , de
l'académie des fciences & belles-lettres de Rouen ,
prendront foin de la partie concernant la géo-

graphie ancienne & moderne. M. *Bourse*, ingénieur hydrographe de marine, fera exécuter les cartes.

Les antiquités, inscriptions, chronologies, art de vérifier les dates, numismatique ou science des médailles, explication des fables, causes des mœurs, coutumes & usages des anciens, seront traités par M. *Court de Gebelin*.

L'histoire, par M. *Gaillard*, de l'académie françoise & de celle des inscriptions.

La théologie, par M. l'abbé *Bergier* confesseur de *Monsieur*, & chanoine de l'église de Paris.

La philosophie ancienne & moderne, par M. *Naigeon*.

La métaphysique, la logique & la morale encore, par M. *Guenau de Montbelliard* ; la grammaire & la littérature, par MM. *Marmontel & Beauzée*, de l'académie françoise.

La jurisprudence, par une société de jurisconsultes. Elle sera rédigée & mise en ordre par M. *Remy*, avocat au parlement.

Les finances, par M. *Digeon*, directeur des fermes, qui se flatte de rectifier beaucoup d'erreurs de *Paffelier*, son prédécesseur dans ce travail.

L'économie politique, par M. l'abbé *Beaudeau* M. l'abbé de *Montlinot*, connu par un excellent discours sur la mendicité, & par plusieurs mémoires fournis au gouvernement sur ces objets, s'est chargé de toute cette partie dans ce dictionnaire.

Le commerce, encore par l'abbé *Beaudeau* & par M. *Benoît*, conseiller de *Monsieur*, &

ancien profeffeur du cours gratuit de jurifpru-
dence confu'aire.

La marine, par M. *Vial de Clairbois*, ingénieur conftructeur de la marine, de l'académie
royale du même nom ; & par M. *Blondeau*,
de l'académie royale de marine, & de plufieurs
autres.

L'art militaire mis en ordre & publié par
M. de *Keralio*, de l'académie royale des inf-
criptions & belles-lettres.

M. de *Pommereuil*, capitaine au corps royal
d'artillerie, en traitera la partie.

Les beaux arts par M. l'abbé *Arnaud* & *Suard*,
de l'académie françoife.

Enfin les arts & métiers méchaniques, par
MM. *Roland de la Platiere*, *Perrier* freres, &c.

8 *Décembre* 1781. L'affociation des favans
& autres littérateurs travaillant à élever le nouvel
édifice de l'*Encyclopédie Méthodique*, regrettent déja
un confrere, Me. *Boiffon*, qu'une mort foudaine
vient d'enlever au barreau, & qui depuis long-
temps travailloit à rectifier les articles de l'ancienne. On fera du moins ufage de fes matériaux.

8 *Décembre*. Les gens les plus prévenus commencent à regretter M. de Maurepas pour le
crédit qu'il avoit fur l'efprit du roi & des
princes de la maifon royale, pour fon efprit
de conciliation à la cour, lorfqu'il s'y élevoit
quelque nuage. On fe rappellera toujours la
maniere noble & fublime dont il répondit à
M. le comte d'Artois, qui témoignant de l'éloignement pour quelques actes de foumiffion à
S. M., lui demanda avec humeur : après tout,

que le roi peut-il me faire ? *Monseigneur* , *il peut vous pardonner.*

8 *Décembre* 1781. Le concert spirituel exécuté aujourd'hui avec une nombreuse affluence d'auditeurs , a réussi en beaucoup de parties.

La symphonie del signor *Rosetti* , jouée pour l'ouverture , a été fort goûtée. L'*andante* surtout a paru d'un genre absolument neuf. On regrette que ce compositeur , attaché à son altesse sérénissime monseigneur le prince d'*Orsting-Wallerstein* , aille se fixer dans une cour étrangere ; il annonce beaucoup de talent par les traits de chant agréables dont est rempli son ouvrage.

Mlle. *le Bœuf* a reçu des applaudissements bien capables de l'encourager à faire tous ses efforts pour ajouter à la légéreté de sa voix, les autres qualités qui peuvent s'acquérir par le travail.

L'exécution rapide de M. *Cousineau* a fait plaisir , principalement dans l'allegro.

Plusieurs morceaux de l'*ode sur la naissance de Mr. le Dauphin* ont été jugés dignes de la réputation de M. *Mereaux* , & les paroles dignes de son auteur , M. *Moline* , chez lequel le *cœur tient lieu d'éloquence* , suivant ses propres expressions.

La grace & le fini que M. *Fodor* a mis dans son concerto de violon , lui ont mérité les plus grands applaudissements.

Il n'en a pas été de même de l'*oratorio* de M. *Rochefort* sur l'apothéose de l'impératrice reine : ce n'est pas qu'en général la musique n'en soit bien écrite ; mais elle n'a pas paru assez variée , & on y a trouvé , ainsi que dans les paroles, beaucoup de réminiscences : ces dernieres sont d'un M. le *Bœuf* ; on ne sait si c'est le pere de la cantatrice.

9 Décembre 1781. Extrait d'une lettre de Lille, du 4 décembre..... Parmi les fêtes & réjouissances de nos cantons, il faut distinguer celles très-singulieres qui ont eu lieu à St. Omer.

Les *Hauponnois* sont les habitants d'un fauxbourg de cette ville, ainsi que les *Liselarts* le sont d'un autre fauxbourg près du premier. On croit que ce sont des Saxons, autrefois transplantés par Charlemagne dans l'Artois. Ils parlent flamand, & ont conservé leurs mœurs & leur franchise. Ils ne s'allient guere qu'entr'eux, & il n'y a pas long-temps qu'ils s'habilloient encore d'une maniere fort simple, ayant des chapeaux en pain de sucre, des habits noirs ou bruns fort courts, & un manteau. Leurs femmes n'ont pour coëffure qu'un morceau de toile serrée, & les jours ouvriers un chapeau rond de paille, sur lequel elles mettent des mannes plaines de légumes qu'elles vendent au marché. Ce sont des marnichets qui cultivent des terres entrecoupées de beaucoup de canaux. Au milieu de ces canaux, il y a plusieurs isles flottantes. Ils en ont amené le 17 novembre une sur laquelle s'éleve un arbre assez gros ; ils l'ont fixée dans le canal de cette ville allant à Dunkerque, & près de la porte du haut pont. Ils ont fait sur cette isle un feu de joie à l'occasion de l'heureuse naissance de M. le dauphin, & ils ont illuminé toutes leurs maisons. Le lendemain dix-huit, ils ont fait chanter un *Te Deum* dans l'église de Sainte Marguerite, leur paroisse, & y ont assisté avec une dévotion aussi vraie que leur

zele eſt ſincere. L'adulation n'a ſûrement eu aucune part à cette fête , unique dans ſon eſpece.

Entre les mauvais vers dont nous avons été
inondés à la même occaſion , il faut conſerver
auſſi le quatrain ſuivant , fait dans cette ville , &
intitulé :

L'Impromptu d'un Gaſcon.

Sandis , vous l'entendez , Rochambeau , la Fayette ,
Vous ſavez réunir les vaincus , les vainqueurs ;
La France à ſon dauphin préſente tous les cœurs ,
Et vous forcez l'Anglois à payer la layette !

10 *Décembre* 1781. M. l'archevêque eſt fort
mal , l'enflure a gagné conſidérablement ; il eſt
dans un aſſoupiſſement léthargique , & il y a eu
une conſultation dont le réſultat a été qu'il n'en
pourroit revenir ; mais que la ponction prolon-
geroit peut-être ſon exiſtence.

10 *Décembre.* Ce n'eſt que le 6 novembre
que M. de la Blancherie , agent-général de correſpondance pour les ſciences & les arts , a
jugé à propos de faire part à M. Deſerres de la
Tour , rédacteur du courier de l'Europe , de l'article ci-deſſous.

Extrait des feuilles de la correſpondance pour
les ſciences & les arts , publiées ſous titre de
Nouvelles de la république des lettres & arts, du
mercredi 15 août 1781.

M. de la Blancherie ayant mis ſous ſes yeux
les feuilles du *Courier de l'Europe* , dans leſquelles
il eſt fait mention de l'établiſſement de la correſpondance , depuis le commencement de ſon inſti-
tution , elle a arrêté :

Qu'il ſeroit écrit en ſon nom au rédacteur

de cette feuille, une lettre de remerciement ; & considérant qu'il n'a pu mettre tant de recommandations & d'éloges dans ses annonces réitérées , que dans l'intention de contrebalancer les effets de l'envie & de la méchanceté , toujours acharnées après les choses utiles , & d'éclairer le public souvent si aveuglé sur ses propres intérêts ; a arrêté de plus :

Que la feuille de la correspondance lui sera envoyée à titre d'*Associé honoraire* ; que son nom sera inscrit avec sa qualité dans le tableau qui sera publié à la fin de chaque année , & qu'il aura de même une action à la division des objets achetés.

M. de la Blancherie a été chargé de remplir les intentions de l'assemblée , & de prier le *rédacteur du Courier de l'Europe*, de donner place à ce témoignage de reconnoissance dans un de ses premiers numéros. Ces délibérations ont été prises avec l'applaudissement de toutes les classes & artistes, & de plusieurs étrangers distingués.

Cette notice , accompagnée d'une lettre fort plate de l'agent, où il loue bassement le rédacteur , afin de faire passer les louanges qu'il se donne lui-même modestement, a étourdi M. de *la Tour* de façon qu'il convient , par sa réponse du 23 novembre , avoir été obligé de réfléchir trois jours à ce qu'il feroit. *La crainte du ridicule* , dit-il , *l'a retenu.* Enfin , il s'est senti plus capable de supporter la raillerie que le reproche d'ingratitude , & l'on ne peut qu'applaudir à ce choix d'une belle ame. Aussi la raillerie ne tombera-t-elle que sur le charlatan , usant de tous les moyens possibles de vanter sa drogue.

Son établissement est si froid , si vague , si monotone , si dénué de mouvement , d'intérêt & d'instruction , qu'il ne peut se soutenir pendant quelque temps, qu'au moyen de louanges emphatiques, capables d'en imposer à ceux qui ne le connoissent pas encore. Les motifs de cupidité , les idées mercantilles dont on a mêlangé ce projet , doivent nécessairement donner de la défiance aux gens expérimentés, & connoissant les manœuvres de tous ces intrigants littéraires.

Le *Musée* de M. Pilatre de Rosier , qui vient de s'élever, objet de vues utiles & se réalisant par degré , doit à la longue remplacer & absorber l'établissement de M. de la Blancherie.

11 *Décembre* 1781. M. de Flandres de Branville , conseiller au parlement , a acheté la charge de procureur du roi de M. Moreau. En conséquence , il est entré en fonctions depuis les vacances. La veille du jour où il devoit être installé , il fut distribué dans Paris 3,000 exemplaires d'un mémoire d'un M. Garnier de la Seteraye, ancien capitaine d'infanterie , qui l'accuse d'une excroquerie effroyable de plus de 100,000 livres de billets. Ce mémoire produisit la plus grande sensation auprès de messieurs du châtelet , dont le grand nombre cependant opina de passer outre , & de le recevoir.

Ce mémoire n'est signé que de la partie , & est adressé au roi.

L'auteur avoit écrit à chacun des membres du châtelet une lettre circulaire , où il témoignoit son peu de crainte , son désir même d'être décrété pour avoir lieu de prouver tous les faits qu'il avance , soit par titres , soit par témoins :

il offre fa tête, il offre d'être puni comme calomniateur, s'il ne remplit fon engagement.

On ne fait encore ce que deviendra cette affaire
très-grave, très-affligeante pour M. de Branville,
& qui le fait regarder mal de quelques gens prévenus parmi les officiers du châtelet.

Ses partifans prétendent que l'accufateur eft
un mauvais fujet, excité fous main par l'ancien
procureur du roi, qui fe répent d'avoir vendu,
& a même follicité d'être continué par commiffion au préjudice de fon fucceffeur, qui, de fon
côté, fe plaint d'avoir été attrapé par M. Moreau.

On s'attend à de nouveaux *factums*. On veut
qu'il y en ait déja un ballot de faifi & arrêté ;
mais qu'il en ait paffé un dont on attend inceffamment la diftribution.

11 *Décembre* 1781. Hier, où l'on devoit enfin
jouer la tragédie de M. de la Harpe, il eft venu un
ordre du roi aux comédiens d'en fufpendre la
repréfentation. On ne fait quelle peut être la
caufe de ce nouvel obftacle ; mais l'auteur avoit
eu la précaution de faire publier dans le journal
de Paris d'hier 10, une petite lettre, où il cherche à détruire la prévention qui pourroit naître
dans les efprits de la confufion des deux jeunes
reines de Naples, dont l'une fut très-vicieufe ;
il déclare que fon fujet eft *Jeanne premiere*, la
femme là plus célebre de fon temps par fa beauté,
fon efprit, fes talents, fon goût pour les arts,
& qui, fans avoir une ame perverfe, fut entraî-
née dans de grandes fautes, qui produifirent tous
fes malheurs.

12 *Décembre* 1781. Le tribunal du grand-
confeil, qui, depuis fon rétabliffement, tient
affez obfcurément fes féances, vient d'acquérir

un inftant de vogue & de célébrité , à l'occafion de la caufe finguliere dont on a parlé, de la demoifelle Bertin , contre la demoifelle Picot. On a rapporté, il y a quelque temps , le jugement de la prévôté de l'hôtel , dont il y a eu appel au grand-confeil. Plaidoiries en conféquence , où les avocats fe font égayés aux dépens de ces demoifelles. L'arrêt devoit intervenir mercredi dernier, c'eft-à-dire aujourd'hui ; mais la reine dont on connoît les bontés pour Mlle. Bertin , fa marchande de modes , a fait écrire à M. de Nicolaï , le premier préfident de cette cour, de venir, avant de paffer outre , lui rendre compte de l'état où l'affaire en étoit. La caufe , en conféquence , a été remife à la huitaine.

13 *Décembre* 1781. Au moment où l'on s'y attendoit le moins, *Jeanne premiere , reine de Naples ,* a eu lieu aujourd'hui , & l'auteur n'a pas dû être fatisfait de l'accueil du public , malgré les précautions qu'il avoit prifes pour fe concilier fon fuffrage.

L'expofition dans le premier acte a paru d'une longueur effroyable , & remplie de détails minutieux & fuperflus.

Le deuxieme acte , moins ennuyeux, a encore des chofes très-inutiles , & entr'autres une fcene entiere.

Le troifieme , qui en général doit être très-chaud , parce que c'eft celui où fe forme le plus étroitement le nœud de l'intrigue , n'a obtenu que peu d'applaudiffements.

Heureufement quelques morceaux du quatrieme , des fcenes mêmes entieres, ont réveillé le fpectateur.

Dans le cinquieme , un grand fpectacle , un

dénouement neuf & imprévu, quoique dénué de sens commun, ont empêché cette tragédie de choir platement. Cependant elle a fini sans applaudissements, & sans qu'il se soit élevé dans le parterre un seul cri en faveur du poëte.

Le résultat est qu'il y a de belles choses de détail, mais que l'ensemble en est très-défectueux, qu'au total le style en est bon, & le fonds plein d'absurdités, & contre toutes les regles de l'art

13 *Décembre* 1781. Voici le moment où l'académie françoise ne tardera pas à s'occuper de nommer un successeur à M. Saurin. Il paroît que cette fois l'élection ne souffrira pas de grandes difficultés, & M. d'Alembert annonce assez hautement que la place sera donnée à M. le marquis de Condorcet, secretaire de l'académie royale des sciences.

13 *Décembre.* M. de Beaumont, archevêque de Paris, est mort hier à 11 heures du soir; il est déja dans son lit de parade, & le peuple s'empresse à l'aller voir. Il est regretté, sur-tout des pauvres, auxquels il faisoit beaucoup de bien.

14 *Décembre* 1781. Extrait d'une lettre de Cherbourg, du 5 décembre.... Il est temps de vous faire connoître notre société académique, qui, formée dès 1755, n'a pas encore fait grand bruit. Elle ne fut d'abord composée que de quelques personnes, amies des sciences & des lettres. Ce petit établissement excita l'émulation; de nouveaux académiciens se présenterent, & on compta bientôt parmi eux les personnages les plus respectables. Cela fournit aux autres des protections pour solliciter une existence moins précaire & moins obscure. On demanda l'approbation du

feu roi , & l'on obtint la liberté d'avoir deux séances publiques par an.

On proposa d'abord un prix chaque année pour les éleves d'hydrographie ; mais c'est principalement à l'étude de l'histoire naturelle du pays que les membres de notre académie s'appliquent , sans négliger néanmoins ce qui concernera les progrès de la navigation & du commerce.

Elle se propose de former un cabinet d'histoire naturelle du pays , dans lequel elle rassemblera toutes les productions de la nature , qu'on trouve à Cherbourg & dans ses environs. Elle se flatte que cette collection ne tardera pas à être complete.

14 *Décembre* 1781. Un M. *chuppin* , conseiller au châtelet , gendre de M. le Beau , a traduit en vers françois le décret latin de la faculté de médecine sur la naissance du dauphin. Cette piece, très-agréablement rendue , fait honneur à la facilité ; au goût, au talent du magistrat poëte. On doute cependant qu'il obtienne la permission de la faire imprimer , à raison de la phrase latine si censurée , & dont il n'a pu s'empêcher de rendre dans son poëme le sens essentiel à la liaison & à l'intelligence du reste.

M. Chuppin est d'ailleurs distingué dans la magistrature par son attachement aux principes, par son zele pour elle , & par la fermeté avec laquelle il s'est conduit dans le temps de la révolution.

Il étoit gendre de M. le Beau , & avoit puisé à son école le goût du bon & du beau ; il avoit eu le projet de continuer son histoire du bas-empire ; mais les fonctions de sa charge l'empêchant d'y vaquer , il ne fait que préſider au travail de M. l'abbé Ameilhon.

15 *Décembre* 1781. Le grand défaut de la tragédie de M. de la Harpe , eſt celui de l'intérêt qui y manque abſolument. En effet, quoique ſa Jeanne ne traite dans le courant de ſon rôle que de foibleſſe , le conſentement qu'elle a donné à l'aſſaſſinat commis ſur la perſonne de ſon époux, on ne peut enviſager ce crime horrible de la même maniere ; & d'ailleurs ſon retour à la vertu étant moins déterminé par ſes remords, que par l'ingratitude du prince de Tarente ſon amant , ambitieux aſpirant au trône, en faveur duquel elle a tout fait , ne peut même opérer envers elle le regard de commiſération que le poëte réclame pour ſon héroïne. Ce prince de Tarente , du reſte , la cheville ouvriere de la piece , eſt un ſcélérat d'une baſſeſſe , d'une abjection révoltante au théatre ; il ne compenſe par aucune grande qualité la noirceur de ſon caractere ; il ne frappe , ni n'étonne , comme il le faut au moins dans un pareil perſonnage , & n'inſpire que du mépris. Quant à Louis , roi de Hongrie, accouru à Naples pour venger ſon ſang , pour découvrir & punir les régicides , ſi l'on applaudit d'abord à ſa juſtice & à ſa piété fraternelle , on eſt bientôt révolté des traits de férocité & de deſpotiſme qu'il y joint. Ce caractere eſt encore mieux gâté par un amour fade , par une galanterie françoiſe , trop oppoſés à celui d'un étranger qu'on appelle barbare , & qui convient lui-même n'avoir rien de l'urbanité des mœurs de l'Italie. Enfin le rôle d'Amélie, princeſſe du ſang , dont Louis eſt épris , & qu'il vient enlever , eſt purement oiſeux , & jette

dans

dans toute la piece une froideur que caufe toujours l'amour dans la tragédie, lorfque cette paffion n'y eft pas exaltée au haut degré qu'on y exige, & n'eft pas l'ame & le reffort de toutes les révolutions de l'intrigue. Telle eft l'efquiffe des principaux caracteres de la piece. Il feroit trop long d'entrer dans le détail des défauts de bon fens qui fourmillent dans fa contexture, & qui font juger le poëte incapable d'enfanter par lui-même un plan conçu raifonnablement, & exécuté avec tout le génie que demande l'art dramatique.

15 *Décembre* 1781. Depuis deux mois les travaux commencés dans le jardin du Palais-Royal continuent; les remuements de terre, les excavations fe font; les matériaux s'accumulent; enfin, M. le duc de Chartres devenant agreffeur contre les propriétaires, les a provoqués par un acte hoftile, en faifant arracher de force, & fans aucune réclamation préalable, les grilles qui entouroient leurs maifons, & en faifant vendre les matériaux à fon profit. Jufqu'à préfent ces propriétaires font reftés dans l'inaction.

D'autre part, M. le duc d'Orléans a fait, à ce qu'on affure, affigner en fon nom le prévôt des marchands & échevins de la ville de Paris, afin qu'ils aient à tenir leur traité avec lui, à rétablir l'opéra où il étoit, & à l'y laiffer à perpétuité, quelque événement qui arrive, aux termes, claufes & conditions convenues entr'eux.

15 *Décembre*. Depuis quelque temps on parle de couplets abominables fur la cour, en forme de noëls, où l'on n'épargne pas, dit-on, les perfonnages les plus refpectables & les plus auguftes. On eft à la recherche du poëte effréné qui s'eft

pęrmis les horribles calomnies dont ces couplets font remplis.

16 *Décembre* 1781. Parmi les talons rouges qui diffèrent dans les foyers fur les pieces nouvelles , M. le marquis de Louvois eſt le plus redoutable aux auteurs par ſes quolibets & ſes calembours. On en cite pluſieurs de lui ſur la derniere.

Soit défaut de place ailleurs , ſoit zele pour M. de la Harpe , le comte de Lauraguais s'étant tapis le jour de, la repréſentation dans la loge du ſouffleur, où celui-ci tient à peine, & où il faiſoit un tapage du diable par les *bravo* & les *braviſſimo* qu'il répétoit ſans ceſſe, auxquels on reconnoiſſoit ſa voix ; M. de Louvois dit que la ſituation la plus neuve de la tragédie , celle qui l'avoit étonné & frappé le plus , étoit la ſituation de ce ſeigneur.

Il dit encore que M. de la Harpe ne trouveroit pas grande monnoie ſur ſa piece, parce qu'elle ne portoit pas d'intérêt.

Enfin , il a prétendu que la différence entre cette Jeanne & celle de monſieur de Voltaire étoit que la derniere étoit bien f..... & que l'autre étoit ratée.

M. de Louvois eſt l'auteur du quatrain cité il y a deux ans , ſur le prince de Henin , pour lequel M. le marquis de Champcenets fut enfermé, & perdit ſa ſurvivance de gouverneur de Meudon. Ce jeune étourdi , auquel on l'attribue d'abord , n'étant pas fâché qu'on crût de lui cette facétie, ne s'en défendoit pas trop ; M. de Louvois, qui voyoit où cela pouvoit aller, le laiſſa s'en glorifier en recueillir le ſalaire.

Pour revenir à la tragédie de M. de la Harpe ,

on a remarqué hier à la seconde représentation, qu'il avoit fait quelques coupures dans la premiere scene, & dans la fin du second acte qu'il avoit supprimé quelques vers. A la faveur de ces changements légers, & sur-tout d'une nombreuse cohorte de battoirs, la piece est montée aux nues. On a demandé le poëte, qui n'a point daigné se montrer ; l'acteur étant venu annoncer que monsieur de la Harpe avoit disparu, on a crié: *eh bien l'auteur des petites affiches, pour qu'il vienne faire amende honorable.... L'abbé Aubert, l'abbé Aubert !* Cet abbé Aubert se cachoit à l'amphithéatre, & décontenancé il a été découvert, & obligé de se retirer promptement. Il a fait en effet une critique très-févere de Jeanne de Naples, mais juste, & d'autant plus heureuse qu'il a appliqué à cette tragédie, les mêmes reflexions, les propres paroles de M. de la Harpe, censurant durement la tragédie d'*Orphanis*, de M. Blin de Saint-Maur.

16 *Décembre* 1781. M. l'archevêque de Paris est aujourd'hui la matiere des éloges de ceux qui le censuroient le plus. On exalte ses charités considérables. Il passe pour constant que sur 600,000 liv. de rentes qu'il avoit, & au-delà, il ne mangeoit que 100,000 livres, & donnoit le surplus aux pauvres de toute espece. On compte que la derniere année de sa vie ils ont eu de lui 1,100,000 liv., au moyen des 600,000 liv. de son procès gagné, qu'il avoit abandonnées pour ses hôpitaux. On a fait sur le quatrain suivant, en forme d'épitaphe :

A la seule équité, Beaumont savoit se rendre,

A l'indigence il ne refusoit rien :

Une ame forte pour le bien,
Et pour le pauvre une ame tendre.

16 *Décembre* 1781. Mlle Raucoux eſt abymée
de dettes plus que jamais. Le prince de Henin,
pour la ſouſtraire aux pourſuites de ſes créanciers,
a pris pour ſon compte tous les meubles & effets
de cette actrice: mais il eſt aſſigné à venir déclarer
par ſerment chez le lieutenant civil ſi les actes de
propriété dont il s'agit ne ſont pas ſimulés.

Au reſte, Mlle. Raucoux ſe conſole avec les
muſes des perſécutions de ſes créanciers. Elle
vient de préſenter à ſes camarades une piece
nouvelle, intitulée : *La Fille Déſerteur*, & l'ouvrage a été agréé.

17 *Décembre* 1781. Extrait d'une lettre de
Limoges, du 11 décembre..... Pour élever un
monument durable de notre joie à l'occaſion du
prince auguſte que toute la France célebre, nos
officiers municipaux ont réſolu de conſtruire au
plutôt une fontaine publique ſous le nom de
Fontaine - Dauphine. Elle ſera placée dans un
quartier où elle étoit néceſſaire ; elle ſera ornée
d'attributs convenables à la circonſtance, avec
l'inſcription ſuivante :

Auſpiciis
D. D. Marii Joan. Bapt. Nic. d'Aine,
Provinciæ Præfecti ;
Curantibus
D. Lud. Nauviſſard, Prætore urbano.
D. Lud. Eſtienne Proprætore ;
Ædilibus

D. D. Jof. Jacq. Juge, Joann. Tauchon,
Mart. Barbou. Jof. Fournier ;
Hoc
Ob natum , ovantibus Gallis;
Delphinum
Publicæ felicitati,
Gratulabundè pofuit monumentum
Urbs Lemovicenfis
Non. Novemb. Anno. M. DCC. LXXXI.

Cette infcription fimple eft dans le véritable ftyle lapidaire ; elle eft de M. l'abbé *Vitrac*.

En outre , on a réfolu d'inviter les propriétaires des maifons qui reftent à bâtir fur une place d'embelliffement & de commodité , en rotonde , déja commencée dans le même quartier, fur des façades régulieres , à les faire reconftruire au plutôt , conformément au plan adopté par le miniftere ; & qu'elle feroit nommée dès ce moment *Place Dauphine*.

Au moyen de ces changements , d'autres déja faits , de nouveaux qu'on fe propofe de faire, Limoges , une des plus anciennes villes de France , mais une des plus laides & des plus mal-propres, aura changé de face fous notre intendant , qui marche à cet égard fur les traces de M. Turgot, & fuit fes errements.

Nos rues étoient étroites , fans forme réguliere & fans nomenclature ; nous étions encore ceints de tours & de murailles à demi-ruinées ; notre ville n'avoit ni affez de portes pour la commodité des habitants, ni affez d'iffues pour faciliter la circulation de l'air, ni affez de places

pour la décoration & l'utilité publique ; elle
n'étoit point éclairée la nuit ; elle n'avoit point
de garde , ce qui rendoit la police presque sans
vigueur ; le palais de la justice & les prisons
s'écrouloient.

M. d'Aine a obtenu un arrêt du conseil qui
fixe l'alignement & le redressement de toutes les
rues & places ; déja on a ouvert plusieurs entrées
dans des cantons précédemment renfermés ; toutes les maisons ont été numérotées , & à chaque
coin de rue on a fixé leur nom. On a formé
une nouvelle place réguliere de l'emplacement où
les Romains avoient construit des arenes. On a
continué un cours planté d'arbres autour de la
ville ; des réverberes ont été placés ; une compagnie
de guet a été établie ; un palais commode & solide
pour la justice a été édifié ; des prisons salubres
ont été bâties.

Il est maintenant question de supprimer des
étangs placés au centre de la ville , creusés pour
arrêter les incendies , plus dangereux lorsque les
maisons étoient bâties en bois ; mais dont les
eaux croupissantes exhaloient des vapeurs pesti-
lentielles ; de transporter les boucheries hors de
l'enceinte des murs ; de rendre plus aérés certains
quartiers habités par le menu peuple , & d'y entretenir une propreté constante.

La généralité entiere se ressent du zele de
M. d'Aine à suivre son modele , M. Turgot. Il
a établi des travaux pour la navigabilité de la
Charente ; il a continué les grands chemins ouverts, dont quelques parties taillées dans le roc
étonnent les voyageurs ; il a construit un pont ;
enfin, tout est en activité au dedans & au dehors.
Tout cela s'exécute au moyen des modiques

revenus de la capitale, & des fonds deftinés par le gouvernement aux atteliers de charité ; ce qui prouve combien l'économie, les lumieres & la vigilance peuvent, réunis enfemble, opérer de grandes chofes.

17 *Décembre* 1781. La foule de pieces de toute efpece préféntée aux comédiens italiens, qui ab-forberoient tout leur temps s'ils étoient obligés d'en entendre la lecture, a déterminé les gentils-hommes de la chambre de faire un réglement, fuivant lequel l'auteur doit d'abord foumettre fon ouvrage à un comité, qui décide s'il eft digne d'être lu à la troupe. En conféquence, MM. *Augufte de Piis & Barré* ayant demandé jour pour la lecture d'un nouvel opéra comique de leur façon, intitulé le *Gâteau des Rois*, on leur a fait part de l'arrangement. M. Piis s'en eft fcandalifé, & a répondu que c'étoit déja trop pour eux de lire une fois, & qu'après les fuccès multipliés qu'ils avoient, leurs ouvrages devroient être reçus d'emblée. Les comédiens ont demandé du temps pour fe confulter & prendre les ordres de leurs fupérieurs, & ont fini par écrire à ces meffieurs une lettre fort honnête, où ils leur difoient qu'ils ne pouvoient fe départir en leur faveur d'un réglement général, établi pour tous les auteurs fans exception, & auquel venoit de fe foumettre tout récemment M. Marmontel, au fujet de fon *Dormeur éveillé*.

M. de Piis a répondu en fon nom & en celui de fon confrere une lettre fort impudente, dont la fubftance eft qu'ils devoient être dans une claffe à part, comme les reftaurateurs du vaudeville, comme les peres nourriciers de leur théatre, qui feroit tombé fans eux ; qu'on leur avoit reproché mal-à-propos d'avoir tué les pieces à ariettes, puifqu'on ne peut pas tuer ceux qui font morts: que l'exemple de M. Marmontel ne pouvoit être une regle à leur égard; qu'ils n'en faifoient pas affez de cas pour fe modeler fur lui.

Cette querelle auroit pu empêcher la piece de paroître , lorfque ces meffieurs , pour ne pas compromettre leur amour-propre , ont fait intervenir la cour qui, defirant voir jouer le *Gâteau des Rois* à Verfailles , a exigé des comédiens qu'ils la reçuffent & l'appriffent.

18 *Décembre* 1781. M. de Beaumont ayant été enterré hier , on croyoit que fon fucceffeur feroit nommé & connu aujourd'hui , & le bruit général étoit qu'entre une foule de concurrents , M. l'archevêque de Touloufe l'avoit emporté. On affure qu'il a été en effet défigné un inftant pour cette place ; mais que de violentes clameurs fe font élevées , qui ont arrêté le choix de fa majefté ; que des pamphlets imprimés tout prêts , ont été répandus à la cour , où l'on dévoile le danger de mettre fur le fiege de la capitale un prélat non-feulement fufpecté dans fa foi pour fes liaifons avec les philofophes du jour , mais vivant d'une façon peu réguliere , abfolument mondaine : fe livrant à tous les plaifirs profanes, & jouant des comédies à la campagne.

18 *Décembre*. Ce n'eft que depuis peu qu'on apprend que M. le chevalier de Kerguelin, commandant le *Liber Navigator* , navire deftiné à faire un voyage de long cours , pour vaquer à la découverte de chofes utiles , avantageufes & néceffaires à la navigation ; conftruit, nommé & défigné par le concours & l'autorité des deux puiffances en guerre , a été arrêté dès le com-

mencement de sa marche, par un corsaire Anglois, quoiqu'il eut des passe-ports de cette même nation, suivant lesquels le navire étoit sous sa protection, & sous celle de toutes les puissances. Il a été conduit à Kinsale sur la fin de juillet dernier. C'est la même aventure que celle de la bélandre Espagnole *la Trocha*.

Monsieur de Kerguelin, n'ayant pu encore obtenir justice de l'amirauté de Londres, a publié un mémoire vigoureux, où il réclame sa liberté, celle de son équipage & son navire. Il en appelle aux puissances de l'Europe, intéressées à maintenir le droit des nations. Ce mémoire fait grand bruit, & a été envoyé dans toutes les cours, sur-tout à celles de la confédération armée.

19 *Décembre* 1781. Mademoiselle Lonjeau, qui avoit été goûtée anciennement à l'opéra dans des emplois inférieurs, qui depuis a fait les délices de Bordeaux, & a paru aux Italiens avec un succès troublé par l'envie seulement, a débuté hier sur le théatre lyrique, dans le rôle de Clytemnestre d'Iphigénie en Aulide du chevalier Gluck. Elle paroît avoir les moyens nécessaires pour remplir en effet de grands rôles ; mais l'habitude de jouer ceux d'amoureuses, a pu lui nuire dans celui-ci. On ne peut encore la juger définitivement sur ce simple coup d'essai. Elle a la figure théatrale, l'organe agréable, de l'abandon & de la facilité dans le jeu ; mais elle ne varie pas assez ses traits, & elle prodigue trop les gestes, défaut qu'il lui sera aisé de corriger, & & que l'étude pourra même faire totalement disparoître.

19 *Décembre.* On parle beaucoup d'un duel

I. 5.

entre le vicomte de Vaudreuil & M. de la Meth : il paroît que l'agreffeur n'a pas été puni comme il le méritoit ; car le premier qui a maltraité de propos injurieux le fecond, a bleffé griévement celui-ci & les chirurgiens ne peuvent prononcer fur fon fort, qu'après que l'on aura levé le premier appareil.

19 *Décembre* 1781. On eft toujours dans l'attente du choix que S. M. fera pour remplacer M. de Beaumont ; le fiege qu'il laiffe vacant, outre l'importance dont il eft, comme honorifique, eft devenu d'un revenu immenfe : il ne valoit que 400,000 livres lorfque M. de Beaumont y eft monté, & il rapporte aujourd'hui plus de 700,000 liv., fuivant les détails qu'en font fes gens d'affaires. Quoi qu'il en foit, on ne fauroit nombrer tous les concurrents, fur-tout depuis que les mémoires répandus contre M. de Brienne font efpérer à fes rivaux qu'il eft exclu.

On raconte que dernièrement il y avoit à Ver-failles jufqu'à trente-fept évèques, & que le roi dit : *voilà bien des prélats ; mais je n'y vois pas l'archevêque de Paris.*

20 *Décembre* 1781. Suivant le mémoire du chevalier de Kerguelin, commandant le *Liber Na-vigator*, les motifs qui ont déterminé l'amirauté de Londres à déclarer prifonniers de guerre cet officier & fes compagnons de voyage, malgré leurs paffe-ports & les conventions des deux cours ; c'eft 1°. que le bâtiment étant plus petit qu'il n'avoit été permis de le faire, le corfaire étoit juftifié de l'avoir arrêté ; 2°. que, par les papiers trouvés dans le bâtiment, le projet du voyage paroiffant différent de celui annoncé, les

amateurs du corfaire étoient autorifés à commencer un procès légal contre le bâtiment.

Les intéreffés à l'armement dudit navire, réclament contre la décifion provifoire de l'amirauté de Londres ; décifion qui ne pouvoit être rendue que dans le cas d'un délit prouvé. C'eft en leur nom que le mémoire eft publié, eu égard aux circonftances de la guerre, qui interrompt toute communication entre la France & l'Angleterre ; & leur naturel, unique défenfeur, commandant de leur navire, étant contre le droit des gens en captivité, ils n'ont d'autres reffources que d'avoir recours aux papiers publics pour faire connoître l'injuftice dont ils fe plaignent.

Ces propriétaires difcutent enfuite les deux griefs qu'on leur oppofe par des raifons, il eft vrai plus fpécieufes que folides, & concluent à ce que leurs adverfaires foient condamnés à tous les dommages & intérêts réfultants du retardement du voyage, &c. Ils finiffent par fupplier toutes les puiffances intéreffées à maintenir le droit des nations, d'interpofer leur autorité pour faire rendre juftice à nombre de particuliers qui ont facrifié une partie de leur fortune pour le bien de la navigation & le progrès des fciences.

20 *Décembre* 1781. Les abominables Noëls annoncés, font devenus à la fois l'entretien & l'exécration de tout Paris ; indépendamment des calomnies facrileges qu'ils contiennent, on ajoute que le faire même en eft déteftable, & qu'ils font à la fois mauffades, orduriers, dégoûtants.

21 *Décembre* 1781. Extrait d'une lettre de Strasbourg, du 8 décembre.... Monfieur Rochon

L 6

de Chabannes n'étant point dans le cas ni dans l'intention de recevoir aucune récompenfe pécuniaire, on a cru devoir lui donner une des médailles d'or deftinées pour la cour, repréfentant d'une part le portrait du roi, & au revers portant cette légende *Argentoratum felix votis facularibus*, anno 1781. Depuis que nous avons appris ici la mort de Monfieur Saurin, quelqu'un avoit imaginé de propofer à la ville de faire une délibération pour autorifer M. Gerard, notre préteur, à l'effet d'interpofer fes bons offices auprès de l'académie françoife, afin de lui faire accorder la place vacante pour laquelle il a d'ailleurs des titres plus que fuffifants. La crainte de compromettre la dignité de la ville, fi fes follicitations ne réufliffoient pas, a empêché que la délibération n'ait eu lieu. Il me femble cependant qu'il y auroit eu une manière d'arranger tout cela pour ne pas violer les fuffrages libres de l'académie, & cependant affurer le fuccès de la négociation ; mais il auroit fallu trouver plus de zèle & de chaleur en faveur du candidat qu'il n'y en a parmi nous. Je vois qu'en général, c'eft une grande duperie aux auteurs de travailler par complaifance pour les grands feigneurs & pour les corps ; je fuis indigné de notre pufillanimité envers monfieur Rochon de Chabanes.

11 *Décembre* 1781. On commence à parler beaucoup des fêtes que la ville doit donner au roi & à la reine. Depuis plus d'un mois on a commencé les travaux néceffaires pour difpofer fon hôtel à recevoir leurs majeftés ; & indépendamment des embelliffements, augmentations & décorations de ce bâtiment, on en

conftruit un en bois dans la Greve , en face
de la riviere , dont l'extérieur doit repréfenter celui d'un nouvel hôtel-de-ville , conformément au
plan donné il y a long-temps au bureau par
fon architecte.

22 *Décembre* 1781. Outre les couplets abominables dont on a parlé, on affure qu'il exifte
un libelle plus facrilege encore , s'il eft poffible.
On l'attribue à M. Jacquet , & voici une anecdote fort extraordinaire à cet égard : le mercredi 12 de ce mois , au café du caveau, un
quidam dit publiquement : meffieurs , une grande
nouvelle dont je fuis certain , c'eft qu'hier le
fieur *Jacquet* a été exécuté à la baftille, comme
coupable du crime de lefe-majefté au fecond
chef , & auteur du libelle qui court contre la
reine. Ce propos tenu devant beaucoup de
monde , caufa une confternation générale , &
n'eut aucune fuite. On ne dit point que l'auteur ait été arrêté , comme on le craignoit pour
lui.

Cette anecdote s'eft répandue depuis , & voici
comme on en rapporte les détails. Le Sr. Jac-
quet a été lieutenant particulier du bailliage de
Lons-le-Saunier en Franche-Comté. Il a été obligé
de fe défaire de fa charge; il eft venu à Paris
où il paffoit pour un mauvais fujet. Il s'eft
trouvé impliqué d'une maniere peu honnête
dans l'affaire du marquis de Saint-Pierre. En
outre , il fe mêloit de la librairie étrangere;
il vendoit des livres prohibés , & prétendoit à
cet égard avoir une miffion particuliere du gouvernement. Il faifoit fréquemment des voyages
en pays étrangers , & l'on fait qu'en Hollande
il paffoit pour un efpion. Il y a quelques mois

qu'il inftruifit M. le comte de Maurepas qu'on imprimoit en Angleterre le libelle en queftion, & il s'offrit d'aller en retirer tous les exemplai-res. Il reçut en conféquence cette miffion, & re-vint avec fa découverte. Peu après il prétendit qu'il n'avoit pas tout eu, & qu'il en reftoit; il toucha encore de l'argent, & eut ordre de ne rien épargner pour qu'il n'en reftât pas vef-tige. Il revint; mais dans les exemplaires qu'il rapporta, & qu'il n'avoit pas examinés, il fe trouva le manufcrit de l'ouvrage écrit de fa pro-pre main; d'où l'on eut lieu de l'en croire l'au-teur. On veut que fon forfait ait été conftaté juridiquement par une commiffion fourde, & qu'il ne foit refté aucun doute qu'il l'avoit com-pofé & envoyé au fieur Morande, avec lequel il s'entendoit. Voilà tout ce qu'on a pu recueillir de plus vraifemblable fur cette aventure obfcure & difficile à bien démêler; mais qu'on ne peut guere regarder comme tout-à-fait dénué de fon-dement.

22 *Décembre* 1781. Extrait d'une lettre de Va-lenciennes, du 15 décembre... J'ai été bien furpris en venant ici de trouver, dans ma marche de Paris à cette ville, une pyramide nouvellement élevée fur la gauche de la chauffée, & précifé-ment au point d'embranchement de la route qui conduit à l'abaye de Denain. Je fuis approché pour contempler ce monument; fa forme eft trian-gulaire; elle eft de trente pieds de hauteur. On lit dans la partie fupérieure ces mots : Denain, 24 juillet 1712; au deffous font ces deux vers tirés de la Henriade.

Regardez dans Denain l'audacieux Villars,
    Difputant le tonnerre à l'aigle des Céfars.

Et fur la bafe de la pyramide eft écrit : *Ce monument a été élevé en* 1781, *par les foins de M. Senac de Meilhan, intendant de la province du Hainault.*

Vous voyez donc qu'il eft queftion de rappeller aux voyageurs la mémoire de la bataille de Denain, époque fi critique & fi glorieufe pour la France. C'eft d'autant mieux imaginé que ce trophée fe trouve placé fur une grande route extrêmement fréquentée par les troupes. Au moment où je fuis defcendu de voiture, il y avoit en effet beaucoup de foldats arrêtés qui l'admiroient & copioient les vers ; quantité de payfans en faifoient autant.

22 *Décembre* 1781. Des courtifans racontent que M. le comte d'Artois ayant envoyé fon fils, M. le duc d'Angoulême, rendre fes devoirs à M. le dauphin, il lui avoit demandé au retour comment il l'avoit trouvé ? ce prince lui ayant répondu avec l'ingénuité d'un enfant, bien petit : mon, mon fils, vous le trouverez bien grand dans quelque temps, lui répliqua-t-il.

23 *Décembre* 1781. L'infolence de M. de Piis devenant intolérable, ainfi qu'on l'a vu dans fes réponfes à la comédie italienne, & qu'on le juge par des différentes diatribes qu'il a répandues dans le journal de Paris contre fes critiques, donne lieu de rechercher quel il eft. Ceux qui l'ont fuivi l'ont connu éleve de M. Vaffe, qui tenoit une petite fociété littéraire, où il formoit les jeunes poëtes fans afyle & fans fortune. Monfieur de Piis, portant alors le nom d'*Augufte*, y venoit dans un accoutrement miférable, lire fes productions, & recevoir les confeils de ce mécène. Il paffoit pour un enfant de l'amour ;

déposé, dès sa naissance, chez un M. le Bel, fauxbourg Saint - Marceau ; & voici ce qu'on raconte.

Avec l'enfant s'étoit trouvé un rouleau de 50 louis, joint à une lettre où l'on prioit M. le Bel d'en prendre soin, & de lui donner le nom d'Auguste. On lui promettoit de lui envoyer chaque année pareille somme. Quoique cet insti-tuteur n'eût reçu depuis aucun argent, il l'avoit gardé chez lui & élevé. Ce n'a été que long-temps après qu'on lui a tenu compte de ses déboursés, & qu'on lui a appris que cet enfant étoit fils d'un M. de Piis, clandestinement marié ; en sorte qu'on ne peut assurer s'il sera habile à succéder. Quoi qu'il en soit, c'est alors que mon-sieur Auguste a pris le nom de son pere, & a fait connoissance avec son grand-pere, le baron de Piis, encore existant à Bordeaux. Il se trouve en effet d'une famille distinguée en Provence ; il en a été reconnu à un certain point, a arboré le plumet, & a porté ses prétentions très-haut ; on cite dans une de ses pieces des vers qui ont fort intrigué ceux qui n'étoient pas instruits de la métamorphose ; en s'apostrophant lui - même il s'écrie :

> Attends tout des dieux de la terre,
> Ils finiront par t'honorer
> D'un titre auquel ton cœur aspire...

On ne savoit ce que signifioit cette nouvelle prétention de M. de Piis. On se demandoit s'il vouloit être comte ou marquis. On a su enfin qu'il aspiroit seulement à être commissaire des

gueres par commiſſion , comme une récompenſe
de la cour pour l'avoir amuſée & fait rire ; ce
qui n'eſt pas en effet un petit mérite.

23 *Décembre* 1781. Après la mort de M. l'archevêque , meſſieurs les grands-vicaires , nommés
par le chapitre pour l'adminiſtration du dioceſe
pendant la vacance du ſiege , ſe ſont aſſemblés à
l'effet de rendre un premier mandement ſur cet
événement. L'un d'eux , M. l'abbé de Boisbaſſet ,
en a preſenté un tout prêt ; il en a ſur le champ
été fait lecture. Quel étonnement ! il s'eſt trouvé
que c'étoit un vrai perſiflage de toute la conduite
du défunt.

M. l'abbé le Corgue de Launay , l'un des
grands-vicaires , s'eſt élevé avec force contre ce
pamphlet , & il a été rejeté unanimement. Cet
orateur s'eſt chargé d'en dreſſer un autre dans
le même jour , parce que le cas preſſoit. Effectivement , au bout de quatre heures il a réuni ſes
confreres. On a jugé que celui-ci contenoit un
éloge trop affecté de la fermeté du prélat & de
ſon inflexibilité à ſoutenir les droits de l'épiſcopat
contre les entrepriſes de la magiſtrature ; les
tolérants l'ont modifié , & il a paru tel qu'on l'a
vu le 13 décembre. Bien des gens voudroient qu'il
eût été encore plus modéré. Quoi qu'il en ſoit ,
la conduite de l'abbé de Boisbaſſet a paru d'autant plus malhonnête , qu'il eſt neveu de ce fameux Bouëttin , ſi renommé durant le ſchiſme ,
qui avoit mérité à un ſi haut degré l'eſtime de
M. de Beaumont , & ſon affection qui avoit re-
jailli de l'onc'e juſques ſur celui-ci.

On prétend que c'eſt l'abbé Maury qui avoit
préparé ce mandement inſidieux , & engagé l'abbé
de Boisbaſſet à le préſenter.

23 *Décembre* 1781. Le combat du vicomte de Vaudreuil contre M. de la Meth , s'est passé avec le plus grand éclat : il a eu lieu en plein jour au bois de Boulogne , en préfence de plusieurs témoins choisis de part & d'autre , d'une grande quantité de valets & de beaucoup de paffants. Ce seigneur , mécontent de M. de Chabot , l'un des témoins , est allé se battre contre lui sur la frontiere. La publicité donnée à ce duel & à plusieurs autres arrivés avant , révolte les philosophes , voyant avec douleur qu'ils n'ont pas encore déraciné tous les préjugés.

24 *Décembre* 1781. M. Tronchin , étoit trop célebre pour ne pas mériter une notice plus particuliere & plus détaillée. Né à Geneve en 1709, d'une famille noble , originaire d'Avignon , recommandable par son ancienneté & par les emplois qu'elle occupa dans la république , il auroit dû être riche ; mais son pere ayant tout perdu , le fils fut obligé de chercher des reffources. Il avoit la plus belle figure , beaucoup d'esprit ; avoit fait de très-bonnes études , & étoit en état d'occuper quelque place que ce fût. Un livre de Boerhaave , lui tombe entre les mains , & détermine sa vocation pour la médecine. Il passe en Hollande pour étudier sous ce savant professeur de Leyde , si fameux qu'on lui écrivoit de la Chine : *à Boerhaave en Europe*. Il distingua bientôt cet éleve nouveau , & au bout de quatre mois se reposa sur lui d'une partie de ses soins.

M. Tronchin pratiquoit déja à 23 ans ce traitement de la petite vérole , qui lui a toujours réussi & qui a paru pendant long - temps si extraordinaire ici. On doit à son courage & à son génie les progrès qu'a fait parmi nous , malgré

tous les obftacles , la pratique de l'inoculation.
Cet *art qui* , comme on l'a dit , *nous millefime* ,
au lieu que la nature nous décimoit. On lui doit
auffi les changements falutaires que la médecine
a éprouvés en France. Sa devife étoit : *fimplex
figillum veri. Il n'y a qu'une médecine* , difoit-
il fouvent, *c'eft la médecine obfervatrice & expec-
tante*. Il n'a jamais traité de la même maniere
deux perfonnes attaquées de la même maladie.
Perfuadé de l'influence néceffaire du moral fur le
phyfique , il avoit rendu fa médecine plus douce
en quittant Amfterdam pour Geneve , & il l'adou-
cit encore en quittant Geneve pour Paris ; il prétendoit que dans cette ville on ne pouvoit pas
trop l'adoucir , vu les affections de l'ame des
individus. Auffi foulageoit - il , guériffoit - il
même plus de malades par fes confolations que
par fes remedes ; & tous fes malades devenoient
fes amis.

En 1755 , il vint à Paris pour inoculer monfieur le duc de Chartres & Mlle. d'Orléans , ce
qui lui valut peu après la qualité de premier
médecin du prince. En 1778 , l'académie des
fciences le reçut au nombre de fes huit affociés
étrangers. Il a peu écrit ; mais le recueil de fes
confultations feroit un beau livre en phyfique ,
en médecine , & même en morale. Il employoit
prefque tout fon temps à la pratique de la médecine & de la bienfaifance ; tous les foirs il recevoit
chez lui les pauvres malades ; c'eft ce qu'il appel-
loit fon *bureau d'humanité* ; en forte que fa perte
eft un deuil général.

24 *Décembre* 1781. On doit jouer inceffamment
à l'opéra la premiere repréfentation d'un opéra
nouveau en trois actes, intitulé *la double Epreuve* ,

ou *Colinette à la cour*. Les paroles font d'un maître des comptes qui ne fe nomme pas ; mais que tout le monde fait être M. *Lourdet de Santerre*. On dit que c'eft le fujet de Ninette à la cour qu'il a étendu. La mufique eft de monfieur Gretry.

24 *Décembre* 1781. Le bruit court ce foir, que c'eft M. de Juigné, évêque de Châlons, qui eft nommé archevêque de Paris.

25 *Décembre* 1781. Le chapitre de Paris a été fort agité ces jours-ci à l'occafion d'une grande affaire : le curé de Saint André-des-Arts, lorfqu'on eft venu lui apporter le mandement ordonnant les prieres de 40 heures pour la confervation de M. l'archevêque, alors agonifant, non-feulement ne s'eft pas mis en état d'y fatisfaire, mais s'eft écrié : *Comment peut-on prier Dieu pour un pareil homme ?* On avoit inftrumenté contre lui, & l'on alloit le fommer de fatisfaire au mandement, lorfque le vicaire l'a tiré de ce mauvais pas, en prenant fur lui de faire expofer le Saint Sacrement. Mais il n'en a pas été moins queftion de conftater fon délit, & de lui infliger une peine canonique. Les plus modérés du chapitre ont été d'avis de ne pas augmenter le fcandale en le rendant plus public, & de laiffer la procédure en fufpens, pour y être ftatué par le nouvel archevêque, fuivant que fa fageffe le lui prefcrira.

25 *Décembre*. On fe rappelle ce philofophe qui vouloit caffer fa taffe en obfervant un enfant s'abreuver à un ruiffeau, & y puifer l'eau avec le creux de fa main. Telle a été la furprife de M. de Bernieres, un de nos plus grands méchaniciens, à la vue d'une machine inventée

par le fieur Vera , commis de la pofte , fans
érudition , fans principes , fans aucune connoiffance des arts. Sa conftruction eft fondée fur
une idée neuve & ingénieufe , & pouvant être
appliquée avec avantage dans des occafions fréquentes. Elle eft extrêmement fimple , peu dif-
pendieufe. Son objet eft d'élever l'eau à des hau-
teurs confidérables. Elle n'exige , pour ainfi dire,
d'autre entretien & d'autre réparation que de
changer de temps en temps la corde de fparterie,
que l'auteur emploie de préférence à toute autre,
parce qu'elle a la propriété de fe conferver dans
ce fluide , où les autres ne tardent pas à fe
pourrir.

Cette corde , réunie par les deux bouts , de
maniere qu'elle forme ce qu'on connoît fous le
nom d'une corde fans fin , paffe en bas fous une
poulie qu'elle embraffe à moitié , laquelle eft arrêtée vers le fond d'un tonneau rempli d'eau ;
elle embraffe auffi une autre poulie femblable à
la premiere , placée à 60 pieds au moins de hauteur. On fait tourner fur elle-même cette feconde
poulie par le moyen d'une grande roue à gorge
& à manivelle , pareille à celle des tourneurs.

Dès qu'on tourne cette grande roue, la corde
de fparterie prend une marche fucceffive & continue , & l'on voit l'eau monter en dehors de cette
corde , & tout autour d'elle jufqu'au deffous de la
poulie fupérieure , où une efpece de chapiteau la
force de tomber dans une goutiere qui la verfe
où l'on veut.

C'eft par une lettre du 18 octobre dernier , que
M. de Bernieres a écrite au journal de Paris , que
les amateurs & artiftes ont eu connoiffance de
la découverte du fieur Vera. Ils fe font empreffés

d'aller la vérifier , & font fortis émerveillés de fa fimplicité & de fa juftefle. Elle a été foumife à l'examen de l'académie royale des fciences , & l'on ne tardera pas à en avoir la décifion.

26 *Décembre* 1781. Il paroît conftant qu'en effet M. l'archevêque de Touloufe , appuyé par l'abbé de Vermont auprès de la reine , a été nommé 24 heures archevêque de Paris ; mais que le pamphlet dont on a parlé a produit fon effet. Tout le parti des dévots a été tellement alarmé du danger que la religion courroit , fuivant eux , fi ce prélat athée eût été élevé fur le premier fiege pontifical de la France , qu'ils ont cru devoir fe permettre d'ufer de la voie peu honnête d'écrits anonymes. Ceux qui ont lu ce-lui-ci difent qu'il n'eft pas nouveau, que c'eft un libelle répandu il y a quelques années à Touloufe , lorfque ce prélat fit fécularifer une communauté de filles religieufes ; il étoit tombé dans l'oubli , & on l'a rajeuni.

Quoi qu'il en foit , c'eft en effet M. de Châlons qui eft nommé par le roi archevêque de Paris. Ce prélat de fort bonnes mœurs , fort religieux , eft en outre un très-zélé molinifte. Ses principes font les mêmes abfolument que ceux de M. de Beàumont , & il y a grande apparence que ce fera la même adminiftration. M. de Juigné eft auffi fort charitable , & d'ailleurs d'une maifon riche , ce qui ne le mettra pas dans le cas de faire part à fes parents des gros revenus dont il va jouir.

26 *Décembre*. L'académie des fciences , en effet , ayant nommé des commiffaires pour exa-miner la machine du fieur Vera , leur rapport

a eu lieu le 15 décembre, & cette compagnie a confirmé les éloges qu'ils lui ont donnés.

MM. le Roi & l'abbé Bossut étoient ces commissaires. Suivant les expériences qu'ils ont faites, le résultat moyen d'une corde de sparterie, ayant 21 lignes de circonférence, a été de 150 pintes en 7 minutes & 45 secondes. L'eau, dans les expériences, a été élevée à 63 pieds. Une corde double environ de circonférence, n'a pas donné tout-à-fait autant d'eau dans le même espace de temps ; il a fallu onze minutes 45 secondes pour obtenir le même volume de liquide par une corde de chanvre de 15 lignes de circonférence.

D'après cet examen & l'approbation des savants, on ne doute pas que cette machine ne soit adoptée dans les manufactures, dans les maisons particulieres, & sur-tout dans les marais & dans les jardins, au produit & à l'embellissement desquels l'arrosement contribue d'une maniere aussi essentielle.

26 *Décembre* 1781. On répand encore contre M. le duc de Chartres un quatrain enfanté sans doute par le désespoir des propriétaires ruinés, & cherchant à exhalter leur rage : ils oublient en ce moment le prince du sang, pour n'envisager qu'un ennemi cruel, dont ils cherchent à se venger de toutes les manieres ; & ils osent se porter jusqu'aux imputations les plus calomnieuses pour peu qu'elles soient fondées sur des apparences.

> A la gloire préférer l'or,
> Fuir l'ennemi sans le combattre,
> Ce n'est pas sortir d'Henri-quatre ;
> C'est être bâtard de Melfort.

27 *Décembre* 1781. On ne s'en est par tenu à des louanges fades de M. de Beaumont ; on l'a apprécié plus véritablement dans ce quatrain, où l'on exalte ses bonnes qualités, sans dissimuler ses défauts.

Dieu lui donna la bienfaisance ;
Le diable en fit un entêté :
Il couvrit par sa charité
Les maux de son intolérance.

27 *Décembre*. Il devoit y avoir aujourd'hui appartement & banquet à Versailles en réjouissance de la naissance du dauphin : madame la comtesse d'Artois n'étant pas encore bien rétablie de la fievre qu'elle a eue il y a près de deux mois, s'est trouvée pendant la nuit dans un état si critique & si dangereux, & qu'elle a desiré être administrée. Elle a en effet reçu tous les sacrements à deux heures du matin, &, au lieu des fêtes auxquelles on se préparoit, on a ordonné les prieres de 40 heures. Cette nouvelle a répandu une consternation générale dans la capitale.

27 *Décembre*. Les amateurs continuent à suivre avec empressement les concerts spirituels, sur-tout depuis que leur concert par excellence n'a plus lieu. Il y en a eu deux la veille & le jour de noël.

Le motet de M. *Chardini*, chanté le vingt-quatre, annonce un compositeur qui, quoique jeune, connoît parfaitement les regles de l'art ; mais auquel il manque de la consommation. D'ailleurs, l'exécution lui a fait grand tort, & l'on l'on ne peut diffimuler que les chœurs manquoient d'enfemble. Il y a à parier qu'une feconde fois, ce morceau produira plus d'effet.

M. *Querat*, éleve de M. *Capron*, a fait plaifir par la maniere agréable dont il a joué fon concerto de violon. On n'en peut dire autant de la voix de madame *Ferandini*, qui a chanté pour la premiere fois un air de M. Mifliwecek.

Cette mufique a paru auffi barbare que le nom de fon auteur.

M. *Salentin*, qui remplace à l'opéra M. Rault pour la flûte, & qu'on croit déja très-goûté dans d'autres concerts, a prouvé dans celui-ci du vingt-cinq, par l'exécution finie de fon concerto de hautbois, qu'il favoit profiter des applaudiffe-ments, pour en mériter de nouveaux.

MM. *Fodor*, *Michel* & *Duport* font affurés de réuffir toutes les fois qu'ils fe font entendre.

L'oratorio de M. Goffec fur la *Nativité*, a terminé d'une maniere brillante les deux con-certs. Le public n'a pu y voir fans intérêt la fille de M. Legros, chargée, à l'âge de 7 à 8 ans au plus, d'un petit morceau de récitatif, qu'elle a rendu avec toutes les graces de fon enfance. Elle annonce les plus heureufes difpofitions pour marcher fur les traces de fon pere.

28 *Décembre* 1781. M. Moline vient de faire imprimer fa comédie en trois actes & en vers, de l'*Inconnue perfécutée*, mêlée d'ariettes, repré-fentée devant leurs majeftés par les comédiens italiens ordinaires du roi, le 12 novembre 1776. Il conclut de cette époque que l'antériorité de fon poëme eft bien conftatée fur celle de M. Du-rofoy; il ajoute peu modeftement, il eft vrai, mais du moins avec vérité, que la fupériorité

Tome XVIII. K

ne le fera pas moins pour quiconque voudra en faire la comparaifon. Il reproche enfin à fon rival d'avoir copié une infinité de morceaux de la premiere, &, en avouant ces larcins, de ne les avoir pas défignés avec des guillemets de façon qu'on pût diftinguer clairement la part de chacun, & qu'on ne confondît point le travail de monfieur Moline avec les *idées fublimes* dont lui, Durofoy, a enrichi cette comédie-opéra.

28 *Décembre.* MM. les gardes-du-corps, à la naiffance du dauphin, ont le privilege, qu'ils ne veulent pas laiffer perdre, de donner à la reine un bal, que l'un d'eux ouvre en danfant avec fa majefté. Ce bal devoit avoir lieu demain 29, & M. de Preffy, l'un des majors de cour, étoit choifi pour cette honorable fonction. La maladie de madame la comteffe d'Artois empêche que le bal n'ait lieu ; c'eft d'autant plus fâcheux que la plus grande partie de la dépenfe étoit faite. Chaque garde-du-corps s'étoit cotifé, avoit donné un louis, les autres officiers à proportion. Il y avoit 3,800 bougies de commandées ; on peut juger par cet article du refte de fa magnificence.

Ce qu'il y a de plus fâcheux encore, c'eft que cette fête a déja coûté la vie à plufieurs gardes-du-corps. MM. les chevaux-légers, & les gendarmes ont trouvé mauvais de n'avoir pas été invités en corps ; il en a réfulté des propos dont fe font fuivies des rixes, & l'on affure qu'il y a déja trois gardes du roi de tués.

29 *Décembre* 1781. Les comédiens françois, depuis que M. Rochon de Chabannes a répandu fa brochure au fujet des deux troupes qu'il defire-

roit, boudoient cet auteur, & ne vouloient pas
reproduire fa piece des *Amants généreux*. En vain
Mlle. Doligny, qui aime le poëte & cette comédie, follicitoit fes camarades de la jouer. Enfin,
le fieur Préville eft venu à fon appui, & les
amants généreux ont reparu hier jeudi avec le
fuccès ordinaire ; & ce qui confond les détrac-
teurs du poëte dans la troupe, qui prétextoient,
pour exclure fa piece, le peu de bénéfice qu'elle
rendoit, c'eft qu'on a fait à la porte 1,800 livres
malgré le mauvais jour.

29 *Décembre* 1781. Extrait d'une lettre de
Strasbourg, du 10 décembre 1781... La nation
juive d'Alface a cru devoir célébrer avec éclat la
naiffance du dauphin ; en conféquence les prépofés
généraux ont écrit aux rabins de la province pour
les inviter à compofer un cantique en actions de
graces, & à indiquer les pfeaumes & prieres analogues à la circonftance.

Sur leur réponfe, ils ont été, ainfi que les
prépofés particuliers & autres députés des communautés juives de la province, invités à fe rendre
à Bifchheim au Saum, près Strasbourg, pour le
mardi 20 novembre.

Je paffe fur les préliminaires de cette fête, fur
ce qu'elle eut de commun avec toutes les autres,
fur les charités qu'elle occafiona en faveur des
étrangers, & même de nos moines catholiques,
contre les mœurs & les pratiques religieufes de
cette nation, & j'en viens aux cérémonies particulieres qui la caractérifent.

Les rabins, prépofés généraux, accompagnés
des prépofés particuliers & députés des communautés juives de la province, précédés des
jeunes gens & enfants juifs de la communau 16

K 2

de Bifchheim , rangés fur deux lignes avec deux drapeaux , accompagnés de mufique ; & au bruit d'une décharge de douze petits canons & de nombre de boëtes , partirent de la maifon où ils étoient affemblés , & fe rendirent en corps à celle du fieur Cerfbert , l'un des prépofés généraux , où eft la fynagogue , laquelle fe trouva décorée des plus riches ornements , illuminée d'un grand nombre de bougies , & remplie de monde que la curiofité avoit attiré. Le tabernacle fut ouvert , & , ce qui ne fe pratique que dans les circonftances les plus extraordinaires , les tables de Moïfe furent expofées à la vue , au bruit d'une nouvelle décharge de canons & de boëtes. On commença les prieres ordinaires , fuivies de celles ufitées tous les famedis pour le roi & la famille royale ; puis on chanta le cantique en actions de graces , compofé pour la circonftance.

Enfuite repas , bal , illumination. Entre les de-vifes on diftinguoit celle-ci en latin , au-deffous du portrait du roi en médaillon.

Si mora longa fuit , nimios nunc define quæftus.
Gallia , Borbonides parturiendus erat.

29 *Décembre* 1781. Le docteur Barthès , quoi-que M. le comte de Maurepas foit mort, n'a pas moins acquis par fon audace & fes intrigues affez de confiftance pour fe faire nommer , à la mort de Tronchin , premier médecin de M. le duc d'Orléans , à l'exclufion de dix ou douze pra-ticiens de Paris qui afpiroient à cette place , & y avoient des prétentions plus ou moins fondées.

Ce triomphe a excité l'envie , & l'on recherche
quel est ce Barthès.

On convient assez généralement que c'est un
homme de beaucoup d'esprit, parlant très-bien ;
ayant une mémoire prodigieuse , & conséquemment des connoissances infinies ; il a été pendant
plusieurs années chancelier de l'université de
Montpellier , & à la tête de la faculté de cette
ville , très-renommée en médecine. Il a fait quelques ouvrages , dont le principal est une espece
de traité de métaphysique , intitulé : *Nouveaux
Eléments de la science de l'Homme* , qui n'est
autre chose que la *médecine de l'esprit* de le
Camus, retournée ; c'est à-dire, la doctrine pure
du matérialisme. Quant à son état, on le regarde
comme profond en théorie ; mais on lui refuse
ce tact si nécessaire pour exercer sa profession
utilement envers l'humanité.

Ses rivaux jaloux disent que c'est un cinique ,
un homme sans mœurs, un roué. Il vient d'être
tout récemment reçu membre de la société royale
de médecine.

30 *Décembre* 1781. Quoiqu'en dise les détrac-
teurs des sciencees , leur application est souvent
très-utile dans la société , & sans doute monsieur
le Noir , lieutenant-général de police de cette
capitale , en a jugé ainsi en établissant une *école
de Boulangerie* , dont il est le président , &
un comité de membres experts dans la théorie
ou dans la pratique , pour le diriger dans les
réglements à faire ou à réformer concernant cette
partie importante de son administration. L'objet
qu'il a soumis le premier à l'examen du comité ,
a été la vente du pain au poids, afin d'en discuter

par des expériences multipliées les avantages &
les inconvénients.

30 *Décembre* 1781. M. de Maurepas n'a pas été
mort que tous les aspirants à le remplacer dans
la confiance du roi , se sont rendus à Versailles.
On y a remarqué entr'autres le même jour M. le
duc de Choiseul & M. Necker ; ce qui fit dire
à un rieur: que c'étoit le compte rendu , la recette
& la dépense. On a vérifié ce bon mot de la maniere suivante :

> A la cour en diligence ,
> Dès qu'eut passé Maurepas ,
> Vint Choiseul plein d'assurance ,
> Et Necker suivant ses pas.
> Pourquoi de cette alliance
> S'étonner ou se fâcher ?
> Ensemble doivent marcher
> La recette & la dépense.

30 *Décembre*. L'affaire de monsieur de Flandres
de Branville devient de plus en plus fâcheuse
pour lui: en vain les présidents du châtelet ont-ils
cru qu'il ne falloit point faire attention à un
mémoire venu d'Ostende , sans signature d'avocat , & portant les caracteres du libelle ; messieurs
les conseillers ont trouvé mauvais qu'ils eussent
pris une pareille décision sans les appeler. En
conséquence, il est plus question que jamais de
dénoncer le mémoire comme libelle , de décréter
l'auteur , M. *Garnier* , & de mettre monsieur
de Branville dans le cas de se justifier, si les imputations de son accusateur semblent exiger d'être
réfutées.

30 *Décembre* 1781. Le fieur Duval, confifeur du roi, au grand Monarque, rue des Lombards, continue à offrir au public un cours d'hiftoire en fucrerie. Il annonce qu'on verra chez lui le mois prochain dans fon magafin d'étrennes, la *flotte Françoife bloquant la baie de Chefapeac, l'inveftif-fement d'York & Glocefter par les armées Françoifes & Américaines, la reddition de lord Cornwalis, le défilé des troupes Angloifes rendant les armes:* il a en outre repréfenté le *fuperbe obélifque*, élevé fur la place du port de *Vendre en Rouffillon,* en l'honneur de la bienfaifance de Louis XVI. Enfin, il a figuré en fucre les *cérémonies qui fe font obfervées à la naiffance du dauphin,* où tous les *princes & princeffes font repréfentés.* Il a en outre des bonbons *anti-Anglois,* ou *pierre-de-touche à la Fayette,* des bonbons *au général Washington,* &c.

Ce zele patriotique a valu au fieur Duval la faveur infigne d'un brevet de *confifeur du roi.*

30 *Décembre.* Madame la comteffe d'Artois va mieux, & l'on efpere que les plaifirs de Verfailles différés n'en feront que plus vifs. La cour & la ville fe font également intéreffés pour cette princeffe. Le compte qu'on lui a rendu de cet attachement a dû la foulager dans fes maux; mais ce qui y a fur-tout contribué, c'eft l'affection vraiment conjugale de fon augufte époux; l'excellence de fon cœur s'eft manifeftée en cette occafion, & il a rendu à la malade les foins les plus tendres, les plus conftants & les plus recherchés. Elle s'eft écriée dans fa joie, qu'elle étoit bien fûre jufques-là d'en être aimée; mais non à ce point, & jufques dans cet état trifte & repouffant.

3 1 *Décembre* 1781. Les boulangers aſſujettis à donner exactement le poids proportionné au pain du peuple, préſenterent il y a quelque temps un mémoire à M. le lieutenant-général de police, pour ne plus vendre le pain au poids. Ils s'y plaignoient qu'en employant la quantité autoriſée par l'uſage de quatre livres dix onces de pâte pour un pain de quatre livres, ils obtenoient rarement ce poids, & ſe trouvoient ſouvent dans le cas de l'amende.

Meſſieurs Parmentiers & Cadet de Vaux avoient traité cette matiere dans le *parfait Boulanger*, & inclinoient pour le vœu de ces marchands.

C'eſt à l'occaſion de ce mémoire & de la queſtion élevée, que monſieur le Noir a déſiré qu'on éclairât ſa ſageſſe. Des commiſſaires ont été nommés, à la tête deſquels s'eſt trouvé monſieur Tillet de l'académie royale des ſciences, qui, dans une aſſemblée du comité de boulangerie, tenue le 5 novembre, a lu les *expériences & obſervations ſur le poids du pain au ſortir du four, & ſur le réglement par lequel les boulangers ſont* aſſujettis à donner au pain qu'ils expoſent en vente un poids fixe & déterminé.

Suivant ſon rapport, par ces expériences faites en préſence, non-ſeulement de tous les membres du comité, mais de pluſieurs magiſtrats recommandables par leur zele & leurs lumieres, il réſulte que 50 pains mis dans les même four, faits de la même pâte, au poids de quatre livres dix onces, trois ſeulement ſont ſortis peſant quatre livres, trois ont excédé ce poids, & les 44 autres ont varié au point que la différence entre les deux extrémes s'eſt trouvée de quatre onces & demie.

D'après cette confidération & plufieurs autres fupe flues à détailler, il paroît que la police feroit portée à fe rendre aux repréfentations des boulangers. Cependant, pour mieux éclaircir la matiere avant de prononcer, M. le Noir a defiré que tous ceux qui auroient des objections à faire, vouluffent bien les communiquer. On doit y répondre, & tout ce travail fera réfumé dans un comité extraordinaire & public, où l'on ftatuera définitivement.

31 *Décembre* 1781. Mlle. Contat, qui, malgré tout ce qu'on a dit, a captivé affez M. le comte d'Artois pour en concevoir un fruit, après être accouchée d'un garçon, a reparu à la comédie, & joué il y a quelques jours. On affure cependant que le prince n'a pas voulu le reconnoître.

31 *Décembre*. Suivant ce qu'on écrit de Bordeaux, le parlement de cette ville a renouvellé depuis la rentrée fes arrêtés en faveur du premier préfident, & plus fortement que jamais; il a en outre pris une tournure très-adroite vis-à-vis de M. Dupaty: c'eft que, comme un membre d'une compagnie, ne peut refter à une délibération le concernant, toutes les fois que les magiftrats veulent en tenir une, ils commencent par l'avertir qu'il fera queftion de lui, & l'obligent par-là à fe retirer.

Malgré ces nouveaux actes de fchifme, on affure que M. le Berthon va retourner à Bordeaux; on dit même qu'il a déja quitté Châlons.

31 *Décembre*. A en juger par les deux grandes répétitions préliminaires d'une premiere repréfentation d'opéra, celui de monfieur de Santerre eft déja regardé comme très-médiocre quant au poëme, comme de beaucoup inférieur à *Ninette*

K 5

à la *Cour*, qu'on reconnoît parfaitement ici, quoiqu'il en ait changé le nom. On commence à dire qu'il eſt très-imprudent à lui de reproduire la ſienne pour la troiſieme fois, lorſque nous en avions déja deux charmantes, l'une en comédie, l'autre en ballet ; que c'eſt s'expoſer à des comparaiſons déſavantageuſes, qui ne feront que mieux reſſortir les défauts ſenſibles & multipliés de l'ouvrage.

Quant à la muſique, on l'a trouvée délicieuſe, mais découſue comme le fonds, & d'ailleurs pleine de diſparates par la même raiſon. Quoique ſes partiſans aſſurent que c'eſt l'ouvrage le plus parfait de monſieur Gretry, les vrais connoiſſeurs prétendent, au contraire, que de vingt-deux œuvres de ſa compoſition, celle-ci n'eſt peut-être pas la vingtieme. Au ſurplus, on jugera demain plus pertinemment, & le poëte & le muſicien.

31 *Décembre* 1781. Les femmes de cour, infiniment au deſſus des ſcrupules d'une bourgeoiſe, craignent moins d'annoncer leurs foibleſſes : c'eſt ſans doute ce qui a autoriſé M. le chevalier de Boufflers à divulguer la chanſon ſuivante. Elle eſt adreſſée au fils naturel qu'il a eu de madame la princeſſe Cr✱✱✱, née San ✱✱✱ Do✱✱✱✱✱.

Sur l'air : *d'Albaneze, champêtre aſyle.*

O toi qui n'eus jamais dû naître ;
Gage trop cher d'un fol amour,
Puiſſes-tu ne jamais connoître
L'erreur qui te donna le jour !

Que ton enfance
Goûte en filence
Le bonheur qui pour elle eft fait ;
Et que l'envie
Ignore ou taife ton fecret. *bis.*

La nature , au nom de ta mère,
T'offrira fes premiers bienfaits ,
Un lait pur , un air falutaire
De doux fruits , un ombrage frais.
Que ton enfance
Goûte en filence, &c.

Renonce au rang , à l'opulence ;
C'eft l'honneur qui t'en fait la loi ;
Ne crains pourtant pas l'indigence ;
L'amour l'écartera de toi.
Que ton enfance
Goûte en filence , &c.

Souvent une main inconnue
T'offrira quelque don nouveau ;
En fecret une mere émue
Viendra pleurer fur ton berceau ;
Connois ta mere,
L'honneur févere
Lui défend de fe découvrir ;
Mais par tendreffe,
Mais par foibleffe
Une mere aime à fe trahir.

D'un air plus touchant & plus tendre,
Peut-être un jour tu la verras
Tour-à-tour dans ſes bras te prendre
Et te remettre entre mes bras,
  Connois ta mere,
  L'honneur ſévere , &c.

ADDITIONS

Aux premiers volumes de cette collection.

AU second volume de la premiere édition de Londres, 19 octobre 1765.

Epitaphe de Bébé.

D. O. M.

Hic jacet

Non corpusculum , sed Exta ,

Nicolai Ferri Lotharingi ,

E Vico de Plane

In salmensi Principatu ,

Nati die 14 novembri , anni 1741 ,

Et denati die 9 maii anni 1764.

Secleton verò servatur in bibliothecâ

Regiâ Nanceianâ.

Præter naturam portentum

Corporis non inelegantis

Breviate & gracilitate

Spectabilis homullus

Ut pote longus sex & viginti francicos,

Septenarum autem pondo librarum francicarum

Et unciarum trium.

Benefico Stanislao 1º. Polonorum Regi,

Duci Lotharingiæ & Barri....
Carus :
Cuique , quæ cæteris juvenilis ætas eſt
Senium fuit ,
Et luſtra quinque ſæculum.

3 *Juillet* 1776. Le célebre proſcrit , Jean-Jacques Rouſſeau , n'a pas fait en Angleterre
la ſenſation que ſa réputation ſembloit lui promettre ; il paroît même par les écrits publics Anglois, qu'on n'y a pour lui qu'une très-médiocre eſtime , & qu'on y a cherché plus à le ri-
diculiſer qu'à l'admirer. Soit dégoût ou dédain ,
il s'eſt éloigné de la capitale peu de temps après
ſon arrivée , & il s'eſt retiré à la campagne,
où il vit preſque ignoré. Malgré la ſingularité de
ſon être , on ne peut s'empêcher de le plaindre &
lui refuſer beaucoup d'eſprit.

10 *Juillet* 1776. Trois jeunes gens de 16 , 17,
18 ans , qui ſe prétendent impliqués injuſtement
dans l'affaire de la mutilation d'un crucifix , arrivée à Abbeville le 9 août 1765 , viennent de répandre un mémoire à conſulter & conſultation ,
ſignés de huit avocats , tendants à improuver la
ſentence & arrêt qui condamnent au feu & à la
mort, comme on a vu , deux autres jeunes gens ;
ordonne qu'à l'égard de ceux-ci il ſera ſurſis à
leur jugement juſqu'après l'exécution. Ils prétendent que dans les procédures & dans les juge-
ments intervenus dans ce procès , il y a des vices
qui ne peuvent être réformés que par des tribunaux ſupérieurs ; en conſéquence , ils concluent à
une requête civile , ou en celle de réviſion ;

mais il ne paroît pas que leur demande soit admise.

18 *Juillet* 1766. Le chevalier le Febvre de la Barre a été exécuté à Abbeville, & y a subi son arrêt dans toute son étendue. Il a témoigné beaucoup de fermeté à la vue de son supplice, n'a chargé aucun de ceux qui ont paru participer aux sacrileges commis, a rapporté à lui seul tous les délits dont on a parlé, & s'est attiré, par ce dernier acte de sa vie, la pitié de tous les spectateurs.

21 *Juillet* 1766. Extrait d'une lettre de Ferney, du 15 juillet..... M. de Voltaire toujours occupé de la nouvelle affaire des Sirvins, n'a pas négligé la circonstance du voyage de madame Géoffrin à Varsovie, & a profité du crédit de cette dame sur l'esprit du roi de Pologne, pour l'engager à solliciter ce monarque en faveur des accusés ; il lui a en même temps adressé un mémoire avec une lettre très-adroite, telle qu'il en sait écrire en pareille circonstance. Je vous l'enverrai ; mais il ne veut pas qu'elle soit publique avant la réponse.

22 *Juillet* 1766. Il seroit difficile de rendre compte succinctement de ce qui s'est passé dans l'ordre des bénédictins, des divisions intestines qui ont partagé les membres qui le composent, & ont forcé le gouvernement à en connoître. Il a été rendu à leur sujet plusieurs arrêts du conseil du roi pour parvenir à concilier les esprits. Un nouveau du six de ce mois confirme les bulles & lettres-patentes d'érection de la congrégation de Saint Maur, ordonne l'exécution provisoire des déclarations sur la regle, & des constitutions

de ladite congrégation. Cet arrêt contient 42 articles. La fermentation n'eft point éteinte, & doit avoir des fuites, à en juger par les écrits que répand chaque parti.

23 *Juillet* 1766. Extrait d'une lettre de Grenoble, du 10 juillet..... Ce n'eft que depuis peu que l'arrêté de notre parlement fur la réponfe du roi faite au députés mandés à Verfailles, fe répand clandeftinement dans cette ville. Il eft daté du 21 juin dernier, & a fept articles.

Meffieurs conviennent, dans cette piece finguliere, que le *roi n'eft comptable qu'à Dieu de l'autorité fouveraine qu'il exerce dans fon royaume, qu'à lui feul appartient l'inftitution de la loi fans dépendance & fans partage*; & par une inconféquence très-palpable, prétendent cependant ôter à S. M. la liberté de juger ou faire juger fes fujets, ainfi qu'il l'eftime néceffaire, & fe réfervent la faculté d'examiner, de combattre, de rejeter fes loix nouvelles.... Du refte, beaucoup de *Pathos*. Il n'y a pas d'apparence qu'ils ofent faire imprimer cet arrêté, comme les précédents.

27 *Juillet* 1766. Un procès criminel très-fingulier entre monfieur de la Maugerie, gentilhomme de Normandie, & monfieur de Briqueville de la Luzerne, d'un nom plus connu dans la nobleffe, occupe le public & le partage. Le fond eft un cheval de 150 livres; mais l'acceffoire eft un affaffinat en fa perfonne, dont le premier accufe le fecond. Le procès étoit à la connétablie, & il étoit intervenu fentence qui avoit ordonné un plus amplement informé d'un an, pendant lequel le Sr. de la Maugerie feroit

élargi , & le fieur de la Luzerne tenu de garder
prifon. C'eft dans ce point favorable pour lui ,
que l'accufateur , voulant une victoire plus complete , s'eft pourvu au parlement , & demande la
caffation de la fentence. On annonce de fa part
un mémoire curieux.

18 *Août* 1766. Le mémoire de monfieur de la
Maugerie paroît depuis quelque temps. C'eft un
fupplément aux autres. Il y a joint une carte
fort détaillée du lieu du délit ; il y a même
fait graver toutes les pofitions où il prétend s'être
trouvé le 18 février 1764 à Saint-Lo , jour &
lieu de la fcene du délit , & il en fait réfulter
des preuves phyfiques devant parler au défaut de
témoins.

M. de la Luzerne , de fon côté , répand un
précis pour infirmer les nouveaux raifonnements
de fon adverfaire ; mais on eft obligé de convenir qu'il n'a ni la logique ni la force du *factum*
de celui-ci.

21 *Août* 1766. Voici des détails plus exacts
fur la rixe dont on a parlé.

La courfe d'un cheval de monfieur de Lauraguais , monté d'un poftillon , avoit occafioné plufieurs paris. Par un mal-entendu entre M. le marquis de Villette & M. le comte de Lauraguais , ce
dernier a prétendu avoir gagné un tableau de
prix au nouveau marquis , qui s'en eft défendu.
M. de Lauraguais , piqué de la négative , a écrit
une lettre à M. de Villette , qui n'étoit pas faite
pour flatter fon amour-propre. Bleffé de l'épître ,
il a répondu par des épigrammes , & s'eft
rendu chez Mlle. Arnoux , pour y rejoindre foi-
difant M. de Lauraguais. Mais comme cette hiftoire avoit déja fait bruit , à peine y étoit - il ,

que , fuivant de près , des gardes des maréchaux
de France fe font attachés à leurs perfonnes.
Comme l'un & l'autre ont réellement beaucoup
d'efprit , ils en ont fait ufage pour s'expliquer
plus de fang froid , & fe font conciliés de façon qu'ils font devenus les meilleurs amis , ne fe
quittant prefque plus à la promenade, aux fpectacles , &c. M. de Villette , a acquitté le pari ;
en revanche M. de Lauraguais lui a fait préfent
d'une jolie voiture. Tout cela alloit le mieux du
monde ; malheureufement il a fallu comparoître
au tribunal de MM. ies maréchaux de France ,
& s'y expliquer fur le fonds de l'affaire. Ce refpectable aréopage , après les avoir ouis , & pris
connoiffance de beaucoup de détails dans lefquels
il n'eft pas poffible d'entrer , a cru devoir prononcer un jugement ; mais il doit être confirmé
par le roi avant qu'il s'exécute. Cette aventure
a fait beaucoup de bruit , & n'a point furpris de
la part des auteurs. M. le comte de Lauraguais
n'eft pas un homme ordinaire , & M. de Villette
a fait fes preuves. Il eft fils de l'ancien tréforier
général de l'extraordinaire des guerres , & eft
aujourd'hui chevalier de Saint Louis ; il étoit dans
la derniere guerre aide - major général des logis
de l'armée.

24 *Août* 1766. L'académie royale de mufique fe
difpofe à remplacer les fragments, & doit y fubf-
tituer trois actes nouveaux fous le titre de *Fêtes
lyriques*. Le premier ballet eft d'un jeune muficien
de l'opéra , qui fe nomme *Francœur* , neveu du
furintendant de la mufique du roi : *Lindor* &
Ifmene , ce poëme eft attribué à plufieurs perfonnes qui gardent l'anonyme ; on le croit cependant
communément de monfieur de Bonneval. La fe-

conde entrée eſt un ouvrage poſthume de deux auteurs morts , *Rameau* & *Cahuzac* , & a pour titre *Anacréon* , qu'il ne faut pas confondre avec un autre poëme du même nom , auſſi de Rameau. Le troiſieme ballet enfin , eſt *Eroſine* , paſtorale héroïque , repréſentée à Fontainebleau le 9 novembre dernier , drame de monſieur de Moncrif , lecteur de la reine , & muſique de Berton , maître de muſique de l'opéra , & connu par pluſieurs chaconnes de la premiere diſtinction, ainſi que par différents morceaux détachés , &c.

31 *Août* 1766. On a fait hier l'ouverture de la foire-Saint Ovide. Depuis ſon nouvel établiſſement à la place de Vendôme , elle a acquis chaque année de la célébrité par la fureur du public à s'y rendre le ſoir & à minuit. Des marionnettes , des batteleurs , à la honte du bon goût & de l'honnêteté publique , y attirent tout Paris , & l'on voit à ces ſpectacles plus d'affluence qu'aux meilleures pieces des François.

2 *ſeptembre* 1766. On a donné aujourd'hui , pour la premiere fois , ſur le théatre de l'opéra, les *Fêtes lyriques* annoncées. 1º. *Cindor & Iſmene*, dont les paroles & la muſique ont paru médiocres, pour ne rien dire de plus ; 2º. *Anacréon* ; il a été reçu avec plaiſir , & le poëme , ſans être merveilleux , eſt paſſablement coupé , & il y a de jolies choſes. Quant à *Eroſine* , il faut abandonner le drame pour n'écouter que la muſique qui a plu beaucoup , ainſi que les ballets ; on regrette que le muſicien ait travaillé ſur d'auſſi plates rimes. L'accueil que ſon ouvrage a reçu du public , doit l'encourager à courir cette carriere.

7 *Septembre* 1766. D'après le jugement de MM. les maréchaux de France , M. le comte de Lauraguais a été obligé de rendre le tableau en question à M de Villette. Nosseigneurs ont sans doute regardé le parti qui en avoit été fait comme nul , ou devant être tel après ce qui s'est passé ensuite.

12 *Septembre* 1766. On va délivrer incessamment la seconde souscription de l'estampe de la famille des Calas , qui a fait la plus grande fortune. L'empressement du public à l'avoir n'ayant pu être satisfait par la premiere planche , on en a fait graver un autre qui sera copiée fidellement sur la précédente.

14 *Septembre* 1766. Depuis qu'il est question de l'illumination meilleure de cette capitale , on ne s'est pas encore déterminé pour l'espece de lanternes qui doivent l'éclairer , & l'on a laissé subsister les anciennes. On a seulement tenté un nouvel essai d'une centaine du nommé *Bailly* , l'un de ceux qui on concouru pour le prix. A en juger par l'effet de ses lanternes , comme il n'est que momentané , il est bien loin de remplir les objets du programme. La plupart de ses lampes s'éteignent , & ne produisent pas constamment la clarté qu'on a droit d'en attendre. D'ailleurs , elles sont sujettes à des inconvénients qu'il seroit trop long de détailler , & qui font croire qu'elles feront proscrites. Il y a toute apparence qu'on reviendra à celles qui ont été exposées l'année derniere sur le Pont-neuf , & qui approchent le plus de ce qu'on desire ; elles ont subi toutes les épreuves de l'intempérie de l'air

pendant un an environ, & constamment éclairé plus de douze heures de suite sans diminution de lumiere. Elles sont du sieur *Bourgeois de Château-Blanc*, qui a partagé le prix proposé, & dont les inventions ont été imitées en partie par tous ceux qui ont concouru.

16 *Septembre* 1766. Mlle. de la *Chalotais*, sous le nom de son pere & de son frere, comme fondée de leurs pouvoirs, & se faisant fort pour MM. de Montreuil, de la Gacherie, & de Kersalaun, a fait présenter au roi deux requêtes tendantes à supplier S. M. de retirer les lettres-patentes du 5 juillet dernier, comme étant un obstacle au renvoi qu'ils ont demandé par la cédule évocatoire. La premiere de ces requêtes est du 11 août, & la deuxieme du 26. Elles sont souscrites par huit des principaux avocats du parlement, qui estiment que la procédure faite à Rennes depuis les lettres-patentes du 5 juillet dernier, ainsi qu'elle est exposée dans cette requête, est nulle, par les moyens qui y sont établis, & que cette nullité ne peut que fortifier ceux sur lesquels on a fondé la requête par laquelle le roi a été très-humblement supplié de retirer ces lettres. Ces deux requêtes ont près de 80 pages d'impression *in*-4°.

16 *Septembre* 1766. Il paroît encore un nouveau *mémoire à consulter & consultation*, sous le nom de la famille de monsieur de la Chalotais, qui demande si la preuve par comparaison d'écriture, sur laquelle on ne pourroit pas prononcer une condamnation à peine capitale, suffiroit pour donner lieu à une peine légere, pour faire or-

donner un plus amplement informé , ou pour
mettre hors de cour fur l'accufation. Le confeil
qui a examiné la queftion & l'ouvrage de le
Vayer fur le même fujet, perfifte dans fa confultation du 26 juillet dernier , & recueille dè
nouveau une multitude de faits qui prouvent
les erreurs & les contradictions continuelles des
experts , d'où il conclut que s'il n'y a contre
monfieur de la Chalotais que la feule dépofition
des experts , en quelque nombre qu'ils puiffent
être , on ne peut ni mettre hors de cour , ni
prononcer un plus amplement informé , & qu'on
doit le décharger de l'accufation. La confultation
ajoute de plus que , par l'examen des pieces im-
putées , tout dépofe en faveur de monfieur de la
Chalotais ; que jamais délit ne fut moins vraifemblable , que la qualité du crime, celle de l'ac-
cufé , fa conduite, fes fentiments les plus connus , que tout concourt à établir qu'il n'eft pas
auteur des billets anonymes , & qu'on blefferoit
également les loix naturelles & pofitives , en ne
le déchargeant pas de l'accufation. Cette confultation eft fignée des mêmes avocats que ceux
qui ont foufcrit celle des requêtes , & eft auffi
du 26 août dernier ; elle contient 36 pages
in-4°.

4 *Octobre* 1766. Vers le commencement de ce
mois on a répandu dans Paris & à la cour avec
la plus grande profufion, un mémoire (prétendu
fignifié) contre monfieur Beudet , fecretaire-gé-
néral de la marine , & ne tendant pas moins
qu'à lui faire perdre l'eftime publique ; mais l'auteur s'y livre à une déclamation qui décele fon
caractere ; il a manqué fon coup , & l'attaque

eſt ſi groſſiere , qu'avec un peu d'attention , on dévoile l'iniquité des prétentions de ſa partie ; toutefois, comme ce mémoire eſt plutôt un li-belle & une diffamation qu'une légitime défenſe, M. Beudet ſe propoſe de prendre à partie l'avo-cat , & de le mettre ſous le glaive de la juſtice ; il ſe nomme *la Ville* , & paſſe pour être un homme très-ſuſpect , pour ne rien dire de plus. MM. les avocats en ſont ſi perſuadés , qu'ils l'ont fait rayer de deſſus le tableau où il avoit trouvé moyen de ſe faire inſcrire.

11 *Octobre* 1766. La diſette des ſujets à la co-médie françoiſe , tant pour les rôles de petits-maîtres que pour ceux à manteau , a déterminé M. le duc de Duras , gentilhomme de la cham-bre du roi , à envoyer un acteur conſommé dans les provinces , pour tâcher de trouver dans les troupes qui y ſont répandues des gens en état de faire ces rôles : c'eſt le ſieur Préville qui eſt chargé de cette commiſſion.

12 *Octobre* 1766. Les ordres ſont donnés pour la conſtruction d'un pont en face du cours ſur la riviere de Seine , qui tiendra lieu de celui de Neuilly ; on abattra l'eſpece de monticule qui ſe trouve à l'Etoile , de ſorte que la vue portera ſur ce pont de la place de Louis XV , & de la terraſſe des Tuileries. Ce monument ſuperbe ſera pluſieurs années à édifier , ainſi que le chemin pour y conduire ; on croit qu'on y enverra des troupes pour l'enlevement des terres, ce qui en accélérera beaucoup l'exécution. Il y a long-temps que l'on fait des vœux pour qu'on emploie ces bras inutiles en temps de paix , aux

travaux publics ; l'utilité générale s'y trouve avec leur avantage particulier ; étant juste de leur augmenter leur paie dans ces occasions.

14 *Octobre* 1766. On a arrêté, il y a quinze jours environ, & mis à la bastille l'abbé Desplaces, pour avoir écrit des lettres injurieuses contre une novice de Remiremont.

16 *Octobre* 1766. L'essai du sieur Bailly pour éclairer quelques rues de Paris, ne produisant pas l'effet qu'on en attendoit, on vient de recourir au sieur Bourgeois de Château-blanc, pour entrer en lice nouvelle ; & il paroît que nul compétiteur ne peut lui disputer la préférence. L'on ne doute pas qu'il ne soit choisi pour l'illumination complete de tout Paris ; mais comme cet objet de dépense est considérable, il sera exécuté en plusieurs années.

25 *Octobre* 1766. Le fameux pere la Tour, ci-devant soi-disant jésuite, qui a été long-temps principal du college de Louis le Grand, est mort à Besançon il y a quelque temps. Ce n'étoit pas un littérateur, mais un des intrigants de la société, & il y avoit une grande prépondérance ; ayant eu l'honneur d'avoir été préfet du prince de Conti, auprès duquel il avoit beaucoup de crédit, S. A. l'avoit d'abord retiré au Temple.

30 *Octobre* 1766. On mande de Rochefort qu'on y a fait une souscription de cinquante actions de mille livres chacune, pour y bâtir une salle de spectacle ; qu'elle a été aussi-tôt remplie, & qu'on y posa la premiere pierre le 22 du mois dernier.

A

31 *Octobre* 1766. La nouvelle d'Espagne au sujet des jésuites n'est pas telle qu'on l'a débitée depuis quelques jours ; mais il paroît qu'il y a eu des soupçons contre eux assez fondés pour mériter l'attention du gouvernement ; & l'on apprend de Madrid que M. d'Aranda a fait investir leur college , appellé le college Impérial. On croit que cette expédition est relative à l'affaire de Bayonne , dont on a parlé.

31 *Octobre* 1766. Le début de mademoiselle Durancy continue avec succès ; elle vient de jouer *Electre* dans l'*Oreste* de M. de Voltaire. Il paroît qu'elle a très-bien saisi ce rôle ; le public en a été fort satisfait , & espere beaucoup de son talent. On dit que mademoiselle *Clairon* voit avec douleur ce jeune sujet donner l'espoir de ne plus la regretter bientôt. Mais c'est sur-tout mademoiselle Dubois qui , étant en activité, est furieuse de voir une aussi laide créature l'emporter au théatre sur sa figure superbe.

3 *Novembre* 1766. M. Poivre de Lyon , homme intelligent , qui a voyagé beaucoup dans l'Inde , & qui y a fait un commerce assez considérable , mais sans naissance , sans grade , & tout neuf dans l'administration , a été choisi par la cour pour commissaire général à l'Isle-de-France , faisant fonction d'intendant. Il a été Lazariste , & est manchot. Il est de la secte des économistes , & ces philosophes triomphent de voir un de leurs coryphées immiscé dans les affaires publiques.

5 *Novembre* 1766. Toute l'Europe a retenti du projet de l'exécution des moyens d'extraire des Pyrénées , des mâtures pour notre ma-

tine ; après des travaux aussi immenses qu'ef-
frayants, surmontés par une constance de près
de vingt années de peine & de soins, au moment de jouir de l'avantage flatteur d'avoir mis
à heureuse fin une aussi belle entreprise, son
véritable auteur s'est vu en butte à l'envie & à
la jalousie de gens intéressés à lui ravir l'honneur
& l'avantage de ses veilles, par des menées aussi
sourdes que lâchement ourdies ; ils ont eu le
crédit de s'approprier la manutention de cette
grande affaire, '& d'en éloigner le chef principal
& ses associés, sous des prétextes aussi faux que
vains, & de consommer leur iniquité en sur-
prenant au conseil du roi, le 28 mai 1764, un
arrêt qui résilie & déclare nul & comme non
avenu le traité fait avec le ministre de la marine,
pour l'exploitation & le transport de ces bois.
Par cette conduite inouie, le sieur de Forcade
s'est vu molesté dans son entreprise, dérangé
dans sa fortune, attaqué dans son honneur, &
au moment de tout perdre ; mais confiant dans
la justice du roi & de ses ministres, il s'est
rendu ici aux pieds du trône, y a porté sa réclamation dans une requête au roi, où il a exposé
les faits détaillés de cette odieuse manœuvre, les
déprédations qui s'en sont suivi, &c. Le gouvernement, convaincu de son atrocité, par les pieces
qui ont été mises sous ses yeux, en a donné des
preuves non équivoques, en faisant droit sur la
requête du sieur Forcade, & en lui rendant sa
confiance pour ·la gestion de cette importante
exploitation, qui est aujourd'hui régie pour le
compte du roi par des commissaires établis par
S. M. & à la tête desquels il a eu l'honneur d'être
nommé.

7 *Novembre* 1766. Une demoifelle Sainval, ci - devant actrice à Lyon , & qui a déja paru, il y a près de fix mois, fur le théatre françois, vient de reprendre fon début dans *Tancrede* ; elle y avoit déja rempli le rôle d'*Aménaïde* avec fuccès ; mais à cette reprife , elle a furpaffé l'attente du public hier , ce qui n'avoit pas été la furveille ; on a imputé à timidité fi elle n'a pas joué lundi , comme on l'efpéroit ; remife de fes craintes, elle a rendu fon rôle avec une chaleur & un fentiment fupérieur aux plus beaux moments de mademoifelle *Clairon*. On ne peut pas dire qu'elle n'ait pas à travailler encore , mais on peut juger par fes talents actuels jufqu'à quel point elle eft capable de les porter. Le théatre françois a lieu de fe féliciter de cette acquifition : jointe avec celle de mademoifelle Durancy , elle doit relever la fcene qui étoit à la veille de manquer de fujets tragiques femelles, & qui auroit grand befoin de fecours en hommes.

9 *Novembre* 1766. Un difciple de monfieur Tronchin, nommé *Normandie*, de Geneve, qui étoit ici depuis peu de temps pour fuivre les inftructions de fon maître ; dans une vapeur des plus fortes, pour ne rien dire de plus, s'eft jeté dans le Palais-Royal du fecond étage d'une des maifons qui font dans la rue des Bons-enfants ; il eft tombé fur le treillage qu'il a brifé fans fe tuer : avec de la docilité on auroit pu le guérir ; mais perfiftant dans fa manie de vouloir périr, le ciel a comblé fes vœux, & il eft mort.

10 *Novembre* 1766. L'académie royale de mufique fe difpofe à donner un opéra nouveau,

intitulé *Silvie* , ballet en trois actes, précédé d'un prologue. Les paroles de ce poëme font de monfieur Laujeon , qui a deja donné des poëmes lyriques , qui ont été bien reçus du public : le fieur Lagarde , muficien , avoit fait la mufique de cet ouvrage , qui a été joué chez le roi aux petits appartements ; mais depuis , monfieur *Laujeon* ayant retouché les paroles, elles ont été remifes en mufique par les fieurs le *Breton* & *Trial* , & le tout exécuté l'année derniere à Fontainebleau, avec affez de fuccès. Les trois auteurs ont encore fait de nouveaux changements pour être mis ici fur le théatre de l'opéra.

18 *Novembre* 1766. On a donné aujourd'hui pour la premiere fois le ballet de *Silvie* en trois actes , précédé d'un prologue repréfentant les forges de Vulcain. Cet opéra , annoncé avec diftinction dans le public, n'a pas répondu à fon attente ; il y a quelques morceaux qui ont été applaudis ; mais en général , il n'a pas été bien reçu ; on ne peut pas imputer ce peu de fuccès aux directeurs ; ils y ont prodigué la dépenfe dans tous les genres , & elle eft très-confidérable.

19 *Novembre* 1766. Rien n'eft plus commun que les maladies de poitrine , & jufqu'à préfent l'art des médecins femble y avoir échoué. On affure que le hafard vient d'indiquer un remede très-efficace , & plufieurs perfonnes attaquées de cette maladie en font ufage. C'eft de fe renfermer dans une étable à vaches , & d'y paffer plufieurs mois de compagnie avec ces animaux ; on prétend que leur haleine , les efprits qui s'en exhalent , améliorent l'air, qui porte ainfi dans les poumons un baume falutaire , & leur rend

l'élasticité. Quoi qu'il en soit , comme tout est mode ici , nos petites maîtresses , principalement sujettes au mal en question , font presque toutes construire de ces especes d'infirmeries dans leurs nouvelles maisons.

20 *Novembre* 1766. On assure que l'impératrice de toutes les Russies , ayant requis plusieurs fois le roi de Pologne d'introduire dans ses états le rite grec , sa majesté Polonoise lui a fait remettre en dernier lieu la réponse suivante.

« Je ne méconnois pas les obligations que j'ai à l'impératrice des Russies dans les moyens dont Dieu s'est servi pour m'élever au trône ; mais en y montant , j'ai promis l'exacte observation de ma religion dans toute l'étendue de mon royaume. Si j'étois assez foible pour l'abandonner , ma vie & mon trône seroient exposés au juste ressentiment de ma nation. Vous me menacez d'employer la force pour établir vos projets ; c'est une extrêmité qui me deviendroit également funeste. Je n'entrevois que du danger dans les résolutions que j'ai à prendre ; mais j'aime mieux m'exposer à celui que l'honneur & le devoir m'engagent à choisir , & dès à présent je m'unis à ma nation pour la défense de notre sainte religion.

6 *Décembre* 1766. On vient de publier un arrêt du conseil concernant les *actes du clergé*. Il est du 25 novembre dernier , & rappelle ceux du 15 septembre 1765 & 24 mai 1766. Le roi casse & annulle les arrêts du parlement de Provence du 30 décembre 1765 , des parlements de Toulouse , de Bordeaux , de Rouen & de Paris du 14 , du 15 , du 23 novembre 1765 , &

L 3

du 8 juillet 1766 , comme ne pouvant fe concilier avec les difpofitions de fon confeil , & avec les raifons qui ont déterminé fa majefté à caffer les arrêts de fon parlement de Paris des 4 & 5 feptembre 1705. N'entend néanmoins fa majefté autorifer l'effet qui pourroit être donné auxdits actes de l'affemblée, en exigeant des adhéfions ou fignatures qu'elle n'a pas cru devoir exiger , & qui pourroient être également préjudiciables aux loix de l'églife & à la tranquillité du royaume. Défend S. M. d'en exiger de nouvelles à l'avenir , fe réfervant , au furplus , à elle feule , comme elle a déja fait par fon arrêt du 24 mai , la connoiffance de toutes les difputes & conteftations qui pourroient s'élever au fujet defdits actes.

25 *Décembre* 1766. On vient de publier un arrêt du confeil d'état , daté du 6 de ce mois , qui fupprime , comme *libelles* , plufieurs écrits imprimés fans permiffion. Ils ont pour titre : *Commiffions extraordinaires* ; *Journal des événements qui ont fuivi les actes de démiffion du parlement de Bretagne , du 22 mai 1766 ; fuite du même journal : chronologie des lettres de cachet.* Il y eft dit que dans la vue de prévenir & d'émouvoir les efprits , les auteurs obfcurs de ces ouvrages clandeftins ont avancé les principes les plus captieux & les plus faux ; qu'ils ont effayé de les accréditer par les citations les plus infidelles ; que , par un artifice auffi condamnable & pour fatisfaire leur malignité , ils ont altéré ou déguifé plufieurs faits importants ; qu'ils ont enfin porté leur témérité jufqu'à rendre public ce qui par fa nature devoit demeurer fecret , & juf-

qu'à y joindre tout ce qui pouvoit le plus aigrir & animer les esprits contre des événements que les circonstances ont rendus nécessaires.

26 *Décembre* 1766. *La cronologie des lettres de cachet*, que l'on a vu supprimée par l'arrêt du conseil du 6 de ce mois, est une feuille d'impression de huit pages seulement, qui a pour titre : le *Tableau Chronologique* des lettres de cachet distribuées, & des actes violents du pouvoir absolu, exécutés en Bretagne depuis la signature de l'acte des démissions des officiers du parlement, du 22 mai 1665. L'auteur de ce pamphlet prétend que, depuis cette époque, 158 personnes ont été enlevées, enfermées, exilées, vexées & décrétées; il en donne la liste par noms & qualités. On voit par l'énoncé seul de cet écrit, combien il est dans le cas de la proscription, d'autant qu'il est accompagné de notes analogues au titre. Il est cruel pour le gouvernement que son active vigilance ne puisse pas prévenir la publicité de ces sortes de libelles, & qu'il soit obligé d'employer la sévérité pour en arrêter le cours.

4 *Janvier* 1767. On a fait plusieurs éditions très-clandestines des mémoires de monsieur de la Chalotais & de ses lettres au roi & à monsieur de Saint-Florentin. On ne peut imputer ces impressions furtives qu'à l'appât du gain. La plupart des vendeurs ont déja subi la peine de leur témérité, & sont arrêtés.

5 *Janvier* 1767. Après l'éclat de l'aventure de madame de Boisgiron, convaincue d'avoir abusé de la confiance de madame la dauphine & de l'avoir volée, il semble que le juste châtiment qu'elle a éprouvé auroit dû être un frein

pour quiconque auroit l'honneur d'approcher de près nos princesses : contre cette attente, ce funeste exemple n'a point effrayé la nommée *Gruelles*, femme de chambre de madame *Victoire*. Elle a été arrêtée par ordre du roi sur la preuve & son aveu d'avoir volé madame Victoire. Elle est fille du concierge de Choisy (Filleul), qui a la meilleure réputation du monde, & la plus justifiée ; dans le désespoir de cet événement, il est venu se jeter aux pieds du roi & demander à se retirer. Sa majesté, touchée de son état, a bien voulu lui ordonner de rester, & lui dire que les fautes étoient personnelles.

10 *Janvier* 1767. L'académie royale de musique se dispose à reproduire sur son théatre le poëme de Thésée de Quinault, remis en musique par Mondonville, le même qui fut joué il y a deux ans à Fontainebleau. Le public est bien impatient de juger de la témérité du moderne musicien, la musique de Lully ayant été en possession de lui plaire jusqu'à présent. Paris n'a pu faire comparaison des deux auteurs, cet opéra n'ayant été représenté qu'une fois à la cour, suivant l'usage.

12 *Janvier* 1767. Le nommé *Després Bouquerel*, frere d'un négociant de Rennes, impliqué dans l'affaire de Bretagne, convaincu d'avoir écrit des lettres anonymes à monsieur le comte de Saint - Florentin, où, sans respect pour le ministere, il s'est livré à une déclamation indécente & très - criminelle, a été conduit à bicêtre.

14 *Janvier* 1767. On a donné hier sur le théatre de l'opéra *Thésée*, rajeuni par mon-

fieur de Mondonville. Le public a paru regretter *Lully* , & les belles fcenes de cet ancien
n'ont point été effacées par la mufique nouvelle.
On doit cependant rendre au fieur de Mondonville la juftice d'avoir fait des morceaux qui ont
paru de toute beauté , & qui ajoutée aux autres
de Lully , rendront cet opéra admirable.

15 *Janvier* 1767. Extrait d'une lettre de Sain-
tes , du 4 janvier 1767. . . . . . Monfieur de la
Chalotais , fes deux fils & fa bru font arrivés
dans cette ville le 31 du mois dernier ; ils ont
été très-bien accueillis. La célébrité de M. de la
Chalotais , fes malheurs , ont contribué à exciter ce fentiment d'intérêt que les honnêtes gens
ne peuvent refufer à ceux qui font dans la peine.
D'ailleurs, fon éloquent mémoire nous étoit parvenu , & c'eft à qui le lira.

17 *Janvier* 1767. On a enrégiftré la femaine
derniere à la grand'chambre des lettres - patentes du roi au fujet de monfieur de la Verdy ,
aujourd'hui miniftre & contrôleur - général des
finances ; elles ont été préfentées par monfieur
l'abbé Terrai : leur objet eft de rappeller une
généalogie qui avoit été ignorée jufqu'à ce jour ,
concernant ce miniftre moderne. Son pere avoit
été maintenu dans la nobleffe , il y a plus de
vingt ans ; mais de nouvelles recherches ont
mis M. de la Verdy en état de juftifier une très-
longue poffeffion de nobleffe de race très-ancienne,
conftatée par ces lettres-patentes & leur enrégif-
trement. La médiocrité de la fortune de fes peres
les avoient réduits au talent ; & le barreau fe
glorifie d'avoir vu de nos jours M. de la Verdy ,
pere de M. le contrôleur-général, y figurer avec
diftinction.

L 5

11 *Janvier* 1767. La mere de M. *Duclos*, fecretaire perpétuel de l'académie françoife, vient
de mourir à Dinan , à 104 ans. Un ami lui a
adreffé les vers fuivants :

De ta mere à cent ans & plus
A la fin te prive la parque.
Sans te répandre hélas ! en pleurs trop fuperflus ;
Réjouis-toi plutôt de cette heureufe marque ;
De long-temps ne craint rien de fes coups menaçants.
Mais quand aujourd'hui la cruelle
trancheroit le fil de tes ans ,
N'aurois-tu pas vécu plus qu'elle !

23 *Janvier* 1767. Le peu de fuccès de l'opéra
de Théfée remis en mufique par le fieur de
Mondonville , a déterminé cet auteur à le retirer du théatre ; & les directeurs de l'académie
royale de mufique , en gens intelligents , vont
y remettre le même opéra de Lully , tel qu'il a
été joué l'année derniere. Les mêmes dépenfes
tant en habits qu'en décorations peuvent fervir ;
en conféquence on le répete , & en attendant on
a repris *Silvie*. Le *Théfée* moderne n'a été joué
que quatre fois.

24 *Janvier* 1767. On écrit de Rochefort que
les ordres de la cour y font arrivés pour y faire
l'expérience d'une pâte alimentaire fur fix forçats des plus forts & des plus robuftes. Ils feront mis chacun dans une chambre féparée ,
gardés par des factionnaires , & y feront vifi-
tés par les médecins tous les jours. On leur
diftribuera trois onces feulement de cette pâte
avec de l'eau bouillante , du beurre , du poivre

& du fel ; & l'auteur de ce fecret prétend
qu'ils feront fuffifamment nourris pendant vingt-
quatre heures avec cette dofe, l'épreuve durera
un mois. Si cette pâte réuffit, il eft conftant
qu'on en pourroit faire ufage en mer dans des
circonftances critiques. Elle eft très-compacte, &
paroît être faite de la fine fleur de froment.

28 *Janvier* 1767. Un avocat, nommé la Ville,
rayé du tableau, & ne fubfiftant que des mémoires ou plutôt des libelles clandeftins qu'il diftribue, eft à la veille de fe voir prendre à parti pour
une affaire grave dans laquelle il s'eft immifcé
d'écrire, & où l'on l'accufe comme calomniateur.
C'eft toujours la fuite du procès de M. Beudet,
& cela caufe une grande fermentation dans le
barreau, qui abandonneroit volontiers ce confrere
expulfé, mais n'aime pas un tel exemple.

30 *Janvier* 1767. Au mois de feptembre dernier, on diftribua avec profufion dans Paris un mémoire fous le nom d'une veuve *Hérige*,
contre monfieur Beudet, confeiller honoraire au
confeil fupérieur de Léogane, fecretaire de la
marine. Son objet paroiffoit un projet médité &
réfléchi pour fon rédacteur, de perdre monfieur Beudet, & de porter à fa réputation le
coup le plus funefte. Mais à peine parvint - il
dans le public, que les faits les plus graves,
avancés contre monfieur Beudet, furent démen-
tis par des actes authentiques, & que le fieur
de la Ville, auteur de ces mémoires, chercha
à fe rétracter dans des journaux. Monfieur Beudet vient de publier aujourd'hui un mémoire à
confulter & confultations, tant fur le fonds
dans l'affaire qui eft une difcuffion de prétentions
de la veuve *Hérige* fur un bien acquis par le beau-

L 6

pere de monfieut Beudet , que fur l'atrocité de
la diffamation que le fieur de la Ville s'eft per-
mife fous ce prétexte. Le confeil qui a figné cette
confultation , eft d'avis que monfieur Beudet eft
en droit de pourfuivre par la voie extraordinaire,
les auteurs , complices , & adhéiants de cette
diffamation , qui ne paroît pas être feulement
l'ouvrage du fieur de la Ville , mais de gens ennemis du fieur Beudet , qui fe font fervis du
miniftere de cet avocat pour publier ce libelle.
Le fieur de la Ville y eft également pris à partie,
cómme étant fans caractere pour foufcrire un mémoire , & ayant ufurpé un titre que lui refufe
l'ordre des avocats. Les plus célebres jurifcon-
fultes de Paris ont foufcrit ce mémoire à confult-
ter & une confultation qui le fuit.

31 *Janvier* 1767. Extrait d'une lettre de Rennes , du 25 janvier...... L'évêque de Saint-
Brieux (Barcau de Girac) très - lubrique , qui
en prendroit fur l'autel , & en conteroit à la
Vierge , pour fe délafler de fes occupations pendant la tenue des états , a entrepris la conquête
d'une dame jeune & jolie , & de plus niece d'un
de fes confreres. Dans fa pourfuite amoureufe ,
dont il ne fe cachoit aux yeux de perfonne , fe
trouvant un jour tête-à-tête avec cette dame ,
emporté par fa paffion , il la prefle vivement, &
oublie la précaution de mettre le verrouil. Le
mari furvient , entre précifément à l'inftant du
dénouement ; la dame ne perd point la tête ;
elle feint que le prélat lui fait violence ; elle
faute fur l'épée du mari , & la plonge dans la cuiffe
du téméraire. Il y avoit bien de quoi ralentir
fon ardeur ; il fe retire confus, humilié, l'oreille

baffe, & eft obligé de garder la chambre. Cette histoire eft aujourd'hui publique : on ne parle que de l'adreffe de madame de la M.... qui a donné à l'évêque de St. Brieux un coup d'épée dans la cuiffe fans endommager fa culotte. Cette nouvelle eft allée jufqu'à la cour. On dit que monfieur le prince de Conti en a réjoui le feu roi ; monfieur l'évêque d'Orléans, très-fcrupuleux pour l'honneur de l'épifcopat, a cru devoir en écrire au clergé affemblé aux états, qui, entrant dans le même efprit, a répondu que c'étoit une hiftoire calomnieufe, inventée à plaifir. Malheureufement, on prétend que MONSEIGNEUR en portera toute fa vie la cicatrice imprimée fur fa cuiffe.

4 *Février* 1767. Le mémoire de monfieur de la Chalotais, dont on a parlé, a pour titre : *Troifieme mémoire de monfieur de la Chalotais, procureur-général au parlement de Bretagne,* & tient 71 pages d'impreffion *in-12*. On y voit régner le même ton d'affurance que dans les précédents. Il y impute à la calomnie la plus atroce les accufations intentées contre lui ; il y réclame l'équité & la juftice du roi, & il y inculpe des perfonnes en place des faits qu'il prétend réfuter. Il termine par fon teftament, où il affirme de nouveau fon innocence, & en prend le ciel à témoin ; &, par un *poft-fcriptum*, annonce qu'il apprend qu'il y a un mémoire contre lui de M. de Calonne. Il n'ignore pas les moyens qu'on apporte pour qu'il refte dans le filence : mais il affure que cet adverfaire ne perdra rien pour attendre, & qu'il répondra à quelques faits relatifs à monfieur de Fleffelles, intendant de Bretagne.

5 *Février* 1767. On mande de Rochefort que l'essai de la pâte alimentaire n'a pas eu le succès qu'on attendoit , & que les six forçats n'ont pu en soutenir l'épreuve plusieurs jours ; on a été obligé de les mettre à l'hôpital pour leur faire prendre une nourriture plus solide.

9 *Février* 1767. Le froid accueil du public pour *Eugenie* n'en a point imposé à son auteur ; il a prétendu le subjuguer , & il y est presque parvenu. Il a élagué , retranché & ajouté. En 24 heures son drame , moins défectueux , a reparu sur la scene , purgé des expressions basses & triviales qui avoient déplu. L'intérêt plus resserré , l'action moins traînante , le pathétique plus développé , les acteurs mieux ensemble , le tout enfin a fait plaisir en général. On a demandé l'auteur qui n'a pas daigné se montrer ; on a forcé l'acteur à le nommer. Des billets répandus dans la salle n'ont pas peu contribué à ce succès, qui pourra se soutenir si , à chaque intervalle des représentations , on corrige une partie des défauts qui rendoient la piece misérable. Du reste , elle sera toujours médiocre.

17 *Février* 1767. Il y a long-temps que les ambassadeurs ont formé la prétention d'aller au bal de l'opéra l'épée au côté comme les princes du sang. Le roi a bien voulu décider en leur faveur , & en conséquence plusieurs ambassadeurs y ont été ainsi ce carnaval , pour prendre acte & possession de cette prérogative.

24 *Février* 1767. Un officier fort épris d'une femme , & au moment de l'épouser , s'étant apperçu qu'elle difféoit de lui donner la main sur les notions qu'on lui avoit fait parvenir de

fon caractere violent, de défefpoir s'eft brûlé la cervelle avant - hier dans l'antichambre de fa maîtreffe. Elle fe nomme mademoifelle Gouilli. Elle a été fucceffivement la maîtreffe de meffieurs de *Trudaine*, *Clairault*, *Duféjour* & autres académiciens & favants.

25 *Février* 1767. Le poëme de Pandore avoit été mis en mufique par feu monfieur Royer, & devoit être joué fur le théatre de l'académie royale de mufique, huit jours après la mort de cet auteur ; mais fon décès fubit en fit fufpendre la repréfentation en 1775.

10 *Mars* 1767. On mande de Rochefort que la récidive de l'expérience de la pâte alimentaire fur dix nouveaux forçats, n'a pas eu plus de fuccès que la premiere, & qu'on a été obligé de l'abandonner entiérement.

18 *Mars* 1767. On parle beaucoup d'une caffette précieufe pour les papiers qu'elle contient, laiffée par monfieur le dauphin à madame la dauphine, & dont cette princeffe a fait gardien monfieur l'évêque de Verdun, fon premier aumônier. On prétend que dans cette caffette font différents mémoires, ouvrages & inftructions du prince défunt, à remettre au duc de Berry le dauphin actuel, lorfqu'il fera en état d'en profiter.

21 *Mars* 1767. On vient d'imprimer les remontrances du parlement au roi du 30 août dernier, au fujet des actes de l'affemblée du clergé de 1765, &c. Elles ne font point fufceptibles d'analyfe par la difcuffion où elles entrent fur les matieres qui en font l'objet, fort feches, & ne devant intéreffer que les théologiens ou

les dévots. Tout ce qu'on peut affurer , c'eft que l'ouvrage eft excellent dans fon genre, & infiniment plus fort de raifonnements & de preuves que celui des prélats.

24 *Mars* 1767 L'académie royale de mufique a remis aujourd'hui fur fon théatre *Hippolyte & Aricie* , opéra de Rameau , qui a commencé la réputaton de ce célebre muficien ; il a été bien reçu du public , mais cependant pas avec cet enthoufiafme que l'on a porté à *Caftor & Pollux* , & l'on eft forcé d'avouer que , malgré la bonne volonté des directeurs , ils n'ont pu en diftribuer les rôles auffi avantageufement qu'ils l'auroient defiré fi tous leurs employés avoient été en état de jouer.

7 *Avril* 1767. Les bâtiments du Palais - Royal font conduits avec plus de célérité que de goût. L'efcalier eft fini & ne répond point à la dépenfe & à ce qu'on attendoit , ainfi que le refte. Il feroit trop long de rendre compte des défauts monftrueux qui fe trouvent dans l'enfemble qu'on ajoute à ce palais. Il fera bien au-deffous de l'argent immenfe qu'on y facrifie. La premiere cour, par le nouveau plan , eft affez belle ; & , pour la rendre plus vafte , au lieu d'une colonnade qui devoit régner fur la rue Saint Honoré , on y met une grille. Il paroît que la falle de l'opéra n'eft pas mieux traitée , & qu'elle effuiera de fortes critiques.

21 *Avril* 1767. On vient d'imprimer la *Sanction Pragmatique* du roi d'Efpagne , ayant force de loi , qui enjoint à tous les religieux de la compagnie de Jefus , de fortir de fes royaumes ; leur fait défenfe de jamais s'y rétablir , & or-

donne la confiscation de tous leurs biens. Cette pièce curieuse, datée du deux de ce mois, est traduite en françois, & se vend à tous les coins de rue avec une profusion peu commune. En général la nouvelle a été accueillie ici avec la plus grande joie, & le public est tellement indisposé contre cette trop célèbre société, qu'il ne cesse de faire des vœux pour son extinction totale. On ne doute pas qu'à l'élection du nouveau pape, une des conditions ne soit d'abolir les jésuites dans toute la chrétienté.

24 *Avril* 1767. Les spectacles des feux d'artifices, suspendus à cause de la saison, ont repris hier. Le goût du public pour ces amusements, les a multipliés beaucoup, & ont encouragé les artistes à les perfectionner.

24 *Avril* 1767. On a fait imprimer un tableau prétendu des *assemblées secretes & fréquentes des jésuites & leurs affiliés à Rennes*. On impute à leurs complots la disgrace & les malheurs de MM. de Caradeuc & de la Chalotais, &c. On y lit les noms prétendus de ceux qui forment ordinairement ces assemblées, les lieux où elles se tiennent ; on y trouve tous gens affiliés, soi - disant, aux ci - devant jésuites, &c. On doit se rappeller que le parlement de Bretagne n'a pas donné à son arrêt contre les jésuites toute l'extension de celui de Paris, & que Rennes est devenu, pour ainsi dire, l'asyle de tous ceux qui n'ont pu en trouver ailleurs.

13 *Mai* 1767. Les nouveaux directeurs ont remis à la rentrée *Thésée* ; ils ont fait des changements assez considérables dans les sujets tant

des ballets , du chant que de l'orcheftre, qu'ils ont augmenté de plufieurs inftruments ; mais le vice radical de ce théatre eft aujourd'hui dans fa mufique foporative, depuis qu'on s'eft un peu familiarifé avec l'italienne.

14 *Mai* 1767. Monfieur le marquis de Cour-tanvaux , ayant deffein de connoître les côtes de la Manche de Flandre & de la Hollande , pour les vifiter à fon aife & fatisfaire fa curio-fité , a fait conftruire au Havre une frégate qu'il arme & équipe à fes frais , & dans laquelle il s'embarquera avec plufieurs de fes amis, & fur-tout avec des favants qui l'accompagnent dans ce voyage. Il fe propofe de mettre à la voile dans le courant de ce mois. L'académie compte fur beaucoup d'expériences de cet illuftre confrere & des autres.

15 *Mai* 1767. On parle beaucoup d'une lettre du pape au roi d'Efpagne au fujet de l'expul-fion des jéfuites. S. S. témoigne fa douleur de la façon dont il a plu à fa majefté catholique de profcrire cette célebre fociété de fes royaumes. Il impute à la calomnie tous les délits dont on les accufe , & demande qu'elle foit reçue à fe juftifier.

19 *Mai* 1767. Le roi étant à Choify il y a quelques jours , & prenant le divertiffement de la chaffe du cerf dans la forêt de Sennar , s'égara à la pourfuite de l'animal qui fut couru plus de trente lieues. Suivie d'un très - petit nombre de feigneurs , de monfieur le prince de Beauveau , capitaine des gardes , fa majefté fut furprife par la nuit dans les bois : incertains

de leur route, ils marcherent à l'aventure & gagnerent enfin un village près Rambouillet; ils y trouverent heureusement un maître de poste qui avoit une chaise dans laquelle le roi monta, monsieur le prince de Beauveau derriere. Monsieur de Polignac & quelqu'autres seigneurs firent atteler des chevaux de poste à une charrette, & accompagnerent sa majesté qui arriva après minuit à Versailles, d'où l'on expédia en diligence un courier à Choisy pour rassurer les seigneurs qui y étoient. L'absence du roi les avoit plongés dans la plus cruelle incertitude, d'autant qu'il y avoit un conseil indiqué pour sept heures. Cette aventure a beaucoup réjoui S. M.

23 *Mai* 1767. A l'occasion des nouveaux directeurs de l'académie royale de musique, un anonyme a composé des statuts de réglements sur l'opéra. Ils sont en vingt-quatre articles, & en vers libres. C'est une satire plaisante & piquante, tant de la nouvelle direction, que des acteurs & actrices qui prétent aux sarcasmes & à l'épigramme. On la croit d'une société où monsieur Barthe n'a pas été des derniers à s'égayer sur ces messieurs & dames.

24 *Mai* 1767. Le roi d'Espagne a chargé monsieur de Campo-Manez de l'examen des papiers trouvés dans les différentes maisons des jésuites. Ce monsieur de Campo-Manez, qui est actuellement conseiller dans un des conseils établis à Madrid, étoit ci-devant un des plus célebres jurisconsultes d'Espagne. Il a composé, il y a quatre ou cinq ans, un ouvrage qui a été imprimé, dans lequel il a prétendu donner les preuves de très-grandes usurpations faites sur les domaines de la couronne depuis le regne de Fer-

dinand & d'Isabelle par différents ordres religieux ,
& notamment par la société des jésuites , & s'est
acquis par son mérite l'estime & la confiance de
M. d'Aranda.

26 Mai 1767. Il y a eu au parlement , il y a
quelque temps , une dénonciation par l'abbé Chau-
velin , l'adversaire infatigable de la société , concernant ce qui s'est passé en Espagne. Elle a été suivie de plusieurs délibérations , qui , après de lon-
gues discussions , se sont enfin terminées par un
arrêt rendu le 9 mai , toutes les chambres assemblées , qui ordonne que , dans quinzaine de la publication , tous les ci - devant soi - disant jésuites
feront tenus de sortir du royaume.

Les affiliés tenus de faire leurs déclarations , &
de rapporter leurs lettres.

Défenses aux archevêques & évêques d'employer ceux qui avoient quitté dès avant 1767.

Le roi est supplié d'obtenir du saint pere l'extinction de cette société , & de rendre communes à tout le royaume , par une loi générale ,
les dispositions de l'arrêt , qui est très-long , &
fera imprimé incessamment.

28 Mai 1767. On vient d'imprimer , publier
& afficher l'arrêt du parlement contre les jésuites ; il est précédé d'un réquisitoire des
gens du roi. On ne peut s'imaginer avec quelle
avidité cet arrêt a été acheté par le public. L'im-
primeur n'a pu fournir à l'affluence des demandeurs. On y voit en détail ce qui a déterminé
la cour à le rendre , & l'on n'a pas été peu
surpris d'y lire que le roi sera très-humblement
supplié d'écarter de sa personne , & de celle
des princes de la famille royale , tous ceux qui
auroient encore aucune fraternité ou affiliation

publique ou secrete avec ladite société, & d'interposer ses bons offices auprès du pape, à l'effet d'obtenir l'extinction totale d'une société pernicieuse à la chrétienté toute entiere, & particuliérement redoutable aux souverains & à la tranquillité des états.

29 *Mai* 1767. Le parlement a rendu un nouvel arrêt qui ordonne que les lieutenants-généraux des bailliages & sénéchauffées dresseront un état des ci-devant soi-disant jésuites, que des infirmités graves & habituelles mettoient dans l'impossibilité absolue d'exécuter l'arrêt de la cour, & indiqueront aux mêmes religieux les hôpitaux où ils pourront se retirer.

Le même jour, arrêt qui ordonne qu'il sera informé contre les soi-disant ci-devant jésuites qui ont rétracté le serment qu'ils avoient prêté.

3 *Juin* 1767. A l'occasion de l'extinction des jésuites de la domination Espagnole, on vient d'imprimer le détail de toutes leurs maisons connues dans les quatre parties du monde, & le nombre des religieux qu'elles contenoient chacune en particulier; ce qui forme un corps de plus de 20,000 hommes, & une milice beaucoup plus considérable en comptant les membres divers qui y tiennent, par les affiliations, les congrégations, &c.

9 *Juin* 1767. Monsieur l'abbé Guyot, aumônier de M. le duc d'Orléans, qui s'étoit destiné à la chaire où il a parlé avec succès dans cette capitale, devant le roi & ailleurs, devoit prêcher à Saint Nicolas-du-Chardonnet; les mar-

guilliers, informés qu'il avoit été jésuite , n'ont pas voulu qu'il prêchât sans avoir fait le serment.

12 *Juin* 1767. Il paroît très - clandestinement une lettre contre M. Tronchain , dans laquelle ce moderne esculape est extrémement maltraité; on prétend y démontrer des méprises de premiere ignorance ; on y discute sa conduite à l'égard de madame la dauphine ; on le met en contradiction avec lui - même & avec les principes de l'art. Cette épître écrite avec beaucoup de passion , manque son but par-là même ; on y découvre un ennemi caché qui ne peut lui seul balancer l'opinion publique.

14 *Juin* 1767. La *Lettre d'un actionnaire de la compagnie des Indes* à MM. les commissaires nommés à l'assemblée du 4 avril dernier , faisant beaucoup de bruit , exige quelque détail. Cet écrit , où il entre de l'humeur contre l'administration actuelle , présente cependant un tableau assez vrai des justes inquiétudes des actionnaires ; mais l'auteur exagere les vices qui peuvent s'y trouver , & s'éleve avec trop d'aigreur sur les statuts & réglements proposés par elle. Il prétend qu'avant de pouvoir assigner de justes réglements, il faudroit mettre les actionnaires en état de savoir quelle est la situation présente de la compagnie; quelles sont ses charges ; quelles sont ses ressources ; le tout au vrai , & sans chercher à s'abuser ou en abuser d'autres , comme il prétend qu'on l'a fait dans les divers comptes rendus aux assemblées publiques depuis 1765 ; & il finit par mettre en question si la compagnie peut , dans les cas prévus & à prévoir , se soutenir, régie & administrée comme elle l'est aujourd'hui.

En général , cette lettre ne peut que déplaire à ceux qui font à la tête de la compagnie , qui doivent voir avec douleur qu'on leur prête de chercher à fe perpétuer dans leur adminiftration , & à y établir un defpotifme dont le public ne les croit pas capables , & qui par-là même ne fe confolideroit que mieux , fi l'on ne deffilloit les yeux des intéreffés.

18 *Juin* 1767. Le parlement de Normandie a rendu au fujet des ci-devant foi-difant jéfuites , un arrêt prefque conforme à celui de Paris. Celui de Provence , en conformité de l'efprit qui fe ranime contre cette funefte fociété , & fur la dénonciation qui lui a été faite de ce qui s'eft paffé en Efpagne , d'après les conclufions motivées du procureur-général du roi fur cet événement, & le refus du pape de recevoir en fes états les jéfuites Efpagnols, a ordonné , par un arrêt du premier de ce mois , que les membres de cette fociété , à l'époque du 5 juin 1762 , feront tenus de fe retirer hors du royaume dans quinzaine, à l'exception de ceux qui auront prêté les ferments ordonnés , & de ceux qui n'avoient pas atteint l'âge de 33 ans , le 28 janvier 1764, & qui prêteront le ferment ordonné par l'arrêt dudit jour.

Le procureur-général , dans fon réquifitoire, ne laiffe pas ignorer les droits du roi fur le comtat d'Avignon, droits inaliénables & imprefcriptibles , dit ce magiftrat ; ce qui autorife S. M. à ufer de fon pouvoir , pour exiger dans cette petite contrée la deftruction des établiffements des jéfuites qui y font.

20 *Juin* 1767. Un certain abbé Desbroffes, grand intrigant, qui prétend poff99éder des fcrets

rares dans la médecine , fur-tout pour les maladies de peau , & avoit guéri madame la duchesse
d'Orléans d'une dartre , dont il avoit obtenu la
protection ainfi que celle de plufieurs grands feigneurs , n'en a pas été moins condamné depuis à
Dijon à être marqué & aux galeres. Il y a trois
ans de ce jugement , dont il a fubi la premiere
peine ; il s'eft pourvu en caffation , & a évité de
la forte la chaîne où il devoit être envoyé. Il a
obtenu la caffation de l'arrêt , ce qui fait grand
bruit.

25 *Juin* 1767. Rien de plus plaifant que la
lettre du roi d'Efpagne au pape , en date du 31
mars 1767. On la prendroit pour un perfiflage ,
fi elle avoit été écrite en France. En voici la
traduction exacte : « Votre fainteté fait que le
premier devoir d'un fouverain eft de veiller à la
tranquillité de fon état & au repos de fes fujets.

C'eft pour remplir ce devoir que je me trouve
dans la néceffité abfolue de chaffer de mes états
tous les jéfuites qui y font établis , & de les
tranfporter dans les états du faint fiege , fous la
fageffe & la fainte direction de votre béatitude ,
qui eft le pere commun & le chef de tous les
fideles.

Je tomberois dans le cas de l'indifcrétion envers la chambre apoftolique , en l'obligeant de
pourvoir à l'entretien de ces peres jéfuites qui font
nés mes fujets , fi je n'avois pourvu moi-même
à leur fubfiftance en leur donnant à chacun une
penfion alimentaire fuffifante.

Dans ces circonftances , je prie votre fainteté
de regarder ma préfente réfolution comme un arrangement économique qui étoit indifpenfable,

&

& qui n'a été pris qu'après un mûr examen &
une profonde méditation.

Cette justice m'étant rendue par votre fainteté,
je la prie de m'envoyer fa fainte bénédiction
apoftolique fur cette conduite particuliere, ainfi
que fur toutes mes autres démarches, qui fe
trouveront dirigées, comme celle - ci, vers
l'honneur & la gloire de Dieu.

26 *Juin* 1767. La réponfe du pape au roi
d'Efpagne porte en fubftance, que fi S. M. catholique n'a pas des raifons très-graves pour en
ufer comme elle le fait envers les jéfuites, il y
auroit de l'injuftice & de l'inhumanité de les
maltraiter de la forte ; mais que fi c'étoit pour
des crimes, il approuveroit cette réfolution ;
que dans ces cas-là, il ne vouloit pas donner afyle
dans fes états à des affaffins & à des malfaiteurs.
Malgré cela, le roi d'Efpagne garde dans fon cœur
royal les délits des acculés. Ce font les propres
expreffions de S. M catholique, ce qui foutient
très-bien le perfiflage de la lettre à fa fainteté.

29 *Juin* 1767. Carlin, l'arlequin de la comédie italienne, qu'on croyoit perdu pour jamais,
va beaucoup mieux ; il eft à fe refaire à la campagne ; il fera bientôt en état de jouer, à ce
qu'on efpere. Les partifans de ce rôle ne peuvent
fe faire au jeu de celui d'aujourd'hui, qui tient
trop au goût italien. Cet acteur chez nous doit
être naïf & non fot, gentil & non balourd.
D'ailleurs, comme le fucceffeur de Carlin écor-
che le françois, il ne peut mettre dans fes laz-
zis la fineffe d'un homme au fait de la langue.

10 *Juillet* 1767. Le petit fuccès des réglements

Tome XVIII.   M

& ftatuts de l'opéra , a fait paître à un anonyme
l'idée d'en faire fur la comédie françoife. L'auteur
n'en a pas ménagé la plupart des membres , &
releve avec amertume les difgraces de leurs talents ; peu y font traités plus favorablement; en
général il y regne beaucoup d'aigreur ; il n'y a
point cette gaieté & cette plaifanterie , qui peuvent feules faire le mérite de ces fortes d'ouvrages , & qui fe trouvent affez dans les réglements
de l'opéra , attribués à M. Barthe , connu dans le
monde littéraire par quelques petits vers , & par une
piece qui a pour titre l'*Amateur*, jouée aux François il y a quelques années.

14 *Juillet* 1767. Les comédiens italiens ont
donné aujourd'hui mardi 14 de ce mois , la
premiere repréfentation du *Turban enchanté* ,
piece italienne en deux actes , avec fpectacle &
divertiffement. Elle eft du fieur *Colatto* , Pantalon;
elle a eu le plus grand fuccès. Carlin (l'arlequin)
y a reparu avec des applaudiffements infinis.

A fa reprife , cet acteur a fait un compliment
de remerciement au public , où il lui dit entre
autres chofes qu'il y a vingt ans qu'on a de l'indulgence & des bontés pour lui, qu'il veut re-
commencer un nouveau bail , & qu'il compte fur
les mêmes faveurs. Cet épifode n'a pas effuyé les
mêmes critiques que celui du fieur Molé. On permet à un arlequin des familiarités que n'admet
point la majefté de la fcene françoife.

15 *Juillet* 1767. Les italiens , toujours féconds
en nouveautés , ont remis , aujourd'hui mercredi
15 un ancien opéra comique de *Vadé* , intitulé

Nitaife. On l'a enrichi d'ariettes avec une musique toute fraîche du sieur Bambini. M. Frameri a retouché les vieilles paroles, & composé les nouvelles. Cet ouvrage, mélange de la simplicité du vaudeville, avec les broderies savantes de la musique moderne, n'a point répugné aux oreilles des spectateurs, & l'on court avidement à ce monstre harmonique.

18 *Juillet* 1767. *Hyrza*, après avoir essuyé différentes métamorphoses, est arrivée, aujourd'hui samedi 18, à sa treizieme & derniere représentation. On l'avoit annoncée, il y a quelques jours sur les affiches, *avec des nouveaux changements*; on se flattoit de ramener par-là le public rassuré. Cette petite charlatanerie n'a pas eu le succès qu'en attendoit l'auteur. Toutes les variations n'ont roulé essentiellement que sur le dénouement. La premiere fois *Hyrza* tuoit son amant voulant tuer le pere, & ne se tuoit point. Dans la suite, elle a tué son amant & elle-même; elle a fini par se tuer seule. L'absurdité & la complication de la fable n'étant point corrigées, il en résulte toujours un travail pénible pour le spectateur, qui ne peut que l'indisposer contre l'auteur. C'est sans doute à quoi faisoit illusion M. le Miere par le bon mot rapporté.

20 *Juillet* 1768. Monsieur *Jourdain* de Rocheplatte, amateur du théâtre, ayant écrit successivement à mademoiselle *Clairon* trois lettres, où il l'engage à profiter de la circonstance de la maladie de Mlle. Dubois pour reparoître généreusement dans les *Illinois*, sans contracter aucun engagement nouveau, a reçu deux réponses de

cette actrice, que les curieux recherchent & dont on prend des copies. L'augufte Melpomene y con-figne fes dernieres réfolutions de la façon la plus irrévocable.

20 *Juillet* 1767. Des dames de la cour, en-tr'autres madame la duchefle de Villeroy, & madame la marquife de Sennecterre étant allé voir les divers camps de Compiegne, vifiterent d'abord les quartiers françois : elles paflerent enfuite chez les Suiffes. L'officier qui les recevoit, leur dit : Mefdames, vous venez de voir les troupes de *Darius*; vous allez voir celles d'*Alexandre*. Ce propos fingulier fit une telle fenfation, que les dames le releverent elles - mêmes, & en firent fentir l'indécence à celui qui le tenoit. Il a oc-cafioné une rumeur fi confidérable, que M. le comte de Ségur, qui commande, a fait défenfe à qui que ce foit, fous peine de la vie, de le répéter & de le critiquer en rien. On croit que l'officier fera puni févérement.

31 *Juillet* 1767. Un particulier a fait remet-tre entre les mains de monfieur d'Auvergne, furintendant de la mufique du roi, & directeur du concert fpirituel, une médaille d'or de la valeur de 300 livres, pour être adjugée à celui qui, au jugement de ce muficien, ainfi que de MM. *Blanchard* & *Gauzargues*, maîtres de mufique de la chapelle du roi, aura compofé le meilleur motet fur le pfeaume cent trente, *Super flumina Babylonis*. Il doit entrer dans ce morceau deux récits, un duo & deux chœurs, dont un en fugue; il ne doit pas durer plus de trente minutes. Les pieces doivent être remifes avant le 1 février, & le concours s'en fera au concert fpirituel dans la quinzaine de pâque;

c'eft-à-dire que ces meffieurs commenceront par faire un triage des pieces fufceptibles d'être exécutées.

1 *Août* 1767. Il a paru il y a quelque temps une petite brochure dont on a parlé ; elle contenoit une lettre de monfieur Tronchin à monfieur le contrôleur général ; des réflexions fur cette lettre ; la déclaration de monfieur Tronchin lors de l'ouverture du corps de madame la dauphine ; enfin, de nouvelles réflexions fur tout cela. Cet ouvrage, où l'on relevoit les erreurs, les bévues & même l'ignorance de cet efculape Genevois, l'a affecté vivement : il a obtenu de l'autorité les recherches les plus féveres, & le pamphlet eft devenu fort rare. Il eft attribué à M. de Vernage. Le lieutenant de police voulant ménager ce docteur, refpectable pas fon âge, par fon favoir & par d illuftres & puiffants amis, a mandé depuis peu M. Malouet, jeune médecin, l'éleve & le fuppôt du premier. Il a comparu devant ce magiftrat ; il a éclairé fa religion furprife ; il a déclaré n'avoir point rédigé la brochure, mais qu'il ne feroit pas faché, à quelques expreffions près, d'en être l'auteur ; que du refte il étoit furpris qu'on lui fît perdre pour une accufation auffi mal fondée, des inftants précieux où il pourroit être utile au public ; fur quoi il a tiré fa révérence.

4 *Août* 1767. Les comédiens françois doivent donner bientôt une tragédie nouvelle, intitulée *Cofroès* ; elle eft d'un monfieur le Fevre, jeune débutant dans la carriere dramatique. *Rotrou* a traité le même fujet en 1648. La piece eut du fuccès ; & monfieur Duffé de Valentiné reproduifit ce drame antique en 1704, avec des

corrections de fa façon, qui l'avoient rendu meilleur.

8 *Août* 1767. Vers à M. le chevalier d'Arcy,
à l'occafion de la fête donnée le trois août à
madame la marquife de Langeac.

> J'ai vu le goût, l'efprit, les graces
> Fêter à l'envi la beauté,
> Leurs foins font toujours efficaces.
> Jadis la fage antiquité
> Pour une aimable déité
> Prodigua les jours de féerie.
> Que j'aime fa mythologie !
> Que je préfere fa folie
> A notre augufte gravité !
> Vous en égayez la triftefle,
> Et votre exemple eft d'un grand poids ;
> Mais chacun n'a point à fon choix
> D'encenfer pareille déefle.
> Moi, qui fuis-je ! un foible prôneur ;
> Je n'ai garde d'entrer en lice,
> Et tiendrois à fort grand bonneur
> De porter chape à votre office. (1)

9 *Août* 1757. Extrait d'une lettre de M. L. C.
(La Combe d'Avignon), datée de Rome le 20
juillet 1767...... J'ai eu l'honneur d'être admis
ces jours-ci à l'audience de fa fainteté, & de

_____

(1) Ces vers font de M. de la Dixmerie, auteur de
l'Avant-coureur.

l'entretenir vingt minutes ; elle m'a fait celui d'accepter un exemplaire de mes œuvres... Il n'eſt queſtion que des jéſuites dans ce pays-ci , où tout le monde n'eſt pas leur partiſan , il s'en faut. Le grand nombre des cardinaux leur eſt même oppoſé ; ils ne ceſſent de ſolliciter le ſaint pere pour la deſtruction d'un ordre ſi dangereux à la chrétienté. Il s'eſt paſſé ces jours-ci chez ces peres une ſcene tragi-comique. Le général *Ricci* a eu une priſe avec le procureur-général des jéſuites des royaumes Eſpagnols. Le premier s'étant ré- pandu en termes inſultants contre le roi catho- lique ; l'autre , ſoit morgue nationale , ſoit reſ- pect naturel pour ſon ſouverain , ſoit politique pour ſe le rendre favorable , a relevé avec hauteur les termes injurieux de Ricci. Ce fougueux deſ- pote a trouvé la réprimande très-mauvaiſe ; grande altercation , qui a dégénéré en un combat entre ces deux religieux. Leurs confreres ſont ſurvenus heureuſement , qui ont mis les holà , en leur re- préſentant l'indécence de cette querelle. On vou- loit l'envelopper dans le ſilence ; mais tout tranſ- pire. On dit le général très-contuſionné , &c.

10 *Août* 1767. Un monſieur Deforges a pré- ſenté à l'académie des ſciences un mémoire pour arrêter l'eau de la riviere au deſſus de l'hôpi- tal , la contenir , l'élever & la diſtribuer avec plus de propreté , de ſalubrité & d'abondance dans tous les quartiers de Paris ; il y a joint ſes plans, ſes modeles de machines , ſes cal- culs, &c. en un mot , tout ce qui peut mettre la compagnie à même de juger de la vérité , de la bonté , & de l'économie de ſon projet, &c. Il eſt infiniment moins diſpendieux que celui de M. de Parcieux ; mais eſt-il poſſible de fournir

par machine 1,200 pouces d'eau continuelle,
comme il en faudroit à Paris. M. de Parcieux
propose d'y faire passer une seconde riviere entiere, celle d'Yvette, de fournir 1,000 pouces d'eau;
mais il calcule ses dépenses à 12,000,000 livres.
Celui-ci voudroit charger de son exécution une
compagnie, & prétend que son projet ne seroit
en rien à charge au public. Si l'académie le mu-
nit de son approbation, il sera présenté au conseil.

11 *Août* 1767. Il a débuté aux Italiens, le
24 janvier dernier, une demoiselle Dangui,
fille du joueur de vielle, & sœur de madame
Content, femme du premier architecte de M. le
duc d'Orléans. On applaudit beaucoup alors aux
graces naturelles de sa personne, à l'intelligence
de son jeu, & au goût avec lequel elle con-
duisoit une voix peu forte, mais agréable &
légere. Des raisons de fortune l'ont obligée de
prendre le parti du théatre : abandonnée d'un
mari qu'elle avoit, & manquant des ressources
qu'elle étoit en droit d'attendre de sa sœur,
elle a fait valoir les talents dont elle étoit
douée. Sa famille a trouvé cela très-mauvais;
madame Content a interposé pour lors l'autorité
de M. le comte de Saint-Florentin, qui voulut
bien s'en mêler. La jeune personne offrit de renoncer au théatre si sa sœur vouloit lui faire
1,200 liv. de pension; celle-ci n'ayant pas ac-
quiescé aux conditions, le ministre s'est désisté,
& la jeune personne a suivi sa destinée. Depuis
ce temps, Mad. Content n'a cessé de mettre en
œuvre tous les moyens possibles de susciter des
dégoûts & des tracasseries à sa sœur. Enfin, mademoiselle Dangui, excédée, a pris le parti

d'écrire à fa fœur une lettre dont il a tranfpiré des copies, & qui couvre celle-ci de ridicule.

12 *Août* 1767. On continue à parler beaucoup du manifefte du roi d'Efpagne, fans qu'on trouve perfonne qui affure pofitivement l'avoir lu. On dit que c'eft un volume in-folio de près de 1,000 pages; que S. M. catholique, bien loin aujourd'hui de vouloir garder dans fon cœur royal les profonds fecrets de la deftruction des jéfuites dans fes royaumes, veut, au contraire, que fon manifefte foit traduit dans toutes les langues, & que tout l'univers foit en état de juger fa conduite. C'eft ce concert unanime de publicité, à pareil temps dans toute la chrétienté, qui empêche qu'il ne paroiffe encore ici.

13 *Août* 1767. M. de Vaujour, médecin du roi à la Guadeloupe, arrivé depuis quelques jours à Paris, a ramené avec lui un quadrupede nommé le *Coincre*. Il vient du continent de l'Amérique méridionale; il eft de la groffeur d'un fort marcaffin, & eft remarquable par un trou ovale qu'il a fur le dos, par lequel il refpire. Quoique cet animal foit décrit dans l'hiftoire naturelle de M. de Buffon, M. de Vaujour prétend qu'on n'en a point encore vu à Marfeille, & ce docteur compte en faire préfent au roi, fi S. M. l'agrée.

16 *Août* 1767. L'académie royale de mufique doit donner le mardi 18 de ce mois, des fragments compofés de l'acte d'*Apollon & Coronis*, & de ceux *du Feu* & *de la Terre*. Le premier eft tiré des amours des dieux, paroles de Fuzelier, mufique de Mouret. Les deux autres font partie du poëme des éléments du poëte

M 5

roi , musique de Destouches & de la Lande. On
sent bien que tout cela est totalement refondu ,
& fortifié d'une harmonie moderne.

18 *Août* 1767. Lettre de Mlle. Dangui à madame Content sa sœur.

Paris, le 25 *Juillet* 1767.

« Cessez, ma chere sœur , vos poursuites auprès de mes supérieurs pour m'arracher au théatre. Je n'ai embrassé cet état qu'avec réflexion ,
& sur votre refus persévérant de me fournir les
secours dont j'avois besoin pour en prendre un
autre. Si vous vous étiez souvenue alors que
vous étiez ma sœur , vous ne rougiriez pas de
l'être aujourd'hui ; si votre amour-propre souffre,
c'est à la dureté de votre cœur qu'il faut vous
en prendre. Je suis pourtant encore assez bonne
pour venir à votre secours , & consoler votre or-
gueil humilié. Sachez qu'il n'y a pas une si
grande différence de vous à moi. Nous sommes
toutes deux filles d'un homme à talent ; vous
avez enfoui les vôtres, je fais valoir les miens.
Vous vous reposez sur ceux de votre mari ; vous
ignorez que c'est un architecte médiocre , qui
gagnera plus d'argent que de réputation : moi
je crée la mienne , & cherche à perpétuer un
nom connu dans la musique.

Le public a daigné applaudir à mes premiers
essais ; il me soutient, il m'encourage , & peut-
être mériterai-je un jour les éloges qu'il m'accorde aujourd'hui par indulgence. Vous ne serez
jamais qu'une bourgeoise bien cossue , bien étof-
fée , bien ennuyée dans le cercle étroit de vos
coteries obscures : une actrice célebre roule dans
une spere brillante , qui s'étend à mesure que ses

talents se développent. Mon nom sera imprimé
dans les nouvelles publiques, dans les gazettes,
dans le Mercure; le vôtre ne le sera pour la
premiere & derniere fois que dans votre billet
d'enterrement. Et ne me parlez pas de mœurs;
vous autres honnêtes femmes, faites souvent
sonner bien haut un état qui les suppose, pour
en pouvoir manquer plus à votre aise; vous nous
les décidez dépravées au contraire, afin d'auto-
riser une différence plus extérieure que réelle. Au
reste, Mlle. Doligny, à la comédie françoise,
nous venge bien : trouvez, si vous pouvez,
dans toute votre bourgeoisie une vertu plus
éprouvée, plus nette, plus reconnue. Reste ce
malheureux préjugé d'infamie; qui dit préjugé
a déja répondu. Bien plus, il est détruit chez
les grands & chez les philosophes. Il est encore
enraciné dans le peuple; peu nous importe,
nous ne frayons point avec lui. En un mot, trou-
vons - nous toutes deux à Villers-Cotteret ou
au Palais-Royal, vous reconnoîtrez la différence
qu'un prince fait de la femme de son architecte,
à une actrice dont les talents ont le bonheur
de lui plaire & de l'amuser. Je vous laisse sur
ce parallele, & me retranche derriere le mur de
séparation que vous avez prétendu élever entre
nous. Adieu, ma chere sœur, n'ayons plus rien
de commun, puisque vous le voulez; mais,
malgré vos mauvais procédés, vous ne sortirez
point de mon cœur, & c'est peut-être le premier
moment où je m'apperçoive qu'il soit trop tendre. Adieu.

20 Août 1767. L'acte d'Apollon & de Coronis,
par où l'opéra s'est ouvert aujourd'hui, quoique
toujours en possession de plaire, n'a pas eu le

M 6

ſuccès qu'on s'en promettoit. Le ſieur Pillot, qui faiſoit le dieu du chant, & qui ne l'eſt pas à beau-coup près, a jeté dans toute cette entrée un dé-goût dont on ne s'eſt ſauvé que par des éclats de rire & des applaudiſſements ironiques, qui ont fait dégénérer en farce une action noble & tragique. Coronis étoit repréſentée par madame *Larrivée*, auſſi médiocre actrice que cantatrice excellente. Le ſieur Larrivée a ſoutenu preſque ſeul cet acte, il faiſoit le rôle d'Iphis; & ſon bel organe, ſon jeu franc & aiſé ont rendu in-téreſſantes les ſcenes où il paroît. Les danſes, quoique gracieuſes & bien deſſinées, n'ont rien d'expreſſif. Les demoiſelles Dervieux, Duperei, Audinot, jeunes ſujets qui donnent de grandes eſpérances, en ont fait l'ornement. La muſique, ſauf le fameux chœur de l'enterrement de Coro-nis, n'a pas produit beaucoup de ſenſation.

L'acte du Feu a été mieux exécuté. Mlle. Du-bois faiſoit le rôle de la prétreſſe, & L'arrivée celui de l'amant. La première, quoique peu agréa-ble au public, à force de talent & d'art a ſu ſubjuguer les ſuffrages; elle développe ici un très-bel organe, & toute l'expreſſion du ſentiment; l'acteur, de ſon côté, répond à merveille, & joue avec autant d'ame que d'intelligence. Les directeurs ont voulu mettre du leur; ils ont ajouté des ariettes d'une muſique ſupérieure à celle qu'ils ont retranchée, & très-plates quant aux paroles. Les ballets ont mieux réuſſi. Ma-demoiſelle Guimard y brille avec toutes les gra-ces. La volupté qu'elle caractériſe, ſeroit mieux exprimée dans ſa pantomime ſi elle y mettoit plus de naturel & moins d'afféterie. On repro-

choit à Mlle. Lany , qu'elle remplace , un jeu
trop févere ; celle-ci eft auffi correcte , mais mi-
naude beaucoup. Le fieur Gardel a exécuté une
chaconne de fa compofition ; & par une forte de
fatalité , c'eft peut-être le jour où il ait le plus
mal réuffi ; il eft vrai que l'air eft miférable.

On feroit forti fort mécontent du fpectacle fans
la troifieme entrée. Rien de plus agréable , de
mieux joué & de plus fini que l'acte de la Terre.
Mlle. Arnoux , prefque oubliée à force d'être de-
firée , a daigné reparoître dans l'acte de *Pomone*.
Elle a femblé avoir acquis dans fa retraite encore plus de nobleffe & de fentiment. Le Gros,
faifant *Vertumne* , ne s'eft pas moins diftingué.
La fcene de la reconnoiffance a été filée fupérieurement ; ce dernier a chanté le morceau : *Voyez*
dans ces vergers la fource qui ferpente , &c. avec
un moëlleux , avec une onction qui ont pénétré
tous les cœurs. Les ballets ont complété l'enthoufiafme. Mlle. Allard a plu par fes attitudes molles
& fon enjouement lubrique. Mlle. Peflin a étalé
fa groffe gaieté , la vigueur de fon jarret , une
danfe robufte comme fes appas. On a ri de la
foupleffe , des diflocations du fieur Lany ; le fieur
Slingsbi, danfeur Anglois, a fait admirer fa légéreté & fon à-plomb. Les divertiffements étoient
entremêlés de chants , & le fieur le Gros a fini
par une ariette fimple , mais d'un naturel exquis ; il a laiffé le fpectateur animé d'une joie
douce comme fa voix mélodieufe.

20 *Août* 1767. Il s'eleve un grand fchifme
dans la troupe des comédiens françois. Mlle. Dubois , laffe de galanteries , paroît vouloir fe livrer toute entiere à fon métier ; elle a repris
tous les rôles dont s'étoit chargée Mlle. Duranci,

& a déclaré qu'elle vouloit jouir de son droit comme premiere actrice, que l'autre la double-roit, & ne joueroit qu'à son refus. Le Kain, qui protege cette derniere & lui sert de maître de déclamation, a pris le parti de son éleve; il a protesté de son côté qu'il ne pouvoit figurer vis-à-vis Mlle. Dubois; que c'étoit une trop mauvaise actrice; que sa seule présence le gla-çoit, &c. Molé est intervenu, & pour faire sa cour à Mlle. Dubois, à laquelle il commence à s'attacher comme on a vu, il a dit que le re-fus de M. le Kain ne devoit point inquiéter, qu'il se chargeoit de ses rôles. Celui-ci voyant cela, ne veut pas les céder; il faudra une auto-rité supérieure pour arranger cette querelle.

M. L'archevêque n'a jamais voulu consentir à la publication des bancs de Mlle. d'Epinay avec le sieur Molé, sur leur seule renonciation au théâ-tre; il exigeoit une ratification des gentilshom-mes de la chambre, & leur congé absolu en bonne & due forme. Ceux-ci n'ont pas cru de-voir se prêter à cette fourberie, sur laquelle les histrions n'auroient pas été délicats. Dans cet intervalle le sieur Molé s'est refroidi, & porte actuellement ses hommages à Mlle. Dubois.

21 Août 1767. Les six corps des marchands & négociants de Paris viennent de présenter une requête au roi & à nosseigneurs de son conseil, contre l'admission des juifs aux brevets nouvelle-ment créés dans les arts & métiers, par l'édit de création enrégistré le 19 juin au parlement. Ces juifs, sous le titre d'étrangers, veulent aujour-d'hui abuser du terme pour s'immiscer dans le commerce & dans les arts, ce qui tendroit à leur acquérir en France un droit de bourgeoisie, qui

leur a été refufé de tous les temps & par - tout.
On repréfente dans cette requête que l'admiffion
des juifs feroit directement contraire aux vues
bienfaifantes de S. M. de rendre le commerce de
plus en plus floriffant ; que non-feulement ils font
incapables de lui procurer le moindre avantage ,
mais qu'ils ne peuvent & ne doivent même dans
leurs principes que le défoler & le ruiner. Ces
affertions font foutenues de traits hiftoriques
puifés dans nos annales , & cités comme des
autorités fans reproche. On peut dire que cette
requête eft une collection des plus injurieufes contre cette nation chérie autrefois de Dieu , & aujourd'hui l'opprobre de tous les pays.

24 *Août* 1767. M. Duclos , le fecretaire de
l'académie , doit être demain à l'affemblée ; il eft
de retour depuis quelques jours de fon voyage
de Rome. Le motif de ce voyage excitoit la curiofité de bien des gens ; on le fait aujourd'hui.
Cet académicien eft fort lié avec MM. de la
Chalotais ; il s'expliquoit très-ouvertement fur
cette affaire dans la chaleur du procès. M. le duc
de Nivernois , craignant que l'indifcrétion de
M. Duclos ne lui attirât quelque difgrace de la
cour , lui a confeillé amicalement de profiter de
ce temps - là pour aller en Italie comme il en
avoit le defir depuis long-temps , & l'autre s'eft
rendu à ce fage avis.

29 *Août* 1767. Il paroît une *Lettre fur
les panégyriques* , qu'on attribue à monfieur de
Voltaire ; & en effet elle femble être de lui ,
à en juger par le ftyle , & fon art de préfenter
les chofes les moins intéreffantes d'une façon
piquante. Elle eft courte & n'a que quinze pages.

L'auteur, comme il lui arrive souvent, tombe dans le défaut qu'il veut corriger, & a tant mérité le reproche qu'il fait aux autres, qu'il a mauvaise grace de le relever. Au reste, cet écrit est si peu de chose qu'on n'en parleroit pas s'il ne sortoit de la plume de cet homme célebre.

30 *Août* 1767. *Cosroës* est la tragédie d'un écolier qui a été vingt-quatre heures à diriger son plan, & un an à marteler ses vers, c'est-à-dire, que la fable est vicieuse d'un bout à l'autre, pleine d'invraisemblances, d'absurdités même, & que les vers, quoique corrects & assez bien faits, sont durs & boursouflés. Après ce jugement, il seroit inutile d'en dire davantage, si la jeunesse du candidat ne lui avoit mérité l'indulgence du public, & si la piece ne paroissoit devoir avoir quelques représentations. D'ailleurs, l'auteur a le mérite rare, sur-tout à son âge, d'avoir fait un drame sans amour, d'avoir tiré tout son dialogue du cru pour ainsi dire de ses personnages, & de n'avoir point eu recours à ces tirades postiches que nos modernes ont toujours prêtes dans leurs porte-feuilles, à ces vers brillantés dont ils émaillent par intervalle leurs tragédies. Ainsi nous reviendrons sur cet ouvrage.

30 *Août* 1767. On parle beaucoup d'un roman nouveau, qui a pour titre l'*Ingénu*. Il a plus de 2 0 pages d'impression ; il pique d'autant plus la curiosité, qu'il est encore fort rare & d'une plume accoutumée à se faire desirer ; on assimile cet ouvrage à *Candide* ; il est du même auteur.

2 *Septembre* 1767. *Cosroës* est un roi de

Perse , sous l'empire duquel le christianisme commence à s'étendre & à exciter des troubles. Ce monarque a pour ministre un certain Phanessar, qui professe hautement sa religion , & n'en est pas moins l'ami & le conseil de son prince. Il cache sous une modération apparente le zele aveugle & fanatique dont il est intérieurement dévoré. Il a profité de l'absence du monarque , de son crédit & de sa puissance dans la capitale , pour soustraire un enfant au berceau , le seul rejeton de *Cosroës* ; il répand le bruit de sa mort , & le reproduit ensuite dans sa maison comme un enfant inconnu qu'il adopte , & qu'il éleve dans le christianisme ; son projet est de ménager en ce jeune prince un protecteur à la religion , & de le faire reconnoître & monter sur le trône à la mort de Cosroës son pere. L'événement ne répond que trop bien aux vues de *Phanessar*. Manassès, c'est ainsi qu'on nomme l'inconnu , suce le fanatisme avec le lait : il est d'ailleurs d'un caractere bouillant & impétueux ; il ne respire que la guerre & les combats : il a une soif de gloire inextinguible , & cherche tous les moyens de couvrir par ses actions l'obscurité de sa naissance ; il se mêle dans toutes les factions ; il est à la tête de tous les partis. Par une sympathie de la nature , sans doute , la reine Amestris l'aime , le protege , le soutient contre toutes les cabales & les intrigues de cour; il se rend bientôt redoutable au monarque même : celui-ci, pour le punir par l'endroit sensible , ne le conduit point à une guerre qu'il entreprend , & le laisse languir dans l'oisiveté de la capitale : c'est là où la piece commence.

Un certain Memnon, fatrape, proche parent
de l'empereur, & fon feul héritier par la mort
du fils unique de Cofroës, voudroit profiter du
mécontentement de Manafsès pour le porter à
confpirer, & fe frayer par fon moyen un chemin
plus prompt au trône, que dévore ce prince
ambitieux. Le fanatifme fouleve les chrétiens,
Manafsès fe met à leur tête, *Memnon* fe joint
à eux, & fe ménage des Abyffins captifs, pour
s'en fervir au befoin en leur donnant la liberté.
Cofroës revient dans ce moment après avoir
vaincu fes ennemis; il a fu les nouveaux troubles
qui s'élevoient dans fes états; il veut y mettre
ordre définitivement, & il indique un confeil
où l'on prendra les réfolutions les plus promptes,
& les plus fûres pour arrêter les féditions qu'ex-
citent les chrétiens. Le confeil fe tient. Cofroës
le premier jure de ne pardonner à perfonne des
coupables; les fatrapes en font autant; un
entr'autres déclare qu'il immolera même fon
fils, s'il eft criminel.... A l'inftant on apporte
un billet à Cofroës; il eft d'un efclave qui lui
dévoile la conjuration; il indique les principaux
factieux, & il laiffe tomber des foupçons fur
Manafsès...... Il annonce qu'on peut d'autant
mieux le croire qu'il vient de fe tuer. Cofroës
rompt le confeil; il dit à Phaneffar qu'il laiffe
fous fa garde Manafsès jufqu'à ce qu'il fe foit
décidé à fon égard. Le premier cherche à ramener l'autre par tout ce que la raifon, l'honneur,
la religion, la reconnoiffance peuvent lui dicter
de motifs les plus preffants & les plus forts. Le
jeune prince étant inébranlable, le miniftre fe
détermine à lui déclarer fa naiffance pour lui
épargner un parricide : au moment où il va

dévoiler ce secret, on vient arrêter Manassès de la part du roi. Il ne reste d'autre ressource à Phanessar que d'aller révéler son crime au roi. Il le fait, il se déclare l'auteur de l'enlévement du prince ; Cosroës lui pardonne sous la condition qu'il laissera ignorer ce secret à tout l'empire, & à son fils même ; il lui ordonne d'aller le chercher & de l'amener à ses yeux. Le roi dans cet interrogatoire veut remuer les entrailles du coupable, mais en vain : l'amour paternel est sur le point d'éclater, & Cosroës rompt l'entretien pour ne pas laisser percer sa tendresse. La reine survient ; elle a appris tout ce qui s'est passé ; elle vient demander grace pour son protégé. Dans ce moment on annonce au roi qu'un parti de mécontents a éclaté, qu'ils ont délivré Manassès de sa prison ; qu'il est à leur tête, &c. Cosroës sort pour aller mettre ordre à la sédition ; Phanessar le suit, & par des mots entrecoupés, laisse entrevoir à la reine que l'inconnu est fils du roi & le sien. Les rebelles triomphent ; Manassès a tué de sa main un guerrier ; il craint que ce ne soit le roi. En ce moment Cosroës arrive, il se trouve seul, sans armes, dans son palais ; il se présente dans cet état à Manassès & à ses complices ; il les invite à lui percer le sein. La majesté royale, une force secrete & inconnue arrête la main du parricide ; la nature semble lui parler en ce moment, il tombe aux genoux du roi avec les conspirateurs ; & la reine qui survient, lui apprend sa naissance. Le tout est confirmé par Phanessar qu'on amene mourant sur le théatre, & qui se trouve être la victime du jeune prince. Cependant le roi persiste dans sa résolution de sacrifier son propre fils à la sûreté

de fes états , & à la religion de fon ferment·
Ameſtris ne peut rien gagner par fes larmes ;
elle lui fuggere un moyen qui paroît cependant
l'ébranler , c'eſt de faire grace à tout le monde :
mais le fatrape qui a juré d'immoler fon fils
même s'il étoit coupable , arrive pour exécuter
fa parole ; & n'ayant pas le courage de la remplir , il l'élude en fe tuant lui-même ; il ôte par
fa mort la reſſource qui reſtoit à Cofroës , il
envoie le prince au fupplice ; après avoir rempli les devoirs du roi , il fe livre à la nature ,
& le pere fuccombe fous le poids de fa douleur ; dans le moment on lui apprend que Memnon , à la tête de fes Abyſſins , étant venu rani-
mer la révolte , le fils de Cofroës a raſſemblé
quelques troupes , s'eſt mis à leur tête , a tué
Memnon , diſſipé les factieux , s'eſt couvert de
gloire , & que les peuples en foule le regardent
comme leur libérateur. Il arrive précédé & fuivi
des acclamations publiques , une joie univerſelle
fuccede au deuil général de l'empire.

On voit par cette efquiffe combien la charpente de ce drame eſt bizarre & monſtrueuſe ,
fans compter nombre d'abfurdités de détail qu'on
a fupprimées.

L'expofition eſt affez bien faite ; elle eſt
claire , & fait connoître tous les perſonnages
principaux. Le deuxieme acte eſt le meilleur ; la
fcene du miniſtre & de fon fils adopté , eſt
fupérieurement traitée entre *Brizard* & *Molé* ,
fur-tout par le dernier : il eſt fâcheux que la re-
connoiſſance foit fuſpendue par un reſſort de commande & ufé , que l'auteur fait jouer précifément
au moment néceſſaire. Un inſtant plus tard , la
piece étoit finie.

Dans le troisieme acte, l'aveu que fait Pha-neſſar au roi de ſa ſupercherie, & la décou-verte d'un fils, l'eſpoir du trône, traître à ſon roi & conſpirant contre lui, n'a produit preſque aucun effet : 1º. parce que le ſpectateur eſt dans la confidence dès le premier acte : 2º. parce que l'intérêt eſt atténué par la foibleſſe des caracteres mal frappés ; car le miniſtre n'eſt ni fanatique, ni vertueux tout-à-fait. Le monarque n'a point encore développé ſes entrailles pater-nelles qui auroient préparé tout le pathétique de cette ſituation ; & le jeune prince n'eſt pas d'une ambition aſſez décidée, aſſez effrénée pour ne pas rentrer dans ſon devoir dès qu'il ſaura ſon état ; 3º. parce que l'embarras de la poſition de Coſroës n'eſt réellement que dans la tête de l'auteur. On voit combien il lui ſeroit facile de pardonner, & d'appaiſer les troubles en mani-feſtant à Manaſsès ſa naiſſance, & le crime qu'il alloit commettre. De là toute la langueur qu'on éprouve dans le quatrieme & dans le cinquieme actes, toujours prêts à finir quand il plaira au poëte.

Le rôle de la reine affoiblit encore l'intérêt ; elle ne fait que pleurer & n'agit en rien ; elle dégrade de plus en plus Coſroës, dont elle met l'inflexibilité dans un jour plus marqué & peut-être odieux.

En un mot, par la diſcuſſion on ne trouve dans cette tragédie, ni caractere, ni nœud, ni péripétie véritables.

5 Septembre 1767. On a donné depuis deux jours la deuxieme repréſentation de Coſroës, ſuſpendue pour que l'auteur eût le temps de faire ſes corrections. Il a raccourci le qua-

trieme acte, & changé absolument le cinquieme.
La scene s'ouvre par la résignation du jeune
prince ; mais il déclare à Cofroës combien l'appareil du supplice l'épouvante, qu'il ne craint point
la mort, mais l'infamie de périr sous les coups
d'un bourreau ; il se décide pourtant en apparence ; il demande à son pere de recevoir ses
derniers embrassements ; il profite de cette
approche pour escamoter le cimeterre de Cofroës ; il veut en se tuant lui - même échapper
à l'indignité du supplice. Le roi retient les bras
de son fils dans l'instant où l'on annonce que
Memnon, à la tête des rebelles, triomphe par-
tout, qu'il s'avance vers le palais. Le roi veut
reprendre son épée ; son fils dit que c'est un
coup du ciel, qu'il va s'en servir pour réparer
son crime. En ce moment Memnon foncé sur
le théâtre, le jeune prince se met à la tête
des gardes de Cofroës ; il se livre un combat
qui va se terminer dans la coulisse. Le roi
rentre sur la scene, il a laissé son fils dissiper
le reste des factieux ; on annonce qu'il a tout
calmé, que le peuple va se rendre pour demander la grace du vainqueur, & le reconnoître
comme héritier du trône.

Toute cette catastrophe est fondée sur le double contre-sens d'un chrétien qui veut se tuer,
& d'un monarque païen assez inflexible pour
vouloir que son fils périsse, & qui le retient dans un
moment où ce dernier cherche à se soustraire,
non à la mort, mais à l'infamie, &c. Mais il s'en-
suit du fracas sur le théâtre, un grand mouvement, plus de chaleur ; & ce dénouement absurde
est de beaucoup supérieur à l'autre, plus dans les
mœurs, mais plus froid. On a demandé l'auteur;
il a paru.

6 *Septembre* 1767. Les fêtes de Saint - Cloud durent encore ; elles font d'une magificence & d'une variété dont il y a peu d'exemples. On ne mange jamais deux fois dans le même endroit. Les spectacles confistent principalement en anciens opéra comiques qu'on a rajusté au théatre , & dont on a refait la musique. Comme ils font en partie exécutés par la troupe des petits enfants de l'opéra , auxquels préfide d'Auberval , ils ne font pas fupérieurement bien joués. Il y a aussi des parades de la compofition de M. Poinfinet, qui s'est déja exercé dans ce genre pour la fête de M. le chevalier d'Arc.

10 *Septembre* 1767. Il y a depuis long-temps un canal commencé en Picardie , à la tête duquel étoit le fameux Crozat , grand-pere de madame la duchesse de Choifeul. S. M. fe charge de le continuer fuivant un arrangement propofé au conseil. Elle fe fubftitue aux droits & place des héritiers de M. Crozat ; elle les rembourfe en conféquence d'une avance de 3,600,000 livres qu'ils ont faite. M. le duc de Choifeul doit avoir pour fa part un million cinq cents mille liv. pour le maréchal de Broglio 500,000 livres , & le furplus passe en d'autres mains. Le rembour-fement doit être fait en contrats à quatre pour cent. C'est le fameux *Laurent* qui fera , dit-on , chargé de la continuaton des travaux. On connoît les talents pour l'hydrauftatique , par la cafcade de Brunoy , par celle de Chanteloup.

12 *Septembre* 1767. Vers préfentés à mon-fieur Beudet , fecretaire général de la marine & fecretaire de M. le duc de Praflin , par M. Jac-quet , jeune homme de 14 ans , en lui pré-

fentant de fon écriture pour lui demander de
l'emploi.

D'un miniftre éclairé, confident néceffaire,
Dont le génie actif l'aide fi bien en tout,
Puiffe mon talent foible être de votre goût,
Et m'attirer du moins un coup-d'œil tutelaire !
    Du ciel la prudente bonté
      Ne donne à tous la même chofe,
      Chacun de mérite a fa dofe,
L'un peut moins, l'autre plus ; mais on eft limité :
Vous avez une tête à gouverner un monde,
Moi, pour exécuter, je n'ai qu'un double bras ;
Il fe préfente à vous, ne le dédàignez pas ;
    Commandez & je vous feconde.

13 *Septembre* 1767. L'*Ingénu* vient d'être arrêté ces jours-ci , après s'être vendu publiquement pendant plus de huit jours. Il ne valoit
que 3 livres, & coûte à préfent un louis.

15 *Septembre* 1767. Le fieur Vendeuil continue à la comédie italienne fon début dans les
rôles d'*amoureux*, commencé le deux de ce mois
dans le *Cadi dupé*. Quoiqu'il ait de la voix, il
manque de goût, & n'eft point agréable au public.
Cependant une haute protection le porte à ce
fpectacle, & M. le duc de Noailles fur-tout s'y
intéreffe fortement ; ce qui fait fenfation dans
ce tripot & occafione beaucoup de rumeur. On
prétend que Clairval ne peut refter depuis fon
aventure, & qu'il faut néceffairement le remplacer.

16 *Septembre* 1767. M. le prince de Conti
étant à fa terre de l'Ifle-Adam, a vu paffer fur
la

la riviere quelques bateaux de bled qui defcendoient. Il a demandé ce que c'étoit ; & fur les informations qu'on lui a données que c'étoient des grains qu'on exportoit pour l'étranger, il a fait keler les bateaux & les a obligés de débarquer chez lui ; il a acheté ces bleds, & les a fait diftribuer à fes vaffaux, qui commençoient à les payer cher.

17 Septembre 1767. M. de Choifeul eft parti lundi dernier pour fa délicieufe terre de Chanteloup ; il y doit refter jufqu'au 22 ; quoiqu'il y ait 34 poftes, il a fait ce chemin en 13 heures. Il s'y eft rendu des environs une troupe de comédiens pour amufer les loifirs de ce miniftre, toujours actif même dans fes plaifirs. A fon retour il doit en paffant par Paris faire lui même la revue du régiment de Chamborand d'houffards ; c'eft un nouveau fpectacle qu'il veut donner aux badauds de ce pays-ci.

18 Septembre 1767. Madame la comteffe de Stainville, dont il a tant été fait mention pour fes amours avec Clairval de la comédie Italienne, & fur-tout par l'efclandre faite par fon mari, eft tombée malade dangereufement dans le couvent où elle eft. Les médecins du pays l'ont mal traitée, & il eft néceffaire qu'elle revienne à Paris. On prétend que c'eft pour cette raifon qu'on veut éloigner l'hiftrion qui lui avoit tourné la tête. Du refte, l'abbeffe rend les meilleurs témoignages de cette jeune dame, qui paroît s'être jetée dans la haute dévotion.

18 Septembre 1767. On parle de deux nouveaux ouvrages de M. de Voltaire : La Théologie portative, & l'impofture facerdotale. On ne connoît que les titres de ces deux brochures infernales, comme on s'en doute bien.

Tome XVIII.   N

19 *Septembre* 1767. *Cofroës* eſt aujourd'hui à
ſa neuvieme & derniere repréſentation: ce qui
eſt une eſpece de ſuccès pour un pareil drame,
& dans une ſaiſon ſemblable. Sans doute cette
indulgence eſt due à la jeuneſſe du débutant,
que tous les journaux annoncent pour n'avoir
pas encore 23 ans. Cet auteur eſt fils d'un marchand mercier de Paris. Le pere, contre l'uſage
des vieillards ſéveres, ne paroît point s'oppoſer
à l'eſſor des talents de ſon fils ; il étoit à la premiere repréſentation, & ſembloit agité des mêmes
mouvements du véritable auteur.

20 *Septembre* 1767. Il eſt queſtion d'établir à
Paris un journal Eſpagnol, c'eſt-à-dire un
ouvrage périodique, qui rendra compte de la littérature de ce royaume. Cette entrepriſe paroît
d'autant plus difficile à exécuter, que le journal
étranger, dont ce travail ne faiſoit qu'une branche,
n'a pu ſe ſoutenir. Quoi qu'il en ſoit, c'eſt un
M. d'Hermilly qui doit faire les traductions, &
M. le chevalier de la Morliere qui tiendra la
plume.

22 *Septembre* 1767. Il a débuté ces jours-ci
à la comédie Italienne deux jeunes danſeuſes, ou
pour mieux dire deux enfants. Elles ſont Pruſſien-
nes ; elles attirent tout Paris par la vigueur de leur
jarret à un pareil âge ; elles paroiſſent plutôt
deſtinées aux cabrioles qu'à la danſe noble &
gracieuſe.

26 *Septembre* 1767. M. le prince de Lamballe,
qui a épouſé l'hiver dernier une princeſſe aimable & jolie, s'étant laiſſé aller à la facilité de
ſon caractere, un autre prince (M. le duc de
Chartres) a abuſé de ſon amour du plaiſir
pour lui donner des goûts fort contraires à

celui qu'il devoit avoir ; du moins on l'en accuse. L'ardeur de son tempéramient l'ayant emporté fort loin, la princesse s'est trouvée atteinte d'un genre de maladie qui n'auroit pas dû l'approcher. Le duc son pere a écrit au roi de France. On a sévi contre différentes créatures que ce prince avoit honorées de ses bonnes graces ; mais la plus coupable & la plus adroite est une nommée *la Forest*, courtisane recommandable par l'excès de son luxe, & le rafinement de son art dans les voluptés. N'ayant pu déterminer son illustre amant à la quitter, & craignant les suites de cet attachement, elle a pris le parti de s'éclipser. Elle est partie, sans qu'on sache où elle est, & le prince de Lamballe est dans la désolation.

27 Septembre 1767. On ne parle aujourd'hui que des fêtes de Chanteloup, qui ont répondu à la magnificence du maître. La veille du départ le duc de Choiseul donna à madame la duchesse de Villeroy & à une cour très-nombreuse, une fête où Préville, mandé exprès de Paris, joua dans une comédie de sa façon, intitulée la *Dispute des Comédiens* ; après le drame on chanta plusieurs vaudevilles relatifs au camp de Compiegne, & l'on exécuta enfin un opéra comique nouveau.

28 Septembre 1767. Il court une lettre manuscrite d'une demoiselle le Clerc, une des impures de Paris très-renommée, & qui par-là fait sensation & se copie.

Lettre de Mlle. le Clerc à M. Poinsinet.

Paris, le 29 *août* 1767.

« Vous avez raison, mon cher maître : malheur

aux jolies femmes qui établiffent leur réputation fur leurs charmes ; elle eft fragile comme eux. Heureufes celles que la nature a douées de quelques talents ; je fuis bien réfolue à faire valoir les miens, & à mériter une gloire que je ne dois jufqu'à préfent qu'à des attraits paffables. J'ai plaifir à croire qu'une grande actrice doit aller à l'immortalité, & que la fublime Clairon fera l'entretien des races futures comme le prodigieux Voltaire. Je compte donc travailler férieufement à entrer au fpectacle cet hiver ; je me fuis dégroffie l'hiver dernier chez madame la ducheffe de Villeroy ; je me fuis exercée depuis, & je profiterai de mes protections pour débuter aux François le plutôt poffible. C'eft à vous, mon cher maître, à me guider, & à me dire de quels rôles vous me croyez plus fufceptible ; car on ne peut pas être univerfel. J'ai, fans me flatter, les graces des amoureufes, l'ingénuité des agnès ; je puis prendre à mon gré l'air malin des foubrettes, & je n'aurai pas de peine à en développer toute la malice. Je fais jouer la févérité des duegnes & des meres ; je monterois, s'il le falloit, à la dignité des coquettes ; j'en aurois les manieres folâtres ; en un mot, je fuis affez Protée pour prendre toutes fortes de formes ; il s'agit de favoir celle qui me convient le mieux, & c'eft à vous, cher maître, que j'ai recours. Vous avez des lumieres ; vous me connoiffez depuis long-temps : décidez-moi, afin que je me fixe ; arrachez-vous un peu aux grandeurs qui vous environnent (1). Hélas ! il fut un temps où

_____

(1) M. Poinfinet étoit alors à Chantilly pour diriger les fpectacles du prince de Condé.

vous m'auriez facrifié tout cela ! mais ne rappellons point des jours trop heureux.... Vos confeils, cher maître , ne me les refufez pas.

Je fuis, &c. »

29 *Septembre* 1767. Qui croiroit qu'après plus de deux ans d'un jugement rendu dans une affaire qui a attiré les regards de toute l'Europe , un anonyme viendroit fous le nom du *fentiment politique* , expofer dans cinq lettres la juftice des deux arrêts du parlement de Touloufe contre *Calas* pere & fes coaccufés ? L'auteur prétend convaincre fes lecteurs fans préventions & fans préjugés , que l'enthoufiafme a plurôt opéré dans la capitale que le prétendu fanatifme n'a agi dans la ville de Touloufe.

1 *Octobre* 1767. Les comédiens Italiens ont donné lundi 28 feptembre , la premiere repréfentation du *Double Déguifement* , opéra comique bouffon & très-bouffon : quoique les premieres repréfentations aujourd'hui ne foient qu'une répétition , il paroît que celle-ci n'en aura pas deux. La mufique eft de M. Goffec ; il y a de jolies chofes , mais nul génie , pas plus que dans les paroles , dont l'auteur garde l'anonyme & fait bien.

7 *Octobre* 1867. M. Poinfinet n'eft pas refté en arriere , & l'on diftribue auffi fa réponfe à Mlle. le Clec. Elle eft curieufe par un examen affez jufte des talents de nos principales actrices de la comédie Françoife.

Réponfe de M. Poinfinet à Mlle. le Clerc.

« Je vous loue, ma belle voifine (1) , de votre

---

(1) M. Poinfinet demeure dans la maifon de Mlle. le Clerc.

façon de penfer philofophique. Certainemens
après un grand poëte, une actrice illuftre eft ce
qui fait le plus d'honneur à l'humanité. J'aime
à voir fermenter chez vous l'amour de la gloire.
Vous êtes faite pour l'acquérir. Puiffent nos noms
entrelacés paffer à la poftérité comme ceux de
Voltaire & de Clairon ! Vous prenez bien votre
modele. Cette femme illuftre n'a percé qu'à force
de travail & d'affiduité. Vous avez, comme elle,
des graces extérieures ; votre efprit peut vous
être d'un grand fecours ; quant aux rôles auxquels vous devez vous appliquer, il y a bien
des chofes à examiner, & cela mérite quelques
détails. Il faut pefer vos talents, & ceux des
concurrentes que vous aurez. Dans les rôles
d'amoureufes, je vois Miles. Hus & Doligny.
La premiere eft peu redoutable ; elle a pourtant quelques fituations où elle eft très-bien.
Le public eft fi engoué de la feconde, qu'il
me paroît difficile d'éclipfer cette rivale. Mefde-
felles Dumefnil, Gauthier & Préville brillent
dans le genre plus grave ; mais votre jeuneffe
vous pourroit faire efpérer de voir bientôt les
deux premieres vous céder la place. La derniere
a une froideur que furmonteroit aifément votre
vivacité. Quatre foubrettes courent la même
carriere, & chacune a des talents différents.
Madame Bellecour joue les nourrices à merveille ; cette énorme tetonniere a la bonhommie
franche d'une appareilleufe, qui aime bien à
rendre fervice pour de l'argent. On trouve dans
madame le Kain toute l'aigreur, tout le revêche
d'une boudeufe, dont il faut faifir le moment.
Mile. Fannier a le nez retrouffé d'une fuivante
fine, exercée, & faite pour tromper à la fois

trois ou quatre amants. On admire dans mademoifelle Luzi la tournure d'une confidente d'une
femme du grand monde ; c'eft une malice rafi-
née, approfondie, réfléchie comme celle de fa
maîtreffe ; & il faut un art bien fupérieur pour
atteindre à cette méchanceté fublime. Malgré
tout cela, je crois que vous êtes née pour un
pareil genre : je ne vois pour vous à craindre
que cette derniere ; & vous pouvez, vous devez
même éviter la concurrence. Du refte, vous
êtes taillée en foubrette; vous en avez la figure,
le propos, le jeu, les geftes. Tenez-vous là,
& ne fongez point à vous élever davantage. Je
vous dis mon avis avec toute l'ingénuité que
vous exigez. Vous réuffirez fûrement, fi vous
voulez vous concentrer dans de pareils rôles,
& fur-tout étudier beaucoup.

Du refte, je fuis à vos ordres ; vous n'avez
qu'à parler, ma belle voifine ; je fuis trop
reconnoiffant pour ne pas vous rendre tous les
fervices qui dépendront de moi. Eft-ce à vous
à regretter le temps paffé ? Ce feroit à moi ;
mais il faut fuivre fes deftins. La fidélité en
amour n'eft pas ma vertu. J'en fuis à ma 48e.
maîtreffe ; & Mlle. Arnoux, toute Arnoux qu'elle
eft, n'a pu me fixer. Avec ce caractere de légéreté dont mon tempérament a befoin, je n'en
fuis pas moins le très-humble ferviteur de toutes
celles qui le méritent, & pour lefquelles j'ai
confervé de l'eftime au lieu d'amour; vous êtes
du nombre, ma belle voifine, & je vous prou-
verai dans tous les temps l'attachement refpec-
tueux avec lequel j'ai l'honneur d'être, &c.

A Chantilly, ce 3 feptembre 1767.

N 4

8 *Octobre* 1767. L'origine de la division entre
M. de Marigny & M. Gabriel, pour ceux qui
ne se la rappelleroient pas , est un mur aux
Champs-Elysées, dont M. Gabriel avoit fait
enclorre un jardin. M. le marquis de Marigny
a prétendu que ce premier architecte avoit usurpé
une partie des potagers de madame la marquise
de Pompadour, dont le terrein avoit été rendu
à la ville ; en conséquence M. le directeur-général
des bâtiments fit abattre ce mur par une belle
nuit. *Inde iræ.*

12 *Octobre* 1767. Extrait d'une lettre de
Berlin , du 15 septembre 1767.... On n'est point
à la mode ici , si l'on n'est *Bourdelois.* Voici
ce qui a donné lieu à cette plaisanterie. Le
Sr. Bourdeaux , natif de Hollande , & libraire
du roi , a inventé à l'occasion du nouveau
mariage une très-belle médaille pendue à un
ruban couleur d'orange, liseré de vert, avec ces
mots : *Vive la princesse Guillaume de Prusse !
vive le prince d'Orange !* La médaille peinte &
émaillée représente deux cœurs sur l'autel de
l'hymen , entrelacés d'une guirlande de fleurs ;
l'amour les enflamme de son brandon & les
couronne de lauriers. Au dessous sont les armes
de Prusse & celles des Provinces-Unies. En
outre, il a dédié au Stadhouder une collection
de devises gravées sur des colifichets, ou des
breloques propres à pendre à une montre. Il a
eu l'honneur de présenter ces inventions au roi
& à la reine, & à toute la cour, &c. Cela a
eu beaucoup de succès. S. M. a attaché elle-
même de sa main à la boutonniere de M. Ver-
clot, un ruban & une médaille ; il en a diftribué à toute la cour ; ainsi que des breloques.;

& elles font devenues fi en vogue, qu'on ne peut fe difpenfer de porter ces ornements, au moins à fa montre....

17 *Octobre* 1767. Le Coincre, dont on a parlé, eft arrivé à Fontainebleau, & a été préfenté au miniftre de la marine. Cette bête reffemble par la couleur de la peau à un petit fanglier qui a le poil plus gros que du crin : fon mufeau eft comme celui d'un poiffon de mer, fes pattes imitent celles du cerf ; elle a une ouverture fur le dos, comme on a dit, par où elle refpire ; elle eft très-familiere.

17 *Octobre* 1767. On avoit arrêté au confeil que l'hôtel des monnoies feroit établi à la place de Louis XV ; en conféquence, des plans en ont été dreffés ; on en avoit déja jeté les premiers fondements, & fait une dépenfe de plus de cinquante mille écus, lorfque, fur des repréfentations qui ont été écoutées, on a fufpendu l'ouvrage ; & après un mûr examen, il a été décidé qu'il ne pouvoit avoir lieu dans cet emplacement. On vient de choifir celui de Conti, près le Pont-Neuf, & on doit y travailler au commencement de l'année prochaine. Le public s'étoit flatté qu'on auroit faifi cette occafion pour achever une partie du Louvre, où ils fembloit qu'on pût placer la monnoie : le defir qu'on a de voir à fa perfection cet immortel monument, fait faire des vœux à tous les bons citoyens pour qu'on prenne enfin les moyens d'y parvenir ; ce qui s'exécuteroit facilement en peu de temps, en y mettant fucceffivement des objets utiles que l'on place journellement ailleurs avec beaucoup de dépenfe, & fans rien ajouter à la beauté & à la magnificence de la ville, comme

N 5

l'hôtel des menus plaisirs du roi, le garde-meuble de la couronne, &c. & d'autres qu'on se propose de faire.

24 Octobre 1767. Le sieur de la Garde, ancien bibliothécaire de madame la marquise de Pompadour, & acolyte du sieur de la Place pour la fabrication du mercure, vient de mourir. Il étoit chargé de la partie des spectacles, & c'étoit un des articles de ce journal les plus ridicules par le style néologique de ce rédacteur, & plus encore par le fade encens dont il parfumoit indistinctement les auteurs, les acteurs & jusqu'aux valets de théatre. Sa place est fort briguée.

24 Octobre 1767. Les pensionnaires du mercure ont présenté un mémoire à M. le comte de Saint-Florentin à l'occasion de la mort du sieur la Garde, où ils font voir que les fonds ne suffisent pas pour les remplir; en conséquence ils le supplient de ne point nommer à cette place vacante. Le ministre a eu égard à ces représentations. La Garde avoit mille écus.

24 Octobre 1767. Les nouveaux fragments n'ont point repris; il n'est pas même possible qu'ils se soutiennent, sur-tout l'acte d'*Amphion* se trouvant destitué de le Gros & de Mlle. *Arnoux*, qui n'y jouent plus.

25 Octobre 1767. M. de la Borde, ci-devant banquier de la cour, fameux par l'excès & la rapidité de sa fortune, vient de conclure un marché avec M. Vernet, ce peintre célebre de marines. Il lui demande huit tableaux pour orner une magnifique galerie, & il donne quarante mille écus à l'artiste. Ce dernier a abandonné sa collection des différentes vues des

ports de France, qu'il devoit porter au nombre de quarante; on croit qu'il ne s'est pas estimé assez bien payé.

27 Octobre 1767. On a remis il y a quelques jours à l'opéra l'acte de *Vertumne & Pomone*, à la place du prologue des *Amours des Dieux* qu'on a retiré.

Mlle. Durancy a joué dans l'acte d'*Amphion*. Son retour auroit été plus fêté, s'il se fût annoncé dans quelque chose de meilleur. Cet acte est si barbare, d'un goût si monstrueux, qu'il révolte le public; on le trouve fort de pensées à la lecture; il est dans le costume sauvage; mais de pareilles mœurs révoltent sur le théatre de l'amour & des graces. Il faudra le retirer incessamment.

Quant à *Théonis* ou *le Toucher*, le fonds est une idée très-obscene que M. Poinsinet a enveloppé dans des images communes. Il passeroit si la musique le soutenoit. Ce poëte dit modestement que cet acte est une esquisse, en attendant son magnifique tableau, c'est-à-dire, son grand opéra. Il a débuté aussi un jeune homme de 15 à 16 ans, qui a une très-belle voix & une hardiesse singuliere, quoiqu'il ait chanté quelque chose de fort difficile. D'ailleurs son âge fait craindre que son organe ne reste pas le même.

29 Octobre 1767. Les comédiens François ont l'entreprise des trois comédies de Versailles, de Fontainebleau & de Compiegne; ils comptent y faire des especes de magasins, où ils formeront des sujets pour les spectacles de Paris.

4 Novembre 1767. On a parlé de l'évasion de Mlle. la Forest, au grand regret d'un jeune prince nouvellement marié, qui avoit conçu pour

N 6

elle une paffion dangereufe. On fait actuellement
le motif de cette fuite précipitée. L'amant lui a
fait préfent d'une partie aflez confidérable des
diamants de la princeffe. Sur les recherches que
la courtifane a eu vent qu'on faifoit, elle a cru
devoir s'éclipfer. Mieux confeillée, elle s'eft re-
préfentée depuis peu au duc de Penthievre, pere
du jeune prince, a rapporté les diamants, & s'eft
jetée à fes genoux en implorant fes bontés. Le duc
a paru fatisfait de cette démarche; il lui a dit,
qu'on feroit eftimer les diamants, & qu'on lui
en paieroit la valeur, qu'elle n'eût aucune inquiétude; que fon fils étoit le feul coupable;
qu'on auroit foin de fon enfant, fi elle étoit
groffe, comme elle difoit le foupçonner; que
dans tous les cas on pourvoiroit à fes befoins;
mais qu'il exigeoit qu'elle ne vît plus le jeune
prince, fon amant.

4 *Novembre* 1767. Il fe confirme que monfieur Doigny quitte la ferme générale, & qu'il
époufe Mlle. Liancourt, née d'une actrice,
fille célebre, appellée la *Conftitution*. Il compte
paffer deux ans dans fa terre, laifler épuifer les
propos & les farcafmes de la capitale, & reparoître enfuite avec fa femme, purifiée par une
femblable retraite.

4 *Novembre* 1767. Le mémoire des pen-
fionnaires du mercure n'eft pas refté fans répli-
que. M. de la Dixmerie, qui alimente de contes
ce journal depuis fix ans prefque gratuitement,
a demandé la place & le traitement de M. de la
Garde; il accufe ces meffieurs d'infidélités, &
M. le comte de Saint-Florentin fait compulfer les
regiftres. La chofe doit fe décider le lundi 9 de
ce mois.

5 *Novembre* 1767. Une jeûne princesse vive, aimable, mariée l'hiver dernier à un époux fort jeune aussi, n'a pu supporter tranquillement les infidélités réitérées de son mari, quelques funestes qu'elles aient été à son amour même pour ce moderne Thésée; elle n'a pu voir sans un excès de jalousie marquée, son éloignement & ses écarts; elle a conçu de l'envie contre les objets les plus méprisables, que le prince honoroit de ses regards; elle en a contracté une mélancolie profonde, & des vapeurs convulsives. Les médecins à la mode n'ayant pu calmer ce mal plus moral que physique, elle s'est mise entre les mains d'un nommé *Pittarra*, charlatan en vogue par des emplâtres qu'il applique sur le nombril. Plusieurs femmes de la cour en ont essayé, & madame la duchesse de Mazarin en ayant parlé à la princesse, celle-ci vient depuis peu de le faire appeller auprès d'elle.

6 *Novembre* 1767. M. de la Dixmerie ayant lieu de se plaindre de l'ingratitude des pensionnaires du mercure, qui pour la plupart n'y contribuent en rien, & veulent cependant le frustrer d'une pension qu'il a droit d'espérer par six années de coopération presque gratuite à ce journal, vient d'exhaler ses plaintes dans une fable allégorique & ingénieuse. La voici :

Le Laboureur & les Oiseaux.

Pour féconder un champ de stérile nature,
Guillot employoit tout, soins, travaux & culture;
Ah! dit-il, si les dieux secondent mes efforts,
 Si de Cérès le regard m'est propice,

Elle doit m'ouvrir ses tréfors :

Le travail affidu vaut bien un facrifice.

Attendons : il attend ; mais un effaim d'oifeaux,

Sur les épis dorés, vient fondre à tire d'aile,

Et dévore à l'inftant le fruit de fes travaux.

   Il feme encore ; incurfion nouvelle.

    Six fois le pere des faifons

De fes douze palais a parcouru la fuite ,

Et fix fois de Guillot l'efpérance eft détruite.

Un de ces oifeaux meurt (1) : çà, dit-il, compofons :

Je veux bien, mes amis, travailler pour vous plaire ;

Mais le fage, dit-on, fuit les biens fuperflus ;

    Prenez donc votre néceffaire,

Et laiffez-moi la part de l'oifeau qui n'eft plus.

    A ces mots Dieu fait quel ramage ;

   On tint confeil, c'étoit pour mieux faillir.

   Voici l'arrêt de cet aréopage ;

   Seme Guillot ; femer eft ton partage,

    Le nôtre eft de tout recueillir.

7 *Novembre* 1767. On a parlé du *cas de conscience, &c.* ouvrage attribué à dom Clémencé des blancs manteaux, où l'on attaque la commiffion nommée pour l'examen des conftitutions des moines, dans fon effence & dans fa forme ; on en démontre les irrégularités & le vice. Ce mémoire n'eft pas forti de la pouffiere des cloîtres, ou eft retombé dans celle des cabinets

—————————————————

(1) La Garde.

des savans. Un plaisant a porté à ce tribunal
un coup plus mortel : c'est une estampe allégorique , satirique, & d'autant plus offensante
pour la prélature , qu'elle est très-vraie. D'un
côté on y voit les cinq archevêques chargés de
cette besogne. Celui de Rheims (Mr. de la
Roche-Aymon) est en face de l'église Romaine,
figurée sous une figure de femme qui lui fait
la moue. Une main paroît présenter un cordon
bleu à l'archevêque d'Arles (M. de Jumillac);
elle l'attire, l'occupe, l'amuse, & se joue de lui.
Un équipage de chasse offert à l'archevêque
de. ... (M. Dillon) , captive ses regards, &
paroît mériter toute son attention. Celui de
Toulouse (M. de Brienne) est à son bureau,
deux volumes de l'encyclopédie ouverts devant
lui, l'un à l'article *célibat* , l'autre à l'article
moines. Enfin , M. l'archevêque de Bourges
(Phelippeaux) présente un bouquet à une demoiselle qui l'agace, & porte tous les caracteres d'une
fille de joie.

De l'autre côté font trois moines de différents
ordres, avec les attributs de la pénitence, les
haires, les cilices, les crucifix, &c. & dans les
diverses attitudes qui leur conviennent. Au bas
font écrits ces mots : *Ce sont ceux-là qui réfor-
ment ceux-ci.*

Cette pasquinade très-bien faite est de la plus
grande rareté ; tout le clergé s'est remué pour en
arrêter le débit ; malheureusement quelques curieux
en ont eu des exemplaires.

9 *Novembre* 1767. Une virtuose, recommandable par les graces de sa figure & par
celles de son esprit, a écrit les vers suivants à

une veuve de ſes amies , qui l'invitoit à venir paſſer quelques jours à la campagne.

A Sainte-Aſſiſe , le 4 *novembre* 1767,

Je ne crains point la ſolitude
　　Que votre eſprit daigne embellir ;
Loin du fracas chez vous j'irai me recueillir ;
　　Dans une douce quiétude.
　　Il faut pouvoir vivre avec ſoi ;
Mon cœur ſera rempli, lui ſeul me détermine.
Couple charmant de ſœurs ! en tiers recevez-moi.
Dans notre comité par fois à la ſourdine ,
　　Si l'ennui cherche à ſe gliſſer ,
L'amitié viendra le chaſſer.

Réponſe.

Ne tardez pas, ma chere belle ,
Venez vous repoſer au ſein de l'amitié.
L'amour va vous traiter ſans doute d'infidelle ;
Il voudroit du voyage être auſſi de moitié ;
Mais tout eſt ſexe ici, nous lui fermons la porte ;
Nous craignons que ce dieu ne veuille nous tenter ,
Les graces ſeulement vous ſerviront d'eſcorte ,
Celles-là, je le ſais, ne peuvent vous quitter.
Par un autre que vous je me ferois maudire ;
Elle redouteroit l'ennui d'un tel ſéjour ;
A tous les ſentimens votre cœur peut ſuffire.
　　Vous ſavez paſſer tour-à-tour
Des bras de l'amitié, dans les bras de l'amour,

10 *Novembre* 1767. On regarde d'un œil très-favorable un arrêt du conseil du 30 octobre dernier, sur les *privileges, prérogatives & exemptions* dont le roi entend que jouissent les négociants en gros ; S. M. ne se borne pas à y annoncer son auguste protection ; il flatte le commerce d'accorder par chacun en deux lettres particulieres d'ennoblissement à ceux d'entre les commerçants qui se feront distingués dans leur état.

11 *Novembre* 1767. *Amphion* n'a pu tenir plus long-temps, & les directeurs ont été obligés de le réformer ; ils y ont substitué le *Devin de village*.

15 *Novembre* 1767. Il paroît une brochure de 55 pages *in-8.ᵉ*, intitulée : *Essai historique & critique sur la dissension des églises de Pologne.*

L'auteur prouve d'abord que l'église latine est la fille de l'église grecque. Il fait voir ensuite comment le pape & les évêques ont acquis leur puissance temporelle , & il expose en troisieme lieu comment & sur quels motifs se sont formées les sectes luthérienne & calviniste dans l'Europe.

Après ce préambule, l'auteur fait voir comment le christianisme s'est établi en Pologne vers l'an 1000, & en Lithuanie vers l'an 1387 ; & que, quoique l'église catholique-romaine y fut la dominante, la luthérienne & la calviniste sous le nom de *Dissidents*, & les Grecs connus sous le nom de *Désunis*, y ont conservé leurs cultes, & leur participation aux administrations civiles & charges de la république.

On estime que les désunis, qui forment cinq

dioceses en Lithuanie , & les diffidents, font le sixieme de la nation Polonoise.

Sigifmond Augufte, le dernier roi de la race des *Jagellons* , anéantit dans la diete de Vilna de l'an 1565, *toute différence qui pourroit jamais naître entre les citoyens pour cas de religion , & décida que nul ne fera exclu des charges , pourvu qu'il foit chrétien.*

La diete de *Grodno* de l'an 1568 admet aux fonctions publiques tous les citoyens, de quelque *communion & confeffion qu'ils foient.*

Après la mort de *Sigifmond Augufte*, *Henri III de Valois*, qui lui fuccéda , jura de maintenir les droits des diffidents. Tous leurs fuccesseurs ont fait le même ferment à leur couronnement, jufqu'au roi *Augufte* de la maifon de *Saxe*, & le roi *Poniatouski* régnant.

Le zele trop ardent des catholiques commença vers l'an 1600, fous *Sigifmond fecond* , à perfécuter les diffidenrs & les défunis. Cette perfécution eft parvenue à réduire les cinq dioceses Grecs à un feul , à leur ôter, ainfi qu'aux luthériens & calviniftes , la liberté du culte , & la participation aux adminiftrations publiques ; jufques-là, que l'an 1717 , dans une diete toute compofée de nonces catholiques, il ne leur fut pas permis de pratiquer leur culte que dans les églifes alors exiftantes , fous peine de prifon & de banniflement s'ils ofoient le pratiquer ailleurs.

Depuis cette époque, quoiqu'ils paroiffent garantis de cette perfécution par les ferments réitérés des rois, on n'a cessé de les molefter de toutes parts , même par des peines capitales,

& de les dépouiller de toutes les prérogatives
de citoyen.

En 1724 on fit à *Thorn*, fous un léger prétexte, périr du dernier fupplice un grand nombre
de diffidents, magiftrats, bourgeois notables
& artifans, en haine de leur religion.

C'eft pour être à l'abri de ces vexations, &
pour être rétabli dans leur culte & leurs droits
civils, qu'ils fe font confédérés fous la protection
des rois de Pruffe, de Danemarck & de Suede;
& principalement fous celle de *Catherine II*, princeffe de toutes les Ruffies.

Cette princeffe & les autres médiateurs pofent
pour principe de leur protection la tolérance de
toutes les religions, la liberté naturelle & les
droits de l'humanité.

C'eft ce fameux mémoire qui eft attribué à
M. de *Voltaire*, où, fous prétexte de tolérance,
il fape toutes les religions de la maniere la plus
intolérante.

16 *Novembre* 1767. On parle d'un *muſœum*, ou
forte de féminaire profane, que les trois fpectacles
réunis fe propofent d'établir, où des néophytes
des deux fexes iront fe former dans le grand
art de la prédication dramatique. On ignore
encore quel fera le bacha ou l'eunuque de ce moderne ferrail. On trouve fingulier que la comédie
italienne & l'opéra fur-tout fe foient réunis aux
François pour cette école. Mais la déclamation
eft la bafe des trois fpectacles; & quand les
fujets y joindront de la voix, ceux-ci les prendront pour eux.

17 *Novembre* 1767. On conte une hiftoriette
qu'on prétend être arrivée récemment à M. *Marmontel*, & qu'il nie comme de raifon. Cet auteur

s'étoit rendu le premier dans une maison de campagne chez une dame qui venoit de retirer sa
fille du couvent. C'étoit une veuve seule, & qui
n'avoit pas un gros ménage. A l'arrivée de cet
homme célebre, non attendu, & plus encore
sur l'annonce qu'il lui donne de madame Gaulard
& sa compagnie qui vont arriver, elle le quitte
pour donner des ordres ; elle lui demande la
permission de s'absenter quelques minutes ; elle
recommande à sa fille d'entretenir monsieur, &
de faire les frais de la conversation ; elle sort.
La demoiselle étoit jolie, & agnès plus qu'on
ne l'est sans doute en sortant de beaucoup de
couvents. Quoi qu'il en soit, le sieur Marmontel
s'évertue, s'oublie, profite de l'innocence de la
jeune personne, & devient fort entreprenant.
Sur ces entrefaites la mere revient, fait ses
excuses à notre académicien, lui témoigne ses
regrets de l'avoir laissé, dit qu'elle craint qu'il
ne se soit ennuyé ; il répond, proteste, jure
que point du tout ; que Mlle sa fille a de
l'esprit comme un ange ; qu'il s'est fort amusé :
la mere se retourne vers elle, témoigne à sa fille
combien elle souhaiteroit que cette effusion ne
fût pas une affaire de politesse...... M. Marmontel
riposte de nouveau qu'il n'y a rien de plus
vrai, qu'il a eu beaucoup de plaisir. La petite,
impatiente, répond vivement: il ment, maman,
il ment ; le beau plaisir de manier le cul des
gens avec des mains froides comme glace.......
On ne peut entreprendre de peindre l'état de la
mere & du sieur Marmontel ; il n'attendit pas le
compliment qu'il méritoit, & remonta brusque-
ment en voiture.

20 *Novembre* 1767. Les membres de l'aca-

démie royale d'architecture ayant écrit , comme
on l'a dit ci-devant , à M. le marquis de
Marigny , au sujet de ce qui s'est passé , M. Gabriel
en a reçu la réponse suivante.

A Menars , le 2 novembre 1767..... « J'ai
» reçu avec bien de la satisfaction , Monsieur,
» la lettre que vient de m'écrire l'académie
» d'architecture , pour m'annoncer sa soumis-
» sion aux ordres de S. M.; & me marquer ses
» sentiments pour moi , relativement à tout ce
» qui s'est passé depuis quelque temps , & que
» je veux oublier absolument. Je conserverai
» volontiers à l'académie l'estime & la bienveil-
» lance qu'elle m'a demandée , & je profiterai ,
» comme je l'ai toujours fait depuis qu'elle est
» sous mon administration , des occasions de
» lui marquer combien je m'intéresse à sa gloire
» & à l'utilité de ses travaux. Je suis , Mon-
» sieur, &c. »

En même temps M. le comte de Saint-Florentin
a écrit à M. Gabriel une lettre pour être commu-
niquée à l'académie d'architecture , où il disoit
qu'il avoit rendu compte au roi de tout ce qui
s'étoit passé , & que S. M. étoit satisfaite de la
prompte obéissance de l'académie à ses derniers
ordres. Que le roi a vu aussi avec plaisir les
démarches de l'académie à l'égard de M. le
marquis de Marigny , & les sentiments qu'elle
a exprimés dans la lettre qu'elle lui a écrite ;
cette conduite ne pouvant qu'attirer à l'académie
de nouvelles preuves de bienveillance de S. M. &
le maintien de ses réglements & statuts, dans
lesquels son intention est de ne faire aucun
changement...... Qu'il fasse insérer à la
rentrée de l'académie , sur les registres des

délibérations, ce qu'il lui écrit par ordre du roi, &c......

21 *Novembre* 1767. On est fort occupé des moyens de corriger les défauts fans nombre qui fe rencontrent dans l'édifice de la halle aux bleds, conftruit à l'emplacement de l'hôtel de Soiſſons. On ne peut aſſez s'étonner de l'ineptie de ceux qui en ont dirigé les plans, & comment ils ont pu furprendre la confiance des magistrats qui préſidoient alors aux bâtiments publics. Quoi qu'il en foit, on prend des meſures pour tirer le meilleur parti poſſible de ce qui est fait, & fuppléer à ce qui y manque. On voit avec douleur que les monuments élevés, ou qui fe conſtruifent depuis quelque temps, n'offrent que des fujets de critique les mieux fondés, & que ce fiecle des beaux arts foit le plus pauvre en fait d'architecture. Le Palais-Royal, le Palais-Bourbon éternifent à jamais la honte de ceux qui en font chargés. Des maſſes énormes de pierres, fans goût, fans proportion, fans accord avec l'ancien bâtiment, dépoferont à la poſtérité cette vérité trifte. D'après les foins que le gouvernement fe donne pour encourager le talent, il est fâcheux de voir qu'on ne puiſſe citer aucun édifice public depuis Louis XIV, qui puiſſe faire honneur à un artiste & à la nation.

22 *Novembre* 1767. On a donné vendredi dernier, fur le théatre de la comédie françoiſe, *les deux Sœurs*. Elles n'ont pas été trouvées jolies apparemment, puifqu'elles n'ont pas reparu. Cependant une fcene paſſablement dialoguée & fupérieurement jouée, a paru plaire au public qui a jugé le reste avec peu d'indulgence. L'auteur

a gardé l'anonyme. Ce drame est en deux actes
& en profe.

On donne le 24 à l'opéra, *les trois Cou-*
ronnes, tragédie en trois actes de M. Poinfinet, qui en a changé le titre. C'eft aujourd'hui
Ernelinde.

30 *Novembre* 1767. Le dictionnaire de mufique de Jean-Jacques Roufleau paroît ; il mérite une difcuffion très-ample, & l'on ne peut
en rendre compte qu'après une lecture réfléchie.

2 *Décembre* 1767. Chef-d'œuvre de deux
auteurs nouveaux.

Air : *du cantique de St. Roch.*

Or écoutez, s'il vous plaît de m'entendre,
Tous les beaux traits de l'opéra nouveau ;
Vous y verrez du terrible & du tendre,
Vous jugerez comme il eft bon & beau ;
  Sa poéfie,
  Son harmonie
  Du goût françois
  Affurent le progrès.

Un bon papa, par un duo fublime,
A fon enfant annonce des combats ;
Pendant long-temps ce couple magnanime
Parle au public qui ne le connoît pas ;
  L'enfant s'alarme,
  Le pere s'arme,
  Et l'ennemi
  Attend qu'il ait fini.

En un inftant un grand fiege commencé,
En un inftant les murs font renverfés ;
Près d'un autel tombant en défaillance,
Le pauvre enfant voit les fiens repouffés ;
  Monfieur fon pere,
  Dans fa colere ,
  Las du duo ,
  Se bat incognito.

Mais le vainqueur entre & voit fon amante
Evanouie au pied de cet autel,
Il fait un figne à fa troupe fanglante,
Et le héros chante plus doux que miel.
  Vient un troifieme,
  Amant de même ,
  Et le papa
  Pour pleurer s'en vient-là.

Mais le tyran veut effuyer fes larmes,
Déja l'on danfe un petit rigodon,
L'inftant d'après les rivaux parlent d'armes,
Le chien d'amour leur trouble la raifon,
  Avant de faire
  Si grande guerre,
  Pauvres jaloux ,
  Que ne vous parliez-vous.

Or, le plus vieux veut que fon rival parte ;
Et dans l'inftant le théatre eft un port ;
Au tendre objet dont enfin il s'écarte,
Le matelot s'arrache avec effort ;

        Tableau

Tableau tragique,
Et poétique !
Là chacun fait,
Et porte fon paquet.

Mais en dépit de fon fier pédagogue,
Le jeune amant fe réfout à refter :
Le bon papa, dans un beau dialogue,
Au trône encore refufe de monter.
    Le tyran brave
    Fait fon efclave
    De cet ami
    Qui lui fervoit d'appui.

Dans la prifon, ayant perdu la tête,
Le tendre amant fe croit enfin trahi :
Il y maudit fon pere & fa conquête ;
Son pauvre efprit eft bientôt abruti.
    On le détrompe ;
    Moment de pompe !
    Que je vois d'art.
    Dans un double poignard.

Les deux amants veulent s'ôter la vie,
Comme Idamé, comme fon cher Zanti ;
L'auteur alors fait preuve de génie,
En déguifant ce larcin travefti.
    Le fer fe leve ;
    Mais eft-ce un rêve !
    Nos deux amants
    Sont déja triomphants !

Tome XVIII.   O

Le bon papa s'étoit vu par sa fille,
Sauver au prix des jours d'un tendre époux,
Mais il revient, déja son glaive brille,
Et le tyran va tomber sous ses coups.
    En flanc, en tête,
    Chacun l'arrête,
    Trait peu commun,
    Ils marchent cent contre un.

Mais à la fin tout cela s'accommode ;
Chacun d'accord retourne en son pays.
A ce beau drame, écrit suivant la mode,
Le cromatique ajoute encore un prix.
    Cette musique,
    Très-pathétique,
    Est tout esprit,
    Et fait beaucoup de bruit.

C'est un essai qu'un grand génie hasarde,
Comme Sancho, Rainaud doit s'exprimer.
C'est, pour tout dire, une jeune bâtarde
Qu'on voudroit bien faire légitimer ;
    Mais le comique
    La revendique ;
    Car Arlequin
    Veut être son parrain

Voilà quelle est cette œuvre merveilleuse,
Chef-d'œuvre hardi du génie & du goût !
Pour l'appuyer le Miere ingénieuse
A remplacé la mal-adroite Arnoux :

Rendons juſtice ,

 C'eſt une actrice

 Qui de tout point

 L'eſt comme on ne l'eſt point.

4 Décembre 1767. On ne tarit ſur les épigrammes, ſarcaſmes, quolibets, que s'attire
le ſieur Poinſinet par ſa fatuité & ſon impudence, malgré la chûte générale de ſon poëme.
Il eſſuya l'autre jour à la comédie Italienne une
mortification bien propre à l'humilier, s'il étoit
ſuſceptible d'humiliations. M. le marquis de
Senectere, l'aveugle, étoit au foyer de ce ſpectacle, où la converſation étant tombée ſur le
nouvel opéra, il dit à ſon laquais qui le conduit, quand l'auteur paroîtra ici, faites-le venir
à moi, que je lui faſſe un compliment. Poinſinet ſe préſente ; le domeſtique l'arrête, le mene
au marquis qui l'embraſſe tendrement, & s'écrie :
mon cher maître, recevez mon remerciement du
plaiſir que vous m'avez fait ; votre opéra eſt
plein de beautés, la muſique en eſt délicieuſe ;
il eſt fâcheux que vous ayiez eu à travailler ſur
des paroles auſſi ingrates... Et tout le monde
de rire.

 5 *Décembre* 1767. Il a puru ces jours-ci aux
Italiens un arlequin nommé *Marignan* ; il avoit
déja joué il y a pluſieurs années. Il a la taille
propre à ce rôle, la ſoupleſſe, la légéreté ; il a
de la ſaillie, mais pas aſſez de naturel. Il a été
fort bien accueilli ; il continue ſon début avec
ſuccès.

 6 *Décembre* 1767. L'on ne ſauroit aſſez
s'étonner du ſuccès de Mlle. d'Ervieux, qui joue

le rôle de *Colette* dans le Devin de village. Cette jeune perſonne qui n'a pas quatorze ans , & très-diſtinguée dans le genre de la danſe , mais qui n'avoit encore paru comme chanteuſe qu'à Chantilly , chez M. le prince de Condé, attire les amateurs en foule. Elle n'a qu'un filet de voix ; mais elle le ménage avec tout le goût & tout l'art poſſible ; elle eſt d'ailleurs actrice ; & quoiqu'elle paroiſſe avoir beaucoup emprunté du jeu de Mlle. Durancy , elle ſe l'eſt approprié au point de ſe le rendre naturel.

8 *Décembre* 1767. On donne chez *Nicolet* une piece de M. *Quetant* en trois actes, intitulée : l'*Ecolier devenu Maître*. Cette farce , ſupérieure à celles qui s'exécutent ordinairement ſur un pareil théatre , eſt dans le goût des *Fourberies de Scapin* , & des comédies de Moliere du même genre ; on y a remarqué du talent, de la gaieté , & tout Paris en rafolle.

10 *Décembre* 1767. Mlle. de Florigny , qui avoit débuté il y a quelques années aux Italiens ſans ſuccès , y a reparu hier. Elle a joué dans *Roſe & Colas* & dans le *Maître en droit*. Elle fait les perſonnages de meres , de vieilles ; elle eſt pour les rôles de charge. Son jeu eſt hardi, pour ne pas dire impudent ; ſa voix eſt médiocre , & ſon âge ne permet pas d'en attendre rien de merveilleux. Elle n'a pour elle que la protection du prince de Conti.

10 *Décembre* 1767. On prétend que la lettre anonyme à madame Bonptems, dont on a parlé, eſt de ſon oncle; qu'étant brouillé avec elle par ſes travers & ſes ridicules, il avoit eſpéré la guérir par cette leçon; qu'il eſt déſeſpéré de la tournure qu'a pris cette hiſtoire, &

fur-tout de la publicité qu'elle a reçue par la voie de l'impreſſion ; car on la dit inférée dans une gazette de Bruxelles.

11 *Décembre* 1767. Vers pour mettre au bas du portrait d'un roi conquérant & philoſophe.

Ce mortel profana tous les talents divers,
Il charma les humains qui furent ſes victimes.
Barbare en actions & philoſophe en vers,
Il chanta les vertus & commit tous les crimes ;
Haï du dieu d'amour, cher au dieu des combats,
Il baigna dans le ſang l'Europe & ſa patrie,
Cent mille hommes par lui reçurent le trépas,
    Aucun n'en a reçu la vie.

12 *Décembre* 1767. Le nouvel opéra va toujours malgré les critiques, & a rapporté 30,000 livres en trois repréſentations. On ne ſauroit rendre le degré d'aviliſſement où eſt tombé M. Poinſinet par ſa préſomption intolérable. On en peut juger par les deux vers qu'on va rapporter, très-dignes du perſonnage, s'ils ne le ſont pas trop d'être préſentés au public.

Pégaze conſtipé s'efforçoit un matin,
Le petit Poinſinet fut ſon premier crotin.

16 *Décembre* 1767. Madame Favart eſt accouchée aujourd'hui tout-à-coup d'un enfant qui n'a pas vécu, ſans qu'on ſût qu'elle étoit groſſe, & ſans s'en douter elle-même. Ce phé-

nomene a d'autant plus furpris qu'on la croyoit
hors d'âge d'en faire ; fes partifans auffi font
fonner bien haut cette nouvelle, qui fait grand
bruit dans un certain monde. La mufe de
M. l'abbé de Voifenon a fait, dit-on, un
impromptu de fon côté, & ce n'eft point un
enfant mort, mais on ne le produit pas au
grand jour, il refte renfermé dans la coterie ; il faut attendre qu'il prenne l'effor pour
en parler.

18 *Décembre* 1767. Outre la réponfe déja faite
au *Cas de Confcience*, efpece de libelle critique
des opérations de la commiffion établie pour la
réforme des corps religieux ; on vient de le
faire encore dans une lettre adreffée à l'auteur
qui fe cache, mais que l'on foupçonne connoître.
Ces écrits polémiques n'intéreffent guere que ceux
qu'ils regardent.

19 *Décembre* 1767. M. de Clermont (Tonnerre),
chevalier de Malte, & défigné ambaffadeur
en Portugal, eft un grand amateur de mufique, & eft muficien lui-même, mais défenfeur
de la mufique Françoife, à l'exclufion de
toute autre. A l'occafion du nouvel opéra,
il a rompu des lances en différentes occafions,
entr'autres contre M. le chevalier de Chaftellux,
partifan décidé de la mufique Italienne. M. Poinfinet, qui voudroit s'identifier mal-à-propos
avec Philidor, quoique le public en faffe une
grande différence, a trouvé mauvais que M. le
chevalier de Clermont fe déchaînât par-tout
contre Ernelinde ; fa bile s'eft exaltée, & il a
fait une tirade de vers injurieux contre ce feigneur ; il a eu la hardieffe de les avouer, &
d'en donner des copies. Le détracteur de la

muſique Italienne n'a fait que rire de cette eſpece de ſatire ; il l'a fait copier lui-même, & l'a envoyée à tous ſes amis. Cette querelle muſicale a fait une ſorte de bruit. Le magiſtrat de la police en a été inſtruit, & l'on étoit ſur le point de ſévir contre M. Poinſinet, & de le mettre au Fort-l'Evêque, lorſque M. le chevalier de Clermont eſt allé demander grace pour ce poëte. Il a fait entendre à M. de Sartines qu'un pareil éclat feroit plus de tort à un ambaſſadeur de Portugal, qu'à un malheureux ſatirique ; que M. Poinſinet étoit à l'abri de tout ridicule ; mais que c'en feroit un pour lui (chevalier de Clermont), qu'il ſouhaitoit qu'on lui épargnât. En conſéquence M. de Sartines s'eſt contenté de mander le ſieur Poinſinet, & de le réprimander en pleine audience.

21 *Décembre* 1767. On parle d'une ſcene comique, arrivée ces jours derniers dans l'appartement de la reine, entre madame la princeſſe de *Talmont* & M. le contrôleur-général. La premiere ne connoiſſant pas M. de Laverdi, ou faiſant ſemblant de le méconnoître, l'a entrepris dans une converſation, où, par un perſiflage allégorique & ſoutenu, elle a continuellement comparé ſes opérations à des drogues mauvaiſes, altérées, falſifiées, rajuſtées, &c. Quand on en eſt venu à l'éclairciſſement, elle a prétendu l'avoir pris pour l'apothicaire de ſa majeſté. Ceux qui connoiſſent madame la princeſſe de Talmont, aſſurent qu'elle eſt d'une gaieté à ſe permettre pareille malice.

22 *Décembre* 1767. Un anonyme vient de s'attacher à faire la critique particuliere du quinzieme chapitre de Bélizaire, ſous le titre

O 4

de *lettre à M. Marmontel, par un déiste converti.*
L'auteur qui entre en lice, difcute dialectique-
ment toutes les propofitions qu'il regarde comme
repréhenfib.es, & finit par dire qu'il faut que
M. Marmontel ait bien du temps à perdre pour
s'être amufé à faire un écrit plein de contradictions, de fophifmes & d'impiétés. Cette brochure peut fe mettre encore au rang deshonnétetés
théologiques.

23 *Décembre* 1767. Il court de temps en temps
ici de petites hiftoriettes, dont les oififs s'em-
parent avec avidité ; elles fervent d'aliment
aux converfations ; chacun fe les tranfmet avec
plus ou moins de graces ; mais à force d'être
répétées & reffaffées, elles acquierent un air
de vérité, & fe perpétuent jufqu'à ce qu'il
fuccede quelque chofe de nouveau. L'aventure
du capucin de Meudon peut être mife au rang
de ces contes frivoles, quoique bien des gens
l'atteftent.

Ce capucin étoit un frere quêteur qui reve-
noit dans fon couvent avec ce qu'il avoit de
poiflon pris ; un voleur l'arrête, & lui demande,
le piftolet fur la gorge, la bourfe ou la vie.
Le moine fait fes repréfentations, lui déclare
que c'eft tirer de la poudre aux moineaux ; qu'un
homme de fa robe n'a pas grand chofe à donner : l'autre infifte, lui fait vuider fes poches,
fes gouflets, fes aiffelles, fa tire-lire, forme
une capture de 36 livres & s'en va. Le moine
le rappelle, & lui dit : monfieur, vous me paroif-
fez mettre bien de l'humanité dans votre procédé ; rendez-moi un fervice : je vais rentrer
dans mon couvent ; j'aurois befoin de juftifier
que j'ai été volé, ou je cours rifque d'effuyer

un châtiment plus cruel que la mort ; tuez-
moi, ou fourniffez-moi quelque excufe. Pere,
que faut-il faire ? Tirez-moi votre piftolet dans
quelqu'endroit de ma robe, que je puiffe prouver avoir fait quelque défenfe. —— Volontiers,
étendez votre manteau. Le voleur tire. Le capucin
regarde ; —— mais il n'y paroît prefque pas....
C'eft que mon piftolet n'étoit chargé qu'à poudre....
Je voulois vous faire plus de peur que de mal....
Mais vous n'avez point d'autre arme fur vous....
Non.... à ces mots le capucin lui faute au
colet.... Coquin ! nous fommes donc à armes
égales ?... Ce moine étoit grand, gros &
vigoureux, il terraffe le voleur, le roue de coups,
le laiffe pour mort fur la place, reprend fes
36 livres & un louis en outre, & revient triom-
phant à fon couvent.

24 *Décembre* 1767. Il eft grandement queftion d'exécuter un projet que Mlle. Arnoux
roule depuis long-temps dans fa tête : depuis
qu'elle a échoué à faire le rôle de Colette du
Devin de village, elle a toujours été tentée
de faire celui de Colin; elle avoit pour exemple
madame de Pompadour, qui a exécuté autrefois
ce rôle d'homme à Bellevue, avec le fuccès le
plus décidé : aujourd'hui elle réuffiroit d'autant
mieux que le fieur Narbonne, quoique muficien très-foncé & hardi dans fon chant, eft
deftitué de tout le jeu néceffaire dans un pareil
rôle ; fon air gauche & niais contrafte on ne
peut plus défagréablement vis-à-vis les graces
naïves & enfantines de Mlle. d'Ervieux. Le
defir extrême qu'auroit Mlle. Arnoux d'accé-
lérer plus promptement la chûte d'Ernelinde,
eft un nouvel encouragement. Bien des gens

la diffuadent pourtant , & craignent qu'elle
ne commette fa réputation. Cela fera décidé
bientôt ; on affure même qu'elle joue après-
demain.

26 *Décembre* 1767. Le préfident Roland &
autres membres du parlement ont mandé le
recteur & les principaux officiers & fuppôts
de l'univerfité, pour les engager à donner un
défaveu du *mémoire d'un univerfitaire*, en leur
infinuant que le refus fur cet objet feroit croire
qu'ils y auroient eu quelque part. Ceux-ci ont
refufé ; ils ont prétendu, au contraire, que le
nier formellement feroit l'avouer; qu'au furplus,
ils n'y voyoient que des faits vrais & des conféquences tirées de principes reconnus & authentiques; que tout ce qu'ils y trouvoient à redire,
c'étoit qu'il fût anonyme; mais qu'il étoit,
au contraire, du devoir des intéreffés de réfuter
& de renverfer ce mémoire. Ce colloque n'a point
fatisfait M. le préfident, qui les a renvoyés de
fort mauvaife humeur.

31 *Décembre* 1767. Mlle. Beaumefnil a
remplacé Mlle. Arnoux dans le rôle de Pomone;
elle l'a fait regretter : on a trouvé fon jeu fec &
fans la moindre onction; grand défaut dans un
rôle fi fufceptible de fentiment.

1 *Janvier* 1768. Mlle. Arnoux a eu un peu
plus de fuccès hier dans le rôle de Colin ;
mais elle n'eft point encore au degré d'applau-
diffement qu'elle fe promettoit. Il eft rare que
le public revienne de fa première impreffion.
Le prince de Conti, qui a la bonté de fe
mêler de l'opéra relativement au directeur Trial,
qui s'eft élevé & formé dans fa maifon, eft
entré dans divers confeils de détails à l'égard

de Mlle. Arnoux ; cette actrice espere en profiter la troisieme fois.

5 *Janvier* 1768. Les météorologistes ont observé que ce matin à sept heures le thermometre étoit à 14 degrés, c'est-à-dire à un degré seulement du froid de 1709.

6 *Janvier* 1768. On cite, on répete partout le bon mot de M. Seguier, premier avocat-général, qui, au retour du voyage du parlement en corps à Versailles, mandé, relativement à M. Chardon, & son arrêt contre un membre du conseil, dit que messieurs n'étoient jamais revenu si vîte ; que les chevaux même alloient comme s'ils eussent eu tous le *Chardon* au cul.

5 *Janvier* 1768. On prétend que M. le prince de Lamballe s'étant absenté sans qu'on sût où il étoit, le duc de Penthievre l'a fait chercher par-tout ; qu'enfin on a trouvé ce prince dans un hôtel garni, où il se faisoit traiter de la cruelle maladie, suite funeste d'une galanterie trop hasardée. On le dit dans l'état le plus déplorable, & l'on ajoute que peut-être sera-t-il étrangement mutilé.

7 *Janvier* 1768. M. le prince de Lamballe est à la Chaussée-d'Antin, chez M. de Vargemont ; il est dans l'état le plus déplorable, aggravé parce qu'il s'est blessé à cheval ; l'opération est indispensable, encore ignore-t-on s'il en réchappera. Malgré cette rude leçon, il ne peut vaincre sa passion pour le sexe ; il a, dit-on, encore auprès de lui une certaine Dlle. *la Cour*, surnommée *Palais d'or* ; parce qu'en effet elle a perdu le palais à la suite d'une maladie

O 6

vénérienne, & qu'il a fallu lui en faire un artificiel d'or.

10 *Janvier* 1768. On assure que le duc de Penthievre, étant allé ces jours-ci faire sa cour au roi, S. M. s'étoit écriée, comme il s'en alloit : voilà le plus honnête homme de mon royaume, & le plus malheureux des peres.

27 *Janvier* 1768. Madame la maréchale de Luxembourg ayant été il y a quelques jours chez madame la comtesse de la Marche, a trouvé qu'on y jouoit aux proverbes. Après les premiers compliments, elle a débité des nouvelles très-absurdes & très-injurieuses au roi, & surtout à mesdames de France ; la princesse indignée, a témoigné combien elle trouvoit mauvais qu'on osât en sa présence & chez elle, répandre de pareilles horreurs ; madame la maréchale s'en est tirée en répondant, *madame a beau mentir qui vient de loin.* Ce jeu, tout indécent qu'il étoit, n'auroit peut-être pas eu de suite, si madame de Luxembourg n'avoit été faire des gorges chaudes de sa hardiesse, ou plutôt de son impudence, dans une maison où elle soupoit. Cette aventure est parvenue à la cour ; on dit même que madame la comtesse de la Marche a cru devoir en instruire le roi. Les dames de France, & surtout madame Adelaïde, en sont outrées ; madame de Luxembourg a reçu ordre de ne point paroître à la cour, de rester chez elle ; on espere pourtant que les princesses, revenues à leur caractere de bonté, solliciteront elles-mêmes la grace de la maréchale.

12 *Février* 1768. La piece de M. Rochon,

intitulée : les *Valets maîtres de la maison*, ou le retour *de Carnaval*, a été joué aujourd'hui. Ce n'est qu'une farce établie sur un fond trivial. Rien de piquant dans l'intrigue ni dans le style. Le seul caractere assez plaisant est celui de Préville, qui a quelquefois des saillies heureuses, une critique fine, très-disparate, avec le gros sel dont est saupoudré le reste du drame. Il est en prose, & ne peut faire tort à celui de M. Barthe. On doute que cela passe le carnaval. On raconte à propos de cette comédie un tour d'escroc arrivé récemment , & qui feroit beaucoup plus amusant si c'étoit ajusté au théatre.

Quatre grivois, voulant faire franche-lippée, vont chez Aubry, & se font donner une chere en gras qu'ils n'avoient point envie de payer. Après le repas on demande la carte. Le garçon vient ; on commence par lui donner un écu pour boire ; ensuite grande contestation à qui sera l'amphitrion de la fête. Chacun veut défrayer ses camarades. Enfin l'un d'eux s'écrie : « Messieurs, nous ne finirions pas, donnons le » choix au hasard, habillons ce garçon en » Colin-maillard ; tenons-nous chacun à un » coin de la chambre ; & celui qu'il touchera » de son plein gré, sera le payant. » Le garçon admire leur générosité & leur gaieté. On lui bande les yeux, puis chacun s'éclipse l'un après l'autre, & emporte ce qu'il trouve d'argenterie. Cependant le garçon se démenoit comme un *andabate*; il se lasse enfin, il crie, il appelle ; le maître monte ; le premier le saisit par le bras comme celui qui devoit payer ; le maître ne sait ce que cela veut dire ; il croit son garçon fou ; bref,

le tour s'éclaircit, & le traiteur en eft pour fon
repas, fes couverts, &c.

13 *Février* 1768. M. le prince de Lamballe
eft à l'hôtel de Touloufe actuellement. On ne
croit pas qu'il foit en état de paroître en public
avant pâque. Des gens de l'art penfent même
que fon accident peut encore avoir des fuites
dangereufes, & que le ménagement qu'on a voulu
avoir pour fa virilité, lui pourroit être funefte. Il
eft féparé de Mlle. *la Cour.* Il paroît qu'on a fait
un pont d'or à cette courtifane, pour la faire
s'éclipfer d'elle-même.

29 *Février* 1768. M. *Suard de Roberti* vient
de donner un recueil de pieces fugitives. Il s'in-
titule modeftement *éleve du génie, âgé de* 17 *ans.*
Il n'a malheureufement pas même d'invention
de cette fatuité. M. Durofoy l'a devancé, & a
donné autrefois, *ouvrage de mes* 17 *ans.* On doit
juger par un pareil début ce que peut être un
femblable perfonnage.

7 *Mars* 1768. On a parlé de diverfes
lettres d'un actionnaire. L'auteur eft à fa cinquieme, confervant toujours la même animofité
contre l'adminiftration actuelle, & la même
clandeftinité. Cet ouvrage n'a aucun mérite littéraire. Il roule fur des détails inftructifs pour le
commerce.

13 *Mars* 1768. On voit dans le journal encyclopédique du premier de ce mois, une feconde
lettre de l'abbé comte de Guafco, où il défa-
voue avec plus de force encore l'édition des lettres
familieres de M. de Montefquieu. Elle eft datée
de Rome du 7 janvier 1768.

Les journaliftes, à ce propos, parlent dans

une note d'un mémoire anonyme en forme de lettre, qui leur a été adreffé, où l'on réclame cette édition, en déclarant qu'elle n'eft point de l'abbé de Guafco, auquel on l'impute.

Dans ce fiecle de fourberie & de charlatanerie, cette réclamation prouve d'autant moins qu'elle eft fans fignature. L'auteur auroit dû avoir le courage de fe nommer, pour mériter quelque croyance. Il eft des gens qui regardent ce mémoire comme une fupercherie de l'Italien.

18 *Mars* 1768. Les amateurs du théatre françois font dans de grandes alarmes à l'occafion d'une difpute qu'a eu le fieur Molé, acteur très-aimé du public, avec le fieur Velaine, autre acteur à penfion. On prétend que le premier, mécontent de n'avoir pas eu juftice par fes camarades & par le gentilhomme de la chambre, veut quitter, & qu'il doit aller à Vienne. On ajoute que Mlle. d'Epinay, fa maîtreffe, & très-médiocre actrice du même théatre, doit le fuivre; on efpere que tout cela fe pacifiera. Querelles de vilains ne durent pas long-temps d'ordinaire. Celle-ci n'acquiert d'importance que par l'intérêt qu'y prend le public.

18 *Mars* 1768. On voit dans le journal encyclopédique du 1 mars, *la Source & la Prairie*, fable d'un M. D...., capitaine de dragons, qui décele les plus grands talents pour ce genre de compofition. Les journaliftes annoncent qu'il en a plufieurs dont il promet de les enrichir. On trouve dans celle-ci la naïveté, l'enjouement & les graces de la Fontaine.

22 *Mars* 1768. Il paffe pour conftant que M. de Voltaire eft toujours à fon château de Ferney,

& que l'arrivée de madame Denis dans ce pays-ci n'eſt qu'une ſuite d'une diſcuſſion qu'il y a eu là-bas entre l'oncle & la niece.

24 *Mars* 1768. Un particulier a dépoſé, il y a quelques mois, ſuivant ce que nous avons annoncé, un prix pour le meilleur motet ſur le pſeaume *Super flumina Babylonis*. Les pièces devoient être remiſes aux directeurs du concert ſpirituel, & le concours devoit s'ouvrir dans la quinzaine de pâque. Il commencera demain. Vingt-deux motets ont concouru. Les trois juges, M. d'Auvergne, ſurintendant de la muſique du roi, & MM. Blanchard & Gauzargues, maîtres de muſique de la chapelle du roi, après avoir examiné avec ſoin les partitions, ont trouvé trois de ces motets dignes d'être exécutés au concert ſpirituel, & d'être comparés entr'eux. Chacun doit être exécuté deux fois.

25 *Mars* 1768. M. Boyer, chevalier de l'ordre du roi, & médecin ordinaire de la faculté de Paris, ſe meurt pour avoir voulu faire le jeune homme. A 68 ans il eſt devenu éperdument amoureux de madame la comteſſe d'Eſt★★★★. Les affaires de cette dame étoient fort délabrées, & le ſieur Boyer lui paroiſſant dans l'opulence, elle n'a pas cru devoir le rebuter; elle s'eſt même portée à des agaceries qui lui ont fait ſoutirer en différents temps cinquante mille écus de ce vieillard. Celui-ci, de ſon côté, n'a pas voulu être dupe, & a prétendu avoir au moins du plaiſir pour ſon argent; mais la nature ne ſecondant pas ſes intentions, il a bu du ſang de bouquetin & mangé des cantharides. Ces effets extraordinaires, ſoutenus de la force de ſon

tempérament & d'une nourriture fucculente, ont duré quelques années ; mais il fuccombe enfin ; il eſt dans le plus grand épuiſement, & toutes les parties péchereſſes ſont dans un état déplorable ; il a d'ailleurs 74 ans.

25 *Mars* 1768. M. de Fays, payeur des rentes, & un des héros de la ſecte janſéniſte, préſente un ſpectacle bien rare dans ce fiecle ci. Victime de ſa virginité, il avoit eſſuyé, il y a trois ans, un accident qui lui annonçoit le danger d'une trop grande continence. Malgré cet avis de la nature, il a perſiſté dans une chaſteté funeſte ; & les vaiſſeaux ſpermatiques s'étant gonflés & durcis dans une des aines, il lui eſt venu une tumeur bien différente de celles qu'éprouvent quelquefois les gens d'un genre de vie contraire. Il a fallu appliquer le fer, & il eſt entre les mains de M. Moreau, premier chirurgien de l'hôtel-dieu. M. Miſſa, médecin fort accrédité, qui préſide à cette cure, déclare n'avoir jamais connu que deux martyrs de cette eſpece, un chanoine & un feuillant.

29 *Mars* 1768. Le concours des différents motets eſt fini d'aujourd'hui. A l'iſſue du dernier concert, les juges ont accordé le prix, d'une voix unanime, au nº. 15, dont l'auteur eſt M. l'abbé Girouſt, maître de muſique de la cathédrale d'Orléans. Cependant, comme il leur a paru que le motet nº. 16 avoit auſſi beaucoup de mérite, ils ont déclaré que leur deſſein étoit de donner à l'auteur un ſecond prix conſiſtant en une médaille d'or de la valeur de 200 livres. M. d'Alembert & toute ſa ſequelle cabaloient pour celui-ci, & l'avoient voulu faire couronner, s'imaginant

qu'il étoit de Philidor. Quelle furprife lorfqu'à
l'ouverture du billet, il s'eft trouvé être encore
de M. l'abbé Girouft. On ne peut qu'admirer le
génie fouple de cet artifte, qui fait varier fes productions au point d'être fi différent de lui-même
avec prefque une égale fupériorité.

29 *Mars* 1768. La querelle du fieur Molé
avec le fieur Velaine n'a pas eu les fuites funeftes
qu'on craignoit. On a déterminé le premier à
refter en France ; & le dernier lui ayant propofé
un cartel, il n'a pas cru devoir fe compromettre
au point de fe battre contre un pareil poliffon.
Il paroît que le théâtre françois ne perdra à cette
rentrée de pâque que le fieur Grandval, dont la
mémoire infidelle ne permet plus qu'il paroiffe fur
la fcene. Cet acteur, qui avoit autrefois eu du
fuccès, & s'étoit retiré avec de la réputation, l'a
perdue entiérement depuis fa rentrée.

31 *Mars* 1768. La *Religion chrétienne ana-
lyfée* eft un ouvrage fort rare, quoiqu'imprimé l'année derniere. On l'attribue au favant
Freret. C'eft une difcuffion profonde & érudite de
cette matiere importante. Le fang-froid de
l'auteur, fon ftyle fimple & fans chaleur, fes
raifonnements méthodiques & pleins de franchife,
tout rend cet ouvrage très-dangereux pour un
lecteur impartial. On y a joint des notes qui font
elles-mêmes un traité plein de recherches & de
citations formidables aux défenfeurs du parti
qu'on attaque. Le philofophe s'y dérive quelquefois, & fe permet de rire fur un fujet fans
doute trop grave pour être fufceptible de plaifanteries. Cependant, dans les objets qui fournif-
fent à fa gaieté, il feroit difficile de ne point

remarquer le ridicule qui s'y joint, & de ne pas
s'y arrêter un inftant.

31 *Mars* 1768. Le zele de M. l'archevêque
ne fe ralentit point, malgré le peu de fuccès dont
il eft fuivi. Madame la duchesse de Villars a pour
ufage de faire jouer la comédie chez elle dans la
quinzaine de pâque. Ce prélat lui a écrit pour
lui repréfenter l'indécence de ces repréfentations.
Il la conjure au moins de ne point faire jouer
l'*Honnête Criminel*.

1 *Avril* 1768. Il court une lettre de M. de
la Harpe, juftificative de fa conduite envers
M. de Voltaire; on dit qu'elle doit être inférée
dans les journaux. La voici :

« Monfieur , je n'ai eu connoiffance qu'au-
» jourd'hui d'un article inféré dans la gazette
» d'Utrecht, au fujet de fon départ de Ferney;
» article qui n'eft compofé que d'injures & de
» fauffetés. Le correfpondant du gazetier ,
» auteur de ce morceau, commence par dire
» *que je n'ai jamais fu me concilier l'amitié de*
» *perfonne.* Il paroît du moins que je n'ai pas
» la fienne. Il prétend que j'ai été *recueilli &*
» *congédié* par M. de Voltaire ; quand cela fe-
» roit vrai, je ne vois pas trop pourquoi on en
» feroit un article de gazette ; mais l'un & l'au-
» tre eft faux. Il ajoute que je *perds 6,000 livres*
» *de rentes que M. de Voltaire m'avoit affurées*
» *après fa mort.* Cet homme apparemment a lu
» le teftament de M. de Voltaire. Comme je
» n'en fais pas autant que lui, je n'ai rien à
» répondre là-deffus. Il finit par infinuer, fans
» rien affirmer pourtant, que c'eft moi qui ai

» répandu dans le public *le Cathécumene*,
» *l'Homme aux 40 écus*, *le Sermon prêché à*
» *Basle*, & la *Lettre de M. l'archevêque de*
» *Cantorbery*. Je doute que M. de Voltaire
» trouve bon qu'on lui attribue ainsi publique-
» ment le *Cathécumene*, qui n'est point de lui,
» & d'autres ouvrages anonymes, qu'il n'est per-
» mis d'attribuer à personne, à moins d'avoir
» des preuves. Quant à ce qui me regarde,
» tout ce qui a le moindre commerce avec la
» littérature, fait à quel point l'imputation du
» gazetier, au sujet des ouvrages ci-dessus, est
» fausse & calomnieuse. Ce seroit lui donner
» plus d'importance qu'elle n'en mérite, que
» d'y répondre par des témoignages authenti-
» ques, qui sûrement ne me manqueroient pas.
» Je satisfais suffisamment à ce que je me dois
» moi-même, en opposant la vérité au men-
» songe.

» Je dois ajouter aussi, quoiqu'il en doive
» coûter au bonheur de certaines gens, que je
» ne suis point brouillé avec M. de Voltaire,
» & que ce grand homme n'a rien diminué de
» son amitié pour moi, qui m'est aussi chere
» qu'honorable.

» Je vous supplie, Monsieur, de rendre cette
» lettre publique. J'ai l'honneur d'être, &c. ce
» 26 mars 1768. »

2 *Avril* 1768. Différents grands-maîtres
d'Italie ont débuté au concert spirituel. Le sieur
Manfredi, fameux violon, n'a point eu le succès
qu'il espéroit. On a trouvé sa musique plate,
son exécution large & moëlleuse, mais son jeu
fou & désordonné. Le sieur Boccarini a joué du

violoncelle avec auſſi peu d'applaudiſſement ; ſes ſons ont paru aigres aux oreilles, & ſes accords très-peu harmonieux. Le ſieur Frantzy, violon de l'électeur Palatin, a réuni tous les ſuffrages par une muſique ſavante & ingénieuſe, une main brillante & facile, en un mot par toutes les graces de ſon art, jointes à l'érudition muſicale la plus profonde. Il s'eſt montré pluſieurs fois avec un plaiſir toujours nouveau de la part des ſpectateurs. Le ſieur Sallentin, jeune homme de 11 à 12 ans, a fait admirer ſa belle embouchure ſur la flûte, & la gentilleſſe de ſes points d'orgue.

4 *Avril* 1768. M. Boyer eſt mort il y a trois jours. Ses différentes places ont été données ; ſavoir, celle de médecin du parlement, à monſieur Thierri, celle de médecin des armées, à M. *Petit*, ſurnommé l'*Anatomiſte*; celle de médecin de la généralité de Paris pour les maladies épidémiques, à M. *Malouet* ; celle de médecin de la baſtille, à un médecin étranger, favoriſé de madame la marquiſe de Langeac, ci-devant madame Sabbatin; celle de médecin de la ville, à celui de M. le prévôt des marchands ; enfin, la place de ſecretaire de l'ordre de St. Michel, à M. Morand, chirurgien-major des invalides. Toutes ces places valoient environ 50,000 liv. de rentes à M. Boyer.

6 *Avril* 1768. Ce ſont les directeurs du concert ſpirituel qui ont fait faire à leurs dépens la médaille d'or de 200 livres qu'ils ont donnée à l'abbé Girouſt, pour prix de ſon ſecond motet. On ne ſe laſſe pas d'admirer avec quel art ce jeune muſicien a varié ſes deux œuvres, au point de ſurprend.e tous les connoiſſeurs qui ne

s'attendoient pas à voir le même homme couronné fous deux faces auffi différentes. Les d'Alembert, les Duclos, & toute la fequelle de ce parti
cabaloient beaucoup pour le motet de l'*acceffit*,
s'imaginant qu'il étoit de Philidor.

18 *Avril* 1768. Quoique M. de la Harpe
ait répandu une lettre juftificative, où il prétend
répondre à l'article du gazetier d'Utrcht, qui
attribue fon retour de Geneve au mécontentement de M. de Voltaire, on trouve que ce
jeune homme fe défend très-mal des griefs qu'on
lui impute.

1°. Quant à l'article où fon cœur fe trouve
fi fortement attaqué par le reproche de n'avoir
jamais fu *fe concilier l'amitié de perfonne*, il ne
montre point la vivacié de toute ame honnête
fur une pareille imputation; il gliffe légérement
à la faveur d'une épigramme : & c'eft mettre
de l'efprit où il faudroit du fentiment.

2°. Il peche contre la gratitude & la vérité,
en affurant qu'il n'a point été recueilli chez
M. de Voltaire. Il fe feroit fait plus d'honneur
en ne proteftant pas avec tant de délicateffe
contre un mot peut-être offenfant pour l'amour-
propre, mais jamais pour la reconnoiffance. Il
ne peut nier que lui & fa femme n'aient été
au moins *accueillis*, s'ils n'ont pas été *recueillis*,
par ce grand homme, pendant un an ou dix-huit
mois.

3°. On voit qu'il élude le vrai larcin dont il
eft coupable, en affeétant de donner le catalogue
de ceux dont on ne l'accufe pas auffi formellement. C'eft le fecond chant de la guerre de
Geneve, de la publicité duquel M. de Voltaire

fe plaint, & c'eft de cette réclamation dont
M. de la Harpe ne parle point.

Enfin, il affure qu'il a toujours l'amitié de
M. de Voltaire; mais il ne dit pas fi c'eft par
fuite d'un fentiment non interrompu, ou à titre
de générofité, de compaffion, de pardon.....
Une lettre du philofophe de Ferney à fon ami
M. Damilaville, va nous apprendre jufqu'où il
faut apprécier celle de M. de la Harpe, & l'oftentation faftueufe avec laquelle il fait valoir la
continuité des bontés d'un ami de cette trempe.
Dans cette lettre, que plufieurs perfonnes ont
lue, M. de Voltaire, en convenant du larcin de
M. de la Harpe, & du chagrin qu'il lui donne,
termine par dire: que le public met à la chofe
plus d'importance qu'elle n'en mérite, & qu'il
lui pardonne de tout fon cœur. Cette phrafe,
jointe à ce que madame Denis débite là-deffus,
prouve que M. de la Harpe eft réellement coupable, & que malheureufement ce qui ne feroit
qu'une légere infidélité, ou une gentilleffe dans
tout autre cas, devient une faute grave, un vice
du cœur vis-à-vis d'un bienfaiteur auffi généreux;
& M. de la Harpe, bien loin d'avoir pour lui
la même indulgence que M. de Voltaire, devroit
pleurer amérement une pareille offenfe.

19 *Avril* 1768. On affure que M. le duc
d'Aumont, à qui madame l'Evêque a préfenté
fon contrat de mariage à figner, comme au
gentilhomme de la chambre d'année, fon fupérieur, lui a répondu: « Rappellez-vous, Ma-
» dame, le fort de la premiere; je crains bien
» de figner en même temps votre billet d'en-
» terrement. »

20 *Avril* 1768. On voit dans l'Avant-

courreur du 18, la déclaration fuivante de M. de
Voltaire.

« J'ai appris dans ma retraite qu'on avoit in-
» féré dans la gazette d'Utrecht du 11 mars
» 1768, des calomnies contre M. de la Harpe,
» jeune homme plein de mérite, déja célèbre
» par la tragédie de Warvvick & par plufieurs
» prix remportés à l'académie Françoife, avec
» l'approbation du public. C'eft fans doute ce
» mérite - là même qui attire les imputations
» envoyées de Paris contre lui à l'auteur de la
» gazette d'Utrecht.

» On articule dans cette gazette des procédés
» avec moi dans le féjour qu'il a fait à Ferney.
» La vérité m'oblige de déclarer que ces bruits
» font fans aucun fondement, & que tout cet
» article eft calomnieux d'un bout à l'autre. Il
» eft trifte qu'on cherche à transformer les nou-
» velles publiques & d'autres écrits plus férieux
» en libelles diffamatoires. Chaque citoyen eft
» intéreffé à prévenir les fuites d'un abus fi fu-
» nefte à la fociété. Fait au château de Ferney,
» pays de Gex en Bourgogne, ce 31 mars 1768.
» Signé Voltaire. »

21 *Avril* 1768. On vient d'imprimer
une lettre, fous le nom d'un *Gentilhomme des
états de Languedoc à un magiftrat du parlement de Rouen, fur le commerce des bleds,
des farines & du pain.* L'auteur, pour remédier à leur cherté, qu'il prétend ne pas pro-
venir des caufes auxquelles on l'attribue, propofe un nouveau moyen de moudre & de boulanger. Il veut que des moulins économiques
qu'il indique, produifent par mefure de bled

foixante

foixante livres de pain plus que l'ufage ordinaire ; ce qui en diminueroit le prix pour le
confommateur confidérablement. Ces mou.ins font
de l'invention d'un nommé *Lambert*.

25 *Avril* 1768. M. d'Auvergne réclame contre un bruit répandu, que les directeurs de
l'opéra lui avoient procuré d'office une penfion
de 1,000 livres. C'eft lui d'Auvergne qui, fur
l'inftance qui lui a été faite de la part de ces
meffieurs pour avoir la *Vénitienne*, opéra dont ce
muficien a refait la mufique, n'a voulu le donner qu'à cette condition qu'ils ont acceptée. Il
ajoute que celle accordée à M. de Mondonville
ne l'a été que par réflexion, & d'après la propofition de M. d'Auvergne.

30 *Avril* 1768. L'affaire du mercure,
agitée depuis long-temps devant M. le comte
de St. Florentin, eft fur le point de fe terminer. Par la compulfation des regiftres, le
fieur *Lutton*, commis & caiffier de ce journal,
bien loin d'être créancier de 18,000 livres, comme
il le prétendoit, eft en débet de 12,000 livres.
On croit qu'on fera une penfion au fieur la
Place, & que la Combe, cet avocat libraire,
aura la direction de l'ouvrage, avec des arran-
gements propofés.

4 *Mai* 1768. Les perfonnages illuftres &
éclairés, auxquels la cour a donné l'infpection
de nos plaifirs, s'occupent fans ceffe des moyens
de les étendre, de les multiplier, de les perfectionner. Il y avoit un opéra comique diftinct &
féparé, mais qui ne jouoit qu'aux foires. Le
public avoit pris pour ce genre un goût qui
alloit à la fureur. On a cru qu'il falloit le
fatisfaire en perpétuant ce fpectacle ; &, après

différents confeils tenus à cet effet, la réunion a été décidée avec les Italiens. Aujourd'hui ceux-ci furchargés, ne jouent plus ou jouent mal quantité d'excellentes comédies qu'on ne veut pas laiffer tomber dans l'oubli. Il eft queftion en conféquence de renvoyer tout ce fonds-là aux François. Ces derniers, dans un délabrement pitoyable, pourront rappeller les amateurs, en donnant fur leur théatre des pieces qui y prendront un caractere de nouveauté, tant par le changement du local & des acceffoires, que par celui des acteurs, auquel on ne perdra pas à coup fûr.

6 *Mai* 1768. M. le prince de Lamballe eft abfolument fans efpérance, & ne fubfifte plus que par la fievre. Les princeffes n'entrent plus dans fon appartement. Il eft conftant qu'il fuccombe fous les remedes dont on l'a accablé. Il eft de fait, par les mémoires de l'apothicaire, qu'on lui a adminiftré fept livres de mercure, fans compter les dragées de Keyfer, & autres ingrédients de charlatans, auxquels fon alteffe s'étoit livrée d'abord. Madame la princeffe de Conti & madame la comteffe de la Marche font à Lucienne, & tiennent compagnie à toute la famille défolée.

Du refte, le prince fait une très-belle fin ; c'eft le pere Imbert, théatin, qui l'a confeffé. M. le prince de Lamballe vient de mourir.

10 *Mai* 1768. *La Venitienne* a été traînée fur la claie dimanche & aujourd'hui. La recette a été fi miférable, que MM. les directeurs prennent le parti d'abandonner cet opéra à fon malheureux fort ; ils vont remettre

Sylvie jufqu'à ce qu'ils aient quelque chofe de prêt.

12 *Mai* 1768. On a parlé d'une déclaration de M. de Voltaire en date du chateau de Ferney, pays de Gex en Bourgogne, le 31 mars 1768. Elle difculpe vaguement M. de la Harpe, & porte fur les mêmes procédés articulés dans la gazette d'Utrecht, qui font en effet étrangers au vrai grief de ce jeune homme. On voit facilement que l'humanité a dicté cet écrit à celui qui l'a tant célébré.

Quoi qu'il en foit, il paroît que M. Boutin, intendant des finances, n'a pas eu plus de foi à ce certificat. M. de la Harpe étoit entré chez lui comme fecretaire intime; il l'a congédié fous prétexte qu'ayant une femme, cela entraîneroit une fuite de procédés trop gênants. Il eft plus vraifemblable que ce protecteur ne fachant à quoi s'en tenir, d'après les bruits injurieux à l'ame de M. de la Harpe, a craint d'élever un ferpent dans fon fein. D'ailleurs, M. de la Harpe, en fe confacrant au fervice de M. Boutin, annonçoit bien la perte de tout efpoir de rentrer en grace auprès de M. de Voltaire.

18 *Mai* 1768. Tout le public a vu avec étonnement refflufciter fur l'affiche de l'académie royale de mufique *la Vénitienne*, ce ballet profcrit fi généralement, & qu'on avoit déferté dès la feconde repréfentation. M. le comte de St. Florentin, excité fans doute par les amis du mufficien, a réprimandé les directeurs d'avoir retiré fi promptement cet opéra, & leur a enjoint de le reproduire. Malheureufement pour le fieur d'Auvergne, il n'y aura point de

lettres de cachet qui puissent obliger le public d'y aller.

20 *Mai* 1768. La brochure qui a pour titre de l'*affaire générale de Bretagne*, perce insensiblement. C'est un mémoire des plus sanglants contre le commandant de la province, & l'on ne peut mieux caractériser ce libelle, qu'en disant que l'auteur s'y permet tout ce que l'honnêteté interdiroit à un écrivain moins effréné. La prétendue trame jésuitique y est développée d'une maniere très-étendue, & découvre le fiel le plus noir.

21 *Mai* 1768. La *Vénitienne* a été jouée hier avec plus d'affluence qu'on n'auroit cru. On a fait trop peu de changement pour qu'elle ait pu paroître meilleure aux connoisseurs. Elle est restée dans toute sa médiocrité, pour ne rien dire de plus. Il ne faut pas être la dupe des applaudissements qui lui ont été prodigués. On n'ignore pas combien il y avoit de billets donnés, & quelle sorte de manœuvre emploient les auteurs pour se soutenir. Malheureusement ces secours ne peuvent se réitérer souvent; & la chûte n'en est ensuite que mieux marquée.

24 *Mai* 1768. Un jeune auteur ayant composé une héroïde sur les reproches d'une mere à son époux, qui ayant voulu faire inoculer son fils, est supposé l'avoir perdu; la police n'a point voulu passer cette fable, dans la crainte qu'elle ne fît impression sur quelques ames foibles. On voit par ce trait, combien le gouvernement protege une méthode qu'il regarde sans doute comme salutaire à la nation.

26 *Mai* 1768. M. Linguet, auteur estimé

de divers livres hiſtoriques, ſe trouvant maltraité dans les notes du *Tacite* de M. l'abbé
de la Bletterie, n'a pu tenir à ſon reſſenti-
ment ; du moins on lui impute l'épigramme
ſuivante, qui a en effet aſſez l'air d'une per-
ſonnalité :

> Apoſtat (1) comme ton héros (2),
> Janſéniſte ſignant la bulle,
> Tu tiens de fort mauvais propos,
> Que de ton cœur je diſſimule ;
> Je t'excuſe & ne me plains pas :
> Mais que t'a fait Tacite, hélas !
> Pour le traduire en ridicule !

29 *Mai* 1768. La marquiſe de Clainville
parie avec ſon mari qu'il ne nommera pas les
diverſes parties d'une ſerrure ; celui ci les écrit
dans le plus grand détail : il croit avoir gagné ;
alors ſa femme lui raconte qu'elle s'eſt ennuyée
toute ſeule pendant qu'il étoit à la chaſſe ;
qu'elle a fait arrêter un cavalier qui paſſoit ;
qu'elle l'a invité à dîner ; qu'ils étoient à cau-
ſer enſemble, lorſqu'on a annoncé ſon retour ;
& que, pour éviter toute queſtion, elle a fait
cacher l'inconnu dans ſon cabinet, dont la ſerrure a ſervi de matiere à la gageure. Curioſité
de M. le marquis, refus de ſa femme, inſ-

---

(1) M. de la Bletterie a été pere de l'oratoire.
(2) Il a fait la vie de Julien l'Apoſtat.

tances du premier ; jalousie, fureurs : la marquise lui déclare qu'il a perdu, qu'il a oublié
la piece la plus essentielle d'une serrure, la
clef ; elle lit le papier, & lui prouve son erreur ;
elle dit qu'elle veut avoir son argent avant
d'ouvrir la porte ; il est confondu & convient
de sa faute ; nouveaux accès de jalousie ; elle
lui rit au nez en ce moment, lui demande si,
en la supposant capable d'une tricherie aussi
dangereuse, elle seroit assez mal-adroite pour
se trahir elle-même. Le marquis ouvre les yeux,
s'avoue un sot ; elle présente la clef ; elle le
presse d'ouvrir à son tour ; elle veut absolument
le faire entrer, qu'il voie, qu'il visite. Il
refuse, il est vaincu, il sort pour aller chercher l'argent. Dans cet intervalle elle ouvre le
cabinet, & fait esquiver le cavalier qui y étoit
réellement. Peu de temps après elle est surprise
de le voir revenir avec son mari. Celui-ci le
lui présente comme un de ses amis qui vient
pour affaire importante, & dont il l'instruira
bientôt : il sort encore une fois & ramene une
jeune personne qu'il donne en mariage à l'étranger ; les soupçons de sa femme sur cette inconnue qu'elle avoit appris être cachée dans l'appartement de son mari, se dissipent également, &
la piece finit.

On voit par cette esquisse quelle incohérence
il y a dans toutes les parties de cette intrigue,
où se trouvent les germes de plusieurs pieces,
& qui ne peut suffire à une seule en un acte,
faute de développement. M. Sedaine, qui met
tant de vérités dans les minuties, dans les
détails, dans les accessoires d'un drame, omet

toutes les vraisemblances du fonds. N'est-il pas
absurde d'imaginer qu'un mari vivant bien avec
sa femme depuis quinze ou seize ans, lui ait
laissé ignorer qu'il avoit une pupille dont il étoit
le tuteur, qu'il l'amene & la couche dans son
appartement à son insu ; qu'il invite chez lui
un étranger pour épouser la jeune personne sans
en avoir prévenu la marquise. En supposant une
femme honnête, assez folle pour faire arrêter
un étranger, la croira-t-on assez puérile pour
changer de nom, pour le faire cacher au retour
de son mari, & donner par-là une tournure
criminelle à une action bizarre, mais inno-
cente ? En un mot, aura-t-elle recours à un
expédient que pourroit mettre en œuvre une
femme coupable, & qui n'auroit de ressource
que dans son adresse & dans son impudence,
tandis que celle-ci n'en a nul besoin, & qu'elle
court risque d'être dupe de sa propre finesse ?
Le caractere de cette femme bizarre n'est point
d'une vérité théatrale, & peut tout au plus
fournir matiere à un conte. Nul intérêt ; il
devroit porter sur la jeune personne ; elle n'est
au contraire qu'un personnage épisodique & ma-
chinal, fait pour amener le dénouement. Cette
Gageure imprévue n'a point eu de succès ; il y a
pourtant des parties de dialogue très-bien faites.
Madame Préville joue la marquise on ne peut
mieux ; il n'en est pas de même du sieur Préville, qui représente le mari. Ce rôle veut être
nuancé de ridicule, mais n'admet pas toutes les
charges dont il le gâte, & qui, de comique qu'il
devroit être, le rendent burlesque. Belcourt ne
fait point mal l'inconnu ; les autres rôles sont
très-peu de chose.

3 *Juin* 1768. Les comédiens italiens donnent demain la premiere repréfentation de *Sophie* ou *du Mariage caché*, comédie en trois actes, mêlée d'ariettes. L'original de la piece eft de Gazick. Le baron d'*Olback* & le fieur *Suard* l'ont arrangée au théatre pour la faire paffer fous le nom de Pankouke, libraire, & beau-pere de ce dernier, à qui ils voudroient faire avoir fes entrées ; enfin, *Favart* a mis la derniere main à cette befogne, qui ne peut être que très-mauvaife. Le fieur *Koot*, Allemand, a fait la mufique.

4 *Juin* 1768. La piece d'hier, jouée aux Italiens, a été fi mal reçue, qu'il eft inutile d'en parler plus amplement : lorfque l'acteur eft venu l'annoncer pour lundi, il a été hué généralement. Il paroît pourtant que les auteurs ne fe regardent pas comme bien jugés ; & ce drame eft affiché pour demain.

6 *Juin* 1768. Une cabale puiffante a voulu étayer la nouveauté recrépite des Italiens ; mais elle a peine à fe foutenir, malgré ce fecours.

7 *Juin* 1768. M. d'Alembert, qui a écrit fur la *deftruction des jéfuites en France*, un livre dont on a parlé, vient de publier une lettre à M***, confeiller au parlement de***, pour y fervir de fupplément. Cette lettre eft très-finguliere par un détail circonftancié, dans lequel l'auteur développe tout ce qui regarde le janfénifme, dont il femble parfaitement au fait. Cette partie de l'ouvrage eft également piquante & curieufe ; il paroît que ce philofophe, après avoir répandu fa bile fur les jéfuites, n'épargne pas plus leurs adverfaires, & auroit

pu prendre pour devife : *Tros Rutulufve fuat*, *nullo difcrimine habebo*.

8 *Janvier* 1768. La gazette de France du 3 juin cite une lettre du révérend pere Bofco-vick (datée de Paris du 30 avril) à M. de la Condamine , contenant quelques nouvelles littéraires d'Italie. Dans une lettre du 4 juin (inférée depuis au journal encyclopé lique du premier juin). M. de la Condamine releve cette gazette, qui fe pique de véracité & d'exactitude; il fe plaint qu'on a ajouté au fait principal, con-cernant la reproduction des têtes de limaçons , différentes circonftances qui ne font pas dans la lettre qu'il poffede.

9 *Juin* 1768. Quoique les autres fpectacles jouent aujourd'hui, la comédie Italienne vaque à caufe d'une proceffion qui paffe devant l'hôtel des comédiens , faveur que le curé de Saint-Sulpice n'accorde pas à la comédie Françoife. Auffi ceux-là en témoignent-ils leur pieufe reconnoiffance par une grande férie. Il eft à remarquer que ces hiftrions font les feuls, fans doute à raifon de leur origine ultramontaine , qui ne foient point frappés fpécialement des anathêmes de l'églife.

13 *Juin* 1768. Un événement à peu près femblable à celui du Tartufe, fe réalife aujour-d'hui , & caufe beaucoup de rumeur dans la finance, en ce qu'il intéreffe la famille des *la Borde*.

Le fieur de Clauftre, prêtre de Lyon, après avoir été quinze ans précepteur des enfants de M. de la Borde, ancien fermier-général, eft

resté dans cette maison depuis son éducation
finie jusqu'en 1762. Sa longue habitude dans la
famille lui en a fait connoître tous les tenants &
aboutissants ; il a profité de la foiblesse , du dérangement, & de l'espece d'abandon de ses parents les
plus proches, où étoit un la Borde Desmastres neveu
du premier, pour s'insinuer dans son esprit, se
rendre nécessaire, & lui faire enfin épouser la
Dlle. Boutaudon, sa niece, le 18 avril 1766.
Alors il a montré les dents ; & se mettant à la
tête des affaires du jeune homme, a fait des
répétitions considérables contre le pere & l'oncle
de son neveu, capables de ruiner l'un & l'autre, si
elles étoient accordées dans leur totalité.

Trois mémoires très-volumineux sont déja
éclos dans cette contestation , vrai labyrinthe où
l'on se perd, & d'où il résulte en général pour
le lecteur des impressions fâcheuses contre toute
cette famille. On y trouve de chaque part une
aigreur capable de nuire aux meilleures causes, &
les parties auroient infiniment mieux fait d'en-
sevelir dans l'oubli, à quelque prix que ce fût,
un détail de faits peu honorables pour tous : on
voit toujours avec peine un neveu provoquer son
oncle, un fils son pere, & un oncle & un pere
réduire le neveu & le fils à la cruelle nécessité de
s'armer contr'eux.

La piece la plus curieuse de tout ceci est un
bout de mémoire du sieur de Claustre, qu'il a
joint à celui de son neveu. Le ton caffard qui
y regne, les versets de l'écriture dont il est lardé,
l'esprit de modération, de paix, de charité que
ce prêtre affiche, font une présomption forte

contre lui , & le font paſſer aux yeux de bien des gens pour un monſtre de chicane, revêtu de la peau d'un agneau.

Il ne faut point confondre ce la Borde avec le la Borde ancien banquier de la cour , fouche d'une autre famille.

14 *Juin* 1768. Un auteur Italien, M. J. Del Turco , vient d'entreprendre la traduction de l'Illiade d'Homere en vers Italiens & en ſtances de huit vers. Il a fait imprimer le premier tome qui paroît avec ſuccès, & qu'on ne juge point indigne de l'original ; il fait précéder ſon ouvrage d'un excellent diſcours ſur la poéſie d'Homere & ſur le plan de l'Iliade ; il donne enſuite un abrégé hiſtorique de la vie de ce prince des poëtes.

21 *Juin* 1768. Il y a de grands mouvements en médecine ſur l'affaire de l'inoculation. On fait que cette méthode a déjà été approuvée dans deux aſſemblées de la faculté. Mais pour que le décret ait force de loi, il faut qu'il ſoit confirmé dans une troiſieme. C'eſt ce qui afflige les anti-inoculateurs. Aujourd'hui ils cherchent à ruſer, à temporiſer, pour pouvoir cabaler & gagner des ſuffrages. Ils prétendent que la matiere eſt aſſez importante pour exiger que tous les membres, même abſents, donnent leurs voix ; en conſéquence, avant de laiſſer opiner pour la troiſieme & derniere fois , ils veulent qu'on agite cette nouvelle queſtion. En un mot, ils ſe propoſent d'employer tous les obſtacles qu'il leur ſera poſſible, pour reculer la concluſion qu'ils préſument ne leur devoir pas être favorable dans l'état actuel des choſes.

16 *Juin* 1768. On a dit que l'amateur qui avoit donné la médaille du prix de musique remporté par l'abbé Girouft, projetoit d'en faire autant à l'avenir. En conféquence, il deftine encore une même médaille d'or de la valeur de 500 livres pour le meilleur motet fur le p'eaume 45. *Deus nofter refugium & virtus, &c.*

Un autre particulier propofe un femblable prix pour celui qui aura le mieux mis en mufique l'ode quatre de Roufleau, qui commence par ce vers: *La gloire du Seigneur, fa grandeur immortelle, &c.* La même perfonne deftine un feconde médaille de la valeur de 200 livres pour fecond prix du motet François, s'il fe trouve une autre piece qui en foit digne. Enfin, les directeurs du concert veulent auffi couronner l'auteur du meilleur ouvrage qui aura le premier acceffit fur le fujet latin défigné.

En voilà plus qu'il n'en faut pour faire fortir les talents, & peut-être en eft-ce trop : quand il y a tant de gens couronnés, les couronnes en deviennent moins précieufes, & l'émulation fe ralentit.

Toutes les conditions font les mêmes que celles de l'an paffé, mêmes juges, même lieu, même temps du concours.

28 *Juin* 1768. On vient de traduire en François le *Marchand de Venife*, un des drames les plus vantés du célébre Shakefpear. Les Anglois le regardent encore comme le chef-d'œuvre de leur théatre, où cette piece a aujourd'hui tout autant de fuccès qu'elle en eut lors des premieres

repréſentations. Pour nous autres, qui mettons d'autres conditions à un chef d'œuvre, en convenant des beautés de détail de cette piece, nous la regarderons dans ſon enſemble comme un vrai monſtre dramatique. Le traducteur a conſervé autant qu'il a pu le mérite de l'original, dans ſa proſe forte & harmonieuſe.

29 *Juin* 1768. Il s'eſt élevé depuis quelque temps en Italie une diſpute entre les philoſophes de cette contrée ſur l'*état brut des premieres générations.* M. Duni, profeſſeur de juriſprudence au college *Delza Sapienza* de Rome, eſt pour l'affirmative, & prétend d'après Vico, le fondateur de cette opinion, que les hommes originairement vivoient exactement comme des bêtes. Les partiſans de ce ſavant ſont appellés *Ferini.* M. Finette eſt à la tête des adverſaires de ce parti, qui ſe nomme *anti-Ferini.* Ces deux chefs ont beaucoup écrit, chacun de leur côté, & ils ont mis dans leurs ouvrages le caractere de leur ſecte ; c'eſt-à-dire que ceux du premier ſont ſans aucune aménité, même durs & un peu barbares ; les répliques de l'autre ſont au contraire pleines d'honnêteté, de douceur & de graces.

1 *Juillet* 1768. Pour compléter les 30,000 liv. de penſion que le miniſtre s'eſt réſervées ſur le nouveau privilege du mercure, il a donné 600 liv. au ſieur de la Dixmerie, qui coopéroit depuis long temps gratuitement à cet ouvrage ; 600 livres à l'abbé de la Porte, acoyte du ſieur de la Place ; 600 livres au ſieur Poirſiner, auteur de l'épître à madame la marquiſe de

Langeac ; 200 livres de fupplément au fieur
Marin , cenfeur de la police , qui en avoit déja
une ; & 300 de fupplément auffi à l'abbé le Blanc ,
efpece de brocanteur littéraire , qui , par fes intrigues , s'étoit fait mettre fur la lifte depuis long-
temp s.

Quant au fieur la Combe , c'étoit un avocat,
homme de lettres , qui faifoit des livres en
communauté avec un frere , avec les Macquers
& autres auteurs , & qui , tyrannifé par les
imprimeurs , s'eft dévoué pour la fociété , a
quitté la robe de palais & s'eft fait recevoir
libraire. Ce nouvel état lui a infpiré de la
cupidité ; il a étendu fon commerce , a envahi
tous les journaux , & devient formidable à fes
confreres. Il prétend mettre le mercure fur le
meilleur pied. C'eft aujourd'hui que doit paroître
le premier volume de la façon de fa coterie
littéraire. Ils ont commencé par rectifier l'épigraphe ; & , après bien des recherches , ils fe font
décidés pour celle-ci *mobilitate viget*. Allufion
favante au mercure Métal , au mercure Dieu & au
mercure journal.

4 *Juillet* 1768. Le nouveau mercure eft
en effet fupérieur à tous ceux qui paroiffent
depuis long-temps par le choix des pieces qu'on
y a inférées , & la variété répandue dans l'ouvrage.
Mais , outre que ces fugitives , très-bonnes en
elles-mêmes , ont déja paru dans différents
journaux & autres papiers publics , c'eft qu'il eft
moralement impoffible de remplir 14 volumes
par an de morceaux d'élite. Un des défauts de
l'ancien journalifte étoit de prodiguer des éloges

à tout propos, & d'enivrer de fon fade encens
le moindre cuiftre littéraire, le petit hiftrion.
Celui-ci, plus modéré fur les louanges, aura
peut-être peine à s'expliquer librement fur
quantité de gens qu'il aura intérêt de ménager,
& fur-tout fur les comédiens dont il tient fes
entrées aux fpectacles, fuivant l'ufage. A outez à
cela les entraves de toute efpece qu'a néceffairement en France un auteur couvert d'un
privilege du roi, & toujours fous la main directe
du gouvernement. Concluons que le mercure
eft par effence une rapfolie tronquée, monotone
& faftidieufe, & ne fortira jamais du rang où
l'a placé, il y a long temps, un critique judicieux
(la Bruyere) ; c'eft-à-dire immédiatement au-
deffous de rien.

5 *Juillet* 1768. Le concours du prix de
poéfie à l'académie Françoife roule ordinairement entre vingt & trente pieces. Cette année
il en a été remis quatre-vingt-quatre au fecretaire.
On prétend qu'un homme de qualité, âgé de
82 ans, le baron de Châteauneuf, n'a pas
dédaigné d'entrer en lice contre la brillante
jeuneffe qui court la même carriere. Les vœux
feront à coup fûr pour le moderne Sophocle, &
il feroit à fouhaiter pour l'honneur du fiecle
qu'il eût le prix.

6 *Juillet* 1768. Madame Benoît, cette
virtuofe littéraire, déja connu par des romans,
vient de s'élever jufqu'à la comédie, & de
nous en donner une, en un acte & en profe,
qui a pour titre *la Supercherie réciproque*
L'intrigue n'en eft pas mal conduite; il y a

de la fimplicité dans le ftyle , mais nulle énergie dans les caracteres , & rien de comique dans les fituations. Cette piece reftera dans la bibliotheque des amis auxquels l'auteur femelle en a fait part.

Fin du dix-huitieme Volume.

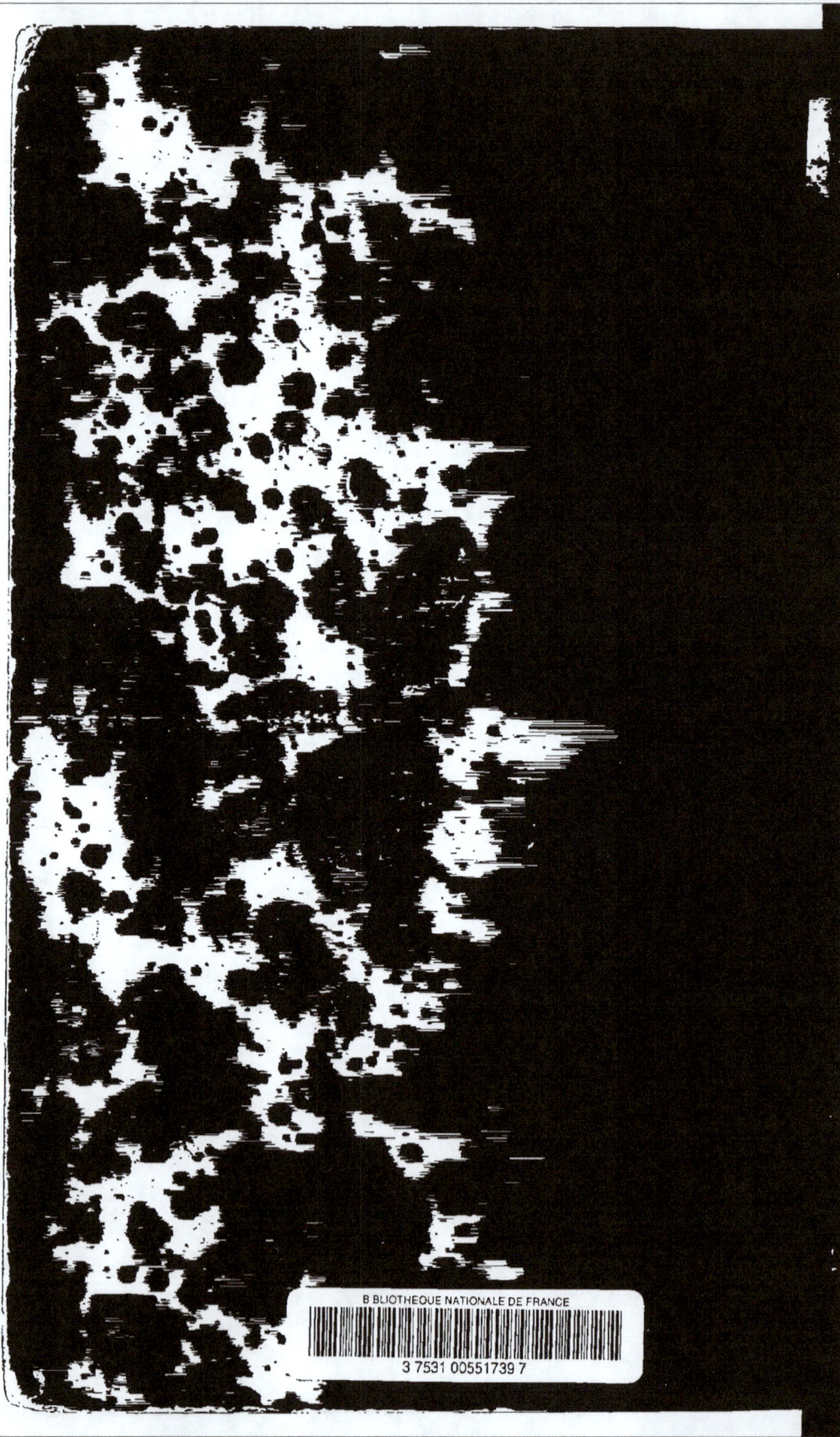